FRANKENSTEIN

URDU EDITION

MARY SHELLEY

EDITED BY
ADAPTIVE READER

ISBN: 979-8-8693-2365-1 (paperback)

ISBN: (eBook)

CONTENTS

INTRODUCTION

Welcome to Adaptive Reader, your portal to the captivating world of literature, tailored to fit your unique reading abilities.

In today's fast-paced and diverse learning environment, we believe in the power of personalized learning experiences. That's where the concept of leveled reading comes in, and why we, at Adaptive Reader, have dedicated ourselves to offering a broad collection of classic novels at various reading levels. Our mission is to make the joy and benefits of reading accessible to everyone.

THE BENEFITS OF LEVELED TEXTS

So, what exactly is leveled reading? It's an approach that matches students with texts that align with their unique reading abilities. This ensures that every reader is challenged just the right amount - enough to grow, but not so much that they feel overwhelmed or frustrated.

For students, this means you'll engage with texts that stretch your reading skills while keeping the experience enjoyable and manageable. You'll gain confidence as you successfully comprehend each level and feel motivated to explore more challenging texts as your reading skills grow.

For teachers, Adaptive Reader provides a valuable tool to support differentiated instruction. You can assign the same novel to your entire class while ensuring each student reads a version that aligns with their reading level. This allows all students to participate in class discussions and activities, fostering a more inclusive learning environment.

For parents, Adaptive Reader offers a supportive tool to encourage your children's reading journey. As your child progresses through the different levels of a novel, they'll not only enhance their reading skills but also develop a deeper love for literature.

READING ACROSS MULTIPLE EDITIONS

All of our leveled novels include passage markers that correspond to the same content across every one of our editions. This means that passage '62' in our silver edition contains the same themes and plot elements as passage '62' in our original edition.

For teachers, this means that you can say "let's look at passage 35 together. What is the author trying to tell us here?" and all of your students will be reading the same content — but with vocabulary and syntax that's adapted to their reading level.

Our online reading tool, available at www.adaptivereader.com, gives students and teachers free access to the original text with passage markers. We encourage teachers to include close readings of the original text as part of their coursework, giving all students exposure to the rich original syntax and language of these exceptional authors.

THE POWER OF LITERATURE

At Adaptive Reader, we are committed to helping everyone experience the power of literature. So whether you're a student diving into a classic novel, a teacher looking for flexible resources, or a parent seeking ways to support your child's literacy, Adaptive Reader is here for you.

We invite you to embark on this exciting literary journey with us. Enjoy the world of stories, characters, and ideas that await you in our collection of leveled novels. Happy reading!

LETTER 1

1 عزیزہ محترمہ سویل۔

سینٹ پیٹرسبرگ، 11 دسمبر، 17--۔

میرے پاس آپ سے کچھ اچھی خبریں ہیں۔ شروع کیے گئے میرے سفر کی کوئی مسئلہ نہیں ہوئی، حالانکہ آپ پر پریشانی تھی۔ کل میں محفوظ طریقے سے پہنچا اور میں آپ کو مطلع کرنا چاہتا ہوں کہ میری صحت اچھی ہے اور میری ماملت کامیابی کے شعبہ میں زیادہ پر اعتماد ہو رہا ہے۔

2 میں پہلے ہی لندن سے بہت دور شمالی جانب پہنچ چکا ہوں۔ جب میں پیٹرسبرگ کی گلیوں میں چلتا ہوں، میرے چہرے پر سردی کی ہوا محسوس ہوتی ہے۔ یہ مجھے مضبوط اور خوشی دیتی ہے۔ کیا آپ تصور کر سکتے ہیں یہ کیسا محسوس ہوتا ہے؟ یہ ہوا وہاں جگہوں سے آتی ہے جہاں میں جا رہا ہوں، تو یہ مجھے وہاں کی سرد موسم کو چکھ دیتی ہے۔ یہ میرے خوابوں میں اور بڑھا دیتی ہے اور میری منصوبہ بندی کے بارے میں زیادہ منتشر کرتی ہے۔ میں روک نہیں سکتا لیکن شمالی قطب کو آمازون کے طور پر خوبصورت اور عجیب مقام سمجھتا ہوں، حتی اگر لوگ کہتے ہیں کہ وہ منجمد اور ویران ہے۔ میرے ذہن میں، وہ خوبصورتی اور خوشی کی ایک ملک ہے۔ اس جگہ پر، مارگریٹ، سورج کبھی غروب نہیں ہوتی۔ یہ ہمیشہ ہمیشہ خلیہ پر چمکتا رہتا ہے، سب کو چمک دیتا ہے۔ میں اپنے منسوبیوں سے یقین رکھتا ہوں۔ اس جگہ پر برف یا ٹھنڈ کی کوئی بھی چیز نہیں ہوتی۔ سمندر سارا ہموار ہوتا ہے، اور ہم زمین کے کسی بھی مقام سے زیادہ مذہب اور خوبصورت چیزیں تک سفر کر سکتے ہیں۔ یہ مقام لگے شاید ہم نے

1

ابھی تک دیکھا نہ ہو، اسی طرح جیسے آسمان کے ناشناختہ حصوں میں تارے اور سیارے ہوتے ہیں۔ ہم ابدی روشنی کے اس مقام کے امیدوار ہیں؟ شاید میں قطب الشمالی کی چمتکاری کرونے والی غیر عادی قوت دریافت کروں۔ شاید میں ستاروں اور سیاروں کے بارے میں اہم مشاہدے کروں ان کو بہتر سمجھنے میں مدد کریں۔ میں بہت دلچسپی سے اس دنیا کے اس حصے کو دیکھنے کیلئے تیار ہوں جو کوئی پہلے نہیں دیکھا۔ یہ ایک ایسی زمین ہے جو کسی نے قدم رکھا نہیں ہوتی۔ یہ خیالات بہت دلچسپ ہیں کہ وہ دہشت یا موت کا خوف متوقع کرنے سے کمزوری کر دیتے ہیں۔ وہ مجھی کو مجبور کرتے ہیں کہ اس لمبے اور مشکل سفر کی شروعات کریں جو بچوں کی طرح دوستوں کے ساتھ مہمات پر جائیں۔ وقت بھی کچھ ہوا کے نظام پر کیا تبصرہ حاصل کرنے کے نتائج میں مدد ملے گی۔ محض میں ایک ایسی سفر کی طرف جہاں میں نے سفر کی شروعات ہونے سے قبل کسی کو نہیں دیکھا ہے؛ میں راستہ تلاش کروں گا۔

₃

یہ خیالات مجھی ٹھنڈک پہنچا دیتے ہیں۔ اب میرے پاس مرکوز کرنے کا مقصد ہے! یہ سفر کرنا ہمیشہ سے ہی میرا پسندیدہ خواب رہا ہے جب سے میں بچپن سے تھا۔ میں بڑے جوش و خروش کے ساتھ آسپاس شمالی بحر الخزر تک پہنچنے کی امیدواری سے ہونے والے کئی سفروں کے بارے میں مطالعہ کرتا تھا۔ تم حوالہ دے سکتی ہو کہ ہمارے چچا جناب تھامس کے پاس ایک پوری کتابوں کی لائبریری تھی جو ان سفروں کے بارے میں تھیں۔ وہ کتابیں میری تسلیم بن گئیں، لیکن میرے والد نے منع کردیا تھا کہ میرے چچا کو مجھے ایک سفر پر جانے کی اجازت نہ دے۔

جب میں نے شاعری کی کاوشوں کی تصاویر کی دریافت کی، تب میرے خود شاعر بننے کے خواب خزائں شروع ہوگئیں۔ ان کی خوبصورت الفاظ نے میرے دل کو مکھیروں میں لے کر دوسرا دنیا میں منتقل کر عنے کی طاقت بخشی کی۔ لیکن، بلکل اسی وقت پر، میں نے اپنے بھائی کے دولت کو وراثت میں لیا، اور میرے خیالات میرا واپسی وہی راستہ پر لے گئے جو میں ہمیشہ چاہتا تھا۔

₄

میرے تقرر کوئی چھ سال ہو گئے ہیں جب سے میں نے وہ کام کرنے کا فیصلہ کیا ہے جسے میں اب کررہی ہوں۔ میں نے کٹھن حالات سے عادت ڈالنے شروع کی۔ میں نے خوشی سے سردی، بھوک، پیاس اور نیند کی کمی سہتے ہوئے کام کیا۔ دن کے وقت میں اکثر عام ملاحوں سے زیادہ محنت کیا اور رات کو ریاضیات، طب کا نظریہ اور دیگر سائنس کی حصوں کی مطالعہ کی جو سمندروں کی تفتیش کرنے والے کے لئے فائدہ مند ہو سکتے تھے۔ میں نے اچھا کام کیا ہے۔ مجھے ماننا پڑے گا کہ جب میرے کپتان نے مجھے جہاز کی دوسری بلند ترین حیثیت اور خاصیت رکھنے کا پیش کیا تو میں کچھ فخر محسوس کیا.

اب، پیاری مارگریٹ، کیا تم نہیں سمجھتی کہ میرا مستحق ہوں کہ میں کچھ عظیم کام کر لوں؟ میرے پاس آسان اور بہت ممتاز زندگی ہو سکتی تھی۔ میں ایک

لمبے اور مشکل سفر پر جانے جا رہی ہوں جہاں مجھے بہت مضبوط ہونا ہوگا. میرے پاس صرف دوسروں کی دلچسپی کو بڑھانا ہی نہیں ہوتا ، بلکہ کبھی کبھار مجھے خود کو بھی محنتوں کا سامنا کرنا ہوتا ہے جب تمام لوگ شکستگی کا سامنا کر رہے ہوتے ہیں.

یہ روس میں سفر کرنے کا بہترین وقت ہے ۔ یہاں سردی میں اونٹ کی گاڑی میں جلدی چلتے ہیں ، یہ اچھا محسوس ہوتا ہے اور میرے خیال میں انگریزی اسٹیج کوچ میں سوار ہونے سے بہتر ہے ۔ سردی زیادہ برائی نہیں ہوتی اگر آپ کو میش کے کپڑے پہنیں جو میں پہلے ہی پہن رہا ہوں۔ پھرتی پھرتی چلتے ہوئے اور کئی گھنٹے کے بیٹھے رہتے ہوئے میں بڑا فرق ہے جب آپ نہیں حرکت کر رہے ہوتے اور آپ کا خون فروزں ہو سکتا ہے ۔ میں اسٹائل پیٹرسبرگ اور آرکانجل کے درمیان راستے پر اپنی جان کا خطرہ نہیں لینا چاہتا ہوں۔

چاروں ہفتوں یا تین ہفتوں بعد ، میں آرکانجل جاؤں گا۔ وہاں سے میں ایک جہاز کرایہ کرنے کا منصوبہ بنا رہا ہوں ، جو مالک کی بیمہ کھاتے کی ادائیگی کر کے آسان ہے ۔ میں اتنے جہازی بحرانی کرنے والے میرینالز کی ملازمت کروں گا جتنی کی ضرورت ہوگی۔ مگر جون تک میں چلوں گا نہیں۔ اور واپس کب آؤگا؟ اہ ، پیاری بہن ، میں اس سوال کا جواب نہیں دے سکتا۔ اگر میرا کامیاب ہو گیا تو ہمیں بعض ماہوں ممکن ہے کئی سالوں کے بعد دوبارہ آپس میں ملنے میں پتہ نہیں چلے گا۔ اگر میرے کامیاب نہ ہونے کا نتیجہ سور رہا ہوگا ، تو میں تیز آ جاؤگا ، یا شاید کبھی نہیں۔

خدا حافظ ، میری پیاری اور شاندار مارگریٹ۔ مجھے امید ہے کہ آپ کو آسمان کی برکتوں سے نوکری ملے گی ، اور میں انتہائی خوشحال ہوں کہ میں آپ کی محبت اور مہربانی کے لئے اپنی قدر و قیمت ظاہر کرسکوں۔

،محبت کے ساتھ

آر. والٹن

LETTER 11

6 ملازمتی خانم سیویل۔ انگلستان تک۔

چرچ پا دے ، ۲۸ مارچ ۱۷۰۰ء

دپی وگېرپی با ژوند پرته مو خوردپی مهی کنبلپی کار ته رسوله شوم. زما د ارچانگل کپی یوه چپه پیدا کړه او اوسه شته محنت وکړم د لګډالو راځي په ونیو کپی لیست ورکړم. د زدہ کنبانو کپی خپلواکوالو عجیبه بهمن ز دلته ستونزوییا دہ

7 لیکن میری ایک خواہش ہے جو میں کبھی پوری نہیں کر سکا۔ اور اب، میں اس کی عدم موجودگی کو بڑا مسئلہ سمجھتا ہوں۔ میرے پاس کوئی دوست نہیں ہے ، مارگریٹ۔ جب میں خوشی اور کامیابی سے بھرا ہوں، تو میرے ساتھ خوشی کا اشتراک کرنے والا کوئی نہیں ہوگا۔ اور اگر ناامیدی آئے ، تو کوئی میرا ساتھ نہیں دیگا۔ مجھے ایسا کوئی شخص چاہیے جس کے پاس مناسب دلچسپیاں ہوں تاکہ میری منصوبوں کو منظور کرتے یا بہتر کرتے ۔ یہ کس طرح کا دوست میرے غریب بھائی کی غلطیوں کو درست کر دیتا۔ میری شدید تشنج پسند کاٹرینے کے لئے بدترین مسئلہ یہ ہے کہ میں خود سیکھا ہوا ہوں۔ جب تک میں چودہ سال کا نہیں ہو گیا، میں وقت کو باہر گزارتا اور صرف انکل تھامس کی سفری کتابیں پڑھتا رہا۔ اس کے بعد ہی مجھے پاتے ہوئے معلوم ہوا کہ میری زبان کے علاوہ دوسری زبانیں بھی سیکھنی چاہیے ۔ اب میں بیاسی سال کا ہوں، لیکن میں حقیقت میں پاندر۔ تیرے سال کے طالبعلم سے کم تعلیم یافتہ ہوں۔

8 یہ بے معنی شکایات ہیں۔ میں بحیرۂ بہت وسیع یا حتی یہاں اپنے دوستوں، تاجروں اور ملاحوں کے درمیان آرک اینجل میں کسی دوست کو نہیں تلاش کروں

گا۔ لیکن یہاں بھی چند عاطفیں ہیں، عام طبیعت سے مختلف، جو یہ سخت دلوں میں بھی پائی جاتی ہیں۔ میرے لیفٹیننٹ، مثال کے طور پر، دلیر اور پرعزم ہے۔ میں نے پہلی بار اسے ایک ماہی بادبانی کشتی پر ملا۔ جب میں نے یہ دریافت کیا کہ یہ شہر میں آزاد ہے، تو میں نے آسانی سے اسے متاثر کیا کہ میرے ساتھ میری جستجو میں شامل ہو جائے۔

کپتان ایک بہت مہربان اور نرم دل شخصیت ہیں، اور جب وہ آمریتیں دیتے ہیں تو ان کا رویہ نرم اور منصفانہ ہوتا ہے جس کی بنا پر وہ جہاز پر مشہور رہتے ہیں۔ ان کے اچھے کردار اور بے باک بہادری نے مجھے ان کو اپنی ٹیم کا حصہ بنانے کی خواہش پیدا کی۔ میں تنہا بڑھا اور اپنی جوانی کے دنوں کو تمہارے پیار بھرے ماحول میں گزارا جہاں لاٹھ مار اور تشدد کا معمول عادت نہیں تھا۔ میں کبھی یقین نہیں کیا کہ یہ ضروری ہے۔ سوجب میں نے سنا کہ ایک ملاحتہ ہے جو اپنی کسطہ کو مہربانی اور احترام سے سلوک کرنے کے لئے مشہور ہے تو مجھے خوشی ہوئی کہ وہ میرے ساتھ کام کرنے کو راضی ہوئے۔

میں نے اس کے بارے میں پہلی مرتبہ ایک خواتین سے رومانوی طریقے سے سنا جو اس کی بھلا دینے کے لئے شکر گزار ہیں۔ یہاں اس کے کہانی کی ایک مختصر ورزش ہے۔ چند سال پہلے، اس نے ایک نوجوان روسی عورت سے محبت کی تھی جو بہت امیر نہیں تھی۔ اس نے سمندر میں حاصل کی بدیتوں سے بہت پیسے کما لیے تھے اور لڑکی کے والد نے دل خوش کر دیا کہ انہیں شادی کے لئے رضامند کرتے ہیں۔ لیکن شادی سے پہلے، وہ اپنی منگٹرن کرتے ہوئے روتی تھی اور تقاضا کرتی تھی کہ وہ اس کے ساتھ شادی کے ساتھ نہ جائے۔ اس نے اقرار کیا کہ وہ کسی اور سے محبت کرتی ہے، لیکن وہ غریب تھا اور اس کا باپ ان کے تعلق کو منظور نہیں کرتا تھا۔ ہمارے دل کرم والے دوست نے اُسے پرسکون کیا اور اس کے حقیقی محبوب کے نام کو جان کر فیصلہ کیا کہ چھوڑ دیں۔ پہلے سے ہی اس نے اپنے پیسے سے ایک کھیت خریدا تھا، جہاں وہ اپنی باقی زندگی گزارنے کا خواش تھا۔ لیکن بجائے اس کے، وہ اپنے مقابلے میں سب کچھ، رشوت کے پیسے کا باقی حصہ، شامل کرکے انہیں جانوروں کے خریدنے اور کھیتی شروع کرنے کی اجازت دیتا ہے۔ اور پھر وہ لڑکی کے والد سے منظوری لینے کے لئے کہتا ہے کہ وہ اس کو اس انسان سے شادی کرنے کی اجازت دیں۔ لیکن باپ نے اسے رد کر دیا کیونکہ وہ اپنے دوست کے ساتھ لاحق ہونے میں مجبور محسوس کرتا تھا۔ اس کے جواب میں، ہمارے دوست نے اپنے وطن سے رخصت کیا اور صرف اتنا وقت گزارا جب وہ سنا کہ اس کی پہلی محبوبہ نے اس شخص سے شادی کر لی ہے۔ "کیسے شاندار شخص!" تم کہہ سکتے ہو۔ اور واقعی وہ ہیں۔ لیکن اہم نوٹ کرنا ضروری ہے کہ انہوں نے زیادہ تعلیم نہیں حاصل کی تھی۔ وہ بہت خاموش ہیں اور اپنے طریقوں

میں غافل بہت ہیں ، جو ان کی کارروائیوں کو بہت تعجبناک بناتی ہے لیکن یہ بھی کچھ رم و تکرساہٹ کم کرتی ہے جو ہمارے دل و جگر کیش پیدا کر سکتی ہے ۔

10 لیکن سوچنے کی بات نہیں کہ میں تھوڑا سا شکایت کروں، یا پھر مجھے اپنی مشکل محنت سے کچھ تسکین کی تصور کر سکوں جو میری تجربہ نہیں ہوسکتی ہے . میرے فیصلے مضبوط ہیں، اس لئے ممکن ہے کہ میں متوقع سے پہلے ہی سمندر پار کر سکوں. حالانکہ میں کوئی خطرہ نہیں لونگی.

11 میں اپنے پرسکار کے بارے میں متحمل ہوں اور تھوڑا سا ڈرتا ہوں۔ میں اس تجربے پر میرا سفر شروع کرنے والا بہت سارے احساسات کا میل سمجھانے کی قدر نہیں کر سکتا۔ میں نامعلوم جگہوں کے رخ کر رہا ہوں، ایک جگہ جو کیہابوں اور برف سے بھری ہوئی ہے۔ لیکن پریشان مت ہونا، میں کوئی غلطی نہیں کردوں گا جو مجھے خطرے میں ڈال سکتی ہو، جیسا کہ کہانی "قدیم میکسور سیم ساز" کے کردار کو کرتا ہے۔ مضحک لگ سکتا ہے کہ میں اس کی تذکرہ کرتا ہوں، لیکن میرا ایک راز ہے جو میں شئیر کرنا چاہتا ہوں۔ مجھے لگتا ہے کہ میری بحری گھنٹیوں کے رازوں کا مضبوط دلچسپی ایک خیالاتی ماڈرن شاعر کی مصنفیات پڑھنے سے آتی ہے۔ میرے اندر کچھ ایسا ہے جسے میں بالکل سمجھ نہیں پا رہا ہوں۔ میں محنتی اور خلاصہ پرست ہوں، لیکن میرے اندر ایک ایسا حصہ بھی ہے جو بے حد عجیب و غریب چیزوں سے محبت کرتا ہے اور عجیب و غریب چیزوں کا ایمان رکھتا ہے۔ یہی وجہ ہے کہ مجھے عام سے ہٹ کر ناکام سمندر اور ناخوشگوار خطوط کشتی کی طرف لے جاتا ہے جو میں جلد ہی دریافت کرنے والا ہوں۔

12 لیکن اوس د خپل راغلی څوکه ته بیرته د پہ مهمی څانګه ته بہ واخستوي. کہ زما دور دریاوري او افریقا یا امریکا سرہ لیدلم او پہ اعظم مقام پہ لز توپ لہ بیرته راورئ، کې تاسو خپلہ خبرہ بوف نمولای شیٔ؟ زما میلمستلو توګہ بلنہ دی خپلہ امیدونہ او بل می خواہم کہ د مخالف نتیجہ مقابلہ کولو لہ نړیوال ترپور مہ وَښتہ نشوم. ھرڅہ خپلہ وخت تہ زما سرہ تاسو تاسو تہ لیک لیکہ ورکړیٔ: شاید یوہ زمانہ وریا نباشید کہ زما واقعاً بھرنی انځورمہ زبانو تہ ارہ ولارہ پہ نړیوال توګہ ورکړیٔ. زما تاسو رابنکنہ پرو لګہ انځورونہ کہ حتی کہ تاسو ھیڅ وختہ پہ منظم وضعیت کې زما نہ شنوی.

در محبت بہ
روبرت والټون

LETTER III

محترمہ سویلی صاحبہ، انگلستان۔

میری پیاری بہن، 7 جولائی، 17——۔

میں ایک جلدی نوٹ لکھ رہا ہوں تاکہ آپ کو معلوم ہو جائے کہ میں محفوظ ہوں اور میری سفر میں تیزی سے ترقی ہو رہی ہے۔ یہ خط آرکانجل سے لوٹتے ہوئے کشتی پر انگلستان تک پہنچے گا۔ اللہ کی قسم، چونکہ ممکن ہے کہ میں ہمارے وطن کو بہت سالوں تک نہیں دیکھ سکوں۔ لیکن میری توجہ مثبت ہے۔ میری تجھوں میں بہادر اور مستقبل ہے، وہ ڈراؤنے منظر کو دیکھ کر ڈرتے نہیں ہیں۔ یہ خطرات کی نشانی ہیں۔

ابھی تک کچھ دلچسپ نہیں ہوا جس کے بارے میں میں لکھنا چاہوں۔

خدا حافظ، میری پیاری مارگریٹ۔ یقین کریں کہ میں خطرے میں جلدی نہیں داخل ہونے دوں گا، ہمارے دونوں کے لیے۔ میں سکون، پائیداری، اور احتیاط سے رہوں گا۔

لیکن میں کامیاب ہو جاؤں گا۔ کیونکہ کیوں نہ؟ میں اب تک اس نامعلوم بحروں کے دلیرانہ پہاڑوں سے چلتے ہوئے اتنے دور تک آ چکا ہوں۔ چاہے آسمانی تارے بھی میرے فتح کی گواہی دیں۔ تو کیوں نہ بے پابند اور مضبوط مردے کے سانچے والی لہریں پار کی جائیں؟ کیا کچھ ایک پر عزیمت اور مضبوط خواہشمند کو روک سکتا ہے؟

میرا دل ان خیالات سے بھا رہا ہے لیکن مجھے یہاں ختم کرنا ہوگا۔ خدا میری پیاری بہن کو برکت دے۔

MARY SHELLEY

آر. وی

LETTER IV

محترمہ ساویل خاتون، انگلستان۔

اگست ۱۷ ۔۔ ۵

ہمیں ایسی کچھ بہت عجیب و غریب واقعہ سے متلاشی ہوا ہے، اور میں یہ لکھنا چاہتا ہوں، حالانکہ ممکن ہے آپ مجھے دیکھ لیں بلکہ ہمیں یہ خط ملے تو۔

سوموار (جولائی ۳۱) کو ہماری جہاز کو تعداد میں وسیع برف جیسے پگھلے ہوئے میلا ہوا تھا، ہمیں اس وسطے سے قسر کی ضرورت نہیں ہوتی تھی۔ بحر سمندر پر حرکت کرنے کے لئے ہمارے پاس بہت کم جگہ تھی۔ یہ تھوڑا خطرناک بھی تھا کیونکہ ہم بھی ایک گاہک ابوابے برکت کے گرد گھرے ہوئے تھے۔ لہٰذا ہم ہمت بڑھا کر مزاج کی تبدیلی کی امید رکھتے رہے۔

دو بجے کے قریب اندھیرے کے غائب ہونے پر ہم نے بڑے ضوئے میدانوں کو دیکھا جو ہر طرف پھیلا ہوئے تھے۔ یہ لگ رہا تھا جیسے وہ لازوال ہوں۔ میرے کچھ دوستوں نے کڑکاراہٹ کیا، اور مجھے چندرقابس کا خدشہ ہونے لگا۔ لیکن پھر کچھ ایسا ہماری توجہ کو خود پر مبین کرنے لگا اور ہم سوچنے کو مجبور کر گیا کہ اُتنابی دور جو برفوں پر قائم گھومتا ہوا کاریج ہم نے دیکھا جو گھٹیاوں نویں طرف جا رہا ہے۔ کاریج میں کوئی بیٹھا تھا جو بہت لمبے ہوتے جیسا مشابہیق لگ رہا تھا۔

ہم اپنے دوربین استعمال کر کے مسافروں کا جلدی جلدی دور چلے جانے کو دیکھ رہے تھے، جب تک کہ وہ دورستانیوں کے بیٹھے ہوئے کڑکاروں میں غائب ہوگئے۔

یہ ہمارے لئے واقعی حیرت انگیز تھا۔ ہم اس شخص کو تقبیل نہیں کر سکتے

تھے کیونکہ برف نے ہمیں گھیر رکھا تھا اور ہم نے وہاں کہاں چلا گیا، حتیکہ ہم تنظیم سے مشاہدہ کررہے تھے۔

تقریباً دو گھنٹے بعد ہم آزاد ہوگئے، مگر ہم رات کے اس دیرانہ وقت میں بہتی ہوئی برف کی بڑی ٹکڑیوں سے بچنے کیلئے رات بھر ساکن رہے۔ میں نے اس وقت تھوڑی دیر آرام کرنے کا موقعہ سمجھ کر استعمال کیا۔

صبح ہوئی اور باہر روشنی ہوئی تو میں ڈیک پر گیا اور نیاونچ میں سمندری نیوز بین والے سی نے ٹوکری کے ساتھ بات چیت کی۔ یہ وہی ٹوکری تھی جو رات برف کے بڑے ٹکڑے پر ہم مشاہدہ کر چکے تھے۔ صرف ایک کتا زندہ رہا تھا، مگر ایک شخص تو اندر تھا۔ وہ یورپ سے تھا۔ جب کیپٹن نے مجھ کو دیکھا، انہوں نے

"کہا، "یہ ہمارا کیپٹن ہے اور وہ آپ کو کھلی سمندر میں مرنے نہیں دیں گے۔

جب غریب نے مجھے دیکھا تو وہ انگریزی میں میرے ساتھ بات کرنے لگا، لیکن الفاظ میں یہ اکثر بدلہ ہوا۔ "جب میں آپ کے جہاز میں آتا ہوں تو،" اس نے کہا،
"کیا آپ مجھے بتا سکتے ہیں کہ آپ کہاں جارہے ہیں؟"

تم میرے حالات پر حیران ہوگئے ہوگئے جب ایک آدمی، جو خطرے میں تھا اور کوئی دوسرا راستہ نہ تھا، نے مجھ سے پوچھا کہ ہمارے جہاز کس رخ مسافرت کر رہا ہے۔ میرا خیال تھا کہ اس حالت میں کوئی بھی شخص میرے جہاز کو اپنی زندگی کی ریسک تصور کرے گا اور دنیا کی کچھ دوسری چیز نہ چاہے گا۔ لیکن میں نے اس کو سچ بتایا اور کہا کہ ہم دنیا کے شمالی علاقے کی کھوج کر رہے ہیں۔

جب وہ میری جواب سنا تو پُر اطمینان نظر آیا اور ہمارے جہاز پر آنے کو راضی ہوگی۔ اے مارگریٹ، کاش تم اس آدمی کی حالت دیکھ سکتیں۔ تدریجاً، وہ طاقت بحال کرتا رہا اور ہم نے اسے کمبل کیڑھنیوں میں لپیٹ کر کچن سٹوو پاس رکھا تاکہ وہ گرمی محسوس کرسکے۔ آہستہ آہستہ، وہ صحت یاب ہونا شروع ہوگیا اور ایک کچی سوپ کھایا جو اس کی تندرستی میں بےحد تبدیلی لائی۔

جب تک دو روز گزر گئے جیسے اس طرح کے بعد وہ بات کر سکے۔ مجھے فکر تھی کہ اس کی مصیبت نے اس کی صلاحیت سمجھنے سے محروم کردی، جب اس نے صحت یاب ہونا شروع کیا تو میں اس کو اپنی کیبن لے گیا اور جتنا ممکن ہو سکے اس کی دیکھ بھال کی۔ وہ مفت کرنے والا شخص دیکھنے کے لئے دلچسپ تھا۔ میں نے طاقت نہیں کی حقیقت سازوار نے اسے سوالات سے اسے حملہ کرنے سے روکیں۔ لیکن جب لیفٹ ٹینٹ نے پوچھا کہ تم اتنی دور تک برف پر اتنے کیوں ہوئے تھے، ایک بار میں تنہا اضطراب رساں ہوگیا، اور جواب دیا، "کسی شخص کو تلاش کرنے کے لئے۔"

"اور کیا وہ شخص جسے آپ پیچھا کر رہے تھے وہی راستے سفر کرتا ہوا؟"

"جی ہاں۔"

پھر میرا خیال ہے کہ ہم نے اسے دیکھا تھا۔ آپ کو پانی سے ایک دن پہلے"
ہمیں کچھ کتے برف پر کھینچتے ہوئے ایک سلیڈ پر بیٹھے شخص کو گزرتے دیکھا
"تھا۔

یہ ایک جملے پر مشتمل ترجمہ ہے جسے آپسے ترجمہ کروایا گیا ہے:

یہ غریب کے دل اور ذہن کو دلچسپ کرتا ہے اور اس نے "جن" کاٹے تھے کے
بارے میں بہت سارے سوالات پوچھے۔ بعد میں، جب ہم تنہا تھے، اس نے کہا،
"مجھے یقین ہے کہ میرا سوال آپ کا بھی دلچسپی پیدا کر کے چکا ہے، اور ان
خوبصورت لوگوں کا بھی، لیکن آپ بات نہیں کرنے کے لئے بہت مہذب ہیں۔"
بالطبع، میں مے ساختوں اور ہے ادبی نہیں کرنے کے لئے آپ کوسنگھارسی"
"کرنا ہوگا۔

اور یتو عجیب اور خطرناک صورتحال سے مجھے بچایا، آپ نے مجھے"
"مہربانی سے زندگی کی راہ پر لوٹایا۔

اس کے بعد، اس نے پوچھا کہ کیا میں سمجھتا تھا کہ دوسری قطار برف
توڑنے کے وقت تباہ ہوگئی ہوگی۔ میں نے اسے بتایا کہ میں یقین نہیں کر سکتا
کیونکہ برف رات کے قریب گھڑی وار توڑتی تھی اور سافر شاید اس سے پہلے
سلامتی پہنچ چکا تھا۔ لیکن میں یقین کرنے کے لئے کچھ کہ نہیں سکتا تھا۔

اس کے بعد سے غریب نے زندگی کے لئے نئی توانائی ظاہر کی ہے۔ وہ ہنگامی
حال کو دیکھنے کے لئے دیکھرانے کے لئے تیار ہیں۔ لیکن میں نے اسے قائم کیا کہ
وہ کابینے میں رہیں کیونکہ وہ ٹھنڈ میں ابھی بھی بہت کمزور ہیں۔ مجھے وعدہ
کیا کہ کوئی اس کا خیال رکھتا رہے گا اور اگر کچھ نئی چیز نظر آئی تو فوراً اس
کو معلوم کر دیں گے۔

یہاں تک یہ گھٹنے والے واقعے کا خلاصہ ہے۔ اس غریب کی صحت بہتر ہو
رہی ہے، لیکن وہ زیادہ بات نہیں کرتا اور میرے علاوہ کسی بھی شخص کی کمرے
میں داخل ہونے سے پریشان سی لگتا ہے۔ لیکن وہ بہت مہربان اور دلکش ہے۔ میں
اس پر ہمدردی اور ترسمانا کرتا ہوں کیونکہ وہ ہمیشہ اداس ہوتا ہے۔ یقیناً بہت سے
گراں قدر و ممتاز شخصیتوں میں سے ایک تھا یہ۔ یہ کچھ بقایا ہیں، مگر کھڑا ہو
نے کے نقش و نگار پر بھی اب بھی وہ دلکش اور معزز ہے۔

جی ہاں، میری پیاری مارگرٹ، میں نے پہلے ہی کہا تھا کہ وسیع بحر میں
دوست تلاش کرنا ممکن نہیں ہوگا۔ لیکن میں نے ایسا ایک شخص پایا ہے جسے
میں خوشی سے اپنا بھائی کہتا۔

میں اپنی ڈائری میں غریب کے بارے میں روپروپ کرتا رہوں گا جب بھی نئے
واقعات کی رپورٹ کروں گا۔
17 13 ،اگست—.

میرے مہمان کے لئے میرا محبت کا جذبہ روز بروز مضبوط تر ہوتا ہے۔ مجھے

حیران ہونے اور گہرے دکھ رو ہونے کا احساس ہوتا ہے کہ وہ کتنا زیادہ دکھ برداشت کرتا ہے۔ میرا دل میں بھرم ہوتا ہے کہ ایک اعلیٰ شخصیت شوہری کے وجہ سے امیری کے ذریعے نئے جذبات کو تباہ کرتی ہے۔ وہ نرم اور دانشمند ہے، اور اس کا دماغ محنت سے طلبہ کرتا ہے۔ جب وہ بات کرتا ہے، توانائی سے محقق العجائب تیزی سے کہیں بولتا ہے۔

21 وہ اب بہت بہتر ہیں اور دیکھبال پر بہت سمیت پاکر، اپنی سلیڈ پر جو اسکے آگے آئی تھی وہ دیکھتے ہیں۔ اگرچہ وہ اداس ہیں، پھر بھی وہ دیکھتے ہیں کہ دوسرے کیا کام کررہے ہیں۔ اس نے میرے ساتھ میرے منصوبے کے بارے میں گفتگو کی ہے، اور میں نے اس کو ہر باتیں خوشی سے سچ بتادی ہیں۔ اس نے میرے نقطہ نظر کو دھیان سے سنا اور میرے کاموں کی تفصیلات حاضری کی ہوئیں کونکہ میں یقین رکھتا ہوں کہ میرے کلیدی فیصلوں سے میرا نظریہ کامیاب ہوگا۔ اس کی سمجھ اور تعاطف نے مجھ سے دل کی باتیں کہنے کو مجبور کیا، کہ محض میرے منصوبے کے لئے میں کتنی بھی چیزیں تیار رکھنے کو تیار ہوں۔ میں نے کہا کہ اگرچہ میں اپنے پیسے، زندگی اور تمام امیدوں سے بھی قربانی دینے کو تیار ہوں۔ میں یقین رکھتا ہوں کہ ایک شخص کی زندگی یا موت ہماری خلاف ورزشوں پر میرا کچھ خاصیت کی نہیں ہوگی جو میں چاہتا ہوں اور جو میں با روزہ کروں۔ جب میں بات کررہا تھا تو اسکا چہرہ سیاہ اور غمگین ہوگیا تھا۔ آغاز میں اس نے آنکھوں کو باتھوں سے ڈھانپا تاکہ اسکی جذبات چھپائیں۔ لیکن میں دیکھ رہا تھا کہ آنسوئوں کا سلسلہ جاری ہے۔ وہ نے اپنی بھاری چھاتی سے گہری سانس لی۔ میں بات کرنا بند کردی۔ آخرکار، وہ ہلتی ہوئی آواز میں بات کی کہتے ہیں، "بے خوشی میں مبتلا شخص! کیا آپ بھی میری طرح دیوانہ ہیں؟ کیا آپ بھی نشے کی مشروبات کا ذوق چکھی ہیں؟ سنیے، میں آپ کو اپنی کہانی سنوں گا اور آپ اس مٹکے بھرے گلے کو نہ پھیونگے!"

22 تمام وہ الفاظ، آپ سمجھ سکتے ہیں، میری بہت کرتنی بنے۔ لیکن غریب کو دکھ میں مبتلا ہو چکا تھا اور اسے چند گھنٹوں کی آرام اور سنجیدگی کی بات چاہیے تھی جس سے وہ خود کو سامی کرسکتا تھا۔

جب اس کے حوصلہ و باہ کونٹرول میں لائے تو وہ خود کو پسند نہیں کرتا تھا کہ وہ اپنی مشاعر کی قابو میں ہے۔ اس نے اپنے یاس کو دور کیا اور میری شخصی حقائق کے بارے میں بات کرنا شروع کردیا۔ وہ میرے زندگی کے ابتدائی دنوں کے بارے میں پوچھتا رہا، اور میں نے جلدی سے اپنی کہانی سنانے لگا۔ لیکن یہ مجھے دوسری باتیں سوچنے پر مجبور کرتی تھیں۔ میں اپنی خواہش بیان کرتا رہا کہ میں ایک دوست کی تلاش میں ہوں، کوئی ایسا شخص جس کے ساتھ میں اس سے گہرے رشتے سے جڑ سکوں جو کسی سے پہلے نہیں ملے تھے۔ میرے خیال میں ایسی دوستی نا ہونا انسان کو بے خوش کردیتی یہ حال کردیتی تھی۔

میں آپ سے متفق ہوں"، غریب نے کہا۔ "اگر ہمیں کوئی آپ سے زیادہ امروز"
میں ترقی کرنے میں ہماری مدد کرنے والا، بہترین اور عزیز ہمیں نہیں ہے تو ہم
ناقص بندے رہ جاتے ہیں۔ میرے پاس کبھی ایک ایسا دوست تھا جو سب سے بہتر
انسان تھا جسے میں نے کبھی دیکھا تھا، اس لئے مجھے دوستی کی حقیقت
وضاحت کرنے کا حق ہے۔ آپ کے پاس امید ہے اور آپ کا پورا زندگی آگے ہے، اس
لئے آپ کا کوئی کارنے کا باعث نہیں ہے۔ لیکن میں... میں سب کچھ کھو چکا ہوں
اور دوبارہ شروع نہیں کرسکتا ہوں"۔

جب اس نے یہ کہا، تو اس کا چہرہ پر گہری افسوس کی عکاسی کرتا رہا جو
میرے دل تک پہنچتی تھی۔ لیکن اس نے کچھ اور نہیں کہا اور اپنی کبینے کی طرف
لوٹ گیا۔

23 وہ توڑنے اور افسردہ محسوس کرتا ہوتا ہے لیکن وہ پھر بھی فطرت کی
خوبصورتی کو قدر کر سکتا ہے۔ وہ دوسری وجود رکھتا ہے۔ وہ مشکل وقتوں سے
گزر سکتا ہے اور مایوس ہو سکتا ہے لیکن جب وہ اکیلا ہوتا ہے تو وہ آسمانی روح
کی طرح بن جاتا ہے۔ وہ کچھ خاص روشنی کے آس پاس ہوتا ہے جو غم اور
بے وقوفی کو دور رکھتی ہے۔

کیا تمہیں لگتا ہے کہ میں بہت زیادہ بے قابو ہوتا ہوں جب میں اس حیرت انگیز
مسافر کے بارے میں بات کرتا ہوں؟ اگر تم اسے دیکھتے تو تم ویسا نہیں سمجھتے۔
میں بھی سوچ رہا تھا کہ وہ میرے جانے والوں سے کہیں بہتر ہے کیا؟ مجھے لگتا
ہے کہ یہ اس بات پر ہے کہ وہ چیزوں کی سمجھی ہوئی جلدی سے سمجھ سکتا
ہے۔ وہ بات کرنے میں بھی اچھا ہے۔

اگست 17۔ 19

24 کچھ عرضی روز میں یہ نادان مجھ سے کہتا ہے: "تم دیکھ سکتے ہو، کیپٹن
والٹن، کہ میں نے بہت بربادکاریوں کا سامنا کیا ہے جو سوچ سے باہر ہوتے ہیں۔
ایک بار میں نے فیصلہ کیا تھا کہ یہ سختیاں میرے ساتھ قبر میں چلی جائیں گی،
لیکن تم نے مجھے خلاف کر دیا۔ میری طرح، تم بھی علم و حکمت کا تلاشگار ہو اور
مجھے یقین ہے کہ تم میری کہانی میں ایک قیمتی سبق پاؤ گے۔ یہ سبق تمہاری
مشق میں تمہاری کامیابی کے صورت میں تم کو راہنمائی کرے گا اور ناکامی کی
صورت میں تمہیں خوشی بخشے گا۔ تیار ہوجائیے کچھ غیرمعمولی واقعات کے
بارے میں سننے کے لئے"۔

25 میں بہت خوش ہوا جب اس نے مجھے اپنی کہانی سنانے کی پیشکش کی
تھی۔ لیکن مجھے چاہیے تھا کہ اس کو اپنے افسردہ تجربات کا دوبارہ بیان کر کے
تکلیف میں مبتلا نہ ہونا چاہئے۔ میں واقعی دلچسپ تھا اور اگر میں مدد کرسکتا تو
مدد کرنا چاہتا تھا۔ میں اس کو بتایا کہ میں کیسا محسوس کررہا ہوں۔
شکریہ"، اس نے کہا "محبت کرنے کے لئے، لیکن کچھ فرق نہیں پڑے گا۔ میرا"

تقدیر تقریباً مکمل ہو چکا ہے ۔ میں صرف ایک مزید چیز کا انتظار کر رہا ہوں، پھر میں آخرکار آرام کرسکوں گا۔ میں تمھارا محسوس کرنے کو سمجھتا ہوں"، اس نے کہا، جب میں کچھ کہنا چاہتا تھا۔ "لیکن اگر تم سوچتے ہو کہ کچھ بدل سکتا ہے جو میرے ساتھ ہو رہا ہے تو تم غلط ہو۔ مجھے اپنی کہانی تم کے ساتھ بانٹنے دو، اور تم دیکھو گے کہ یہ پہلے ہی فیصلہ کردیا گیا ہے "۔

وہ مجھ سے کہا کہ وہ اپنی کہانی شروع کریں گے ، جب میرے پاس فراغت کا وقت ہوگا۔ میں نے اس وعدے کے لئے ان کا شکریہ ادا کیا۔ ہر رات، اگر میری ذمہ داریوں کے ساتھ میں بہت مصروف نہ ہوں، میں اپنی مکمل کوشش کروں گا کہ وہ جو کچھ میرے سامنے بیان کرتے ہیں، میں لکھ لوں۔ ان کی کہانی عجیب اور پریشان کن ہونی چاہئے ۔

CHAPTER 1

میرا پیدائش جنیوا میں ہوا، اور میری خاندان وہاں پر احترام کی معیار وسنجیدگی کے لئے مشہور ہے۔ میرے آباؤ اجداد نے حکومت میں اہم کردار ادا کیے، اور میرے والد نے بھی عزت کے ساتھ عوامی خدمات سرانجام دیے۔ جو کوئی انہیں جانتا تھا وہ انہیں ان کی ایمانداری اور محنت پر احترام رکھتا تھا۔ وہ اپنے جوانی کا بڑا حصہ اپنے ملک کے معاشروں پر توجہ دیتے رہے، اور مختلف وجوبات نے ان کے شادی کو بعد میں طول دیا۔

میرے والد کا شادی سے رشتہ ان کی شخصیت کا ایک عمدہ مثال ہے اور میں آپ کے ساتھ اس کہانی کو شیئر کرنا چاہتا ہوں۔ ان کے ایک قریبی دوست، ایک تاجر جس کا نام بوفورٹ تھا، پہلے دولتمند تھا لیکن کئی مسائل کی بنا پر وہ غریب ہو گیا۔ بوفورٹ اپنی بیٹی کے ساتھ لوسرن منتقل ہو گیا، ایک شہر جہاں وہ غریبی میں رہتا تھا اور کوئی اسے نہیں جانتا تھا۔ میرے والد کو بوفورٹ کی پریشانی سے بہت دلچسپی تھی اور انہیں ان کی مشکل وقتوں سے گزرتے دیکھ کر بہت آفتاب ہوا۔ میرے والد نے وقت ضائع کیے بغیر فوراً بوفورٹ کو تلاش کرنے کا فیصلہ کیا، امید کے ساتھ کہ ان کو اپنی مدد اور حمایت کے ساتھ نئی زندگی شروع کرنے پر مائل کر سکیں۔

بیفورٹ نے خود کو اچھے سے چھپا لیا تھا، اس لئے میرے ابا کو اسے" ڈھونڈنے میں دس مہینے لگ گئے۔ جب وہ آخر کار پتا لگا کر بیفورٹ کے گھر تک پہنچے، تو وہ بہت خوش ہوئے۔ لیکن جب وہ اندر گئے، تو انہیں صرف مصیبت اور ناامیدی ملی۔ بیفورٹ نے اپنی برباد زندگی سے صرف تھوڑا سا پیسہ بچایا تھا،

جو اسے کچھ مہینے تک زندہ رہنے میں مدد کرنے کے لیے کافی تھا۔ اس وقت وہ
امید کر رہا تھا کہ وہ کسی اچھے محل کامن کی نوکری پا لے، لیکن افسوس کے
ساتھ کہنا پڑا کہ اسے کوئی کام نہیں ملا، اور جتنا وقت اسے اپنی حالت کے بارے
میں سوچنے کا ملا، اتنی ہی اس کی غم اور تکلیف بڑھتی رہی۔ تین مہینے کے بعد،
وہ بیمار ہوگئے اور کچھ بھی کرنے کی حالت نہیں رہی۔

انکی بیٹی، کیرولائن بیفورٹ، نے ان کی دیکھ بھال بہت پیار اور نزاکت سے کی۔
لیکن اُس کو ناامیدی کے ساتھ دیکھنا پڑا کہ ان کی محدود رقم جلدی ختم ہو رہی
تھی اور ان کے پاس کسی اور طریقے سے اپنا خرچ چلانے کا کوئی راستہ نہیں
تھا۔ لیکن کیرولائن ایک بہت مضبوط شخصیت تھی جس کے اندر ایک دلچسپ
دماغ تھا، اور وہ طریقے ڈھونڈتی رہیں کم سے کم پیسے کمانے کے لئے اور
بس لنگر چلانے کے لئے۔ وہ سادگی سے سلائی کرتی تھی اور ٹکڑوں سے چیزیں
بناتی تھی، جیسے کہ بھوسے سے، اپنے گزرنے کے اثر چھپانے کے لیے، ہر طرح کا
"استمال کرتی تھی۔

مہینے گزرتے گئے اس طریقے سے۔ کیرولائن کے والد صحت میں بگاڑ آئے، تو
اس نے ان کی دیکھ بھال کرنے میں زیادہ وقت گزارا۔ ان کے پاس جیونے کے لئے کم
سے کم پیسے بچتے گئے۔ آخرکار، دس مہینے بعد، ان کے والد کا انتقال ہوگیا جب
انھوں نے اپنی بیٹی کو اپنی بازوں میں لیا تھا۔ اب اس کو بلکل تنہا چھوڑ دیا گیا
اور کوئی پیسے بھی نہیں تھے۔ یہ اس کے لئے بہت بڑا ضرب تھا، اور وہ اپنے والد
کے تابوت کے قریب گرے بھیتے، بہت زیادہ روی۔ اسی وقت، میرے والد کمرے میں
داخل ہوئے۔ وہ مسکین لڑکی کے لئے مانوس فرشتہ کی طرح تھے۔ اس نے اپنی
دیکھ بھال کرنے کی بھروسہ ان پر کی۔ جب اس کے والد دفن کئے گئے، تو اس نے
اسے جنیوا لے کر گئنیوا کی ایک رشتہ دار کے پاس محفوظ بنایا۔ دو سال بعد،
میرے والد اور کیرولائن نکاح کر لیا۔

میرے والدوں کی عمری فاصلہ تھا۔ میرے والد نے میری والدہ کے لئے قدر و
قیمت رکھی تھی۔ یہ ان کے ارتحال اور خاص حقوق پر محافظت کیلئے ان کے رویے
کو بہت شایان مجاز بناتی تھی۔ وبشخص امور میں ہمیشہ اولین ترجیح خانے اور
آرام کو رکھتا تھا۔ وہ اسے کرناردار کی طرح حفاظت کرتا تھا جیسے کشاورز
سخت ہواوں سے ایک نازک پھول کو حفظ میں لے اتارتا ہے، اور اس نے اسے
خوشی اور مسرت کی چیزوں سے گھیرا ہوا تھا کیونکہ اس کے پاس ایک نیک خو
عورت کا روحانی اور مہربان خوبصورت عمل تھا۔ تاہم، اس نے جو کچھ گزارا اس
سے اس کی صحت اور عزم میں کمزوری پیدا کی تھی۔ دو سال پہلے جب وہ شادی
کرنے لگے، میرے والد ہنسپتال کے کاموں کی چھوڑ دیں تھے۔ اور جیسے ہی وہ

شادی کرتے، انھوں نے فیصلہ کیا کہ وہ خوشگوار ماحول رکھتے ہیں جہاں یہاں کے کلیمیٹ ہے، اور وہ تمام حیرت انگیز چیزیں دیکھنے کے لئے ایک سفر پر نکلیں گے۔ انھوں نے امید کی تھی کہ یہ تغییر منظر ان کی والدہ کی صحت کو دوبارہ مضبوط کرنے میں مدد دیگا۔

من إيطاليا زاروا ألمانيا وفرنسا. وُلِدت أنا، الابن الأكبر، في نابولي وذهبت معهم في رحلاتهم وأنا طفل رضيع. كنت طفلهم الوحيد لعدة سنوات. كانوا يحبون بعضهم البعض بعمق وكانوا يغرقوني بالمحبة اللانهائية. أتذكر لمسات أمي اللطيفة وابتسامة أبي الدافئة عندما ينظر إليّ. كنت لعبتهم، كنزهم، والأهم من ذلك، كنت طفلهم. كانوا يعتقدون أنني هدية من السماء، متروكة لهم لتربيتي وتوجيهي نحو حياة سعيدة. كانوا يدركون تمامًا مسؤولياتهم وكانوا يقدرون الفرصة لبناء مستقبلي. علموني الصبر واللطف وضبط النفس منذ صغر سني، يرشدونني بالحب والعناية. بفضلهم، كانت سنواتي الأولى مليئة بالفرح والسعادة.

لمبے عرصے تک، میں ان کی وحید خیال تھا۔ میری ماں کو واقعی ایک بیٹی چاہیے تھی، لیکن میں ان کا ایک لیاقت تھا۔ جب میں لگ بھگ پانچ سال کا تھا، ہم اپنے ایٹلی کی حدود سے باہر سفر کرنے گئے اور ایک ہفتہ لیک کومو کے کنارے گزارے۔ ان کے اچھے خصوصیات کی وجہ سے، میرے والدین غریبوں کے گھروں کو کثرتاً تشریف لاتے رہتے تھے۔ میری ماں کے لئے یہ صرف ایک فرض نہیں تھا؛ یہ وہ چیز تھی جس کی وہ مجبور محسوس کرتی تھی۔ انھوں نے خود اذیت کا سامنا کیا تھا اور وہ مدد کرنا چاہتی تھیں جو ضرورت میں ہوں۔ ہماری سیر کی دوران، ہم نے ایک بہت اداس نظر آنے والی کٹی کو وادی میں چھپا کر دیکھا۔ کچھ خراب لباس میں چار بچے اس کے ارد گرد بٹھے ہوئے تھے، یہ غریبی کی دلیل تھی۔ ایک دن، جب میرے والد ملان سفر پر گئے تھے، میری ماں اور میں اس گھر کا دورہ کرنے گئے۔ اندر، ہم نے محنتی کسان جوڑا دیکھا جو اپنے پانچ بھوکے بچوں کو کھلانے کے لئے مشکل میں تھے۔ لیکن سب بچوں میں، ایک بچی میری ماں کو خاص طور پر پسند آئی۔ وہ دوسرے بچوں سے مختلف نظر آتی تھی۔ چار کالی آنکھوں والے بچے مضبوط سفر کرنے والے تھے، لیکن یہ بچی پھیکی اور نازک تھی۔ اس کے بال سب سے تیز سونے کے بھی تھے، حالانکہ اس کے کپڑے فرسودہ تھے۔ اس کا منہ پورے جذبات اور مہربانی سے بھرا ہوا تھا جسے جو بھی دیکھتا، وہ اسے خاص سمجھتا، جیسے وہ آسمان سے بھیجی گئی خاص بچی ہو، جس کی ہر قسمت میں آسمانی چمک ہوتی ہو۔

گاؤں کی عورت نے دیکھا کہ میری والدہ کتنی دلچسپی اور حیرانی سے وہ خوبصورت لڑکی کو دیکھ رہی تھیں، تو وہ خوشی سے اپنی کہانی بیان کرنے لگی۔ لڑکی ان کی اپنی بیٹی نہیں تھی، بلکہ ملان کے ایک نواب کی بیٹی تھی۔ اس کی ماں، جو جرمن تھیں، اس کی پیدائش کے وقت وفات پا گئی تھی۔ پھر بچی کو ان

مہمان نواز اور محبت بھرے جوڑے کے ساتھ رکھ دیا گیا تھا۔ ان کے لئے وقت وہاں بہتر تھا۔ انھوں نے حال ہی میں شادی کی تھی، اور ان کا پہلا بچہ ابھی پیدا ہوا تھا۔ لڑکی کے والد ایک اٹلیائی تھے جو اٹلی کی عظیم ماضی کو دل سے قدردانی کرتے تھے۔ انھوں نے اپنے ملک کو آزاد کرنے کے لئے بے حد محنت کی تھی، مگر افسوس کہ وہ اس کی کمیوں کا شکار ہوگئے۔ یہ بے وضوح تھا کہ وہ مر گئے یا اب بھی اسٹریا میں قید ہیں۔ ان کی سامان حکومت نے لے لیا، جس سے ان کی بیٹی یتیم اور مسکین ہو گئی۔ وہ اپنے پروردگار والدین کے ساتھ رہی اور ان کے سادہ گھر میں ترقی کی۔ اندھیرے بوٹوں کی پٹھوں میں ایک خوبصورت گلاب کی طرح خوبصورت نکھر کر کھڑی ہو گئی۔

جب میرے والد ملان سے واپس آئے تو مجھے اپنے گھر کے ڈیوڑھے میں ایک بچے کے ساتھ کھیلتے ہوئے ملے۔ یہ بچہ پینٹنگ میں ہونے والے چیرُپ سے بھی زیادہ خوبصورت تھا۔ اس کی صورتوں نے روشنی بکھیری ہوئی تھی، اور وہ اتنی حسینی سے حرکت کرتی تھی۔ ہم جلدی سے جان گئے کہ یہ کون تھی۔ میری ماں نے اس بچے کے حوالے سے دیکھ بھال کرنے والے ان لوگوں سے یہ پوچھا کہ کیا وہ ہمیں اسے دے دیں گے۔ انھوں نے یہ محروم گدھے کو بہت محبت کی تھی، لیکن ان کو یہ معلوم تھا کہ اسے غربت میں رکھنا ناانصافی ہوگی، جبکہ اس کے لئے ایک بہتر زندگی منتظر تھی۔ یوں نے دیہات کے پیشوا کے ساتھ بات چیت کی، اور فیصلہ کیا گیا کہ ایلیزابیتھ لاوینزا ہمارے ساتھ رہنے آئے گی۔ وہ میری بہن سے بھی زیادہ ہوگئی۔

در حقیقت، الیزابیت کو سب پسند کرتے تھے۔ سب لوگ اسکو حیرت اور قدر کا احساس رکھتے تھے، جو مجھے فخر اور خوشی دیتا تھا کہ میں ان کے احساسات کا حصہ ہوں۔ رات کو جب وہ میرے گھر آنے والی تھیں تو میری ماں چھڑیانے کے طور پر کہتی تھیں، "وکٹر، تمھارے لئے ایک خوبصورت تحفہ ہے۔ تم کل اس کو پاؤ گے"۔ اگلے دن، جب میری والدہ نے الیزابیت کو میرے لئے خصوصی تحفے کے طور پر تقدیم کیا، میں نے اس بات کو حرف نکال کر دیکھا اور الیزابیت کو ایک ایسے شخص کے طور پر دیکھا جو کیفیت، محبت، اور خیال کرتا ہے۔ ہم ایک دوسرے کو بھائی بہن کے طور پر بلا ترتیب بولاتے تھے، لیکن یہ لفظ اس خاص تعلق کو پوری طرح نہیں بیان کرتا تھا جو ہمارے درمیان تھا۔ وہ میرے لئے صرف ایک بہن نہیں بلکہ دنیا بھر کا قیمتی رشتہ تھی اور یہ قسمت بنتی تھی کہ یہ تعلق میرا ہمیشہ کا ہوگا، موت تک۔

CHAPTER 11

ہم باہم بڑھتے رہے۔ ہمیشہ اہمیت کو سامجھتے رہے اور ہماری مختلف شخصیتیں ہمیں قریب لا دیتی تھیں۔ الیزابیت سنجیدہ اور توجہ مرکوز تھیں، لیکن میری طرف دلچسپی بڑھکتی تھی اور مجھے علم کی زیادہ پیاس محسوس ہوتی تھی۔ جبکہ الیزابیت حولیت کے حسن کو پسند کرتی تھیں، مجھے پسند تھا کہ میں یہ جاننے میں مصروف ہوں کہ واقعات کی وجہ کیا ہوتی ہے۔ دنیا ایک راز تھی جو میں پیدا کرنا چاہتا تھا۔ میری کوریوسٹی بزرگ تھی، میں ہمیشہ تحقیق کرتا رہتا تھا اور طبیعت کے پوشیدہ قوانین کو سمجھنے کی کوشش کرتا تھا۔ جب میں یہ رازوں کو کھولتا، میں اس کی خوشی اور بے چانی کو محسوس کرتا تھا جو میری سب سے پہلی یادوں میں سے چند ہیں۔

جب میرے چھوٹے بھائی کا پیدا ہوا تھا ، سات سال بعد میں ، میرے والدین نے سفر کرنا بند کر دیا اور ہمارے وطن میں بستے رہنے کا فیصلہ کیا۔ جنیوا میں ہمارا ایک گھر تھا ، ہمارے پاس شہر سے ایک میل کے فاصلے پر شرقی کنارے پر بیلرائو نامی ایک ملکی مکان بھی تھا۔ ہم زیادہ تر بیلرائو میں رہتے تھے اور میرے والدین نے ایک خوشنود زندگی بسار لی تھی۔ میں ہمیشہ بڑے جمعوں سے بچنا پسند کرتا تھا اور بجائے کئی لوگوں کے ساتھ قوی دوستیاں بناتا تھا۔ بالکل عام طور پر مجھے اپنے کلاس فیلو کے بارے میں زیادہ فکر نہیں تھی ، لیکن میں ان میں سے ایک کے ساتھ کافی کریبی دوستی تھی۔ ہنری کلروال جنیوا کے ایک تاجر کے بیٹے تھے ۔ وہ بہت ماہر اور خیالی بچہ تھا۔ اسے مہم جوئی ، چیلنج ، اور خطرے بھی بہت پسند تھے ۔ اس نے کئی کتابیں سرکاری کیا تھیں جہاں سراتھیاں جنگ کی

کہانیوں پر مبنی تھیں۔ یہ شیرانہ گیت لکھتا تھا اور خواندنے کی طہریوں کی کئی دلفریب کہانیوں اور داستانوں کا نوحہ بھی کرتا تھا۔ وہ ہمیں تھیٹر میں ادا کرنے کو یا کسی مختلف ڈریس کروڑنے کو بھی مجبور کرتا تھا ، تاکہ ہم رونسیسوالز ، ارتھر کی میز ، اور شجاع جنگجو جو غیر مسلمانوں سے مقدس مقام کو بچانے کیلئے لڑتے تھے کے مرکزی کرداروں کے حلیے بن سکیں۔

39

میرا بچپن بہت خوشگوار تھا۔ میرے والدین ہمیشہ مہربان اور سمجھ دار رہتے تھے۔ وہ ہمیشہ ہماری ہر بات کو کنٹرول نہیں کرتے تھے ، لیکن وہ ہمیں بہت سارے خوبصورت تجربات دیتے تھے۔ باقیوں کی خاندانوں کے مقابلے میں، مجھے یہ معلوم ہوا کہ میں کتنا خوش نصیب ہوں۔ یہ میری شکرگزاری کرنے اور میرے والدین سے مزید محبت کرنے کو مجبور کرتا ہے۔

کبھی کبھی، میں بہت غصہ یا جذباتی ہوجاتا تھا۔ لیکن صرف بچوں والی باتوں میں دلچسپی لینے کی بجائے، میرے پاس سیکھنے کی بہت زوردار خواہش تھی۔ لیکن بس ہر چیز میں نہیں۔ مجھے زبانوں یا حکومتوں یا سیاستوں میں دلچسپی نہیں تھی۔ میں دنیا کے رازوں کو جاننا چاہتا تھا، سب سے بڑی حد تکنیکی چیزوں کے پزیرائی والی یا پیداواروں کے عقب میں چھپی ہوئی دلچسپی کو۔ میرے سوالات معاصراصول سے متعلق تھیں، یا دنیا کے رمزوں سے متعلق اس کی اسرارمسترد کو۔

40

يقوم كليرفال بالتركيز في ذات الجوانب المعنوية للحياة. كان مهتمًا بالأفعال البطولية والأعمال البطولية للأشخاص، وكان يطمح لأن يصبح واحدًا منهم. أما إليزابيث، بروحها المقدسة، فقد جلبت الدفء والنور إلى منزلنا السلمي. كلنا تأثرنا بلطفها، وابتساماتها، وصوتها اللطيف، والنظرة الحبوبة في عينيها. يلين حضورها لي ويلهمني، ويمنعني من أن أصبح جادًا جدًا أو خشنًا بسبب طبيعتي العاطفية. أما عن كليرفال، فروحها النبيلة بقيت بعيدة عن السلبية.

41

مجھے اپنی بچپن کی یادوں کے بارے میں سوچنا پسند ہے۔ اس وقت، جب برے واقعات پیش آگئے تھے، میرے ذہن میں دنیا میں بڑا تبدیلی لانے کے روشن خواب بھرتے تھے۔ لیکن جب وقت بہتا گیا، میرے خیالات اپنی طرف رجحان پکڑنے لگے اور ان کی روشنی کھو دی۔ اپنے جھلی دنوں کی طرف مددور بھرتے ہوئے ، میں نے یہ احساس کیا کہ جو ماسوئ رنگین کہانی کسی دُکھ بھری طرف رَضا نا خوشگوار لیجنڈ سے متاثر ہونے لگا۔ بہت سی باتوں کی طرح، چھوٹی باتوں نے میدان کو بڑی باتوں کے قطارمیں لے جانے کا سبب بنا۔

طبیعی فلسفے کی تحقیق میرا مقرر کرنے والی ہے۔ میری کہانی بیان کرتے ہوئے ، میں وہ چیزوں کیوں پسند کرتا تھا جو مجھے اس سائنس سے محبت ہوگئی

تھی سمجھانا چاہتا ہوں۔ جب میں تیرہ سال کا تھا، تو میرے خاندان اور میں سفر پر گئے۔ کیونکہ موسم خراب تھا، ہمیں ایک دن کے لئے اندر کھانے کے لئے اپنے پناہ گاہ میں رہنا پڑا۔ وہیں پر مجھے کارنلیوس ایگریپا کی کتاب نظر آئی۔ شروع میں، میں نے بے خواہشی کے بغیر اسے کھولا۔ لیکن جب میں نے پڑھا کہ اس کی ادائوں کے بارے میں وہ اور وہ بہت تعجب انگیز چیزوں کے بارے میں بات کر رہا ہے، تو میں واقعی متحمل ہو گیا۔ یہ ایک روشنی کی مانند تھی جو میرے ذہن میں چمک رہی تھی اور میں اپنی خوشی کو قابو نہیں کرسکتا تھا۔ میں نے تمیزاں ہی اپنے والد سے اس بارے میں بتایا۔ لیکن جب انھوں نے کچھ عادی دستخطوں کو دیکھا تو اپنی تشریفرضا کہتے ہوئے انھوں نے کہا، "اے ویکٹر، میرے دوست، وقت برباد نہ کرو اس پر۔ اسے پڑھنے کا کوئی فائدہ نہیں ہوگا۔

42   اگر میرے والد نے مجھے سمجھایا ہوتا کہ ایگریپا کی کتاب میں دبے گئے خیالات اب مانئے نہیں جاتے اور اب کچھ بہتر اور عملی علم کے نظام موجود ہیں، تو میں ایگریپا پڑھنا چھوڑتا اور دوسری تحقیقات پر توجہ مرکوز کرتا۔ لیکن، میرے والد واقعی کتاب کو جو میں پڑھ رہا تھا واقعی نہیں دیکھے، اس لیے مجھے یقین نہیں تھا کہ انہیں یہ معلوم ہے کہ یہ کتاب کے بارے میں کیا ہے۔ لہذا، میں نے پڑھنا جاری رکھا، پرسکونی کے ساتھ۔

43   جب میں گھر واپس آیا تو، میری پہلی چیز تھی اس مصنف کی تمام کتابیں حاصل کرنا. معاصر سائنسدانوں نے کافی کھڑشی کی اور حیرت انگیز دریافتوں کی ہے، مگر میری پڑھائی کے بعد بھی میں ہمیشہ ناخوشگوار محسوس کرتا تھا. سر ایزک نیوٹن نے ایک بار کہا تھا کہ وہ خود کو ایک بچہ سمجھتا تھا جو حقیقت کی بےپناہ اور کھودنے اور ناکامی کے سامنے دُکھ کر کر رہ گیا تھا. میری جانب سے میں دیگر سائنسدانوں کو بھی ایک ساکشی تصور کرتا تھا، بالکل میری طرح نوابین.

    عام لوگ اپنے ارد گرد کے سامنے چیزوں کو دیکھتے اور عملی طور پر ان کا استعمال کرنے کے بارے میں جانتے تھے. ماہر سائنسدان بھی زیادہ سے زیادہ اتنا ہی جانتے تھے. انھوں نے کچھ قدرتی اسراروں کو سمجھنا شروع کیا تھا، لیکن ہمیں عمدگی کے باوجود بہت کچھ نہیں معلوم تھا.

44   لیکونہ حاضر دی او د لوستونکونو دا لیدوو په خپله پیرندم کرم نو هغه زیاتی وا په عمق کیږي. ما د هرڅوکپی پخوانی له بیا لیدوونکی حرفو سره ځان ستاسو ورومبی نطق کرم او را پوهشوي. مې زووال وکرم چی کولای شی په داسې د لوستونکو کپی د خوپاندنپی اریکو یازده اریکی مجاز پوه ش کرم. زما پلارونکي ته نظر نه لرم وپوه شوم، لیکنه زره افتخار او نورمناخته راورم چی ببه درمل کوم او د افرادو اروغتیاوپی وراووي!

45   میرے پاس دیگر خوابوں کی بھی عکاسی تھی۔ میرے پسندیدہ مصنفین نے

وعید کی تھی کہ وہ جنات یا شیطان کا حضور مرتب کر سکتے ہیں اور مجھے اس کا ہونا بہت خواہش تھی۔ اگرچہ میری کوششیں ہمیشہ ناکام ہوتیں رہیں، لیکن میں یقین کرتا تھا کہ یہ اس لئے ہوتا تھا کیونکہ میری تجربہ کاری کم تھی، نہ کہ میرے اساتذہ کسی مہارت یا ایمانداری کی کمی کی بنا پر۔ لہذا میں نے بہت وقت دس کراری خیالات کی تعلیم کا ختم کیا، مخالف نظریات کو آپس میں ملا کر دس لیتا اور علوم کی ملٹھی کو سمجھنے کی کوشش کی۔ میری تخیل اور نوجوان ذہن نے مجھے اس پیچیدہ اوڑھ کے ذریعے گمراہی میں راہنمائی کی۔

جب میں پندرہ برس کا تھا، میری فیملی اور میں بیلرائیو کے قریب ہمارے گھر میں رہ رہے تھے۔ ایک دن، ہم نے مضبوط اور خوفناک تھنڈرسٹارم کی گواہی دیکھی۔ طوفان جورہ کے پہاڑوں سے آیا۔ اچانک، میں نے اپنے گھر سے بشمول بیس گز دور کے پرانے اور خوبصورت بلوط کے درخت سے روشنی کی شعاع دیکھی۔ جب چمکتی ہوئی روشنی غائب ہوئی، بلوط کا درخت بھی غائب ہوگیا، صرف ایک بیجا کرکٹرز والا خارجی پیدیشہ رہ گیا۔

میرے پاس پہلے سے ایٹم کی بنیادی برقیات کے بارے میں کچھ معلومات تھیں جب یہ واقعہ ہوا۔ اس وقت ہمارے پاس ایک آدمی تھا جو دیسی فلسفے کے بارے میں بہت کچھ جانتا تھا، اور وہ بہت دلچسپی سے اس واقعے کے بارے میں بتا رہا تھا۔ وہ مجھے برقیات اور غریبانی پر ایک نئی اور حیرت انگیز نظریہ توضیح کرنے لگے۔ جووہ کہتے تھے وہ مشہور مفکرین جن پر مجھے گور ناگا ، البرٹس میگنوس ، اور پیرا سیلسس جیسے افراد کو بہت کم اہم سمجھاتا تھا۔ بد قسمتی کی بات ہے کہ انہ کی باتیں میری معمولی پڑھائی سے میرا دلچسپی کم کر دیا۔ یہ لگ رہا تھا جیسے کچھ بھی علمی روشنی کی کاشی نہیں تھی جو کچھ بھی مجھے بہت دلچسپ لگتا تھا، اچانک اہم نہیں رہ گیا۔ جب ہم نوجوان ہوتے ہیں تو ایسی عجیب تبدیلی ذہنی آتی ہے کہ ہم تمام پرانی دلچسپیوں کو فوراً چھوڑ دیتے ہیں۔ میں نے فیصلہ کیا کہ طبیعی تناسخ اور اس سے متعلقہ ہر چیز بیکار اور بدصورت ہے۔ میں نے ایک ایسی کھاوتی سائنس کی بھی بہت ناپسند کی جو حقیقت میں دنیا کو کبھی بھی اصولی طور پر سمجھ نہیں سکتی تھی۔ اس ذہنی حالت میں، میں نے ریاضیات اور اس سے متعلقہ مضامین کی طرف رجوع کیا۔ میں یقین رکھتا تھا کہ وہ مضبوط بنیادوں پر مشتمل ہیں اور میری توجہ کے قابل ہیں۔

ہماری روحیں ایک عجیب طریقے سے تعمیر کی جاتی ہیں اور ہمارے مقدر کو چھوٹی چیزوں سے تعین کیا جا سکتا ہے۔ میرا احساس ہوتا ہے کہ میری منتخبی کو میرا حفاظتی فرشتہ راہنمائی کرتی رہی

یہ قوتِ نیک کا ایک مضبوط کوشش تھا ، لیکن بدقسمتی کا یہ کوشش کامیاب نہیں ہوسکی۔ قسمت بہت طاقتور تھی ، اور اس کی تبدیل نا پذیر قوانین نے پہلے سے ہی میرے مکمل اور خوفناک زوال کا فیصلہ کر دیا تھا.

CHAPTER III

میری سترہ سال کی عمر میں، میرے والدین نے فیصلہ کیا کہ میری تعلیم جاری رکھنے کیلئے مجھے انگلشٹاڈ یونیورسٹی میں جانے کا فیصلہ کریں۔ اس سے پہلے، میں جنیوا میں اسکولوں میں پڑھ رہا تھا۔ لیکن میرے والد صاحب کو یقین تھا کہ مجھے گھر والے ملک کے باہر مختلف روایات تجربہ کرنا ضروری ہے۔ ہم نے میری روانگی کی جلد تاریخ تعین کرلی تھی۔ لیکن، اس دن سے پہلے ہی، میری زندگی کا پہلا سانحہ واقع ہوگیا۔ یہ ایک منظر تھا کہ جیون میں میری مستقبل میں میری ناخوشی کو نشانی سمجھا جائے گا۔

الیزابیت بخوبی تیز بخار کی بیماری میں مبتلا ہوگئی اور بہت خطرے میں مد میں آگئی تھی۔ بہت سے لوگ میرے والدہ کو یقین دلانے کی کوشش کرتے رہے کہ وہ الیزابیت کی دیکھ بھال نہ کریں۔ شروع میں، انہوں نے ہماری بات سنی اور دور رہنے کی کوشش کی، لیکن جب انکو یہ معلوم ہوا کہ الیزابیت کی زندگی خطرے میں ہے، وہ اپنے فکر کو کم کرنا نہیں سکیں۔ وہ اس کی دیکھ بھال کرتی رہی اور اس کی توجہ بخوبی بیماری کو شکست دی۔ الیزابیت بہتر ہوگئی، لیکن غم سے میری والدہ بھی بیمار ہوگئیں۔ اُن کی بہت بہتری لیکن بہت تشویشناک تھی اور ڈاکٹرز کو ڈر ٹھہراتا تھا کہ یہ سب سے برا نتیجہ ہوسکتا ہو۔ اپنی مرنے کی سر میں تکے، میری والدہ مضبوط اور مہربان رہتی رہیں۔ وہ الیزابیت اور مجھے اکٹھے لائیں اور کہا، "میرے بچو، میں ہمیشہ آپ دونوں کا خوشی سے شادی کرنے کا امید رکھا تھا۔ اب، آپ کے والد کو اس امید کا آرام حاصل ہوسکتا ہے۔ الیزابیت، میری پیاری، آپ کو میرے چھوٹے بچوں کی دیکھ بھال کرنی ہوگی۔ میرے لئے آپ سب کو

پیچھے چھوڑنا مشکل ہے کیونکہ میں بہت خوشی اور محبت کا احساس رکھتی رہی ہوں. لیکن یہ خیالات میرے لئے درست نہیں ہیں. موت کو قبول کرنے کی کوشش کرنے کی کوشش کرونگی اور کامیاب ہونے کی امید کرونگی کہ تمہیں دوبارہ ایک دوسرے کو دیکھونگی ایک دوسرے نئے دنیا میں."

وہ پیار سے اپنی جان دے گئیں ، اور موت کے بعد بھی ان کے چہرے میں محبت کا اظہار تھا۔ میں نے آپ کو بتانے کی ضرورت نہیں ہے کہ آپ کو کتنا درد ہوتا ہے جب آپ کو کوئی ایسا شخص جسے آپ بہت محبت کرتے تھے کھو جاتا ہے۔ یہ ایک خلا پیدا کرتا ہے۔ لیکن جب تک وقت بتاتا ہے اور آپ سمجھتے ہیں کہ نقصان حقیقتی ہے ، افسوس کا درد زیادہ تند ہوتا ہے۔ مگر کون نہیں جو کسی عزیز کو کھونے کا درد نہیں محسوس کیا ہوا؟ مجھے ایسا غم بیان کرنے کی ضرورت نہیں جو ہر شخص نے محسوس کیا اور محسوس کرے گا۔ میری ماں چلی گئی تھی ، مگر ہماری ذمہ داریوں کو پورا کرنے کیلئے پھر بھی ہماری مسئلت ہوتی تھی۔ ہم جاری رہنا ہوتا تھا اور خوش قسمت سمجھتے اپنے لئے کیونکہ ہمیں ابھی کسی کو کھو نہیں چکا تھا۔

میرا منصوبہ ہے انگولشتاڈ کے لئے روانہ ہونا۔ میں نے اپنے والد سے کچھ ہفتے مزید کا وقت مانگا۔ میں ان لوگوں سے دور نہیں رہنا چاہتا تھا جو ابھی بھی یہاں ہیں، خاص طور پر میری پیاری الیزابیت ہے جس کو میں امید کرتا تھا کہ وہ کچھ عزت کی سراغ رکھتی ہوگی.

وہ اپنے اداسی کو چھپانے کی کوشش کی اور ہم سب کے لئے تسلی کا سرچشمہ بننے کی کوشش کی۔ اس نے زندگی کی مقابلہ بازی کی اور شجاعت اور جوش کے ساتھ اپنی ذمہ داریوں کو سنبھالا۔ اس نے ہمارے چچا اور بھانجوں کی خیال رکھنے پر توجہ مرکوز کی۔ وہ حتٰی اپنے خود کے غموں کو بھول گئی جب تک وہ ہمیں ہمارے غم بھولانے کیلئے محنت کرتی رہی.

آخرکار، وہ دن آ گیا جب مجھے روانہ ہونا تھا۔ کلرول ہمارے ساتھ آخری شام گذاری کر رہا تھا۔ اس نے اپنے باپ کو رائے دی تھی کہ میرے ساتھ آنے کی اجازت دیں، لیکن اس نے اپنے بیٹے کے خوابوں اور حوصلوں میں کچھ اہمیت نہیں دیکھی. ہنری نے یہ حقیقت کے آغازاں کو بہت افسردہ کیا کہ وہ ایک وسیع تعلیم پر عمل نہیں کر سکتا تھا۔ اس نے زیادہ کچھ نہیں کہا، لیکن میں دیکھ سکتا تھا کہ وہ پر عزم اور مشتاق تھا.

ہم دیر تک بیدار رہے۔ ہم ایک دوسرے کو چھوڑنا نہیں چاہتے تھے یا "دعا" کے لفظ کہنا نہیں چاہتے تھے! آخر کار ہم نے کہا، لیکن ہم دوسرے کو غلط فہمانے کے خواہشمند تصور کر کے سونے کی کوشش کی۔ میں اس کاروان کے پاس چلی گئی جو مجھے دور لے جائے گا۔ کلیرال نے آخری بار میرا ہاتھ دبایا، الیزابیت نے مجھ

سے اکثر لکھنے اور میرے ساتھ بچپن کے رفیق اور دوست کے طور پر ایک آخری گلے لگائی اور توجہ دی۔

میں خودگاڑی میں بیٹھ گیا اور میں تنہا تھا۔ جب میں یونیورسٹی جاؤں گا، تو مجھے نئے دوست بنانے ہونگے اور اپنی خود کی دیکھ بھال کرنی ہوگی۔ میں ہمیشہ پرورش دیا گیا ہوں اور وہی چھرے میں عادت ہوچکا ہوں، تو اجنبیوں کے قریب ہونے کا خیال مجھے بے چین کرتا ہے۔ اب، میری خواہشات پوری ہوربی تھیں، اور کوئی پچھتاوہ کرنا بیوقوفانہ ہوتا۔

میرے لمبا اور تھکا دینے والے سفر کے دوران مجھے ان تمام باتوں پر سوچنے کا بہت وقت ملا۔ میں گاڑی سے اترا اور میرا خود کا چھوٹا سا کمرہ مجھے منتقل کیا گیا، جہاں میں رات بھر جس طرح چاہوں گا یہاں گزار سکتا تھا۔

اگلے دن، میں نے ان خطوط کو فراہم کیا جو مجھے ملے اور کچھ اہم اساتذہ کے پاس دورہ کیا۔ اتفاق سے، میں نے مسٹر کرمپ، طبیعی فلسفہ کے پروفیسر، سے ملاقات کر لی۔ وہ ایک عجیب آدمی تھے، مگر اپنے شعبے میں بہت ماہر تھے۔ انھوں نے مجھ سے طبیعی فلسفہ میں میں نے کیا سیکھا ہے، کچھ سوالات کئے۔ میں نے ان کے سوالات کو بہت اہمیت نہیں دی اور بے فکرانہ طور پر کہا کہ میں نے الکیمسٹس کی تحقیقات پڑھی ہیں۔ پروفیسر حیرت زدہ ہوگئے اور پوچھے کہ کیا میں نے واقعی اپنا وقت ایسی بیکواس باتوں پر ضائع کیا ہے۔

میں نے کہا کہ ہاں، میں نے کیا ہے۔ مسٹر کرمپ ناراض ہوگئے اور کہا، "تمہارے ان کتبوں پر ہر لمحہ بالکل ضائع ہوا۔ تم نے اپنے دماغ کو قدیم نظریات اور بے فائدہ ناموں سے بھر دیا۔ تم نے کس طرح ایک جگہ میں رہ کر کیسے زندگی گزاری، جہاں کسی نے تمہیں بتایا کہ یہ نظریات قدیم ہیں اور غیر متعلق ہیں؟ اس طویل عصر کے دوران روشنی اور سائنس میں، تم اب بھی انسانوں کی تعلیموں کو مانتے ہو جیسے البرٹس میگنس اور پیراچیلسس۔ میرے عزیز، تمیں "اپنی تعلیمات کو صفر سے شروع کرنے کی ضرورت ہے۔

ان الفاظ کے ساتھ وہ راستہ منتقل کرتے ہوئے ایک فہرست تیار کیں گے جس میں وہ کچھ کتابوں کا حوالہ کریں گے جو طبیعی فلسفے پر ہوں۔ اس کے بعد وہ مجھے جانے دیںگے، لیکن پہلے مجھے بتاتے ہیں کہ وہ اگلے ہفتے طبیعی فلسفے پر تقریریں شروع کریں گے۔ وہ بھی ذکر کرتے ہیں کہ دیگر ایک استاد، آقا کا والڈمین،وہ دنوں میں کیمیا کے بارے میں تقریریں کریں گے جب وہ نہ کرتے ہوں۔

میں ٹھیک ٹھاک محسوس کرتے ہوئے گھر واپس گیا کیونکہ پروفیسر کو ناپسندیدہ مصنفوں پر میں پہلے سے زیادہ خیال نہیں کرتا تھا۔ لیکن یہ ملاقات مجھے ان مضامین کا مطالعہ کرنے کے لئے زیادہ خواہشمند نہیں بناتی۔ دوسرا استاد، آقا کریمپ، میرے لئے بہت خوشگوار نہیں تھے۔ مجھے لگتا تھا کہ ماڈرن نیچر فلسفہ کا مطالعہ بے فائدہ ہے۔ جب سائنسدان طویل عمر اور قوت کی تلاش

کرتے تھے تو اس کا تعاقب ٹھیک ویسا نہیں تھا۔ وہ خیالات ، حتیٰ کہ اگر وہ کامیاب نہ بھی ہوئے ، دلچسپ تھے۔ لیکن حال میں چیزیں بدل چکی تھیں۔ سائنسدان صرف یہ ثابت کرنے میں مشتمل تھے کہ وہ خیالات موجود نہیں تھے ، جو مجھے سائنس میں دلچسپی لانے کی وجہ تھیں۔ وہ مجھے دلچسپ ممکنات سے بیورنگ حقیقتوں کی بجائے دستبردار ہونے کو چاہتے تھے۔

57

میرے پہلے چند دن انگولشتاد میں ،میں نے وقت گزارا اِس علاقے کا جاننے کا اور لوگوں کے ساتھ واقع کی باتیں میں ۔ اس کے علاوہ، میں نے یاد رکھا کہ م والڈمین نے مجھے لیکچر بارے میں کیا کہتے کہا تھا۔ میری نفرت کے باوجود کہ میں نہیں چاہتا تھا کے میں اس مغرور آدمی کی گفتگو سنوں ،میں یاد رکھا کہ دیگر پروفیسر جنہوں نے م والڈمین بیان کیا تھا احاطہ نہیں کیا۔ کیونکہ وہ شہر سے دور تھے اس لئے میں نے انہی کے پیچھے مشقت سے جانے کا شور کیا۔

دلچسپی کی بنا پر اور کیونکہ میرے پاس کچھ اور کام نہیں تھا، میں نے لیکچر ہال میں جا کر بیٹھ گیا جہاں میں وقت کا ہم ماہگیر بدلا سوا۔ یہ پروفیسر م والڈمین بہت مختلف تھے م والڈم نے۔ وہ تقریباً پچاس سال کے نظر آتے تھے اور ان کے چہرے پر ایک مہربان اظہار تھا۔ ان کے گھنگھورے متھے پر کچھ سفید بال تھے لیکن باقی بال ایکدم سیاہ تھے۔ وہ چھوٹے قد کے تھے لیکن بہت سیدھے کھڑے رہتے تھے ، اور ان کے پاس میں سب سے خوبصورت آواز تھی۔ وہ اپنی لیکچر کا آغاز کرتے ہوئے کیمیا کی تاریخ کے بارے میں بات کرتے ہوئے شروع کیا ،جس میں مختلف مشہور سائنس دانوں کی کیی اہم دریافتوں کے بارے میں تبصرے کیے۔ اس کے بعد انہوں نے موجودہ حالت سے قلیلی بات کی ، اور کچھ بنیادی اصطلاحات کی تعریف کی۔ چند تجربے کی آمادہ کرنے کے بعد ، انہوں نے لیکچر ختم کیا جس طرح سے میں کبھی بھول نہیں پاؤں گا ، اس مدرن کیمیا کی تعریف کرتے ہوئے۔

58

اس سائنس کے قدیم اساتذہ،" انہوں نے کہا، "وعدے کرتے تھے جو پورے نہیں ہو سکتے تھے اور کچھ حاصل نہیں کرتے تھے۔ موجودہ ماہرین بہت معمولی دعوے کرتے ہیں۔ وہ جانتے ہیں کہ دھات کو کچھ دوسرے چیز میں تبدیل نہیں کیا جا سکتا۔ وہ فطرت کے رازوں میں غوطہ لگاتے ہیں اور بتاتے ہیں کہ وہ کس طرح پوشیدہ مقامات میں کام کرتی ہے ۔ وہ آسمانوں کو جاچتے ہیں، خون کی حرکت کا اکھاڑتے ہیں، اور ہماری سانس لینے کی فطرت کو سمجھتے ہیں۔ انہوں نے نئی اور تقریباً بے حد قدرتوں حاصل کی ہیں۔ وہ گرج کی آواز کو کنٹرول کر سکتے ہیں، زلزلوں کی نقل کر سکتے ہیں، اور حتی کہ اندھیری دنیا کی خیالی تصاویر بنا سکتے ہیں۔"

یہ وہ اساتذہ کی باتیں تھیں - یا کہیں، قسمت کی باتیں - جو مجھے مٹا دینے کے لئے کہہ دی گئیں تھیں۔ جب انہوں نے بات کرنا جاری رکھا، تو میرا جانور

محسوس ہوا جیسے میری روح جدوجہد کر رہی ہو۔ انھوں نے میرے وجود کے مختلف پہلوؤں پر ہاتھ ڈالا، میری دماغ کو ایک سوچ، تصور، اور مقصد کی طرف جگا دیا۔ "بہت کچھ پہلے ہی حاصل کر لیا گیا ہے،" فرانکنشٹائن کی روح نے دعویٰ کیا، "مگر میں اور بھی زیادہ حاصل کروں گا۔ پہلے ہی راستے کی پیروی کرتے ہوئے، میں ایک نیا راستہ خارج کروں گا، ناشناختہ صلاحیتوں کی تلاش کروں گا، اور دنیا کو تخلیق کے سب سے گہرے رازوں کی روشنی میں آگاہ کروں گا۔"

رات وہاں اندر نیند نہیں آئی۔ میرے اندر آشوب اور انتشار تھا، اور میں امید کر رہا تھا کہ ترتیب آئے گا۔ مگر میں اسے منظور کرنے کا کوئی طریقہ نہیں تھا۔ دھیرے دھیرے، صبح کے بروقت، نیند آخر کار آ گئی۔ جب میں اٹھا، تو محسوس ہوا جیسے میری کل رات کی خیالات صرف ایک خواب تھے۔ باقی رہ گیا صرف ایک عزم کہ میں اپنی پرانی تعلیمات پر واپس آوں اور ایک سائنس پر توجہ دوں، جس میں مجھے خودی طور پر صلاحیت محسوس ہوتی تھی۔ اسی دن، میں ایم والڈمین کے پاس گیا۔ وہ خصوصی طور پر عام سے زیادہ مہربان اور دوستانہ تھے۔ اپنے گھر میں، وہ اپنے لیکچر کی شان کو گرمجوشی اور محبت سے بدل دیتے۔ میں نے ان کو اپنی گزشتہ تعلیمات کے بارے میں تقریباً وہی کہانی بتائی جو میں ان کے ساتھی کو بتائی تھی۔ انھوں نے میری چھوٹی سی کہانی کو دھیان سے سنا اور کارنیلیوس ایگریپا اور پیراچیلسس جیسے ناموں پر مسکراہٹ دی، مگر مسٹر کریمپ کی طرح کوئی حقارت نہیں تھی۔ انھوں نے کہا، "یہ وہ آدمی تھے جن کی بے تھک محنت کا ہم بہت شکر گزار ہیں جس کی وجہ سے ہمیں بہت سی معلومات حاصل ہوئی۔ انھوں نے ہمیں نئے نام دینے اور ان کی مدد سے انکشاف کردہ حقائق کو منظم کرنے کی راہ دکھائی۔ تجربہ کار افراد کی کامیابیوں کی کتابیں، چاہے وہ غلط ہوں، عموماً آخر میں انسانیت کو فائدہ دینے کی کشش رکھتی ہیں۔" میں ان کی باتوں کو سنا، جو کہ بے زہرہ اور تکبر سے بھری ہوئی تھیں۔ پھر میں نے ان سے کتابوں کے حوالے میں مشورہ مانگا۔

آقائے والڈمین نے کہا، "مجھے خوشی ہوئی ہے کہ مجھے ایک طالب علم مثل آپ ملا۔ اگر آپ محنت کروں، مجھے یقین ہے کہ آپ کامیاب ہوں گے۔ کیمیسٹری ایک ایسی سائنسی شعبہ ہے جہاں اہم ترقیوں ہو سکتی گئی ہیں اور اب بھی ہو سکتی ہیں۔ یہی وجہ ہے کہ میں نے اسے ستھرائی ہوئی پڑھائی میں توجہ دی ہے۔ ہاں، میں نے دوسرے علمی شعبوں کو نظرانداز بھی نہیں کیا ہے۔ اگر کوئی شخص صرف کیمیسٹری کا خیال رکھتا ہو تو وہ ایک اچھا کیمیا دان نہیں ہوسکتا۔ اگر آپ واقعی ایک سائنسدان بننا چاہتے ہیں اور صرف معمولی تجربہ کار نہیں، تو میں آپ کو تجربات نفسیات کے تمام شاخوں، میں ریاضیات شامل کرنے کی مشورت دوں گا۔

ہماری بات چیت کے بعد، آقائے والڈمین نے مجھے اپنے لیبوریٹری لے گئے اور"

مجھے دکھایا کہ ان کی مشینیں کیسے کام کرتی ہیں۔ انہوں نے مجھے بتایا کہ
مجھے کونسے آلات کی ضرورت ہوگی اور وعدہ کیا کہ جب میری پڑھائی میں کافی
ترقی ہوجائے گی تو مجھے اپنی مشینیں استعمال کرنے کی اجازت دیں گے۔ انہوں
نے میری درخواست پر مجھے کتابوں کی فہرست بھی دی ہے۔ یہ کہہ کر آپ کو دعا
دی "بدیع منظر گاہاں سے میرے لیے یہ دن اہم تھا۔ یہ میرے مستقبلی راستہ کو
متعین کرتا ہے"۔

CHAPTER IV

اس دن سے آگے ، میں نے تقریباً مکمل طور پر طبیعی فلسفہ، خاص طور پر کیمسٹری، کی مطالعہ پر توجہ دی۔ میں نے وہ موجودہ سوچنے والے ماہرین کی تحقیقات کو بے خواہشی سے پڑھا جنھوں نے ان موضوعات کے بارے میں لکھا تھا۔ میں لیکچرز حاضر ہوتا اور جامعے کے سائنسدانوں کو جاننے کا موقع حاصل کیا۔ مسٹر کرمپ بھی، اپنی ناپسندیدہ حالت و طرز عمل کے باوجود، بہت سی عملی علمی معلومات فراہم کرتے تھے۔ مگر مسٹر والڈمین وہ واقعی دوست بنے جو میرے لئے حقیقی دوست بنے۔ وہ مہربان تھے۔ انھوں نے مشکل مفھومیات کو سمجھنا آسان بنایا اور مجھے رہنمائی کی۔ اکثر، میں اپنے لیبرٹری میں رات بھر کام کرتا رہتا، اپنی مطالعات میں اتنا مشغول ہوتا کہ میں نہیں دیکھتا تھا کہ میں سحر کے روشنی میں ستارے کیسے غائب ہوتے ہیں۔

میں کسی طور پر محنت کرتے ہوئے کام کرتا ہوں، سمجھنا آسان ہے کہ میں تیزی سے ترقی کرتا رہا۔ طلباء میرے وہم و تمنا پر حیران تھے۔ دو سال اسی طرح گزر گئے ، جس میں میرا جینیوا کا کوئی دورہ نہیں تھا۔ میں کسی دھڑکنے والے خودی کش ایجاد میں مکمل غرق ہوا. دو سالوں کے اختتام تک، میں نے کچھ کیمیائی آلات میں ترمیمی کی بھی کچھ ترقی کی، جس کی وجہ سے مجھے جامعے میں بہت عزت و تعریف ملی۔ اس نقطے پر، میں نے انگولشثات کے استادوں سے جو کچھ سیکھ سکتا تھا سیکھ لیا تھا۔ اس وقت، یہاں میں رہنے سے میری مدد کرنے والے کچھ نہیں تھے، میں اپنے دوستوں اور وطن کو واپس جانا چاہتا تھا. لیکن، کچھ ایسا ہوا کہ میرے رہنے کو مزید لمبا کرنا پڑا.

میری توجہ کو بہترین طریقے سے کھینچنے والی ایک چیز یہ تھی کہ میرا دیانت دلادیا گیا۔ جانے کی وجہ کیسے بچتا ہے، ہمیں پہلے موت سمجھنی ہوگی. مجھے اناٹومی کی سائنس سے واقفیت تو ہوگئی، لیکن یہ کافی نہیں تھا. مجھے دیکھنا تھا کہ ایک جسم کیسے سڑنے لگتا ہے. میری تعلیم میں، میرے والد نے خصوصی پتلا تھامے ہوتے تھے کہ کوئی پراکرت کے خوف سے میرے من کو ڈرائے نہ جائے. تاہم، اب مجھے مجبور کیا گیا تھا کہ اس سڑنے کی وجہ اور ترقی کا جائزہ لیں اور دن رات تحقیق کرتے رہوں جہاں میں کرے سکو. میں نے دیکھا کہ انسان کی خوبصورت شکل کیسے کڑوتر اور خستہ حال ہوتی ہے. میں سمجھنے کے لئے رکاوٹ ڈال دی، کیسے تمام دلائل کا تجزیہ کرتا چلتا رہا، جیسا کہ زندگی سے موت تک اور موت سے زندگی تک ہوتی ہے، جب تک کہ اس تاریکی کے درمیان سے اچانک روشنی میرے من کے اندر واقع نہ ہوگئی. میں اپنے آپ کو یقین نہیں کرسکتا تھا کہ تمام لوگوں کی نسبت میں، میری ہی قسمت ہوگئی کہ اتنی حیرت انگیز راز کو کھولوں.

یاد رکھیں، میں ایک دیوانے کا دیدار ریکارڈ نہیں کر رہا ہوں۔ کئی دن راتوں کی شدید محنت اور تھکاوٹ کے بعد، مجھے کام کرنے والی کچی چیز میں زندگی کی راز کاپنے کا کامیاب ہوا۔

اس دریافت کرنے پر میری پہلی حیرت بعد میں خوشی اور جنون میں تبدیل ہو گئی۔ یہ دریافت بہت بڑی اور انتہا پسند کارکردگی تھی، جس کی وجہ سے میں پیش سے بڑھتے ہوئے قدموں کو بھول گیا اور میں صرف نتیجہ دیکھ رہا تھا۔ دنیا کے خردمند ترین لوگوں کی مطالعہ اور خواباں تھی ہوشیاری میرے سانگ مگرفت کرلی گئی تھی۔ اب میرا اوسط یقینی طور پر ہو گیا تھا۔ نہ کہ یہ مگرفت کی طرف سے ایک جادو کا منظر ہوگیا، بلکہ مجھے حاصل کردہ معلومات میری تلاش کے مقصد کی طرف دکھاتی تھیں، بجائے کہ پیش سے مکمل ہوجائے۔

میرے دوست، میں تمھاری چاہ و جوش اور کریوسٹی کو اپنی آنکھوں میں دیکھ رہا ہوں. لگتا ہے تم یہ جاننا چاہتے ہو کہ وہ راز کیا ہے جو مجھے معلوم ہے، لیکن میں تم کے ساتھ سیدھے طور پر اس کا اشتراک نہیں کرسکتا. براہ کرم صبر سے پوری کہانی سنو، اور سمجھو کہ میں یہ راز رکھ رہا ہوں کیونکہ. میں تمہیں کبھی پہلے کی طرح خطرناک راستے پر نہیں لے جائوں گا، جہاں تم صرف تباہی اور رنج میں پہنچتے ہو. میری تجربے سے سبق لو، اگر نہیں تو میری نصیحت کے ذریعہ اور سمجھو زیادہ علم حاصل کرنے کے خطرات کو. شخص کے لئے بہتر ہوتا ہے کہ وہ اپنی اپنی شہرت سے خوش حال ہوں اور وہ بھی کوشش نہ کریں اس سے زیادہ ہونے کی جو ہمیں قدرتی طور پر ہی بیں.

جب میں نے پہلی بار اس شاندار طاقت کو دریافت کیا، تو میں نہیں فیصلہ کر پایا کہ میں اسے کس طرح استعمال کروں. ایک جسم بنانا جس میں دھاگے،

پٹھوں، اور رگیں کی تمام پیچیدگیاں ہوں، ایک مشکل کام تھا۔ ابتدائی طور پر، میں حیران تھا کہ کیا میں ایک ایسی مخلوق بناؤں جو میرے جیسا ہو یا پھر ایک سادہ ترین؟ مگر میری ابتدائی کامیابی سے میں اتنا اعتماد اور جذبہ محسوس کر رہا تھا کہ میں یقین کرنے لگا کہ میں ایک انسان جیسی پیچیدہ اور حیرت انگیز مخلوق کو زندہ کر سکتا ہوں۔ میرے پاس مواد اس طرح کے ایک مشکل کام کے لئے کافی نظر نہیں آ رہے تھے، مگر میں امید کرتا تھا کہ آخر کار مجھے کامیابی ملے گی۔ میں جانتا تھا کہ راستے میں بہت سے رکاوٹیں ہوں گی، اور میرا کام مکمل طور پر ناکام بھی ہو سکتا ہے، مگر میں یقین کرتا تھا کہ میری کوششیں مستقبل کی کامیابی کے لئے بنیاد رکھیں گی۔ میں اپنی منصوبے کی بڑائی اور پیچیدگی کو ترکیب سے نہیں دیکھتا تھا کہ میں محنت کرنا چھوڑ دوں۔ ان خیالات کے ساتھ، میں ایک انسانی مخلوق بنانے کا کام شروع کر دیا۔ کیونکہ چھوٹی چھوٹی تفصیلات مجھے دھیما کر رہی تھیں، میں نے اپنی اصل منصوبہ تبدیل کر دی اور فیصلہ کیا کہ میں مخلوق کو وراچول، تقریباً آٹھ فٹ لمبائی کا بناؤں۔ اس فیصلے کے بعد اور کئی مہینوں تک اپنی مواد جمع کرنے اور ترتیب دینے کے بعد، میں نے اپنا کام شروع کیا۔

میں نے پہلی بار کامیابی کا احساس محسوس کیا۔ ایسے جذبات کے بانی فوراً محکم طور سے مجھے آگے بڑھنے پر مجبور کر رہے تھے، ایک مضبوط ہوا کی طرح جو مجھے ہمیشہ کی طرح ترقی کرواتی ہے۔ زندگی اور موت میرے لئے حدود لگتے تھے، جو میں شکست دینا چاہتا تھا، ہمارے تاریک دنیا میں روشنی لایا۔ میں نے نئی قسم کی تشکیل بنانے کا خیال کیا۔ اس سب کے بارے میں سوچتے ہوئے، میں یقین کرتا تھا کہ اگر میں غیر حقوقی اشیاء کو زندہ کر سکتا ہوں، شاید وقت کے ساتھ (ہاں مجھے اب یقین ہو چکا ہے کہ یہ ناممکن ہے) میں مردے اور ملنے والے اعضاء کو بھی زندہ کر سکوں۔

یہ خیالات مجھے میرے منصوبے پر بے حد محنتی لگتے رہنے کی وجہ بنائے رہے۔ میں نے اتنا وقت پڑھائی میں لگایا کہ میرا چہرہ پھیکا پڑ گیا اور میرا جسم ایک جگہ محدود رہنے کی وجہ سے کمزور ہو گیا۔ کبھی کبھی، جب تک میں کامیابی کے بہت قریب تھا، میری کوشش ناکام ہوگئی۔ لیکن میں کبھی بھی امید نہیں چھوڑا۔ میں یقین رکھتا تھا کہ آئندہ کا دن یا حتی اگلے گھنٹے مجھے وہ چھلانگ دے سکتے ہیں جو مجھے ضرورت تھی۔ میرے پاس ایک راز تھا، جو صرف مجھے معلوم تھا، اور یہی توانائی تھی جو میری تمام کوششوں کی پیشگانی کرتی تھی۔ میں رات بھر کام کرتا رہا، چاند میرا یقینی گواہ تھا، محنت سے قدیم حقائقِ طبیعت کی تلاش میں بے حد محنت کرتا رہا۔ یہ ایک خوفناک اور ناپاک عمل تھا۔ میں قبرستانوں میں خاک اکٹھا کرتا رہا اور زندہ جانوروں کو سمجھوتے ءمردے شے کو زندگی دینے کے لئے استعمال کرتا رہا۔ وقت کے ساتھ، اُن

پلوں کی یادیں آج مجھے جھکا دیتی ہیں، لیکن اس وقت، میں ایک لاحقہ والے جذبے کے زیر اثر میں ڈوب گیا تھا۔ میں پوری توجہ اس ایک مقصد پر تو سکتا تھا، اس حد تک کہ میرا روح اور ادراک بالکل گم ہوگئے۔ یہ ایسا تھا جیسے میں ٹرانس میں ہوں، لیکن جب غیر فطری لگانے والی توانائی ناکام ہوتی تھی، میں قدیم خود کو واپس برآمد ہوتا تھا۔ میں قبرستانوں سے ہڈیاں اکٹھی کیں اور مقدس اسرارِ انسانی جسم کو میرے ناچیز ہاتھوں سے ناپاک کیا۔ میرے پاس ایک ٹوپی کی کمرے میں ایک الگ کارگاہ تھا، جو کہیں سارے کمرے سے علیحدہ تھا۔ اس میں میرے کاروبار کے لئے ضمور کا اور ضروری آلات کا سامان موجود تھی۔ میں اپنے کام میں اتنی دلچسپی رکھتا تھا کہ میری آنکھیں مکھڑیء اکھیں سوچتے رہنے لگیں۔ میں کھُود استبصار کی کمرے اور قصبے سے سامان حاصل کرتا رہا۔ وقت ایسے بھی تھے کہ میں اپنی کاروایتوں سے جھجھکتا تھا، لیکن میری حوصلہ افزائی نے مجھے جاری رکھا، ہمیشہ اپنے منصوبے کو مکمل کرنے کی طرف قریب آتے رہتے ہوئے۔

صیفی مہینوں کا وقت گزر گیا تھا۔ فطرت کبھی زیادہ خوبصورت نظر نہیں آئی تھی۔ اور وہی احساس جو مجھے اپنی ارد گرد کے مناظر کو نظر انداز کرنے پر مجبور کرتا تھا، وہی مجھے دوستوں کو بھی بھولنے پر مجبور کرتا تھا جو بہت دور فاصلے پر تھے اور میں نے بہت لمبی عرصے سے نہیں دیکھا تھا۔ میں جانتا تھا کہ میری خاموشی ان کو پریشان کر رہی ہے۔ میں اپنے والد کے الفاظ کو یادگاری کے طور پر تھوڑی یاد میں رکھتا تھا: "میں جانتا ہوں کہ جب تم خود کو خوش کروگے، تو ہمیں تم پر محبت سے سوچوگے اور ہمیں تم سے باقاعدگی سنوگے۔ مجھے معذرت کرنی چاہئے اگر میں تمھاری مکاتبت میں کسی توقف کو تمھاری "دیگر ذمہ داریوں کا صدیق سن بھی تصور کروں۔

میں سمجھتا تھا کہ میرے والد میری لاپروائی پر مجھے الزام لگا دیں گے، لیکن اب میں دیکھتا ہوں کہ ان کی بات میں حق تھا۔ ایک شخص جو مکمل ہو، ہمیشہ سکون اور امن بھرا دماغ رکھنا چاہئے اور کبھی بھی مضبوط احساسات یا عارضی خواہشات کو پرسکون کرنے اجازت نہیں دینا چاہئے۔ میں یہ مانتا ہوں کہ یہی بات علم کو چھوڑنے کے لئے بھی کام کرتی ہے۔ اگر وہ موضوع جس پر تم پڑھائی کرتے ہو تم کو ان سادہ خوشیوں سے دور کردیتا ہے جو خالص خوشی لاتے ہیں تو پھر وہ پڑھائی غلط ہوتی ہے، مطلب وہ انسانی دماغ کے لئے اچھا نہیں ہوتی۔ البتہ، اگر ہر شخص اس نصیحت کا پیروئی کرتا اور کچھ بھی ان کے خاندان اور امن کے محبت سے مداخلت نہ کرنے دیتا، تو ہم بہت کچھ کرنے کے بغیر رہ جائیں گے.

لیکن میں بھول گیا تھا کہ میں زندگی کی مشورے دے رہا تھا جب کہ میری کہانی کے سب سے دلچسپ حصے کا وقوع ہو رہا ہے، اور تمھارے اظہارات نے مجھے یاد دلایا کہ میں جاری رکھوں۔

71 میرے والد مجھے خطوں میں ڈانٹ تو نابیں رہے تھے، مگر انہوں نے میری خاموشی پر توجہ دیکھی اور پہلے سے زیادہ میرے کام کے بارے میں پوچھا. موسم گرمی، موسم بہار اور موسم خزاں کے دوران، میں اپنے کام میں اتنے مشغول تھا کہ پھولوں کی شادابی اور پھولوں کی نئی پتیوں کی خوبصورتی پر توجہ دینے کی گنجائش کو نہیں رکھ سکا جو مجھے کمابرداری لاتی تھی. جب میرے پروجیکٹ کا اختتام قریب تھا تو پتیاں پہلے ہی پڑ جانے کی وجہ سے سوکھ چکی تھیں. البتہ، میرا احساس مسرتی کام میں مشغول ایک کا مزیدار لطف لے رہے ایک فنکار کی بجائے مزدور کی طرح تھا کہ جنگل میں تانے پھاڑ کر کام کرنے والا ہو. ہر رات میں دھیمی بخار کا شکار ہوتا تھا اور بہت زیادہ پریشان ہوجاتا تھا. میں اپنے کام نے مجھ پر کتنا بوجھ ڈالا ہے سے ڈرنے لگا. البتہ، مجھے یقین تھا کہ جب میں اپنے خلقت کو مکمل کروں، تناسب اور مزیدار کھیل مجھے بیماری کی ابتدائی مراحل سے تعافی کروانے میں مدد کریں گے. میں دونوں چیزوں کی توقع رکھتا تھا.

CHAPTER V

وہ رات تھی جب میں نے تمام مشقتوں کے نتیجے میں وصول کی نتیجے کو دیکھا۔ میں ایسی فکر میں مبتلا تھا کہ یہ تکلیف تھی۔ میں نے بے جان شے کو زندگی دینے کے لئے ضرورت کے آلات کو اکٹھا کیا۔ بہت سن قدم چل چکا تھا اور بارش کچھ ورنیں نکل رہی تھی۔ میرا موم بتی تقریباً ختم ہو چکی تھی، لیکن خافت روشنی میں، میں نے اس جسم کی بیکار آنکھوں کو کھولتے ہوئے دیکھا۔ یہ سانس لینے میں مشکل کا سامنا کر رہا تھا اور اس کے اندر کیڑوں کی کڑھن بلکل بے قابو تھی۔

میں اس خوفناک لمحے پر میں سوچتا ہوں کہ جو میں محسوس کر رہا تھا، یا یہ بیان کرتا، کہ یہ حیرت انگیز موجودہ کتنا خوفناک تھا۔ اس کی کندھے درست سائز کی تھیں اور اس کے چہرے کے ممالک خوبصورت ہونے کے لئے تھے۔ لیکن اے خدا! اس کی پیلی جلد بھتری خلاف لمبائی اور پیدل بڈیوں کو دھانپ رہی تھی۔ اس کے پاس چمکدار، سیاہ، بہتے ہوئے بال اور منظم سفید دانت تھے۔ لیکن یہ کے مثالی عیبوں اس کی پانی دار آنکھوں اور پھیکی ہوئی جلد اور سیدھی سیاہ ہونے والے ہونٹوں کے ساتھ جوڑ کا خوفناک مواجہ کرتے تھے۔

میں نے مشقت کے ساتھ تقریباً دو سال کام کیا تھا، صرف اِس مقصد کے لئے کہ غیر جاندار اجسام میں زندگی دم بھرو سکوں۔ اِس کیلئے میں نے استراحت اور صحت سے محروم کیا۔ میں نے اپنی پوری کوشش کی اور جب میں سویا تھا، تو میں پر جوش خوابیں دیکھ رہا تھا۔ میں نے سوچا کہ میں ایلیزابیتھ کو دیکھ رہا ہوں جو صحت کے عروج میں اِنگولشٹاڈ کی گلیوں میں چلتی ہوئی نظر آ رہی تھیں۔

خوش و مسرور ہوکر میں نے اُسے گلے لگایا، لیکن جب میں نے اُس کے ہونٹوں پر پہلا بوسہ چمکایا، تو وہ موت کی رنگتیں رکھنے والے ہوگئے؛ اُس کے چہرے کا روپ بدل رہا تھا اور مجھے لگا کہ میں اپنی مرحوم ماں کا لاش اپنے بازوں میں کربی جما رہا ہوں۔ پھر، میں نے وہ ترسناک بدنور جندرچی کو دیکھا ۔ اُس مفلصل جانور کو جسے میں نے پیدا کیا تھا۔ وہ بستر کے پردے کو اُٹھایا اور اُس کی آنکھیں، جو آنکھوں کھلاتی ہیں یا کالے دھبوں کے زریعہ ہی کھلائیں جا سکتی ہیں، میری طرف تھے۔ اُس کے منہ نے کھلا اور وہ بڑبڑائے۔ میں نے گھر میں میری نگاہ پڑی مستقل قصر کی حصّے میں پناہ لی؛ وہاں رات کے باقی حصے میں رہا، بہت بے چینی کے ساتھ ایک اُوندھ چڑھ کر اُترا رہا، منتبہ حالت سے اوپر نیچے چل رہا تھا، دھیان سے سنتا رہا، ہر آواز کو پکڑتا رہا اور ڈرتا رہا جیسے کہ یہ خبر دے رہی ہے کہ جس جسندہ آدمی کو میں نے اچھی طرح سے جیون ڈال دیا ہے، وہ بدخواہ شدید نمونہ کی طرف ہی قریب آرہا ہے، جو میں نے ایک ناکامی کا نتیجہ دی کر اُسے حیات دی ہو۔

آخ نہیں! کوئی شخص اس چہرے کے خوف کو برداشت نہیں کر سکتا۔ حتیٰ ایک لوٹے ہوئے مرنے والے جسم کی طرح بھی وہ شخصیت خوفناک نہیں ہوسکتی۔ میں نے رات کو بالکل بے امید گزاری کی۔ کبھی کبھی میرا دل اتنی تیزی اور شدت سے دھڑکتا تھا کہ مجھے محسوس ہوتا تھا کہ یہ دھڑکن ہر رگ میں ٹکرانے لگی ہے۔ دیگر لمحات میں، میں بہت کمزور اور تھکاں محسوس کر رہا تھا کہ کہ میں مشی بھر نہیں کر پا رہا تھا۔ اس خوف کے ساتھ-ساتھ، مجھے ایک گہرا احساس کامیابی بھی محسوس ہوا۔ وہ خواب جو کبھی میرے لئے خوشی اور آرام لاتا تھا، اب زندہ دلی کا کابوس بن گیا تھا۔ ہر چیز اتنی جلدی تبدیل ہوگئی، اور میں مکمل طور پر پریشان ہوگیا تھا۔

آخر کار، صبح، تاریک اور بارشنی ہوگئی۔ میں تھکے ہوئے اور دردناک آنکھوں سے باہر دیکھا اور انگولشتات کی گرج کو دیکھا، جس کی سفید پنکھ پھاٹی اور گھڑی نے یہ بتایا کہ پہلے ہی چھ بج چکے تھے۔ گیٹ کیپر نے حویلی کے دروازے کھول دیے، جہاں میں نے رات کو عارضی حمایت ملا۔ میں سڑکوں پر نکل آیا، خوفزدہ کرتے ہوئے، جیسے کہ کونسا خلیہ بھی کہیں بھی نظر آسکتا ہے ۔ میں نے جرات نہیں کی اپنے کمرے میں واپس جانے کی، لہذا مجبور محسوس کیا کے چلتے رہوں، اگرچہ تاریک اور رنجیدہ آسمان سے بارش ہوتی رہتی تھی۔

میں ایسے ہی چلتا رہا کچھ دیر تک، اپنے دماغ کو اس بھاری بوجھ سے منھا کرنے کی کوشش کرتے ہوئے ۔ میں بغیر کسی جانکاری کے گلیوں میں گھومتا رہا، کہاں ہوں یا کیا کر رہا ہوں میرے سامنے سامنے نہیں جانتے ہوئے ۔ مجھے خوف سے بھر گیا تھا، اور میرا دل تیزی سے دھڑک رہا تھا۔ میں تیزی سے آگے بڑھ رہا تھا، سر گردے گھمانے کا جرات بھی نہیں کر سکتا تھا۔

اِسے لگ رہا تھا جیسے میں اندھیری اور ڈرادھک سڑک پر اکیلا ہی چل رہا
ہوں۔ میں آگے بڑھتا رہا، اپنا سر مت منہ واپس کرنے کا جرات نہیں کرتا تھا کیونکہ
میں جانتا تھا کہ ایک خوفناک جانوار مجھے قریب سے تعقب کر رہا ہے۔

میں اِس طرح جاری رہا جب تک کہ میں وہاں نہیں پہنچا جہاں الگ الگ بسوں
اور کیریج ٹھمپتے تھے۔ کچھ وجہ سے وہاں رک گیا، گرچہ میں اسے تفسیر کر
نہیں سکتا تھا۔ چند منٹوں کے لئے وہاں کھڑا ہوا، سڑک کے دوسرے سرے سے
میری طرف آنے والا ایک کوچ کو دیکھتے ہوئے۔ جب وہ نزدیک تر ہوتا گیا، تو میں نے
معلوم کیا کہ یہ سوئس کوچ ہی ہے۔ وہ سیدھے وہیں رکا جہاں میں کھڑا تھا، اور
جب دروازہ کھلا، تو میں نے دیکھا کہ اندر ہنری کلاواں تھا۔ اُس نے مجھے دیکھا
اور توجہ سے کوچ میں سے اُتر کر آئی۔ "میرے پیارے فرینکنشٹائن!" وہ بچپن سے
بکھرا۔ "مجھے خوشی ہو رہی ہے تم کو دیکھ کر! بہت خوش قسمت ہے کہ تم یہاں
ہو جب میں اتر رہا ہوں!"

میں خوشی سے بھرا ہوا تھا جب میں نے کلیویل کو دیکھا۔ ان کی موجودگی نے
میرے بابا، الزابیتھ، اور گھر کی پرسکون یادوں کو یاد دلائی۔ میں نے ان کا ہاتھ
پکڑا اور اسی لمحے میں، میرا ڈر اور بدقسمتی کام ہو گئیں۔ یہ وہ پہلی بار تھا جب
میں مہینوں سے سکون محسوس کر رہا تھا اور واقعی خوش تھا۔ میں نے اپنے
دوست کا گرم جواب دیا اور ہم میرے کالج کی طرف چلے گئے۔ کلیویل نے ہمارے
دوستوں کے بارے میں بات کی اور یہ کہا، "تم سوچ سکتے ہو کہ میرے باپ کو منانا
کتابی حساب رکھنے سے زیادہ چیزیں جاننے کے لئے کتنا مشکل ٹھا۔ انھوں نے
مجھ پر یقین نہیں کیا، آخر تک وہی بات کہتے رہے: 'میرے پاس یونانی بغیر بھی
کافی پیسے اور کھانا ہے'۔ لیکن آخر کار، ان کا مجھ سے محبت نے ان کے سیکھنے
کی توقع کو شکست دیا اور انھوں نے مجھے میدان علم کے کھوج کی سفر پر
بھیجنے کی اجازت دی۔"

تمہیں دیکھ کر مجھے بہت خوشی ہو رہی ہے! پہلے کچھ بھی بولنے سے"
پہلے، براہ مہربانی میرے باپ، بھائیوں اور الزابیتھ کے بارے میں بتاؤ۔
ٹھیک ہے، اور وہ بہت خوش ہیں، بس تھوڑی پریشان ہیں کہ تم سے اتنی بار"
بات نہیں ہوتی۔ بیشک، میں تم سے ان کے بارے میں بھی بات کرنا چاہتا ہوں۔ لیکن،
میرے عزیز فرینکنشٹائن،" انھوں نے کہا، ایک دم رک کر میرے قریب آ کر مجھے
دیکھتے ہوئے، "مجھے پہلے نہیں نوچا کہ تم کتنے بیمار لگتے ہو۔ تم بہت دبلا اور
پیلا ہو، جیسے تم بہت راتیں جاگے ہو۔"

تم نے بالکل درست گمان لگایا؛ میں ان دنوں کچھ کام میں مصروف رہا ہوں،"
اور مجھے کافی آرام نہیں ملا، جیسا تم دیکھ رہے ہو۔ مگر میں واقعی امید کرتا
ہوں کہ ان سارے انشاط کا اختتام ہو گیا ہوگا، اور میں اب آزاد ہوں۔"

میں بہت ڈر گیا تھا اور رات کے واقعے کے بارے میں سوچنے سے یا حتی کہنے

سے استعمال نہیں کرسکتا تھا. میں تیزی سے چل رہا تھا اور جلد ہیراؤ کے کالج پہنچ گئے . پھر، مجھے چپکنے والی سردی کے ساتھ یاد آیا کہ میرے کمرے میں وہ جاندار، جسے میں نے چھوڑا تھا، ممکن ہے وہیں پر موجود ہو، زندہ اور آزادانہ گھوم رہا ہو. مجھے انسان دیکھنے سے ڈر تھا، لیکن میں یہی اور زیادہ ڈر تھا کہ ہینری بھی اسے دیکھ لیں. اس لئے میں نے ہینری کو تقریباً چند منٹ کے لئے سڑک کے نیچے انتظار کرنے کے لئے کہا جبکہ میں جلدی سے بالکل اپنے کمرے کی جانب چل بسا. دروازہ کو مس لینے سے پہلے میں یاد کرنے کے لئے روکے ہوئے تھا. میں مکمل کھڑا ہوا اور ایک سرد سرد لہر گزرتے ہوئے محسوس کی. میں نے قوت سے دروازہ کھولا، بچوں کی طرح جب وہی اندر پر وہ شیطان تو چیز ہی نہ تھی. بہت ہی احتیاط سے میں کمرے میں داخل ہوا: وہ خالی تھا. میرا بیڈ روم دھماکی دینے والے مہمان سے بھی فارغ تھا. ایسی اچھی قسمت کے آنے پر یقین کرنا مشکل تھا. لیکن جب میں نے اس بات کو سچ سمجھا کہ میرا دشمن بالکل چلے گئے ہیں, تو میں نے خوشی کے ساتھ ہاتھ تالی بجائی اور ہیراؤ کی طرف دوڑا.

79 ہم میری روم میں چلے گئے ، اور نوکر نے توجہ سے ناشتہ لے آیا؛ لیکن مجھے اپنے آپ کو کنٹرول کرنے کی طاقت نہیں تھی. یہ صرف خوشی نہیں تھی جو میں محسوس کر رہا تھا؛ میری جلد ٹنگل کر رہی تھی اور دل تیزی سے دھڑک رہا تھا. میں ایک ایک سیکنڈ کے لئے بھی باقی نہیں رہ سکتا تھا؛ میں کرسیوں پر کودتا تھا، تالیاں بجاتا تھا، اور بے قابو ہنس پڑتا تھا. پھلے تو، کلیرول نے سمجھا کہ میں صرف خوشی میں خوش ہوں، لیکن جب وہ مجھے قریب سے دیکھا تو، وہ میری آنکھوں میں ایک پاگلپن دیکھا جو وہ نہیں سمجھ سکا. میری بلند آواز اور بے قابو ہنسی نے اسے خوفزدہ اور حیرت زدہ کر دیا.

وکٹر، میری عزیز," وہ چلیا، "یہ کیا ہورہا ہے؟ اس طرح مت ہنسیں. آپ بہیت"

"بری لگ رہے ہیں! اس کا سبب کیا ہے؟"

"میرے پاس نہ پوچھیں," میں چلیا، اپنی آنکھوں کو اپنے ہاتھوں سے ڈھک لیا" چونکہ مجھے لگا کہ ڈراونی بازو کمرے میں داخل ہو رہا ہے . "وہ آپ کو بتا سکتا ہے . اہ، مجھے بچا لو! مجھے بچا لو!" میں تجسس کیا کہ وحش مجھے پکڑ لیتا ہے؛ میں مشنگ میں مقابلہ کیا اور پھر دم توڑ کر گر گیا.

بیچارے کلیرول! میں سوچ سکتا ہوں کہ وہ کیسے محسوس کرتا ہوگا. آنے والی ملاقات جس کا انتظار وہ بہت خوشی سے کر رہا تھا وہ کچھ کڑوا اور عجیب کو بدل گئی. لیکن میں نے اس کی غمگینی کو دیکھا نہیں کیونکہ میں بے ہوش تھا اور بہت لمبی عرصے تک ہوش نہیں اٹھایا.

80 یہ میری خوفزدہ بیماری کی ابتدا تھی جس کی بنا پر میں کئی مہینوں تک بستر پر بست رہا. یہ میرا دوست، ہینری، تھا جو اس مدت میں میری ہمیشہ کی طرح دیکھ بھال کرتا تھا. بعد میں، میں جانا کہ اس کا اصل مرض کتنا سنگین تھا

وہ مجھے بوڑھے بھی نہیں کرنا چاہتا تھا تاکہ میرے والد اور الیزابیت پر فکر نہ کریں۔ وہ جانتا تھا کہ اس سے بہتر کوئی نہیں میرا خیال رکھ سکتا اور اسمے میری صحتیابی پر اعتماد تھا۔ اس نے سمجھا کہ میری دیکھ بھال کرکے وہ ان لوگوں کے لئے کچھ نیکی کر رہا ہے ۔

لیکن حقیقت یہ ہے کہ میں بہت ستیاناس تھا۔ اگر میرے دوست نے مستقل خیال رکھنا اور توجہ نہیں دی تو شاید میں اب تک زندہ نہ ہوتا۔ میں نے اس وحش کو اپنی ذہن میں پیدا کیا تھا جسے دیکھنا بند نہیں کر سکتا تھا، اور میں اسے لاگ واگ چیزوں کی بات کرتا رہتا تھا۔ شروع میں، ہینری کو لگا کہ یہ صرف میری خیالاتی پیش آمد ہے ، لیکن جس طرح میں بار بار اس موضوع پر واپس آتا رہتا تھا، اس نے سوچا کہ کچھ واقعی خوفناک ہوا تو میرے مرض کا سبب تھا۔

81 مي په ترتيبُّه سره بهتره شوم او تا دانۍ نه ترتيبُّي، هغه ډيره مضامين شمول شوم. زما يادم لري چي سهاري د دن وخت کي چي هغه رغميدونکو په وراندیز پپښولم. زما سره خوښبنی پپښبلم چی لرم هغه ننبی چی له منٹہ یوسایه شوی، زما په منٹہ له هپوایه خپروي ديزدانونه وړوم او شته وينو وښنی. د هيلي واگورو زړه په کالو کيژدو کي، او په غاړه سره لاندي د جوړ پودونو د آزمودني ورخ کولو. دا دپشمنگاري به د ښبحُو ننگره کوي او زه په دلي کنبی د هيپي د هيٹو نوړي شادمهالي او کهربا د نورو شکونو سره چا کمي کمونکار تاسو به رازي کړئ. هره پپښبنه اضطراب لرم. هغه کومه بخښبنه ورکولای شو؟ که هغه څه د سربيرپي ياست چی زه حتی په خیال تکستلاییی؟

غم نکو" ده چاک کړی کپښبنه چی ملنوي. "که وساته به تاسو با مو یادو وندِه کړئ،" زه نن یي په خپله تالار کپي بیا" دی. "د مه راز په بهيره کپي نشئي کولای شئ که تاسو به از برخه ته څه نه کولی؟ اما تاسوی یوازي ننگره کوئ کپچی تاسو په خپله خپله خپرونو لاسونو کپي برگ مخکي بیایي، دا چی مه نورو سوتي خلافتنه"؛ نه رازي او ستاسو په شوونکو په خلکو یاست حُینبی په ترسره کپي نه وينبي چی تاسو به څه نه لیکلاي شئ".

82 یہی تمام ہے ، میرے پیارے ہینری؟ تم کس طرح سوچ سکتے ہو کہ میں فوراً اپنے دل کے عزیز دوستوں کے بارے میں سوچوں گا جنہیں میں گہری میں دل سے پیار کرتا ہوں، اور جن کا سب میرے عشق کے لائق ہے ۔

اگر آپ اس طرح محسوس کر رہے ہیں، میرے دوست، تو شاید آپ خوش ہوں" کہ آپ اس پندرے میں دی گئی چند دنوں سے قدیم خط کو پڑھ سکتے ہیں، جو آپ کے نام کیا گیا ہے ۔ مجھے لگتا ہے یہ آپ کے چچیرے کا خط ہوسکتا ہے

CHAPTER VI

83 کلروال نے مجھے ایک خط دیا۔ یہ خط میری بھائیزادی الزبتھ سے تھا۔

"میری پیاری بھائیزادی،

آپ بہت بیمار تھیں، حتیّٰ کہ ہنری کی خطوں سے میری آپ کے بارے میں تسکین نہیں ہوتی۔ آپ کو جراءت نہیں ہے کہ آپ کو خط لکھیں یا قلم پکڑیں، لیکن مجھے آپ سے سننے کی ضرورت ہے، وکٹر۔ ہمیں یہ جاننے کے لئے ضروری ہے کہ آپ ٹھیک ہیں یا نہیں۔ میں ہر روز ایک خط کا انتظار کر رہی تھی، اور میں نے اپنے چچا کو آنے کے لئے منع کر دیا۔ میں نہیں چاہتی تھی کہ وہ اتنے لمبے سفر کی دشواریوں اور خطرات سے گزرنا۔ کاش میں خود چل پاتی! میں سوچتی ہوں کہ کوئی بوڑھا اور غیر توجہ کرنے والا آپ کا خیال رکھ رہا ہوگا۔ بہرحال، وہ صرف چیزیں نہیں سمجھ سکتے جو میں سمجھتی ہوں، آپ کے مسکین بھائیزادے، لیکن یہ سب گذشتہ کی بات ہے۔ کلروال کے مطابق آپ بہتر ہو رہے ہیں۔ میں واقعی امید کرتی ہوں کہ جلد ہی آپ خبر کے طور پر خط لکھ سکیں گے."

84 "جلدی صحتیاب ہو کر ہمارے پاس واپس آؤ۔ ہمارا گھر محبت اور خوشیوں سے بھرا ہوا ہے، اور ہم سب تمہیں بہت یاد کرتے ہیں۔ تمہارے والد صحتمند ہیں اور بس یہی جاننا چاہتے ہیں کہ تم ٹھیک ہو۔ ان کے چہرے پر ہمیشہ ایک محبت بھرا مسکراہٹ ہوتی ہے اور کچھ بھی انہیں پریشان نہیں کر سکتا۔ تم بہت خوش ہو گے جب دیکھو گے کہ ہمارا بھائی ارنیسٹ کتنا بڑھ چکا ہے! اب وہ سولہ سال کا ہو گیا

ہے اور بہت زیادہ توانائی سے بھرا ہوا ہے۔ اس کا خواب ہے کہ وہ ایک فخری سوئس بنے اور ہمارے ملک کی خدمت کریں، مگر ہم اسے جانے نہیں دیں گے جب تک اس کا بڑا بھائی واپس نہیں آتا۔ ہمارے چچا کو اس کی دور فراق کی فوج میں شامل ہونے کی ایدیا اچھی نہیں لگتی، لیکن ارنیسٹ پڑھائی سے اتنا لطف نہیں لیتا جیسے تم کرتے تھے۔ اس کو زیادہ دنیا کے باہر وقت گزارنا پسند ہے، پہاڑوں میں پیدل چلنا یا جھیل پر کشتی چلانا۔ میں پریشان ہوں کہ اگر ہم اس کو اپنی "منتخب کردہ کیریئر کے راستے پر نہ لے جائیں تو وہ سست ہو جائے گا۔

85 تم ہم سے روانگی کے بعد بہت کچھ تبدیل نہیں ہوا ہے، صرف ہمارے بچے بڑھ چکے ہیں. خوبصورت نیلے جھیل اور برف سے ڈھانپے ہوئے پہاڑ اب بھی یہیں ہیں. ہمارا معصوم گھر اور خوشی کے دلی خاندان جاری رہتا ہے غیرتنائی قواعد سے روشناس ہوتے ہیں. میں اپنے آپ کو چھوٹے کاموں میں مصروف رکھتا ہوں جو مجھے خوشی دیتے ہیں، اور میرا انعام میرے اس پاس کے لوگوں کے خوش اور مہربان رویوں کا نظارہ ہے. صرف ایک چیز ہمارے چھوٹے گھرانے میں روانگی کے بعد تبدیل ہو گئی ہے. کیا تم یاد رکھتے ہو جب ہم نے یوسٹین مورٹز کو ہمارے خاندان میں شامل کرنے کی دعوت دی تھی؟ شاید تم یاد نہیں کرتے، اس لئے میں تمھیں اسکی کہانی مختصراً بتاتا ہوں.جسٹین کی والدہ، میڈم مورٹز، ایک بیوہ تھیں جس کے چار بچے تھے، اور جسٹین تیسری بچی تھی. اس کے والد پر یہ بہت محبت کرتا تھا، لیکن اس کی ماں اسے برداشت نہیں کرسکتی تھی اور اس کے والد کی موت کے بعد اس کے ساتھ بہت بدسلوکی کرتی تھی. میری خالہ نے اسکو دیکھا اور اسکی ماں کا منظور کیا کہ جب جسٹین بارہ سال کی ہو جائے تو ہمارے ساتھ رہے. ہمارے ملک کی جمہوری روایات نے قریبی بادشاہتوں کی نسبت سادہ اور خوشترین رسومات پیدا کی ہیں. یہ یہ مطلب ہے کہ مختلف سماجی طبقات الگ نہیں ہوتیں اور نیچے والی طبقات کا دوشیزہ نہیں ہوتی ہے یا ناپسندیدہ مانی جاتی ہے. اس کی بنا پر، ان کا رفتار شائستگی اور اخلاقی ہوتا ہے. جنیوا میں، خادم ہونا فرانس اور انگلستان کی طرح نہیں ہوتا ہے. جب جسٹین ہمارے خاندان کا حصہ بن گئی، تو اس نے خادم کی ذمہ داریوں کو سیکھا. لیکن یہاں ہمارے خوش قسمت ملک میں، خادم ہونا یہ نہیں مطلب ہوتا کہ تم جاہل ہو یا اپنے انسان ہو نہیں.

86 جسٹائن آپ کی پسندیدہ تھیں، اور آپ نے ایک بار کہا تھا کہ اس کی خوشگوار موجودگی آپ کے مزاج کو فوراً چمکا سکتی ہے، بلکہ یہ اریوسٹو کی ایک کہانی میں ایجلیکا کی خوبصورتی کے برابر تھا۔ میری خالہ نے جسٹائن کو بہت پسند کیا تھا، تو اس نے ابتدائی خلاف ورزی سے زیادہ بہتر تعلیم دینے کا فیصلہ کیا۔ جسٹائن نے اس مہربانی کے لئے بے حد شکریہ ادا کیا، اگرچہ وہ اسے صراحہ اظہار نہیں کیا۔ آپ ان کی آنکھوں سے یہ جان سکتے تھے کہ وہ میری خالہ کو بہت زیادہ حیرت اور عزت کرتی تھیں۔ جبکہ جسٹائن زندہ دل اور کبھی

کبھی بے سوچے سمجھے تھیں، وہ میری خالہ کے ہر لفظ اور ہر کارروائی پر دھیان بہت مقرر کرتی تھیں۔ وہ اسے ایک رول ماڈل تصور کرتی تھیں اور اپنی کوششوں سے اس طرح بولتی اور آمل کرتی تھیں، جو آج تک مجھے اس کی یاد دلاتی ہے۔

میری پیاری خالہ کی وفات پر، سب لوگ اپنے درد میں مغوب تھے کہ انھوں نے بد قسمت جسٹائن کو نہیں دیکھا، جو اس کا خیال رکھتے ہوئے انھیں محبت اور توجہ سے دیکھ بھال کی۔ جسٹائن خود بیمار ہو گئی، لیکن اس کے سامنے کچھ مزید مشکلات تھیں۔

87 ایک ایک کرکے میری بہن جسٹین کی بہنیں وفات پا چکی تھیں، جبکہ صرف اس کی ماں نے اسے لاڑلا کر دیکھا تھا۔ عورت کے دل میں سزاؤں کا عذاب تھا، جو اس نے کچھ بچوں کا فائدہ دیتے ہوئے اپنے آپ پر تنسیخ کرنے کی سزا تصور کی تھی۔ رومن کیتھولک ہونے کی بنا پر، اسے یقین تھا کہ اس کا قسمت گواہ اس کے یقین کو توثیق کرتا ہے۔ لہذا، چند مہینوں بعد جب آپ انگلمشٹاڈ کے لئے روادار کئے گئے، جسٹین کو اپنی پچھلی عذابناک ماں کے طرف پیچھے بلایا۔ یہ جا رو ہوتے وقت جسٹین کو میری گھر سے الوداعی آنسوئوں بھری حالت تھی۔ میری بہن کا چہرہ بدل گیا تھا میری خالصہ وفات سے پہلے؛ غم نے اس کی زندگی بھاری خوبصورت ڈیمینر میں ٹھنڈک لائی اور اسے زیادہ نرم بنا دیا۔ تاہم، اپنی ماں کے ساتھ رہنے سے اس کی خوشی واپس نہیں آئی۔ عورت کے ادائوں کا متوازن رہنا مستقل غریبی کم کرتا رہا۔ کبھی کبھار وہ جسٹین سے معافی مانگتی تھی، لیکن زیادہ باقی وہ اس کو اپنے بچوں کی موت کا ذمہ دار قرار دیتی تھی۔ میری مادم مورٹز کو ہمیشہ ملامت کا نشانہ بنانے سے وہ تھک جاتی تھی اور آخر کار بیمار پڑھ جاتی تھی۔ شروع میں اس کی بیماری اسے زیادہ عصبی بنا رہی تھی، لیکن اب وہ یکساں امن میں ہے۔ وہ سردی کے آغاز میں جب موسم ٹھنڈا ہوا میں مغوڑ ہوگئی۔ جسٹین ہمارے پاس واپس آگئی ہیں اور میں اسے دل سے محبت کرتا ہوں۔ وہ ذہین، مہربان اور بہت خوبصورت ہیں۔ جیسا میں پہلے کہا تھا، وہ اپنے تمیز اور اظہار میں میری پیاری عمہ کی یاد دلاتی ہیں۔

88 "آؤ میں آپ کو چھوٹے ولیم کے بارے میں بتاوں، میرے پیارے بھائی-بہن! آپ اسے دیکھ کر تعریف کریں گے۔ وہ اپنی عمر کے لحاظ سے بہت لمبا ہے اور اسکی آنکھیں ہمیشہ کی طرح خوبصورت نیلا رنگ کی ہیں۔ اسکے پلک دانت کے خالی ہیں اور اس کے بال مضبوط پیچیدہ ہوتے ہیں۔ جب بھی وہ مسکراتا ہے تو اس کی گالوں پر یہ مطبوع خوبصورت چوب لڑکھڑیاں خوشی کی وجہ سے گلابی ہو جاتے ہیں۔ اس نے پہلے بھی چند چھوٹی گھریلوں کے جوڑوں کو پسند کیا ہے، لیکن اس کا پسندیدہ جڑواں لوئیزہ بائرون ہے، جو ایک خوبصورت چھوٹی سی لڑکی پنج سال کی ہے۔

اب، میں یقین کرتا ہوں کہ آپ گینوا کے لوگوں کی خبریں سننا چاہیں گے، وکٹر! خوبصورت مس منسفیلڈ کو اس کے اگلے شادی کی مبارکباد کے لئے بہت سارے مہمان آئے تھے۔ انگریز شخص جان ملبورن کونامی شخص سے شادی کرنے پر۔ اس کی کچھ خوبصورت بہن، مانوں، کا فروری ماہ میں ایک دولت مند بینکر جناب ڈوئلارڈ کی ساتھ شادی ہوئی ہے۔ آپ کے پسندیدہ کلاس فیلو لوئی میانوار، وقتیں کی خودی کے بعد اچھے دن نہیں برقرار رکھتا۔ لیکن اب وہ بہتر محسوس کر رہے ہیں اور قریبی مستلے اور خوبصورت فرانسیسی عورت میڈم ٹیورنئی کے ساتھ شادی کے نزدیک ہیں۔ وہ لوئیز سے بڑھی سن رکھتی ہیں اور وڈو اور عقاقیر کا سودگر ہیں، لیکن سب لوگ ان کو دھادکن والی سہیلی کے طور پر پسند کرتے ہیں۔

جبکہ میں لکھ رہا ہوں، میری خوشی میں اضافہ ہو رہا ہے، پیارے بھائی! لیکن منصفانہ مکمل کرتے ہوئے مجھے پھر پریشانی ہونے لگتی ہے۔ براہ کرم، وکٹر، ہمیں لکھیں۔ صرف ایک لائن یا ایک لفظ آپ کی طرف سے بہت کچھ مطلب رکھتا ہے۔ ہم ہنری کی مہربانی، محبت اور تمام خطوں کے لئے الفاظ سے بات کرنے کیلئے بے خود ہو گئے ہیں۔ خدا حافظ، میرے بھائی۔ اپنا خیال رکھیں اور براہ کرم، میری التجا ہے، لکھئے!

اپنے ساتھ محبت کے ساتھ،

"ایلیزابیتھ لاوینزا۔

جنیوا، ۱۸ مارچ، ۱۷—۔

89

***

"میں فوراً" اس کا خط پڑھا میں نے جبکہ میں بولا خوشی سے الیزابیتھ عزیز "میں خط جواب دیں کے لئے لکھوں گا تاکہ وہ جان سکیں میفففو( ) ہو( )ہوں۔ ہو( ) ہو( ) لکھا، اور یہ مجھے بہت خستہ کرتا تھا، لیکن میں بہتر ہو رہا تھا۔ دو ہفتے بعد، میں کافی مضبوط ہوگیا تھا کہ بستر سے اٹھ سکوں۔

90

میں جب صحت یاب ہونے لگا تو پہلے کام میں سے ایک یہ تھا کہ میں کلیوال کو یونیورسٹی کے پروفیسرز سے متعارف کروا دوں۔ مجھ پر اس بات کی وجہ سے یہ کام بہت مشکل ثابت ہوا کہ جو ہو چکا تھا۔ رات کو سب کچھ بگڑ گیا تھا، اس کے بعد سائنس سے میری بہت عداوت ہو گئی تھی۔ صرف کیمیائی آلے کو دیکھنے سے ہی میری تمام تکلیف اور بے چینی واپس آجاتی تھی۔ ہینری نے یہ چیزیں نوٹ کرکے برداشت نہیں کیں اور مجھے دوسرے کمرے میں منتقل کردیا۔ مگر جب میں پروفیسرز سے ملاقات کرتا تو ان سب باتوں کا کچھ فرق نہیں پڑتا تھا۔ آقائے والدمین نے میری سائنس میں ترقی کی تعریف کی اور یہی تو مشکلیں پیدا ہو رہی تھیں۔ انہیں یہ سمجھ نہیں آتا تھا کہ میں اب اس مضمون کو پسند نہیں کرتا اور سادہ پن سمجھا رہا تھا۔ وہ بار بار اس بارے میں بات کرنے کی کوشش کرتے رہے، حالانکہ مجھے اس سے تکلیف ہوتی تھی۔ میرا لگتا تھا کہ وہ میرے سامنے اصل

وہ آلات دکھا رہے ہیں جو مجھ پر زیادتی کے لئے استعمال ہونے ہیں. میں اپنی تکلیف دکھانا چاہتا تھا، لیکن میں نہیں کرسکا. کلیوال، جو میرے دل کی تمام سمجھ رکھنے میں مستعد تھے، سائنس کے بارے میں کچھ زیادہ نہیں جانتے تھے، اس نے اس کا موضوع تبدیل کردیا. میں اس کی سمجھ کے لئے شکرگزار تھا، مگر میں نے اپنے زوال کی باتیں کہنے کے لئے اپنے آپ کو مجبور نہیں کیا. مجھے معلوم تھا کہ وہ صاحبِ تعجب ہوں گے اور میں نہیں چاہتا تھا کہ میں اُنہیں اعتاب مزید تفصیلات کے ساتھ میں بوجھ دوں.

آقای کرمپ برخلاف آقای والدمن، خوش‌رو نبود. بخاطر اینکه در آن زمان بسیار حساس بودم، تعریف‌های ناتوان کرمپ به من اذیت‌تر از تأیید ملاحظات لطیف والدمن بود. "وای به اون مرد!"، به زور فصیح. "دارم به شما میگم، آقای کلروال، او توانسته همه‌ی ما را عقب بگذارد. بله، برو منو ببین، ولی واقعیت است. یک جوانی که چند سال قبل به همان اندازه به کورنلیوس آگریپا واقف بود که به انجیل اعتقاد داشت، اکنون در رتبه‌ی برتر کلاس دانشگاه است. و اگر به زودی بیفتد، همه‌ی ما شرمسار خواهیم شد. بله، بله،" ادامه داد و درد صورتم را دید: "آقای فرانکشتاین متواضع است. این یک ویژگی عالی در یک جوان است. جوانان باید به خود شک داشته باشند، میدانید، آقای کلروال. من در جوانی مثل او بودم، اما زمان آن طولانی نمی‌شود." آقای کرمپ شروع به خودتعریفی از خود کرد، که خوشبختانه موضوع را از آنچه که دچار مزاحمت برام بود تغییر داد.

کلروال نے میری سائنس میں میری دلچسپی کا حصہ نہیں کیا اور اس کے مطالعے میرے مطالعوں سے مختلف تھے۔ وہ یونیورسٹی آنے کا مقصد تھا کہ وہ مشرقی زبانوں میں ماہر بن کر اپنی خواہش کی زندگی کے قریب لے جائے کیونکہ اسکی یقین تھی کہ یہ وہ زندگی دے گی جو وہ چاہتا ہے۔ کلروال کی طرح میں نے زبانوں کو گہرے سطح پر سمجھنے کی کوشش نہیں کی کیوں کہ میری ارادہ صرف ان کا نازک وقتی فائدہ اٹھانا تھا۔ میں مطلب کو بس سمجھنے کے لئے پڑھتا تھا اور یہ سب وقت اور محنت جو میں نے لگائی واقعی مستحق تھا۔ ان کی تحریریں میری آرام دہندہ عکس بناتی تھیں اور مجھے خوشی دیتی تھیں جیسے میں نے پہلے کبھی نہیں پڑھا تھا۔ جب آپ ان کی کہانیاں پڑھتے ہیں، تو ایسا لگتا ہے جیسے زندگی سورج کی گرما، گلابوں سے بھرے خوبصورت باغ میں ہونا، کشش بی کی خلاف ورزی سے روانہ احساسات اور دل میں جلتی آگ کی جیسی حسرتوں کے بارے میں ہے۔ یہ بالکل مختلف ہے یونان و روم کی مضبوط اور بہادرکو شعرو شاعری سے۔

گرمی کے دنوں میں یہ سب کام کرتے رہے گئے اور مجھے مُحتمل تھا کہ موسم بہار میں جنیوا واپس لوٹنا پڑے گا۔ البتہ کچھ واقعات کی وجہ سے تاخیر ہو گئی اور جب میری خبر بھی نہیں تھی تو سنگِ سُفید سنہری سڑکوں والا موسمِ سرد

آپ آ چکا تھا۔ تاخیر کے باوجود، ہم نے سردی کو فائدہ اٹھایا اور جب پھر بہار آئی تو انتظار کا بھی مُستحق تھا کیونکہ سب کچھ خوبصورت نظر آرہا تھا۔

مئی کے پہلے ہی دنوں شروع ہوکر رہ گئے تھے اور میں خواہشمندانہ چیتھی کی توقع کر رہا تھا جو مجھے بتائے گی کہ میں کب جا سکوں گا۔ لیکن پھر ہنری نے مجھے تجویز کی کہ میں راستے میں جانے سے پہلے انگولشٹاد کے گھومنے پھرنے کا اقتراح کریں۔ یہ موقع تھا کہ میں اپنے گھر کو وداع کہہ سکوں جو میرے لئے بہت عرصہ کا ہوا تھا۔ میں خوشی سے اُس کی تجویز پر راضی ہوئے کیونکہ مجھے مشغول رہنا پسند ہوتا تھا، اور جب ہماری وطن کی دیہات کو کھوجنے کے بات آتی تھی، تو کلروال ہمیشہ میرا پسندیدہ ساتھی تھا۔

94 ہم دو ہفتے تک یہ پیدل چلنے کے کام کرتے رہے: میری صحت اور مزاج پہلے سے بہتر ہوگئی تھیں، اور تازہ ہوا، دلچسپ چیزوں کے مشاہدے اور دوست کے ساتھ بات کرنے سے یہ مزید بہتر ہوگئیں۔ پہلے، مطالعہ مجھے دوسروں سے الگ کردیتی تھی اور مجھے غیرسمجھدہ بنا دیتی تھی۔ لیکن کلیورال نے مجھ میں نیک خوہرا پیدا کیا؛ وہ مجھے یاد دلاتے تھے کہ کیسے قدرت کو اور بچوں کی خوشی و طاقت سے لطف اٹھانا ہے۔ تم نے واقعی ایک عظیم دوست ہو! تم نے سچمچی محبت کی اور مجھے اپنے سمت کرنے کی کوششیں کیں۔ میں اتنی خودمغرور اور اندھے حقیقت تھیں، لیکن تمھاری مہربانی اور محبت نے میرے احساسات کو کھول دیا اور مجھے دوبارہ زندہ کر دیا۔ میں ایکسا نرماندہ شخص بن گئی تھیں جیسی میں چند سال پہلے تھی، جب سب مجھ سے محبت کرتے تھے اور میں بھی ان سے محبت کرتی تھی، کوئی فکر اور اداسی کے بغیر۔ خوبصورت قدرت کے بیچ میں چرچا کرنا مجھے بہت خوش کرتی تھی۔ صاف آسمان اور سبزے میدان میرے دل کو خوشی سے بھر دیتے تھے۔ یہ موسم واقعی بہت معجزہ و جدید تھا؛ بہار کی پھول باڑیوں پر خوشبو کر رہے تھے اور گرمی کے پھولوں کا نمودار ہونا شروع ہو رہا تھا۔ میں کسی بات کی فکر نہیں کرتی تھی جس نے مجھے پچھلے سال دھکیلی تھی، میری کوششوں کے باوجود۔

95 ہینری میری خوشی میں خوشی مناتا، اور میری جذبات کا سچا ساتھی تھا۔ وہ ایک عظیم ساتھی تھا اور ہمیں مشغول رکھنے کے لئے بہت سی شاندار کہانیاں بتاتا رہا۔

ہم ایک اتوار کے دوپہر ہمارے کالج واپس آئے: کسان ناچ رہے تھے، اور ہر کوئی جو ہمیں ملا مسرور اور خوشی کا مظاہرہ کر رہا تھا۔ میری خود کی روحیں بہت بلند تھیں۔

CHAPTER VII

میرے واپسی کی راہ میں، میں نے اپنے والد سے ایک خط پایا۔ وہ یہ کہہ
رہے تھے:

"عزیز وکٹر،

مجھے پتہ ہے کہ تم مجھ سے خط کا بیسابری کر رہے ہو، جس میں میں تمہیں
بتا سکوں کہ تم کب گھر آ سکتے ہو۔ شروع میں، میں نے صرف چند لائن لکھنا
مطلبی سمجھا، جس میں میں دن کا ذکر کروں۔ لیکن یہ تم پر نا انصافی ہوتی، اور
مجھے اپنے آپ کو یہ کرنے کی قابل نہیں محسوس ہوتی۔ میرے بیٹے، تصور کرو کہ
تم کتنے حیران ہوجاؤ گے اگر تمیز سے محروم نہیں، مگر غمگینی کے ساتھ ملے۔
وکٹر، میں تمھیں کیسے بتا سکتا ہوں کہ ہمارے ساتھ کتنی بری چیزیں ہوگئی ہیں؟
مجھے یقین ہے کہ تم دور رہتے ہوئے بھی ہماری خوشی اور غم کا خیال رکھتے ہو،
میرے بیٹے، میں تم کو کیسے زخمی کرسکتا ہوں جو اتنا دیر سے گھر گیا ہو؟ میں
تمھیں تباہ کن خبروں کے لئے تیار کرنا چاہتا ہوں، مگر مجھے پتہ ہے کہ یہ ناممکن
ہے۔ میں تمھیں صفحے پر داغدار کرتے ہوئے دیکھ سکتا ہوں، برا پیغام لاتے الفاظ کا
تلاش کرتے ہوئے۔

"ویلیم کی موت ہوگئی ہے! وہ ایک میٹھے بچہ تھا، ہمیشہ مسکراتا ہوا اور
میرے دل کو گرما دینے والا۔ وہ بہت مہربان تھا، مگر زندگی سے بھرپور بھی۔ وکٹر،
اکسی نے ہم سے اس کی زندگی چھین لی ہے

"میں تمھیں ابھی تسلی دینے کی کوشش نہیں کروں گا۔ بجائے اس کے، میں
تمھیں بس یہی بتاؤں گا کہ کیا ہوا۔"

پچھلے ہفتے کے جمعرات، 7 مئی، میں، میری بھنیجی اور آپ کے دو بھائیوں نے پلین پالیس میں سیر کی۔ شام گرم اور پرامن تھی، تو ہم عام سے زیادہ دور تک چل پڑے۔ ہم نے اسے پتہ نہیں چلا کہ رات ہوگئی تب تک جب تک ولیم اور ارنیسٹ، جو ہم سے آگے چلے گئے تک نہیں ملے۔ ہم بیٹھ گئے اور ان کے واپس آنے کے منتظر رہے۔ ارنیسٹ نے آخرکار واپس آیا اور پوچھا کہ ہم نے اس کے بھائی کو دیکھا ہے۔ اُس نے ہمیں بتایا کہ ولیم کے ساتھ کھیل رہا تھا، جو دھکیل کر چھپنے کے لئے بھاگ گیا تھا اور بعد میں واپس نہیں آیا، بھلانے کے باوجود بہت لمبے وقت کے بعد۔ یہ ہمیں پریشان کردیا، تو ہم رات تک تلاش جاری رکھے۔ الیزابیتھ نے سوچا کہ شاید ولیم گھر لوٹ گیا ہوگا۔ لیکن وہاں نہیں تھا۔ میں چراغوں کے ساتھ واپس گیا کیونکہ میں نہ سکا میرے پیارے بیٹے کے ضائع ہوجانے اور رات کی سردی اور نمی کی تشویش میں مشغول ہونے کا علاج کرتے ہوئے۔ الیزابیتھ بھی بہت پریشان تھی۔ صبح کے پانچ بجے، میں نے اپنے قیمتی بیٹے کو پایا۔ رات پہلے، وہ زندہ دل اور صحتمند تھا، لیکن اب وہ گھاس پر پڑا ہوا، پیلا اور جمد ہے۔ قاتل کے ہاتھ کا نشان اس کے گردن پر تھا۔"

وہ گھر تک پہنچا دیا گیا، اور میرے چھرے میں دکھاوَ یہ راز الیزابیت کو عیاں کر رہی تھی۔ وہ ڈھیروں پیدا ہونے کا شوق رکھتی تھی۔ شروع میں میں نے اسے روکنے کی کوشش کی، لیکن وہ استقامت کی، اور جہاں وہ پڑا ہوا تھا وہاں داخل ہوئی، قربان کے گردن کو تیزی سے جانچ کرتے ہوئے، ہانس کر کہ ریاضت کی بات اکھنے لگی، "واہ خدا! میں نے اپنے پیارے بچے کو قتل کر دیا ہے!"

وہ بے ہوش ہوگئی، اور بہت مشکل سے بحال ہوئی۔ جب وہ دوبارہ زندہ ہوئی تو وہ صرف اس کو رونے اور آہ نہیں کر سکتی تھی۔ وہ مجھے بتائی کہ اسی شام ولیم نے اسے پریشان کیا تھا کہ وہ اس کی ایک قیمتی تصویر جو تمھاری والدہ کی تھی، پہنیں۔ یہ تصویر اب گئی ہوئی ہے، اور یقیناً یہی جذبات ہیں جو قاتل کو اس کام کے کرنے کی ضرورت سمجھائیں۔ حال میںہیں اس کا کوئی نشان نہیں ہے، اگرچہ ہمیں اسے تلاش کرنے کے لئے جدوجہد نیم ہے حد کئے جارہے ہیں۔ لیکن یہ واپس نہیں لا سکتے میرے پیارے ولیم کو!

آؤ، پیارے وکٹر، تم ہی الیزابیت کی مدد کر سکتے ہو۔ وہ مسلسل روتی ہے۔

آؤ، وکٹر؛ قاتل کے خلاف انتقام کی خواہش کو چھوڑ دو، بلکہ اس صورتحال کو امن اور محبت کے ساتھ دیکھو، تاکہ ہم اپنے زخمی ذہنوں کو صحت بخشنے کا آغاز کر سکیں۔ اپنے دوست، دکھ خانے میں داخل ہوجاؤ، محبت اور دیکھ بھال کے ساتھ ان لوگوں کے لئے جو تمھارے بارے میں پرواہ کرتے ہیں، اور دشمنوں کے لئے نفرت نہیں۔

"تمہارے محبت والے اور افسوسناک والد،
آلفونس فرینکنشٹائن۔"
"جنیوا، 12 مئی، 17——۔"

"وہ ۔ وکٹر، جو خوفزدہ ہوکر میرے پیغام پر گور سے دیکھ رہا تھا، میری دوستوں
کی خبر سے آرام کی خوشی کو دیکھ کر حیران ہوگیا۔ میں نے خط کو میز پر رکھا
اور اپنے ہاتھوں سے اپنا چہرہ ڈھانپ لیا۔
"میرے پیارے وکٹر،" ہینری چلیور نے شور کیا، میرے آنسو اور پریشانی دیکھ
کر، "کیا تم ہمیشہ اداس رہوگے؟ کیا ہوا، میرے عزیز دوست؟
میں نے اشارہ کیا کہ وہ خط اٹھائیں جبکہ میں کمرے میں انتہائی پریشانی
سے آمیز بھرے گیا۔ آنسو بھی ہینری چلیور کی آنکھوں میں بھر آئے جب وہ میرے
برے حالات کے بارے میں پڑھا۔
میں تمہیں کوئی تسکین نہیں دے سکتا، میرے دوست،" انہوں نے کہا، "تمہارا
"مصیبت زندگی کو واپس نہیں لا سکتا۔ تم کیا کرنے کا ارادہ کرتے ہو؟
مجھے فوراً جینیوا جانا چاہئے۔ میرے ساتھ آؤ، ہینری، تاکہ ہم گھوڑوں کی
"ترتیب کر سکیں۔
ہماری سیر کے دوران، کلروال نے تسلی کے کچھ الفاظ بھی کوشش کی، وہ
صرف اپنے دِل سے مہربانی کا اظہار کر سکے۔ "بدقسمت ولیم!" وہ کہتا ہے،
"ایک پیارا اور خوبصورت بچہ۔اب وہ اپنی فرشتہ والدہ کے ساتھ آرام کرتا ہے! جو
کوئی بھی اسے دیکھتا تھا، اُسے اُس کی نابغداد پر وجودی حالت میں دیکھتا تھا،
روتا تھا اُس کی بے وقت کی کھوئے جانے کے لئے! ایسے ایک خوفناک طریقے سے
مرنا؛ ہتھیار اُٹھانے والے قاتل کے غلامی میں ہونا! کیا مزید بڑی تراژی ہے، ایسی
پاک صاف پاکیزہ معصومیت کو برباد کرنا! بدنصیب بچے! ہم صرف یہ کہاں تلاش
کرسکتے ہیں کہ اُس کے دوست رونا کر رہے ہیں اور پچھتائے جارہے ہیں، لیکن وہ
امن کی حالت میں ہے۔ درد کا کچھ باقی نہیں، اُس کی مصیبت اب ہمیشہ کے لئے
ختم ہوگئی ہے. وہ مکاں کی نیچے آواز، کسی قسم کی تکلیف سے آزاد ہے۔ اُسے
ہماری ترساؤ کی ضرورت نہیں ہے، اب وہ صرف اُن لوگوں کے لئے چھوڑاگیا ہے جو
"مسلسل تکلیف میں رہتے ہیں۔
کلروال نے یہ الفاظ بولے جب ہم بازار میں جلدی کرتے ہوئے گزر رہے تھے؛ یہ
میرے ذہن میں پھنس گئے، اور میں بعد میں اکیلا ہوتے وقت اُنہیں یاد رکھا۔ لیکن
جیسے ہی گھوڑے آئے، میں تیزی سے ایک کابریولیت میں چڑھ گیا اور دوست کو
الوداع کہہ دیا۔

47

میری سفر بہت افسردہ تھی. شروع میں، مجھے جلدی کرنا تھا کہ میرے
گمگوں پیاروں کو تسلی پہنچاوں اور ان کے لئے ہمیشہ موجود رہوں، پھر تازہ
شروع ہونے سے پہلے۔ لیکن جب میں اپنے دیس کی طرف قریب تر ہوتا گیا، تو میں
سست پڑ گیا. میں اپنے دل میں رکے سب احساسات کو نہیں سنبھا سکتا تھا. میں
بچپن کی علاقوں سے گزرتا ہوں، لیکن میں نے تو بنصرف چھ سالوں سے انھیں
نہیں دیکھا. میں حیران ہوا کہ شاید اس دوران سب کچھ کیسے تبدیل ہوسکتا ہے!
ایک اچانک اور تباہ کن تبدیلی ہو چکی تھی، لیکن بہت ساری چھوٹی چھوٹی
باتیں ہوسکتی ہیں جو دیگر اہم تبدیلیوں کی بنیاد بن سکتی ہیں. مجھے خوفزدہ
سینس ہو رہا تھا، اور میں آگے نہیں بڑھ سکتا کیونکہ مجھے خوف کی وجہ سے
اجنبی مسائل کا ڈر تھا، حتیٰ کہ میں ٹھیک سے کہ سکتا تاکہ وہ کیا ہیں.

میں نے لوزان میں دو دن رہا، ایسا محسوس کرتے ہوئے. میں تالاب کی طرف
دیکھا؛ پانی سکونتا اور پرامن تھا. میرے گرد میں سب کچھ ساکن اور خاموش تھا،
اور برفانی پہاڑوں کو، جنہیں میں "طبیعت کے عمارات" کے طور پر سمجھتا ہوں،
کچھ نہیں ہوا. آہستہ آہستہ، صلح اور خوبصورت دھندلی سے میرا معنوی حال
بہتر ہونے لگا، اور میں اپنے سفر کو جنیوا کی طرف جاری رکھا.

سڑک تالاب کے کنارے سے چلی گئی، اور جب میرے ہمتوں کی طرف قریب تر
ہوتا گیا، تو تالاب سنگین ہوگیا. میں اب راستہ جیورہ کی کالے اطراف اور مون
بلانک کی چمکدار قمّت دیکھ سکتا تھا. میں بچے کی طرح رونے لگا. "پیارے پہاڑ!
میرے خوبصورت تالاب! تم سفر کرنے والے کو کیسے خوش آمدید کرتے ہو گ؟
تمہارے سروں کا چاندسا، آسمان اور تالاب نیلے اور سکونتا ہیں. کیا یہ مطلب ہے
کہ یہاں امن ہوگا یا کیا یہ صرف میری ہے تابی کو ٹھیس پہنچا رہا ہے؟"

میرے دوست، مجھے خوف ہے کہ میں زیادہ بات کرکے بور کردوں گا ان
ابتدائی واقعات کے بارے میں۔ البتہ، وہ دورانیے خوشیوں کے دن تھے، اور میں ان
کو محبت سے یاد کرتا ہوں۔ اے میرے وطن، میرے پیارے وطن! صرف یہاں پیدا ہونے
والا کوئی میری خوشی سمجھ سکتا ہے جو میں نے تمہارے دریاوں، پہاڑوں اور
سب سے زیادہ، تمہارے خوبصورت تالاب کے دوبارہ دیکھنے میں محسوس
کی تھی!

لیکن جب میں گھر کے قریب تر ہوتا گیا، تکلیف اور خوف ایک بار پھر قابو میں
آگئیے۔ رات ہوگئی تھی، اور جب میں تاریک پہاڑوں کو مشاہدہ ہی نہیں کرسکتا
تھا، تو میں اور اداسی محسوس کر رہا تھا۔ منظر ایک وسعت اور سایہ دار مشکل
کی جگہ کی طرح لگ رہا تھا، اور میں غیر واضح طور پر محسوس کر رہا تھا کہ
میری تکنیکری زمینی پرت تمام دنیا کے سب سے بدقسمت انسان بننے کی قسمت
کی ہے۔ افسوس سے، میری پیشگوئی سچ بن گئی، اور میری غلطی صرف ایک چیز

کے بارے میں تھی: میں نے اپنی اذیت کے پیچھے راز کے بڑھنے یا ترقی کرنے کا
صرف ایک چھوٹا حصہ شاید تصور نہیں کیا تھا۔

103 جب میں جنیوا کے کنارے پہنچا، وہاں سورما سے بہت تاریکی چھا گئی تھی.
شہر کے دروازے پہلے ہی بند ہو گئے تھے، لہذا مجھے رات کو شہر سے آدھی میل
دور ایک لوگوں کے گاؤں سیشرون میں رات گزارنی پڑی. آسمان صاف تھا، اور
کیونکہ میں سو نہیں سکتا تھا، میں نے فیصلہ کیا کہ میں اپنے بیچارے ولیم کے
قتل کے ہونے کی جگہ پر جاوں. شہر کے ذریعے جانے کے باعث، میں نے ٹاون سے
نکلنے کے لئے بحیرے میں بوت پر سفر کرنے کا سوچا. اس چھوٹے سفر کے دوران،
میں نے مانٹ بلانک کے بالائی حصے پر بجلی کو خوبصورت شکلوں میں محسوس
کیا. طوفان نزدیک ہوتا جارہا تھا، اور جب میں ساحل تک پہنچا، میں نے ایک
چھوٹے تل پر چڑھا کر اس کی حرکت کو دیکھنے کا فیصلہ کیا. یہ تیزی سے قریب
آ رہا تھا؛ آسمان بادلوں سے گھیر گیا، اور جلد ہی میں محسوس کرنے لگا کہ بارش
قطرے قطرے آہستہ گر رہی ہے، لیکن جلد ہی یہ زیادہ شدت اختیار کر گئی.

104 میں اٹھ کھڑا ہوا اور چلنا جاری رکھا، حالانکہ ہر وقت کمزور ہورہا تھا اور
طوفانی وجہ سے۔ گرج بالائی میری سر پر ہنگامی طور پر گرا، جو میری آواز کو
صدا بخشتی تھی، سالیوے، جھیراس اور سیوائی کے الپس سے واپس کرتا رہا۔
چمکدار بجلی کی دھٹکوں نے میری آنکھوں کو اندھا کر دیا، دریا کو روشن کرتے
ہوئے یہ جیسا کہ بڑی آگ کی بڑی چادر تھی۔ پھر، صرف ایک لمحے کے لئے، ہر
چیز کی سیاہی بن گئی جب تک میری آنکھیں دوبارہ گیارہ نہ کرنے کے لئے ہو
جائیں۔ سوئسرلینڈ میں طوفانات عموماً آسمان کے مختلف حصوں میں آتے ہیں۔
سخت طوفان شہر کی سیدھم شمالی جانب ہوا، بیلوے اور کانٹوں کے گاؤں کے
درمیان دریا کے علاقے پر۔ دوسرا طوفان جھیراس کو مملکت کی طرف تھوڑی سی
روشنی بھیجتا تھا، جبکہ دوسرا مویٹ، دریا کے مشرقی طرف ایک نوکدار پہاڑ،
کبھی دیکھائی دیتا تھا اور کبھی چھپ جاتا تھا۔

105 جبکہ میں طوفان کو دیکھ رہا تھا، وہ چندری نم لیکن خوفناک تھا، میں تیزی
سے آگے بڑھ گیا۔ یہ آسمانی جنگ میرے دل کو اونچا کر رہی تھی۔ میں نے ہاتھ
جوڑے اور بلند آواز میں کہا، "ویلیم، پیارے فرشتہ!" جب میں نے یہ الفاظ کہیں تو
میرے سامنے تاریکی میں ایک شکل دکھائی دی جو میرے نزدیکی ایک جھنکڑ میں
سے چوری کے ساتھ باہر نکلا۔ میں تھا۔ میں نے با توجہ تو چیرا۔ مجھ سے جلدی
سے گذشت اور میں اسے تاریکی میں گم کر دیا۔ کوئی بھی انسانی شکل اس
خوبصورت بچے کو نہیں برباد کر سکتی تھی۔ وہ میرے بھائی کے قاتل تھی! میں
اس پر شک نہیں کر سکتا تھا اور اس سچائی کے یقین میں متوقف تھا۔ خیال کی
موجودگی ہی حقیقت کا غیر متناہی ثبوت تھی۔ میں نے شیطان کی پیروی کرنے کا
خیال کیا لیکن یہ بے فائدہ ہوتا، کیونکہ ایک دیگری چمک اسے مجھ سے ظاہر کرتی

ہے گواہ ہوگیا، کہ مونٹ سلیو کے تقریباً عمودی سیڑھیوں کے اوپر پتھروں کے درمیان جھولتا خاکستری ہے، یہ ٹھکانا پلینپالیس کی جنوبی سرحد کے نامکمل پہاڑ ہے۔ وہ جلد ہی چوٹی تک پہنچ گیا اور غائب ہوگیا۔

106 میں ساکن رہا۔ اب دو سال تقریباً گزر چکے تھے جب وہ شیطان پہلی بار جان پائی اور میں کیا یہ تو اس کا پہلا جرم تھا؟ او الاس! میں نے دنیا میں ایک خوفناک شیطان کو آزاد کر دیا جو تکلیفوں میں دلچسپی رکھتا تھا؛ کیا وہ نے میرے بھائی کو قتل نہ کر دیا؟

کوئی نہیں سمجھ سکتا کہ میں کتنا دکھ اٹھا رہا تھا رات کے باقی وقت میں، جسے میں نے ٹھنڈا اور گیلا کار رہا۔ لیکن میں موسم کی تکالیف کو محسوس نہیں کر رہا تھا؛ میری خیالات بدکاری اور ناامیدی کی مناظر میں مصروف تھیں۔ میں نے انسانوں کے درمیان جو موجودہ تھا، جسے میں نے شروع کیا تھا اور جو ویل اور طاقت رکھتا تھا تا کہ ہولناک منصوبے کو تکمیل کرسکے، ایسا کام کرتے کہ لائٹ میں مجرم کیا گیا ہے، تقریباً کہ میں خود کا خوشامدگی، خود کا دم نکلا قبر سے، جسے زبردستی سب کچھ تباہ کرنا پڑا جو میرے لئے عزیز تھا۔

107 ہم سورج نکلنا شروع ہوگیا تھا اور میں شہر کی طرف چل پڑا۔ دروازے کھلے تھے، لہذا میں جلدی سے اپنے والد کے گھر کی طرف جا پہنچا۔ میری پہلی سوچ یہ تھی کہ میں معلوم کرسکتا ہوں کہ میں قاتل کے بارے میں کچھ جانتا ہوں ہم اس کی پیچھے بڑھ دیں۔ لیکن پھر میں سوچنا روک گیا اپنی کہانی کے بارے میں۔ جو مخلوق میں نے پیدا کیا تھا اور جو میں نے زندگی دی تھی، وہ مجھسے ملنے کیلئے منہنجی پے جبانی کی رات کو ایک خطرناک پہاڑی پر ملا تھا۔ میں اس بھی یاد رکھا جب میں نے یہ مخلوق بنایا تھا تو میری تابکاریوں کو ضرب بنا سکتی تھی، یہی وجہ تھی کہ میری داستان پاگلانہ لگ سکتی تھی۔ مجھے یہ علم تھا کہ اگر کوئی دوسرا شخص میری یہ کہانی بتاتا تو میں سمجھتا کہ وہ پاگل ہو۔ اور بھی اس کے علاوہ، یہ مخلوق بہت عجیب تھا جس کو پکڑنا ناممکن ہوتا تھا، حتیٰ کہ میرا خاندان میری بات مانتا اور اس پیچھے پڑتا۔ اور حتیٰ کہ ہم پیچھے بھاگتے، تو کیا مقصد ہوتا؟ کون ایسے مخلوق کو پکڑ سکتا تھا جو سڑک چڑھتا ہوا ماؤنٹ صالو کے اطراف؟ ان سب باتوں کے بعد، میں نے فیصلہ کیا کہ خاموش رہوں گا

سوئے باجے صبح کے 5 بجے تھے جب میں اپنے والد کے گھر پہنچا۔ میں نے نوکروں کو کہا کہ خاندان کو نہ جگا دیں اور میں لائبریری میں چلا گیا، جہاں میں عموماً انتظار کرتا ہوں جب تک وہ کا سڈنے نہیں ہوتے۔

108 چھ سال بت گئے تھے، بڑی دور کی یاد کی طرح، جب میں نے انگولشتاد کے لئے روانگی سے پہلے اپنے والد سے آخری ملاقات کی تھی۔ میں خود کو وہی جگہ میں کھڑے پائا جہاں ہم آپس میں گل مل کرے تھے۔ میرے پیارے اور عزیز والد! وہ اب بھی میرے ساتھ روحانی طور پر تھے۔ میں اپنی ماں کی تصویر کو دیکھا جو

چمندار پر لٹکی ہوئی تھی۔ یہ تاریخی منظر تھا، جس کی تقاضا میرے والد نے کی تھی۔ اس میں کیرولائن بیوفورٹ اپنے باپ کی تابوت کے پاس کھڑی، انتہائی غمگین حالت میں دکھائی دیتی تھی۔ اس کا لباس سادہ تھا اور اس کا رنگ گورا تھا۔ مگر اس میں ایسی خوبصورتی اور حسینیت تھی کہ اس پر ترس اور رحم کا احساس کرنا مشکل ہوتا تھا۔ اس تصویر کے نیچے ولیم کی چھوٹی سی تصویر تھی اور جب میں اسے دیکھا تو میرے آنکھوں میں آنسو آ گئے۔ اسی دوران، ارنسٹ آنے لگے۔ انھوں نے میری آمد کی خبر سن لی تھی اور مجھ سے ملنے کے لئے جلدی کی تھی۔ انھوں نے خوشی اور غم دونوں کا اظہار کیا۔ "خوش آمدید، میرے پیارے وکٹر"، انھوں نے کہا۔ "آہ، پچھلے تین ماہ پہلے اگر تم آجاتے تو ہم سب بہت خوشی سے بھرپور ہوتے۔ تم ہمیں اب ایک ایسی دکھ کی حالت میں آئے ہو جس کو کچھ بھی دور نہیں کرسکتا۔ مگر میں یقین کرتا ہوں کہ تمھاری موجودگی ہمارے والد کو دوبارہ زندہ کرے گی، جو امید کھو رہے ہیں۔ اور شاید تم بھیضہ ایلیزابیت کو مانا کرسکو اپنے آپ کو ملامت کرنے اور آپ کی روح کو زبانی تکلیف نہ دہرایا جائے۔ آہ، غریب ولیم! وہ ہمارا پیارا چھوٹا بھائی تھا ہماری فخر و با اقدری تھا!"

ترمم کی قبر ختم ہو رہی تھی۔ سیدھا میرے بھائی کی مدہوشی کا سامنا ہوا۔ پہلے تو صرف خواب دیکھا ہوا تھا کہ ہمارے توڑے ہوئے گھر کا دکھ دیکھا تھا۔ لیکن یہ جب مجھے لگا مجھے نئی اور اتنی ہی خوفناک آفت کی طرح لگ گئی تو واقعیت پکڑ پڑی۔ میں نے کوشش کی کہ ارنیسٹ کو دمہ بازی میں لے آؤں اور ہمارے باپ اور اس شخص کے بارے میں مزید تفصیلات دریافت کروں، جو ہمارے چچا تھے۔

وہ تینتی سب سے زیادہ تسلی کی ضرورت ہے"، ارنیسٹ نے کہا اپنی آواز میں دکھ سے بھری ہوئی۔ "وہ خود کو میرے بھائی کی موت کے لئے خود کو متوبہ ٹھہراتی ہے، اور یہ اسے عمیقی تک پھرتی ہے۔ لیکن جب سے ہم نے قاتل کو دریافت کیا ہے۔"

قاتل کو پھرست۔ میرے خدا! یہ کیسے ممکن ہے؟ کون اس کی پیچھے" دودھانے کی ہمت کرے گا؟ یہ ناممکن ہے؛ یہ ہوا کو پکڑنے یا ایک گھمنڈی چیر کے ساتھ تیزابی دریا کو پنکھڑی سے روکنا جیسی ہے۔ میں بھی نے اسے دیکھا تھا؛ وہ رات کے وقت آزاد تھا"

مجھے سمجھ نہیں آ رہا کہ آپ کیا کہہ رہے ہیں"، میرے بھائی حیرت سے بولے۔ "لیکن ہمارے لئے حقیقت کا پتہ لگانا صرف ہمارے رنج کو بڑھا دیا ہے۔ شروع میں کسی نے اس پر یقین نہیں کیا، اور ایلیزابیت بھی حقائق کے باوجود اس کو مسترد کرنے سے انکار کرتی رہتی ہے۔ کون یقین کر سکتا ہے کہ جسٹین مورٹز، جو

مہربان اور ہمارے خاندان کو اتنا پیار کرتی تھی، ایک تنگ نیم بیوی نے ایسا
خوفناک، خوفناک جرم کیا ہوگا؟"
بیشرم بیشرم لڑکی۔ کیا وہ سب سے مقدس (قدسی) کہیں !Justine Moritz
جاتی ہے؟ لیکن یہ ظالمانہ ہے؛ سب کو جانتا ہے ۔ بےشک، ارنیسٹ، کوئی بھی اس
پر یقین نہیں کرتا؟"

110 ابتدا میں کسی نے اس پر یقین نہیں کیا، مگر پھر کچھ حقائق سامنے آئیں"
جو ہمیں تقریباً یہی لگنے لگا۔ اور جسٹین کے اعمال بہت زیادہ الجھے ہوئے ہیں
جس سے ہمیں یہ سوچنے کے لئے مزید ثبوت ملتا ہے کہ وہ مجرم ہے ۔ افسوس، آج
اس کا مقدمہ ہو رہا ہے، اور تم اس وقت سب کچھ جان لو گے۔"
اس نے مجھے بتایا کہ جب انہوں نے بچے ولیم کی قتل کی اطلاع پائی، تو
جسٹین بیمار ہوگئی اور کئی دن تک بستر میں بیٹھی رہی۔ اس وقت ایک خادم نے
اس کے کپڑوں میں میری ماں کی تصویر پائی۔ انہوں نے سمجھا کہ یہ وہ چیز ہے
جو قاتل کو وقت کر دیا۔ خادم نے اسے ایک دوسرے خادم کو دکھایا بغیر خاندان کو
بتایا، اور وہ خادم ایک قاضی کے پاس گیا۔ ان کی بیان پر، جسٹین کو گرفتار کر
لیا گیا۔ جب اسے الزام لگایا گیا، تو وہ بہت زیادہ الجھاں میں پڑ گئی، جس سے
لوگوں کی شکوں میں مزید اضافہ ہوا۔
یہ ایک عجیب کہانی تھی، مگر یہ مجھے شک میں ڈالنے والی نہیں تھی۔ میں
مضبوطی سے کہا، "تم سب غلط ہو، میں جانتا ہوں کہ قاتل کون ہے ۔ جسٹین،
بیشرم اور مہربان جسٹین، بے گناہ ہے ۔"

111 اس لمحة، والدی داخل الغرفة. لاحظت أنه يبدو حزينا جدا، ولكنه حاول أن يحيني
بوجه سعيد. بعد أن قلنا تحياتنا الحزينة، أراد أن يتحدث عن شيء آخر غير وضعنا
الرهيب. ولكن قبل أن يتمكن من ذلك، فجأة صرخ إرنست: "يا إلهي، يا أبي! يقول
فيكتور إنه يعرف من قتل الفقير ويليام".
نحن نعلم أيضا، للأسف"، أجاب والدي. "كنت أفضل عدم معرفة الأمر أبدا"
وعدم اكتشاف الشر والجحود الذين وجدتهم فى شخص كنت أعجب بهم كثيرا."
يا أبى، أنت مخطئ. جوستين بريئة"، قلت."
إن كانت بريئة، فآمل وأدعو أن لا تعاقب كأنها مذنبة. ستحاكم اليوم، وآمل"
حقيقة أن يتخذ لها الحكم براءة"، قال والدي."
شعرت بتحسن حالة عندما سمعت كلمات والدي. كنت أعتقد بقوة أن جوستين،
وكل إنسان على السواء، ليسوا مذنبين فى هذه الجريمة. لذلك، لم أكن خائفا من أن
يكون هناك أدلة قوية كافية لإثبات أنها ارتكبتها. القصة التى كان لدي أن أخبرها
ليست شيئا يمكننى مشاركتها مع الجميع. إنها مرعبة جدا بالنسبة لمعظم الناس
لفهمها. هل سيصدق أى شخص، غيرى كل مخلوق، فى وجود النتيجة المرعبة
لغطرستى وجهلي التى أطلقتها على العالم؟

ہم جلد ہی الیزابیت کے ساتھ ملاقات کر لیتے ہیں۔ وقت نے اسے تبدیل کر دیا تھا جب میں نے آخری بار اسے دیکھا تھا؛ یہ اسے بچپن کے وقت سے بھی زیادہ خوبصورت بنا دیا تھا۔ ابھی بھی اس کی ایمانداری اور توانائی تھی، لیکن اب اس میں احساس اور ذہانت کی اضافت تھی۔ وہ مجھے بہت محبت سے خوش آمدید کرتی ہے۔ "میری پیاری بھانجی،" اس نے کہا، "تمھاری آمد نے میری امید کو واپس کر دیا ہے۔ شاید تم ایک راستہ تلاش کرو سکو جو ثابت کر سکے کہ جسٹین معصوم ہے۔ لیکن اگر وہ مجرمیت کے مرتکب ثابت ہو جائے تو کون محفوظ ہوگا؟ میں اس کی بے گناہی میں خوبی ایسی ہی مضبوط لگتی ہوں جیسے میں اپنی خودکش باخت کی۔ ہماری بدقسمتی بہت مشکل ہے؛ ہم نے صرف اپنے پیارے چھوٹے بیٹے کو کھو دیا ہے، لیکن یہ بچی جس میں سچی محبت کرتا ہوں اب اور بھی خراب حالت میں لے جائی جائے گی۔ اگر وہ محکوم کی جاتی ہے، تو میں دوبارہ خوشی نہیں پاؤں گی۔ لیکن میں جانتی ہوں کہ ایسا نہیں ہوگا، میں یقین رکھتی ہوں۔ اور پھر میں خوشی منانے لگوں گی، حتیٰ کہ میرے چھوٹے ولیم کی افسوسناک موت کے بعد بھی۔"

وہ بے گناہ ہے، میری عزیزہ الیزابیت"، میں نے کہا، "اور ہم اس کی تصدیق کریں گے۔ فکر نہ کریں، اپنی روحوں کو افراحت کی جان دیں جان کے وہ بے گناہ ٹھیری جائے گی۔"

تم بہت مہربان اور سخاوت کرنے والے ہو! دوسرے لوگ انھیں مجرم سمجھتے ہیں، اور یہ بات میرے دل کو دکھی کرتی ہے کیونکہ میں جانتی تھی کہ یہ ناممکن ہے۔ سب کو ایسی تعصب کی بنا پر دیکھتے ہوئے میری امید کمزور ہو گئی تھی۔" انھوں نے روک کرا دیا۔

میری پیاری بھانجی"، میرے والد نے کہا، "رونا چھوڑ دو۔ اگر وہ اصلاً بے گناہ ہے، تو ہمارے قانونوں کی انصاف پر یقین رکھو اور میری عزم کا ایک نشانہ تک متاثر ہونے کا اعتماد کرو۔"

CHAPTER VIII

ہم اداسی سے کچھ گھنٹے انتظار کیا، گئی اُنگھ بجے وقت تھا جب قضاوت
شروع ہونی تھی۔ کیونکہ میرے باپ اور باقی خاندان پیش آنے والے گواہ بیں،
میں ان کے ساتھ عدالت چلا گیا۔ پوری قضائی عمل کسی تصور سے بھی حقانیت
کا ایک خوفناک مذاق تھا، اور مجھے ذرا بھی دیکھنے کی اسے رام کرنا پڑا۔ دو
زندگیوں کا نصیب اس فیصلے پر منحصر تھا: ایک بےگناہ اور خوش دل بچہ، اور
ایک لڑکی جس کے پاس بہت ساری اچھی صفات اور بھروسہ دلانے والا مستقبل
تھا۔ لیکن اب، ہر چیز اس سے لے لی جائے گی ایک رسواطرف طریقے سے، اور میں
وہی ذمہ دار تھا۔میں تو چاہتا تھا کہ میں جس جرم جسٹین مونزٹ کے خلاف الزام
لگایا گیا تھا، اس جرم کے ذمہ دار قرار ہو جاؤں، حتیٰ کہ اس وقت میں موجود نہیں
تھا۔ لیکن ایسا اعتراف کرنے پر لوگ مجھے دیوانہ سمجھیں گے، اور یہ اس کے نام
کا راز نہیں کھولے گا۔

جسٹین کا ظاہری خیال سکون سے بھرا تھا۔ وہ سارے سیاہ کپڑے پہنے ہوئے
تھیں اور ان کا چہرہ، ہمیشہ پر کشش تھا، سچا اور خوبصورت تھا۔ وہ مستحکم
اور استوار تھی، جس کیونکہ ممکن ہے وہ لوگوں کو وہ توقع نہیں تھی ہوگی۔ جب وہ
عدالت میں داخل ہوئی، تو اپنی آنکھوں سے اس جگہ کو گھیرتے ہوئے، جلد ہی
ہمارے بیٹھے کہاں بیٹھے بیں، اسے دیکھا ۔ اس نے ہمیں دیکھتے ہی ایک آنسوؤں
نے اس کی آنکھ کو تاریک کر دیا، لیکن وہ جلد ہی اپنے آپ کو بازوگار کرلیتی، اور
غمگین محبت کا اظہار اس کی بے گناہی کے ثبوت کے طور پر لگتا تھا۔

عدالت کا آغاز ہوا۔ جسٹین کے خلاف جھگڑا کرنے والا شخص الزام کو

سامجھانے کے بعد، کئی گواہوں کو بیان دینے کے لئے بلا کیا گیا۔ کچھ عجیب حقائق لگ رہے تھے جو اس کی خلاف ہونے کی علامت تھیں، لیکن میرے پاس اس کی بے گناہی کا ثبوت تھا، تو وہ مجھے زیادہ پریشان نہیں کرتی تھیں۔ انھوں نے کہا کہ وہ قتل کے وقت رات بھر باہر تھیں اور کسی نے صبح میں بچے کی لاش کے پاس انھیں دیکھا تھا۔ اس شخص نے پوچھا انھیں وہاں کیا کر رہی تھیں، لیکن انھوں نے عجیب سا رد عمل دیا اور ابہام سے جواب دیا۔ انھوں نو بجے تک پھر گھر واپس آئیں اور جب کسی نے پوچھا کہ وہ رات بھر کہاں تھیں، تو انھوں نے کہا کہ وہ بچے کو تلاش کر رہی تھیں اور بیہذاری سے پوچھتی رہیں کہ کیا کچھ خبر سنیں۔ جب ان کو لاش دکھائی گئی، تو ان کی مضبوط تکلیف ہوئی اور انھیں ہیسٹریکل ہوگئی۔ وہ کئی دن تک بستر میں رہیں۔ پھر سرکاری نوکر نے ان کی جیب میں پائی گئی ایک تصویر دکھائی۔ الیزابیتھ، کانپتی آواز میں، تصدیق کرتی ہوئی کہ یہی وہی تصویر ہے جو اس نے ایک گھنٹہ پہلے بچے کے گلے میں ڈالی تھی۔ عدالت خوف اور غصے سے بھر گئی۔

آخرکار، باری جسٹین کی ہوئی عبور کے لئے آئی۔ جب ترکیب جاری رہی تو، اس کا چہرہ تبدیل ہو گیا۔ وہ حیران، خوفزدہ اور بدسورت لگ رہی تھیں۔ کبھی کبھی وہ آنسو روکنے کی کوشش کرتی تھیں، لیکن جب ان سے بات کرنے کے لئے کہا گیا، تو وہ اپنی جمع کرتی اور ایک آواز کے ساتھ بات کرتی جو سنی جا سکتی تھی، لیکن زور میں تبدیل ہوتی رہتی تھی۔

خدا جانتا ہے," انھوں نے کہا, "کے میں کتنی مکمل بے گناہ ہوں۔ لیکن مجھے سمجھ میں آگیا ہے کہ صرف کہنا کہ میں بے گناہ ہوں کافی نہیں ہے اس کو ثابت کرنے کے لئے۔ میں اس پر متوقف ہوں کے ضد ہوئے حقائق کو واضح اور سادہ تشریح دینے پر، اور میری اچھی حیثیت اگر کچھ گنگورے یا مشکوک سمجھنے والی چیز سامنے آئے تو عدالتیں عزیز درست تشریف لائے گی۔

وہ پھر بیان کرتی ہیں کہ االیزابیت کی اجازت سے ، وہ جنیوا سے قریب ایک لیگ فاصلے پر واقع چینے کی ایک چچی کے گھر میں رہی تھی۔ اپنی واپسی پر ، تقریباً نو بجے ، ایک مرد سے ملی جس نے اس سے پوچھا کہ وہ غائب ہونے والے بچے کو کچھ دیکھا ہے یا نہیں۔ اس افسانے پر انھیں خوفزدہ ہوا اور وہ کئی گھنٹے اس الفا کی تلاش میں گزاریں۔ وہ مجبور ہوئی کہ گندے دار کی ایک چھوٹی سی دیہی کی گودام میں رات کئی گھنٹوں کے لئے رہیں کیونکہ وہ اس گھر کے رہنے والوں کو بلانا نہیں چاہتی تھی ، جن کو وہ اچھی طرح جانتی تھی۔ رات کے اکثر حصے کو وہ وہ نگہبانی کرتے ہوئی یہاں گزاریں۔ سویرے ہوئی تھی اور اسے لگا کہ وہ میرے بھائی کو تلاش کر سکتی ہے۔ اگر وہ اس جگہ نزدیک جائیں جہاں اس کے جسد کا پتہ چلا تو یہ بغیر اس کی جانکاری کے تھا۔ اس سوال پر جواب دیتے وقت وہ مندرجہ بزرگ خاتون سے بے ترتیبی کا سامنا کر رہی تھی کیونکہ اس نے ایک

55

سونے نہیں کی رات گزاری تھی اور غریب ولیم کی قسمت آج بھی غیر یقینی تھی.
تصویر کے متعلق اسے کچھ یاد نہیں تھی.

"مجھے سمجھ آتا ہے،" غمگین شخص نے کہا، "مجھے ایک چیز پر بہت
گناہگار لگاؤ ہوتی ہے، لیکن میں اسے واضح نہیں کر سکتا. جب میں کہتا ہوں کہ
مجھے اس بات کا کچھ علم نہیں کہ یہ وہاں کیسے پہنچا تو خاص اندازے لگاتا
ہوں کہ میں سکتا ہوں کہ یہ میرے جیب میں کیسے ملا ہوگا. لیکن بعد میں بھی،
میں یقین نہیں کر سکتا. مجھے لگتا نہیں ہے کہ میرے کسی دشمن ہیں، اور حتٰی
اگر میرے پاس ہیں، مجھے سمجھ نہیں آتا کہ وہ مجھے کیوں ایسی ظلم آمیز
پریشانی پہنچانے کے لئے کچھ کریں. کیا قاتل نے اسے وہاں رکھا ہو سکتا ہے؟
مجھے نہیں معلوم ہے کہ ان کے پاس موقع ہو گیا ہوگا، اور حتٰی اگر ہو گیا ہے تو
ویسل یہں سے چھٹکارا حاصل کرنے کے لئے جواہر چرا لیں گے؟

میں مقدمہ کے قاضیوں پر بھروسہ رکھتا ہوں کہ وہ میرا عدلیہ منصفانہ"
کریں گے، لیکن میں کوئی زیادہ امید نہیں دیکھ رہا ہوں. میں چند لوگوں کو چاہتا
ہوں جو مجھے جانتے ہیں کہ وہ میری اچھی خصوصیات کی بات کریں. لیکن اگر
ان کی باتوں کو مجھے گناہگار قرار دینے کی صلاحیت کے شواہد سے جیت نہیں
"ہوتی ہے، تو میرا سزا ہو جائے گا، حتٰی کے میں جانتا ہوں کہ میں بےگناہ ہوں

اکثر گواہ جو اسے کافی عرصے سے جانتے تھے، موقع پر آئے اور انھوں نے
اس کے بارے میں مثبت باتیں کیں. لیکن کیونکہ وہ ڈرتے تھے اور وہ جرم جوانی
کرنے کا ذہنی رکھتے تھے، ان کو اتفاق کے سپاہی نہیں بننے دیا. الیزابیتھ نے اپنی
آخری امید دیکھی، اپنی اچھی خصوصیات اور بے ذمہ وار رویے کو غائب ہونے
سے پہلے. بہت ہی افسُردہ محسوس کرتے ہوئے، انھوں نے سوال کیا کہ کیا وہ
عدالت سے بات کر سکتی ہیں.

"میں"، وہ کہتی ہے، "انتقام پذیر دائلا ہلاک شدہ بچے کی چچی ہوں یا بہتر
کہ اس کی بہن ہوں، کیونکہ ان کے والدین نے مجھے پالا پوسا ہے اور میں ان کے
ساتھ رہتی آئی، ان سے پہلے کے حالت بھی میں ان سے وجود میں آگئی تھیں.
کچھ لوگ یہ سوچ سمجھتے ہیں کہ میری طرف سے اظہار خیال مکروہ ہوسکتا ہے،
لیکن جب میں ایک شخص کو آسودہ ہوتے دیکھتی ہوں کہ ان کو اس کی ظاہری
دوستوں کی بزدلی کی وجہ سے نقصان پہنچانے کی خطرے میں دیکھ رہی ہوں، تو
میں اس کی خواہش رکھتی ہوں کہ میں بولوں اور ان کے کردار کے بارے میں جو
معلومات رکھتی ہوں شئیر کروں. مجرمہ کو میں بہت اچھی طرح جانتی ہوں. ہم
ساتھ میں ایک ہی گھر میں رہتے تھے، پہلی بار پانچ سال تک اور دوسری بار تقریباً
دو سال تک. طوالع میں، وہ میرے لئے سب سے مہربان اور تمیزدار انسان کی طرح
نظر آتی ہیں. وہ میری بیمار تھی عمت، محمد فرینکنسٹین کے ساتھ بڑی محبت
اور وقفجابی کے ساتھ دیکھ بھال کرتی تھیں. اور بعد میں، وہ بہت لمبی بیماری

کی دوران اپنی امی کی بھی دیکھ بھال کرتی تھیں، اپنی وفاداری کے ساتھ انہیں جو بھی جانتے تھے پر اثر انداز کرتی رہتی تھیں۔ اس کے بعد وہ میرے چچو ٹھل کے گھر میں رہتی ہوئی، جہاں ان کو پورے خاندان کی محبت ملتی تھی۔ اس شخص کا مربوط بچہ، جو اب ہم سب سے دور ہو چکا ہے، سے وہ گہری محبت رکھتی تھی اور اسے اپنے دل کی بہت محبوبہ ماں کی طرح پیش کرتی تھی۔ شخصی طور پر، میرے پاس اس بات پر کوئی شک نہیں کہتا کہ میری نظر میں، تمام مدارک کے باوجود، مجرم کی مکمل بے گناہی میں میں اعتماد رکھتی ہوں۔ اسے ایسے کام کرنے کا کوئی وجہ نہیں تھا۔ اور جوڑی کی بات ہوتی ہے جو اسے مخالفت کرتی ہے، اگر کسی ترحیم چاہتی تھی تو میں خوشی سے دیتی، کیونکہ "اس کو میری قدر اور قیمت کا احترام اتنا ہوتا ہے۔

120 إلیزابیت کے صادق اور طاقتور مناجات کے بعد تجاویز کی ایک گونج شروع ہوئی۔ لیکن لوگ صرف اس کی تدخل پر خوش ہوئے تھے، بوڑی جسٹین جان چڑھتی گھسٹ کا سامنا کرتی رہی۔ وہ ترس، خوف، ناراضگی کے منظر سے گذرنے ڈیری ہوئی تھی جبکہ ایلزبیت بول رہی تھی، لیکن اس نے کچھ نہیں کہا۔مجھے یہیل ہے کہ صوبیدا کے طور پر ٹھیک ہونے کے وقت تک میرا جوشوجھی و رنجیدگی سے بھرا ہوا رہے ۔ میں اس کی بے گناہی میں یقین رکھتا تھا؛ یہ جانتا تھا۔ کیا وہ وحش جو (میں کسی بات کا شک نہیں کرتا تھا) میرے بھائی کو قتل کرتا ہوا اپنے تشددپرست طواف کی جرحا کے لئے بے گناہوں کی خیانت کرسکتا تھا؟ میں اس سب کے ڈر کے منظر سے نہیں نبرد پا رہا تھا۔ جب میں دیکھا کہ عوام اور قاضی اب بی بے گناہ قرار دیکھ کر میرے وکٹم نے مجھ کا نیچا رونا کردیا، میں عذاب سے محروم ہو کر عدالت سے باہر بھاگا گیا۔ مجرم کا عذاب میری نسبت زیادہ شدید نہیں تھا۔ نقصان لائالی کے ذریعے اس کے ساتھی کا ساتھ رکھو تو ہوتا تھا، البتہ مجھے بڑو بھرا چڑھتا ہوا برا کچھ بھی برداشت نہیں کرسکتا تھا۔

میں ایک رات عذاب کے بازار میں محض رنج و مسبت بسر کرتا رہا۔ جب صبح ہوئی تو میں عدالت کے پاس چلا گیا۔ میرے ہونٹ اور گلا خشکہ خشکہ ہوگئے تھے۔ میں الجھنا نہیں سکتا تھا کہ خوفناک سوال پوچھوں، لیکن مجھے شناخت کیا گیا اور افسر نے سمجھا کہ میں کیوں وہاں تھا۔ ووٹوں کی گنتی کردی گئی تھی۔ وہ سب کے سب سیاہ تھے اور جسٹین کو موت کی سزا سنا دی گئی تھی۔

121 میں اس لمحے کے احساسات کو مکمل طور پر بیان نہیں کرسکتا۔ پہلے میں نے خوف کا احساس محسوس کیا تھا اور میں نے اپنے بہترین کوشش کی کہ وہ احساسات الفاظ میں بیان کرسکوں۔ لیکن تکلیف بھری ایسی بے امیدی کو بیان کرنے کی کوئی الفاظ نہیں۔ آزمودہ شخص نے مجھ سے کہا کہ جسٹینے پہلے ہی اپنے اقرار کیا ہوا ہے۔ اس نے کہا کہ یہ ثبوت واقعی ضروری نہیں تھا کیونکہ معاملہ بہت واضح تھا، لیکن اس کو خوشی یہ محسوس ہوئی کہ یہاں پیش تھا۔

ہمارے قاضیوں کو پر اندازی کی صرف حالتی ثبوت پر مدعومیت کرنے کا دلچسپی نہیں ہوتی ہے چاہے وہ کتنی بھی قابل یقین کیوں نہ ہو۔

یہ خبر عجیب اور غیر متوقع تھی۔ یہ کیا مطلب ہو سکتی تھی؟ کیا میں چیزیں دیکھ رہا تھا؟ کیا میں واقعی اتنا پاگل ہوں جیسا لوگوں کو لگے گا اگر میں انہیں وہ حس معلوم کروں جو میں مشکوک ہوں؟ میں جلدی سے گھر پہنچا اور ایلیزابیتھ نے اسکی خواہش سے پرامید کی آوازیں نکالی۔

یہ وہی ہوگیا ہے جسے آپ کو شاید توقع ہوئی ہوگی"، میں نے جواب دیا۔"

قاضیوں کو پچاس معصوم لوگوں کو سزا دینے سے بہتر ہے کہ ایک مجرم کو آزاد"
چھوڑیں۔ لیکن جسٹین نے قربان ہونے کا اقرار کیا ہے۔"

یہ بہت بری صدمہ تھا کیونکہ مسکین الیزابیتھ نے جسٹین کی بے گناہی پر خیلی عمدہ یقین کیا ہوا تھا۔ "اوہ نہیں!" وہ روکتی ہوئی کہا۔ "میں اب اور کبھی لوگوں کی اچھائی میں کوئی یقین نہیں رکھ سکتی! جسٹین، جسے میں نے محبت کیا اور اپنے بہن کی طرح تسویہ کیا، وہ کیسے معصوم ہونے کی ڈھلی؟ اس کی نرم آنکھوں نے کبھی کوئی کڑوتری یا دغا نہیں ظاہر کی، لیکن اس نے اس نے قتل کر دیا۔"

کچھ دیر بعد، ہم نے یہ خبر سنی کہ یہ بے گناہ قربانی چاہتی ہے کہ اسکی بہن کو دیکھے۔ میرے والد چاہتے تھے کہ وہ نہ جائے، لیکن انہوں نے کہا کہ اس بات کا انتخاب اسی پر چھوڑ دیا جائے گا۔ "جی ہاں" ؛، الیزابیتھ نے کہا۔" میں جاؤں گی ، حتیکہ وہ مجرم ہے۔ اور تم بھی ، وکٹر ، تم میرے ساتھ آؤ. میں اکیلی نہیں جاسکتی ہوں۔" اس ملاقات کے خیال نے مجھے پریشان کیا ، لیکن میں نے نہیں کہا سکتا.

ہم اندھیرے قید خانے میں داخل ہوئے اور دیکھا کہ جسٹین کونے میں کچھ پھوسٹ پر بیٹھی ہوئی تھی. اسکے ہاتھ زنجیر میں بندھے ہوتے تھے اور وہ اپنی گھٹنوں کے بل پر سر ڈال رکھی تھی. ہمیں دیکھتے ہی وہ اٹھ کھڑی ہوگئی.جب ہم اسکے ساتھ تنہا رہ گئے تو وہ انتہائی اداسی کے ساتھ الیزابیتھ کے پاؤں کو چھوڑتے ہوئے اچھلتی ہوئی رونے لگی۔ میری بہن بھی رونے لگی.

اے جسٹین!؛ الیزابیتھ نے کہا، "؛تو نے میری آخری امید کو کیوں چھین لیا؟" میں تیری بے گناہی پر بھرپور یقین رکھتی تھی، اور اگرچہ میں تب خوش نہ تھی لیکن میں اتنا پریشان نہیں تھیں جتنا آج ہوں .،"۔

اور کیا تم بھی مانتی ہو کہ میں اتنے بدکار ہوں؟ کیا تم بھی میرے دشمنوں"
کے ساتھ مجھے نشوونما دینے کے لئے ہم سفر ہو رہی ہو؟ میری رونگٹے کھول پانی نہیں at میں یہاں تک مشکلی ہو رہی تھی۔" رونے کے درمیان وہ بولنے کی ب کرتی تھی.

اٹھو ، غریب لڑکی" ، الیزابیتھ نے کہا ، "اگر تم بے گناہ ہوتی ہو تو کیوں" ٹھہری ہو؟ میں تیرا دشمن نہیں ہوں۔ میں تم پر الزام لگاۓ اقرار کے باوجود بھی بے

گناه سمجھتی تھی ، لیکن جب میں سنی کہ تم نے اقرار کردیا ہے تو آزماتی ہوئی
"سچائی کے علاوہ کچھ بھی مجھے تم پر شک نہیں کرسکتا۔

میز په راپت سره د تقلب سپوزمی وزق یو شم. ځان په مخه له بخت بیا راښبل"
شومی، خو یدی خویلی بل دلته نه وروسته اورولو په منظره کښی ښمګانه وزکوم.
خدایا مهربانئ ته مهربانی وکړي!اراگر تاسو یی په منظره کښی ستنه وکړی، ښکاره
کړي چی جستین، هغه شخص چی کتلی واله او ستاسو هوسئ ته په دښمنی وخته
ځیر یی شو، او ته یی مننه کړه چی من داسی بول په راښبیستو کښی په منظره کښی
حقارتی او تباهی په ګرپی ورپی. زما څه کولی؟ په دورانی هیئت کښی، زما خپله اعتراف
"ولولپی شم، او اوس نه ترلاسه کوم۔

هغوی پیژمانی، په قامه خطرناکه کښی وایوه، او بیا ادامه ورکه، "زما بنه دکړه
خوبیدونکی، تاسو بنایسته بیا ته راښبیدلی، جستین، هغه شخص چی ستری
توپیراوی پرمپښ کیزو وایلی، په کی د جرم په دیومانو توپیرانو بار کنبی حقائقی
نیسی. عزیز ویلیام! زما عزیزه، مهبدلی شوي لوی کودک! زما تاسو سره د میره
ناروغ کپی یوه په خوبنی جلا پوری کیزمو. داسی سره کامه د کندهار او مرگ په
".ارغاري یی

اوه، جستین! د دوبی نه مناسبولی، مهربانی،، د هغه وخت کپی دی چی تاسی"
ته مننه کولی۔ څوک، ځوایوالی تولگلی. زما تاسو د ارغوه راستیو په خواصو کپی
لیدښبت نیوالی او آنه ورلی شم. زه به تاسو دلته خبر نه ورمه کوم! تاسپی، زما دوست،
همکار او هغه خوبنی، به اسکافولډ ته نپریښبیدلی! نه! زه هیڅ کار نه کولم چی په دلته
.راندی مصیبته خپله ژوند نه قاومه

124 جسٹین تکلیف سے سر ہلاتی رہی۔ وہ بولی، "مجھے موت سے ڈر نہیں لگتا،
میں نے خدا میں قوت پائی ہے، اور وہی مجھے جراٴت دیتا ہے کہ بڑی سختیوں کا
سامنا کروں۔ بہت غمگین اور سخت دنیا کو میں پیچھے چھوڑ رہی ہوں۔ اگر آپ
مجھے بےگناہ کہہ کر یاد رکھتے ہیں، تو میں قسمت کو قبول کرتی ہوں جو میرے
لئے متوقع ہے. پیاری بیگم، میرے عزیز، خدا کی مرشدی سے زبردستی کو نیکی کو
"سمجھنے کا سبق لیں.

تازے ہوتے ہوتے ، میں حزن کے بغیر میزائلِ زندگی کے سدرِق منزل سے it بات چ
بچنے کے لئے قید کمرے کا ایک کونے میں بٹ گیا تھا. نا امیدی! کون ہمت کرے گا کہ
ایسی بات کرے؟ نادرا کرنے والا نادان، جو کہ موت اور زندگی کے درمیان والی بڑی
سیما پار کریگا کل، چونکہ میں اس طرح کے گہرے اور کڑوے درد کو محسوس کرتا
ہوں جو میری جان کو کھا جاتا ہے. میں دانت بھڑکائے اور اپنے جیب سے وادی سے
سانس لینا شروع کر دیا۔ جسٹین اچانک چوک گئی۔ وہ نزدیک آئی اور کہنے لگی،
"عزیز جناب، آپ میرے پاس آنے کے لئے بہت مہربان ہیں. میں امید کرتی ہوں کہ آپ
"اقرار کرنے پر گمان نہیں کرتے؟

مجھے جواب نہیں دے سکا۔ "نہیں، جسٹین" الزابیتھ نے روکا۔ "وہ آپ کے بےگناہی پر میری ناسمجھی سے زیادہ یقین رکھتے ہیں. بغیر یقین کے بھی اقرار سننے کے بعد بھی، انہیں اس پر یقین نہیں ہوا".

میں انھیں سچ قدر دیتی ہوں. یہ آخری لمحوں میں، وہ لوگوں کے لئے بہت بہت" شکرگزاری ہوتی ہے جو میرے بارے میں اچھے طریقے سے سوچتے ہیں. دوسروں کا جذبہ ایسی چیز ہے جو میری مثل ہیں، جو بہت کچھ سہ چکی ہے. یہ میرے ادھر سے زیادہ ملحوظ سروں کو آرام دیتی ہے. اب جب آپ، پیاری بیگم، اور آپ کی بھتیجی میری بےگناہی پر یقین رکھتے ہیں، مجھے ایسا لگتا ہے جیسے میں موت کو پیمانے سے اچھی طرح قبول کر سکوں گی".

اس طرح، مسکین متاثرہ دوسروں اور خود کو تسلیاں دینے کی کوششیں کرتی رہی۔ اس نے وہ حاصل کیا جو اُسے چاہیئے تھا۔ لیکن میں، واقعی قاتل، اپنے سینے میں کبھی مرنے والا کیڑا محسوس کر رہا تھا، جو کوئی امید یا تسلی نہیں دیتا تھا۔ الیزابیت بھی روئیں اور بے خوابی کا سامان تھی، لیکن اُن کی بھی مصیبت معصومیت کی تھی۔ میرا دل توڑا گیا تھا۔ میرے اندر یہاں جہنم تھی، جس سے کچھ بھی نجات نہیں مل سکتی تھی۔ ہم چند گھنٹے جسٹین کے ساتھ رہے؛ اور الیزابیت کو خود کو الگ کرنا مشکل ہو رہا تھا۔ "میں چاہتی ہوں" وہ پُکاری، "کہ میں تمھارے ساتھ مر جاؤں؛ میں اِس تکلیف کے دُنیا میں جی نہیں سکتی۔"

جسٹین نے ایک مُسکراہٹ کا بُنیاد بیٹھالیا، خوشی کا احساس دعویٰ کرتے ہوئے قسمتاً اپنی تلخ آنسوؤں کو دبا رکھا۔ وہ الیزابیت کو گلے لگی اور آواز منہ بند کر کے کہنے لگی، "خدا حافظ، پیاری لیڈی، عزیز الیزابیت، میری پیاری اور تنہا دوست؛ خدا، اپنی فضل و کرم میں، آپ کو برکت دے اور محفوظ رکھے؛ یہ آخری مصیبت ہوگی جو آپ کو عمر بھر نہیں ہوگی! زندہ رہیں، خوش رہیں، اور دوسروں کو بھی خوش کریں۔"

اور اگلے دن، یوسٹین فوتھوئی۔ الیزابیت کے دل توڑنے والے الفاظ نے کسی طور پر ججوں کو راغب کرنے کا کامیاب نہیں ہوا کہ بے گناہ معذب گنہگارقرار دینے کے بارے میں سوچ کو تبدیل کریں۔ میرے جذبات اور غصہ دلوں کو دریافت نہیں ہوے۔ جب میں نے ان کی سردی سے جوابی جوابات سنے اور ان انسانوں کی بے رحمانہ تحریر سنی، میں نے خود کو سچ بولنے کے قابل نہ سمجھا۔ نتیجے میں ضروری ہوتا کہ میں اپنی پاگلی کی اقرار کروں، لیکن یہ جملہ پر یقین نہیں کہ میرے بے بخت زخمی کوسزاوار قیدمیں تبدیل کرے۔ وہ قتل کرنے والے کی طرح سڑکچڑک پر اروکگی!

گناہوں کی بوجھ سے ملامت کے تحت، میں نے توجہ کو الیزابیت کے قلیل و خاموش غم پر منتقل کرلیا۔ میرے زمامدارانے بھی اس کا بانی تھا! میرا عمل میرے

والد کے رنج کا باعث بنا اور ہمارے ایک بار خوشگوار گھر کی بربادی کا باعث بن گیا۔ تم روتے ہو، میرے پیارے لوگ، لیکن یہ آنسو تمھارے آخری نہیں ہوں گے! تم ایک بار پھر افسوس کی آہیں بھرے گے! فرانکنشٹائن، تمھارا بیٹا، رشتہ دار اور پیشیو آپ کے صرف چہرے میں روشنی دیکھ کر خوش ہوتا ہے۔ وہ صرف تمھاری زندگیاں بھرکے اور تمھاری خدمت مستقل کرنے کے لئے خدمت ہے۔ وہ تم سے درخواست کرتا ہے کہ تم روئو، بہت سارے آنسو بھائو۔ شاید اس کے بعد، اگر رزق کو راضی کیا جا سکے اور تباہی اپنے بستر میں آپ کی سکون پر دعوت طلب نہ کرے، تو تم اپنی تکلیف سے راحت پائو۔

میری باطنی آواز نے یہ الف بولے، بودشاہت پیشینوئی کرتے ہوئے، جبکہ میں خطا، خوف، اور افسوس کی داستان میں ڈوب گیا تھا۔ میں دیکھ رہا تھا وہ لوگ جن سے میری نگاہ کشیدگی تھی، جو ولیم اور جسٹین کی قبروں پر رو رہے تھے، میرے ممنوعہ تجربات کی پہلی شکست۔

CHAPTER IX

انسانی ذہن کے لئے کچھ بھی اتنا دردناک نہیں جو شدید احساسات اور واقعات کے بعد کی ہمت کی یقینی تصریف کے بعد سناٹا اور یقین کے عطیے کی طرف کھینچ لیتی ہے. یہ امید اور خوف دونوں کو دور کر دیتی ہے. جسٹائن مر گئی اور میں ابھی بھی زندہ تھا. میرا جسم خون سے بھرا ہوا تھا، لیکن میرا دل ناامیدی اور پچھتاوا سے بھاری تھا، جو کہ اٹھانا ممکن نہیں تھا. میں نہیں سو سکتا. مجھے ایسا لگتا تھا جیسے میں بری روح ہوں کیونکہ میں نے بہترین سندوقیاں کیں جو میں الفاظ میں بھی بیان نہیں کر سکتا. اور یہاں مزید تھا، بہت کچھ تھا، جسے میں نے سمجھایا خود کو کہ میں اب تک کرنا لازم ہے. اس کے باوجود، میرے دل میں رحمت اور اچھا کرنے کی خواہش کھلی ہوئی رہتی تھی. میں نے اپنی زندگی اچھی نیتوں کے ساتھ شروع کی تھی اور دوسروں کے لئے تبدیلی لانے کی خواہش رکھتی تھی. لیکن اب سب کچھ تباہ ہو چکا. گزشتہ کاموں پر خوش ہونے اور ایک امید بھرے مستقبل کی توقع میں، مجھے ندامت اور پچھتاوا نے کھا جا چکا تھا. ایسا لگتا تھا جیسے میں ایک تکلیف دہ جگہ میں اُٹھا لیے جارہا ہوں جس کی تفصیلات کے بارے میں میں کوئی لفظ نہیں کر سکتے.

یہ اداسی نے میری صحت کو بد حال کردیا، کیونکہ میں پہلے صدمہ کی پردہ پوشی کبھی مکمل نہیں کرسکا تھا. میں دوسرے لوگوں کے قریب تشریف نہیں لایا. کوئی مسرت یا سربستگی کی آواز مجھے بہت بہتری نہیں پڑتی تھی. میری تسلی کا واحد ذریعہ تکملہ تاریکی اور خاموشی کے اندر تنہا ہونا تھا، جیسے مر چکا ہوں.

129

میرے والد نے میرے خیالات پر میری توجہ کی اور میری وضوحِ فکر پر مدد کرنے کی کوششیں کیں۔ انھوں نے پوچھا، "کیا تم سمجھتے ہو، وکٹر" کہہ دیا، "کہ مجھے بھی تکلیف نہیں ہوتی؟ کوئی ایک بھی شخص اپنے بھائی سے زیادہ اس سے محبت نہیں کرسکتا۔ خود کوس فکر کرنے کی ضرورت محسوس نہ کرو، وہ کچھ محسوس کرو جو تمھیں محسوس ہوتا ہے۔"

یہ مشورہ، چاہے اچھا ہو، میرے مقام پر پوری طرح غیر قابلِ عمل تھا۔ میں دوستوں کو تسلی دینے کا سب سے پہلا شخص ہونا چاہئے تھا، لیکن بدقسمتی سے پھر تکلیف مکمل طور پر زیرِ استعمال رہ گئی تھی۔ اب میں صرف اپنے والد کی طرف رنجیدہ نظر سے جواب دے سکتا تھا، اور اس کوشش میں کوشاں تھا کہ اپنی تصویر کو ان کی نظر سے چھپاوں۔

130

تقریبًا في هذا الوقت، انتقلت أنا وعائلتي إلى منزلنا في بيلريف. كنت سعيدًا جدًا بتلك التغييرات. كان العيش بين جدران جنيف محبطًا بالنسبة لي بسبب إغلاق الأبواب كل ليلة في الساعة العاشرة، ولم نتمكن من البقاء في البحيرة بعد ذلك الوقت. لكن الآن، أنا حر أخيرًا.

في بعض الأحيان، عندما يذهب الجميع في العائلة إلى الفراش، أخرج الزورق وأقضي ساعات على الماء. مع الرياح في شراعي، أسمح لها بأن تحملني. أو في بعض الأحيان، أجلس بالزورق في منتصف البحيرة وأترك الزورق يتحرك بمفرده بينما أنا أضعف في أفكاري الحزينة الخاصة.

كانت هناك لحظات تجذبني إلى الغوص في تلك البحيرة الهادئة، آملا أن تبتلعني وتبتلع مشاكلي إلى الأبد. لكن بعد ذلك، سأفكر في إليزابيث، الشخص الشجاع والمجروح الذي أحببته بعمق، والشخص الذي حياته مرتبطة بحياتي. كذلك، أفكر في والدي وشقيقي الناجي. إذا تخلى عنهما وتركتهما بدون حماية من المخلوق الذي أطلقته، فإنه سيكون عملاً جبانًا.

131

ان دنیا کے ان لمحات میں، آنسو میرے چھرے سے بہہ رہے تھے، اور میں بےقراری سے خواہش کر رہا تھا کہ میرے دل میں سکون ہو تاکہ میں اپنوں کو آرام اور خوشی دے سکوں۔ لیکن یہ ناممکن تھا۔ اِس ندمت نے میری تمام اُمیدیں نقصان پہنچا دیں تھیں۔ میں گناہگار تھا جس کی اِس بے قابو تشدد کے اثرات کو نصیب کیا گیا تھا، اور ہر دن میں خوف میں جی رہا تھا کہ وہ کائناتی جانور جسے میں نے خلق کیا تھا کو اور بھی شیطانی کارنامے انجام دے گا۔ میرے دل میں خیال تھا کہ سب خاتم نہیں ہوا، اور وہ کچھ ایسا کرے گا جو اس کے گزشتہ جرائم کی یادوں کو تقریباً ختم کر دے گا۔ جب تک میری کچھ خوبصورتیاں رہے، خوف ہمیشہ کے لئے راستہ ڈھونڈ ہی گا۔ لفظی تشریف نہیں لا سکتے میری ناپسند خلقت کے لئے۔ جب بھی میں اس کے بارے میں سوچتا تھا، میں دانت پیس لیتا تھا، میری آنکھوں میں غصے کا آگ لگتا تھا، اور میں خواہش کرتا تھا کہ اِس جاندار کی جان ختم کر

دوں جسے میں نے بے وقوفانہ دی تھی۔ جب میں اُس کے جرائم اور اُس کی ظلم کی عظمت کو سوچتا تھا، میری نفرت اور انتقام کی خواہش کو کوئی حد نہیں تھی۔ اگر ممکن ہوتا تو، میں اُندھے بل کے بلندترین چوٹی تک چڑھتا تاکہ میں اُسے

ادھر سے پھینک سکتا۔ میں اس کے سامنے ایک بار پھر تشدد کے ہر حصے کو انتقام کی قوت سے چیرسکتا تاکہ میں ولیم اور جسٹین کی موتوں کا بدلہ لے سکوں۔

ہمارے گھر میں غم کی وبا پھیلی ہوئی تھی۔ حالیہ خوفناک واقعات نے میرے والد کی صحت پر گہرا اثر ڈال دیا تھا۔ الیزابیت پر ندم کامل تھی۔ اب وہ اپنی عادیات میں خوشیاں تلاش نہیں کرتی تھیں،حتی کہ گمان کیا جاتا تھا کہ کسی بھی خوشی کا آنند لاشِرفوں کو نہیں مراسلہ کرسکتی۔ وہ سمجھتی تھیں کہ ابدی غم و آنسو ان بچوں کی حرمت کرنے کا صحیح طریقہ تھا جس کی بیگانگی ہوچکی تھی۔ وہ وہ خوشگوار شخص نہیں رہ گئی تھیں، ایسا جو پُرمسرتی کا عادی ہوتی تھی جب ہم اکٹھے ساحل پر میں اور عطش سے پُر دل باتیں کیا کرتے تھے۔ غم رالے میں سے پہلا غم اُن بجلیں سے ہمیں عالمی چیزوں سے علیٰحدہ کرنے کی نیت سے آیا تھا ،اور اس کے اثرات نے اُس کی روشن ترین مسکاں چینچیدیں لے لی۔

جب میں جسٹین مورٹز کی روحانی بہن ہمراہ اُس کے افسوسناک موت کے" بارے میں سوچتی ہوں"، وہ کہتی ہے، "دنیا اب میرے لئے وہی نہیں رہتی۔ گزشتہ میں، جب میں کتابوں میں بدکاری اور ناانصافی کے بارے میں پڑھتی تھی یا دوسروں سے سنتی تھی، تو میں ان کو بڑے پرانے دوروں کی کہانیاں یا خیالی سمجھتی تھی۔ وہ دور تھے، ان کو عقل بھی تصویر سے بہتر سمجھتی تھی۔ لیکن اب، غم ہمارے گھر پہنچا ہے، اور لوگ لگتے ہیں جیسے انسانیت سے دُور وہ روحیں ہیں جو ایک دوسرے کا نقصان چاہتی ہوں۔ البتہ، میں جانتی ہوں کہ میں ناانصافی کر رہی ہوں۔ ہر کوئی یقین رکھتا تھا کہ وہ بچی گناہگار ہے، اور اگر اُس نے واقعی وہ جُرم ارتکاب کیا ہوتا جو اُسے ملزم کیا گیا تھا، تو وہ سب سے بدترین انسان ہوتی۔ اپنے مہربانوں اور دوست کے بچے کو قتل کرنا، کوئی جس کی خدمت کرتی رہی ہو اور اُسے اپنے جیسا محبت کرتا رہا ہو، چند جیویلری کے ٹکڑوں کے لئے! میں کبھی بھی کسی بھی انسانی ذات سے موت سے متفق نہیں ہوں، لیکن میں یقین کرتی ہوں کہ ایک ایسی شخصیت جیسے اُسے معاشرت میں رہنے کا حق نہیں ہے۔ لیکن وہ بےگناہ تھی۔ میں جانتی ہوں، محسوس کرتی ہوں،

اور آپ کے رائے میری نفرت کرتی ہے۔ اوہ نہیں، وکٹر، جب جھوٹ سچ کی طرح تشبیہ ذریعہ کرتا ہے، تو خوشی کے بارے میں ہمیں کیسے یقین ہوسکتا ہے؟ یہ لگتا ہے کہ میں درے کے کنارے چل رہی ہوں، ہزاروں لوگ مجھے کھڑکی کی طرف دھکیل رہے ہیں۔ ولیم اور جسٹین قتل کیے گئے، اور قاتل آزاد ہے، شاید دنیا میں معزز بھی ہو۔ لیکن اگر میں بھی اسی جرم کے لئے محکوم ہوتی، تو کبھی بھی ایک "ایسے تنگدل شخص کی جگہ نہیں کہوں گی۔

134 میں اس کی باتوں کو سنتے ہوئے انتہائی اذیت محسوس کرتا تھا۔ ایک طرح سے، میں واقعی قاتل تھا۔ الیزابیتھ میری رنجیدگی میرے چہرے میں دیکھ سکتی تھی، اور اس نے مہربانی سے میرا ہاتھ پکڑا اور کہا، "میرے عزیز دوست، آپ کو اپنی دباؤ پر قابو پانا ہوگا۔ یہ واقعات میرے قلب کو بہت دیکھ چکے ہیں، لیکن میں توآپ سے زیادہ بدنصیب نہیں ہوں۔ آپ کے چہرے پر یاس اور کبھی کبھار دشمنانہ نظر آنے والی باتوں سے مجھے ڈر لگ رہا ہے۔ وکٹر، براہ کرم ان تاریک خیالات کو دور کردیں۔ یاد رکھیں کہ ہمیں پیار کرنے والے دوستوں کو جو آپ کے خوشی کو دیکھنے کا خواہشمند ہیں۔ کیا آپ کو خوش رکھنے کی صلاحیت ہم سے ہر گز نہیں رہی؟ خوشگوار اور خوبصورت جگہ میں، ہم جتنا بھی یہاں پیار سے رہتے ہیں، ہمیں ہر خوش گوار شادمانی حاصل ہوسکتی ہے۔ کیا کچھ ہماری خوشی کو متاثر "کرسکتی ہے؟

کیا اس کی باتیں، جو میری سب سے زیادہ قدر و قیمت والی شخص سے آرہی تھیں، میری باطنی دیو کو دور کرنے کے لئے کافی ہوسکتی تھیں؟ جب وہ بولتی تھیں، تو میں اس کے قریب تر ہوگیا، خوف کرتے ہوئے کہ اسی لمحے، تباہ کنندہ میرے قریب ہوسکتا ہوگا، تیار ہوتا کے وہ مجھے اس سے دور لے جائے گا۔

لیکن دوستی کی گرمی اور دنیا کی خوبصورتی، یا حتی آسمان کی خوبصورتی بھی، میری روح کو دکھ سے آزاد نہیں کرسکتی تھی۔ محبت کے الفاظ بھی بے قوت تھے۔ میں ایک ایسی بادل میں گھِرا ہوں جسے کچھ بھی مثبت توڑنے کی صلاحیت نہیں تھی۔ لاشار ہرن، اپنے تھکے ہوئے ٹانگوں کو چھپانے کے لئے ایک چھپا ہوا مقام تک چلتا ہوا، جہاں وہ اس کو نشروا کی تیر کو دیکھ سکتا تھا اور مرنے کے لئے، میری خود کی صورت میں ایک نشان ہونے والا تھا۔

135 کبھی کبھی میرا دِل میری وجود پر قابو رکھ سکتا تھا جو مجھے ہمیشہ تکلیف میں ڈال لیتا تھا۔ لیکن ہمیں اپنی ذہنی تنگدستی کو تسکین کے ذریعے سے ختم کرنے کے لئے بہترین قدرتی ورزش کے ذریعے ضبط کرنا ہوسکتا تھا۔ میں نے اچانک اپنے گھر چھوڑ دیا اور نزدیکی الپائن وادیوں کی طرف روانہ ہوگیا۔ میں امید کرتا تھا کہ وہاں کی بزرگی اور ہمیشگی، مجھے خود کو اور اپنے عارضی غموں کو فراموش کرنے میں مدد کردیں گی۔ میں خاص طور پر چامونی کی شِشہ، جہاں میں نے جب میں جوان تھا وہ ایک باری زیادہ دیکھی تھی، گیا۔ میری آخری تشریف

منگائی کو چھہ سال ہوگئے تھے ، اور جبکہ میں ایک الگ تھا، وہ جنگل اور دائمی مناظر بالکل ویسے ہی رہے ہی۔

136 میں نے اپنے سفر کی شروعات ایک گھوڑے پر سوار ہو کر کی. بعد میں، میں نے ایک گدھے کو کرایا کیونکہ وہ زیادہ پھیلانے والا ہوتا ہے اور ان سخت راستوں پر زخمی ہونے کا کم امکان ہوتا ہے. موسم اچھا تھا، یہاں تقریباً اگست کے درمیان تھا، جسٹین کی موت کے تقریباً دو ماہ بعد. یہ میرے لئے واقعی ایک افسوسناک وقت تھا. لیکن جب میں عر و نہر میں گہرائی تک پہنچا، میں تھوڑا بہت بہتر محسوس کرنے لگا. ہمارے ارد گرد بلند پہاڑ اور پتھروں سے بھرے دیواریں، پتھروں کے درمیان گزرتے ہوئے دریا کی آواز، اور پانی کی برسات، یہ سب ایسی قدرت کا اظہار کرتے تھے جو دنیا کی کسی سے بھی مضبوط تھی. مجھے ڈرنے یا کسی بات کے بارے میں فکر کرنے کی ضرورت نہیں تھی، صرف ایک چیز کے علاوہ، اس نے سب کچھ میرے گرد منتظم کیا. وادی میں بلندی پر جاتے ہوئے ، یہ مزید حیرت انگیز اور پرمنظر ہوگیا. پہاڑوں پر بڑے سرکش کھلاڑی جن پر پائنٹری دار درختوں سے بھرپور پرانے قلعے ، مضبوط عر و نہر اور درختوں کے درمیان یہاں وہاں چھوٹے چھوٹے گھروں کے وجود، یہ سب غیر معمولی خوبصورت منظر تھا. لیکن اسے ہمیشہ کی طرح شاندار بنانے والی چیز وہی تھیں، یعنی بڑے اور چمکتے ہوئے قمم اور کنگروں والے علال مقامات جو بقایا کے لحاظ سے بہت سے چیزوں سے بلند تھے ، ایسا جیسے وہ ایک مختلف دنیا کے باشندوں کا گھر ہو.

137 پیلیسیر پل پار کرتے ہوئے میں پہاڑ کو چڑھنا شروع کیا جو ندی کے کنارے لٹکتا ہے۔ پھر، میں نے چامونٹکس وادی میں داخل ہوا۔ یہ وادی حیرت انگیز اور عظیم ہے ، لیکن یہ کم خوبصورت اور دلکش نہیں ہے جیسا کہ میں نے ابھی ہی سروکس وادی سے گزرا تھا۔ بلند برف کی چوڑائیاں اس کی حدیں تھیں، لیکن میں نے کوئی تباہ شدہ قلعے یا پودوں کے زرعی میدان نہیں دیکھے۔ بڑے بڑے برفانی گلیشیئیرز راستے کے قریب تک پہنچتے تھے اور میں خراشی شور اور گزرتی ہوئی لکیر دودھ کی دھواں دیکھتا تھا۔ ماؤنٹ بلان، سب سے اونچا اور قدرتی پہاڑ، اپنے بڑے بالوں والی چوٹی پر وادی کے اوپر کھڑے رہتا ہے۔

اس سفر میں، اکثر صورتوں میں میں نے ایک خوش کن حس حاصل کیا جو میری لمبی عرصے سے محسوس نہیں ہوا تھا۔ کبھی کبھار، راستے میں مڑاوٹ یا نئی چیز جس کی میں نے تصاویر بنائی ہوئی تھی، مجھے گذشتہ دنوں کی یادوں کو یاد دلاتی اور میری بےفکر خوشیوں کی بچپن کی یادیں لے آتیں۔ لیکن پھر وہ دلدار حس کھو جاتی ہے ۔ کچھ دیر بعد میں دوبارہ غم کے بھلے نشانیوں میں پھنس جاتا ہوں، اپنے خیالات کی رنجیدگی میں ڈوب جاتا ہوں۔ ان وقتوں میں، میں اپنے جانور کو زور سے آگے بڑھانے کی کوشش کرتا ہوں، جنہیں پوری دنیا، میرے ڈر، اور سب سے بڑی بات، میں خود کو بھولنے کی کوشش کرتا ہوں۔ یا تو کسی

مضبوط لبریز حالت میں، میں اپنے جانور سے اتر بڑھتا ہوں اور گھاس پر گر کر
ہولناکی اور یاس کی لہر میں مغرور ہوتا ہوں۔
آخر میں، میں چامونکس گاؤں پہنچا۔ میں بالکل تھکا ہوا تھا، جسمانی طور پر
اور ذہنی طور پر دونوں۔ میں کچھ دیر کے لئے کھڑا ہوا کھڑکی کے پاس، جہاں سے
میں نے مون بلانک کی روشنی میں دمکتے آسمانی بجلیوں کو دیکھا اور نیچے بہتی
ہوئی آر آر ندھما کی دھاڑکنی آواز سنی۔ یہ مطمئن کن آوازیں میرے دل کو آرام
دینے والی للیبی کی طرح کام کرتی تھیں، میری شدید جذبات کو پر سکون کرتی
تھیں۔ جب میں نے سر کو تکیہ پر رکھا، نیند میرے ہمسائے میں باربا رہی۔ میں اس
کے آنے کو محسوس کرتا تھا، اور میں نے اس کے لئے شکرگزاری محسوس کی۔

CHAPTER X

میں اگلے دن وادی کے کھوج میں گزارا۔ اس جگہ کے نزدیک کھڑا ہوا جہاں سے آر وادی کے سفر شروع ہوتا ہے ، ہلگے سے پہاڑوں کے سروں تک چڑھتی پہاڑیوں سے ٹپکتا ہوا گلیشیئر بہتا ہے۔ میرے گرد بڑے بڑے پہاڑ گھروں نے مجھے گھیر رکھا تھا ، جبکہ اوپر سے بہترین برفانی۔ چندٹیں ٹوٹے ہوئے پائن درخت مکمل تحویلی تھیں۔ اس دلچسپ مقام میں صدا بصدا ریتیوں کے لہریں ، بڑے ٹکڑے گرتے ہوئے بڑف کی ادھار کی تکرار ، اور پہاڑوں میں جھنکار سے سنی دیتی تھیں۔ برف ناقابل تشکیل نظر آتی تھی ، لیکن کبھی کبھی ایسا لگائی دٹی تھی جیسے یہ کھلونے کی طرح ٹوٹ پڑتی تھی۔ یہ حیرت انگیز اور دلبرانہ مناظر مجھ کو بہترین آرام دیتے تھے۔ یہاں وہ شخص پیدا کرتے تھے جو میرے مسائل سے بڑا محسوس کروا سکتے تھے اور اگرچہ وہ میرے غم کو دور نہیں کر سکتے تھے لیکن وہ مجھے سکون و تسکین دیتے تھے۔ وہ بھی میرے دماغ کو دھیما کرنے میں مدد کرتے تھے جو مجھے گذشتہ مہینے بھر میں خوابوں کی طرح تشویشوں سے محو کر رہی تھیں۔ جب میں اُن رات سونے گیا ، میرے خوابوں میں دن بھر دیکھے گئے شاندار تصاویر بھری بستی ہوئی تھیں۔ برف کے سفید چوٹی ، چمکتی بالائی ، سوسن والی جنگل ، کچھٹی نالے ، اور آسمان میں اڑتے ہوئے عقاب - وہ سب میرے گرد تصاویر بنا کر مجھے سکون کی تلاش کرنے کو کہتے تھے۔

میں جب صبح جاگا تو وہ کہاں چلے گئے؟ سب وہ چیزیں جو میرے روح کو تحریک دینے میں مصروف تھیں، نیند کے ساتھ مٹ گئیں اور تمام خیالات پر اندھیری افسوس چھان پڑا۔ بارش انتہائی تیزی سے باری ہو رہی تھی، اور

پہاڑوں کی چوٹیوں کو موٹا دھند کے غلیظ پردے نے ڈھک دیا تھا، اس لئے میں ان قادر دوستوں کے چھروں کو تک بھی نظر نہیں کر سکتا تھا۔ لیکن میں عزم کر چکا تھا کہ انہیں ان کے دھند سے چھپے ہوئے مقامات میں پہچانوں۔ مجھے بارش اور طوفان کا کچھ فرق نہیں پڑتا تھا؟ میری گدھی دروازے تک لے آئی گئی، اور میں ٹوپ مونٹانویر تک پہاڑ چڑھنے کا فیصلہ کیا۔ میں یاد رکھ رہا تھا کہ پہلی بار میں نے جب اس بے حد بڑے اور مسلسل حرکت کرتے رہنے والے گلیشیر کا منظر دیکھا تھا تو مجھے کیسے موہ لے لیا تھا۔ یہ مجھے عظیم حسینیت میں مبتلا کر کے پہاڑوں کی خوبصورتی کو اچھٹی سے عالم طبقے سے میں لے جانے والا احساس دیا تھا۔ فضائے مبہج اور روشنی میں میری روح کو حرکت کرکے اعلیٰ عالم سے اٹھا دیتا تھا۔ خدا کے گریباندھ حسن میں دیکھتے ہمیشہ ہمیں احترام کا احساس پیدا کرنے اور روزمرہ زندگی کے پریشانیوں کو بھولنے کی طاقت ہوتی تھی۔ میں نے تصمیم کیا کہ منفرد روئی کا حسن منظر دیکھنے کی صورت میں ایک ہدایت کار کے منزل تک جاوں، چونکہ کسی اور کے موجودگی میں وہ منظرہ جلوہ گری کو کم کر دیتی تھی۔

141   پہاڑ کا راستہ بہت ڈھلوان دار ہے، لیکن اس کے بہت سے موڑ ہیں جو آپ کو ڈھلوان کے حصے پر چڑھنے میں مدد کرتے ہیں۔ منظر بہت خشک و بیابانی ہے۔ آپ بہت ساری جگہوں پر موسم سرما کے بتاتے نظر آتے ہیں، جہاں درختوں کے ٹوٹے ہوئے حصے زمین پر پھیلے ہوئے ہیں۔ کچھ درختوں کو مکمل طور پر تباہ کر دیا گیا ہے، جبکہ دیگر کچھ درختوں کو پتھروں یا دیگر درختوں پہ جھکا یا ٹیڑھا ہوگیا ہے۔ آپ بلند تر چلتے ہیں تو پہاڑیوں سے سراب سے گزرتے ہیں، اور پتھروں کی تڑیوں بالائی جانب سے نیچے گرتے رہتے ہیں۔ ان پہاڑیوں میں سے ایک خاص طور پر خطرناک ہے کیونکہ صرف ایک چھوٹا سا آواز، مثلاً زور سے بات کرنا، شخص کے ذاتی تباہی لا سکتی ہے۔ سوس کے درخت لمبے یا پھولدار نہیں ہیں، لیکن وہ سیاہ ہیں اور منظر میں سنجیدگی کی حالت کو شامل کرتے ہیں۔ میں نیچے وادی کی طرف دیکھا، اور میں دیکھ سکتا تھا کہ گہری دھند اس وادی سے بھڑکتی ہے جو اس میں بہتے ہیں۔ دھند پہاڑوں کے دوسری طرف منچلتے ہیں، اپنے چوٹیوں کو بادلوں میں چھپاتے ہیں۔ اسے سیاہ آسمان سے بارش ہورہی تھی، اور یہ محیط میں مزید غمگیں اور اداسی کا احساس پیدا کررہی تھی۔ اے، ہمارے لوگ جانوروں سے زیادہ احساسات کے فخر میں کیوں ہوتے ہیں؟ یہ صرف ہمیں زیادہ حساس بناتا ہے۔ اگر صرف بنیادی ضروریات اگر بھوک، پیاس اور خواہش کیساتھ رہتے، ہم تقریباً آزاد ہو سکتے۔ لیکن اب ہر چھوٹی چیز، ہر کہی گئی بات یا ہماری نظر میں آنے والا منظر ہمیں متاثر کرتا ہے۔

142   ہم ایک استراحت لیتے ہیں اور ایک خواب ہماری نیند خراب کرسکتا ہے۔
ہم جاگتے ہیں اور ایک آوارہ خیال ہمارے دن کو خراب کردیتا ہے۔

،ہم تجربہ کرتے ہیں، تصور کرتے ہیں، یا سوچتے ہیں۔ ہنستے ہیں یا روتے ہیں
اسدھ پر اداسی کو گلے لگاتے ہیں، یاپریشانیوں سے چھٹکارا پانے کی
کوشش کرتے ہیں۔۔

،یہ سب یکساں ہے: خوشی یا غم
غائب ہو جانے کا طریقہ تبدیل نہیں ہوتا۔
کسی شخص کا ماضی کبھی اُس کے مستقبل کی طرح نہیں ہوسکتا؛
اتبدیلی کے سوا کچھ دائمی نہیں رہ سکتا ہے

143 یہ کہ جب کہ تقریباً دوپہر کا وقت ہوا تھا کہ میں چوٹی پر پہنچا۔ میں ایک پتھر پر
بیٹھا اور روکھی سمندر کی طرف دیکھا۔ وہاں برف پر دھند لگی ہوئی تھی اور اس
کے ارد گرد پہاڑوں کو بھی دُھند لئے ہوئے تھے۔ لیکن پھر بھیز آ گئی اور دھند
صاف ہوگئی، تو میں نیچے ٹھلے گلیشر پر چلنے لگا۔ سطح بہت ہمواری نہیں تھی،
بلکہ بھاروں کی طرح آندھی سمندر پر موجوں کی طرح گھمکدار تھی، نیچے
درمیان میں کم گہری سلاخیاں بھی تھیں۔ یہ برفیلا علاقہ لگ بڑے تقریباً ایک میل
کتا تھا، اور مجھے اسے طے کرنے کے لئے تقریباً دو گھنٹے لگے۔ دوسری جانب،
ایک ٹیڑھا پہاڑی سہوں تھا۔ جہاں کھڑا ہوا تھا، میں مونٹن ورٹ دیکھ سکتا تھا،
اور اس کے اوپر مونٹ بلانک تھا، ایک شاندار الایک میل کے فاصلے پر ایک جگہ
پہاڑ جو واقعی دلچسپ نظر آتا تھا۔ میں نے پتھروں میں ایک جگہ تلاش کی اور
صرف اس حیرت انگیز منظر کو تکے بیٹھا۔ برف روشنی کی روشنی میں بادلوں کے
اوپر چڑھتے شہری منظر کے ساتھ پہاڑوں کے درمیان سے اپنی راہ بند کرتا ہوا بہ
رہا تھا۔ میرا دل، جو پہلے اُداس تھا، اب تھوڑا خوشحال محسوس کرتا تھا۔ میں
نے دل میں سوچتے ہوئے نہیں رک سکا، "اگر وہاں بھٹکتے روحانیات ہوں تو، مجھے
بس یہ چھوٹا سا خوشی دے دو، یا مجھے اپنے ساتھ لے جاؤ، زندگی کے
بحرالمشکلات سے دور۔"

144 میں بات کررہا تھا کہ ناگہان میں دوری میں ایک آدمی کو دیکھا، جو کسی
بھی انسان سے تیزی سے میری طرف آ رہا تھا۔ وہ منحرفی لینے والوں پر چھلانگ
لگا کر جا رہا تھا جہاں میں ہمیشہ با احتیاطی سے چلتا رہا تھا۔ جب وہ نزدیک
آیا، تو میں نے محسوس کیا کہ یہ اوسط آدمی سے لمبا ہے۔ مجھے خوف ہوا اور
چکر آگیا، لیکن پہاڑیوں سے آتی سردی کی ہوا نے مجھے اپنے حوصلے پر لاٹھا
دیا۔ میں نے دہشت کے ساتھ پاساسی کرتے ہوئے دل میں نیکوں کے قریب آ رہے شکل
کو دیکھا۔ میں غصہ اور خوف سے رہا تھا، اور مجھے فحشت آلود بجوم کے حوالے
کرکے مارنے کے لئے جنگ لڑنے کا فیصلہ کیا۔ وہ نزدیک آ رہا تھا، اس کا چھرہ
تکلیف اور نفرت کے ساتھ تھا، اور اس کی غیر طبعی بدصورتی میں آنکھیں
دیکھنے کے لئے زیادہ سے زیادہ خوفناک تھیں۔ لیکن میں غصہ اور نفرت کے
درمیان استعمال آویزہ کے باعث نہیں رہ سکا۔ شروع میں، میں مضبوط جذبات کی

وجہ سے بول نہیں سکا، لیکن پھر میں نے اپنی آواز پائی اور اس پر غضب کی لہر اور حقارت کی طوفان بوجھ دیں۔

تو کاشتا!" میں چیخا۔ "تو کیسے میری نزدیکی میں آسکتا ہے؟ کیا تمہیں خوف نہیں ہوتا کہ تم پر زور آزمائی کی سخت عنانت ڈالی جائے گی؟ چلو، تو کیڑے کی طرح فضیلہ رکھو! نہیں، رہو! میں تمےاکو دھول پیستول بنانے کا خواہشمند

"ہوں! اے ، کاش میں پھر باز آ سکتا جو تم نے بے رحم گھراوں کو کھوڑ دیا ہے میں یہی توقع رکھا تھا"، کہا وحشی۔ "تمام انسانوں کو افسوس کرنے والے

145

سے سب نفرت کرتے ہیں، مجھے یہ معلوم ہے کہ مجھ سے بھی نفرت ہوتی ہے! مگر تم، میرے خالق، مجھ سے نفرت کرتے ہو! تم مجھے مارنا چاہتے ہو۔ میرے ساتھ اپنا فرض ادا کرو، اور میں آپکے اور باقی انسانوں کے ساتھ اپنا فرض ادا کروں گا۔ اگر آپ میری شرائط پر عمل کریں، تو میں باقی رہنماوں اور آپکو امن میں چھوڑ دوں گا۔ لیکن اگر آپ انکار کریں تو بہتر ہوگا کہ موت کے منہ میں خون کا زور پر

"کروں، جب تک آپ کے باقی دوستوں کے خون سے وہ سیر نکر جائے۔

وحشی! لعنتی شیطان! تم مجھے اپنی پیداوار کے لئے نفرت کرتے ہو اور اب"

"!میں تمہیں انتہائی کروں گا

میرا غصہ بے حد تھا۔ میں اس پر توڑ پڑا، تمام وہ جذبات جو کسی نے کسی دوسرے کے وجود کے خلاف باتھیار بنایا ہوں کی وجہ سے۔

-وہ آسانی سے مجھ سے بچ گیا، اور کہا

146

براہ کرم، پرسکون ہوجا! تجھ سے درخواست کرتا ہوں کہ مجھے میری طرف" غصے کی مار سے پہلے سن لو۔ کیا میں کافی تکلیف چھٹہ چٹھا چکا نہیں ہو چکا ہوں؟ تو مجھے مزید مصیبت دینا چاہتا ہے؟ زندگی، چاہے اس میں دکھ ہی کیوں نا ہو، میرے لئے قیمت ہے اور میں اسے حفاظت کروں گا۔ یاد رکھو، تم نے مجھے اپنے سے زیادہ طاقتور بنایا ہے۔ میں تم سے زیادہ بلند اور زیادہ لچک دار ہوں۔ لیکن میں تم کے خلاف لڑائی کی طرف دوسرے کی طرح مشتاق نہیں ہوں۔ میں تمہارا مخلوق ہوں اور تم بھی اپنا کردار ادا کرو تو میں اپنے خالق اور حاکم کے لئے شفیق اور تابع ہو گا۔ اوہ، فرینکنشٹائن، دوسروں کے ساتھ نیک برتاؤ کرتے ہوئے میرے ساتھ بے انصافی نہ کرو۔ یاد رکھو، میں تومہارا خلق ہوں۔ میں تمہارا آدم ہونا چاہیے تھا، لیکن بجائے اس کے، میں ایک گردیدہ فرشتہ کی طرح محسوس کرتا ہوں، خوشی سے روک دیا گیا ہوں۔ ہر جگہ جہاں دیکھوں، میں خوشی دیکھتا ہوں جو میں کبھی محسوس نہیں کر سکتا۔ میں پہلے مہربان اور نیک تھا، لیکن رنج و غم نے مجھے ایک وحش بنا دیا ہے۔ مجھے خوش بنادو، اور میں دوبارہ رستم

"ہوجاؤں گا۔

چلے جا! میں تمہاری بات نہیں سنوں گا۔ ہمارا تعلق کبھی نہیں ہوسکتا۔ ہم"

دشمن ہیں۔ چلے جاو یا اس طاقت کی آزمائش کریں جہاں ہمیں ایک دوسرے کے
خلاف لڑنا ہوگا اور ایک بارے جائے گا۔"

میں آپ کو کس طرح قائل کرسکتا ہوں؟ کیا میری التجاوز آپ کو اپنی خلقت پر"
پر بھرتا، جو آپ سے اچھے اور رحم دلی کی عطا مانگتا ہے؟ فرانکنشٹائن، مجھے
یقین کریں، میں شفیق دل تھا؛ میری روح محبت اور انسان دوستی سے بھری ہوئی
تھی۔ لیکن اب، کیا میں اکیلا نہیں، خوفناک طور پر اکیلا نہیں ہوں؟ آپ، میرے پیدا
کرنے والے، مجھ سے نفرت کرتے ہیں۔ دوسروں سے کیا امید رکھسکتا ہوں، جو میرا
کچھ مان نہیں ہوتا؟ وہ مجھے ناپسندیدہ کرتے ہیں اور مجھ سے نفرت کرتے ہیں۔
خالی پہاڑیاں اور سرد ٹھنڈی گفت گوگاہ میری واحد پناہگاہ ہیں۔ میں یہاں بہت
دنوں سے بھٹک رہا ہوں، صرف ان ٹھنڈی گفت گوگاہوں کو تسلی مند سمجھتا
ہوں، جو حتیٰ انسان بھی نہیں چاہتے۔ میں ان سخت آسمانوں کا استقبال کرتا ہوں
کیونکہ وہ مجھے آپ کے انسانوں سے بہتر سلوک کرتے ہیں۔ اگر دنیا مجھے جانتی
تو، ویسی کچھ کرتی جو آپ کر رہے ہیں ۔ میری تباہی کے لئے خود کو تیار کرتے۔ کیا
میں ان سے نفرت نہیں کرنا چاہیے جو مجھ سے نفرت کرتے ہیں؟ میں دشمنوں کے
ساتھ صلح نہیں کروں گا۔ میں پریشان ہوں، اور وہ میری تکلیف کو بھی محسوس
کرینے چاہیں گے۔ لیکن آپ کے پاس توانائی ہے کہ آپ مجھے عوام کے برے کام سے
بچائیں اور نقصان سے چھٹکارا دیں، جسے آپ بہت بڑا بنا سکتے ہیں، اتنا کے
صرف آپ اور آپ کے خاندان ہی نہیں، بلکہ ہزاروں دیگر لوگ بھی مرجانے کے متاثر
ہوں گے۔ براہ کرم، رحم کیا کیجیئے اور مجھے نہ مسترد کیجیئے۔ میری کہانی
سنیں۔ اس کے بعد جب آپ نے سن لی ہو تو، آپ مجھے استراحت دے سکتے ہیں یا
مجھے ایسا رسوائی سمجھ سکتے ہیں جیسا میں لائق سمجھتا ہوں۔ لیکن براہ کرم
میری بات سنیں۔ مجرموں کی قانونی حکمت عملی کے مطابق، انھیں مجرم قرار
دینے سے پہلے خود کو دفاع کرنے کی اجازت ہے۔ میری بات سنیں، فرانکنشٹائن۔
آپ مجھے قتل کا مالکانہ الزام لگاتے ہیں، لیکن بغیر سوچے سمجھے، آپ اپنی خود
کی خلقت کو تباہ کردیں گے۔ اے لوگو! انسانیت کی ہمیشہ کی عدالت کا کیا ایک
تصدیق ہے! لیکن مجھے آپ سے دعوت نہیں کرتا کہ مجھے کچھ نہ کریں۔ میری بات
سنیں اور پھر، اگر آپ کرسکتے ہیں، اگر آپ چاہتے ہیں، وہی تباہ کریں جو آپ نے
تیار کیا ہے۔"

مجھے کیوں یاد دلھا رہے ہو؟" میں نے جواب دیا، "وہ باتیں جو مجھے خوف
اور افسوس سے بھر دیتی ہیں۔ میں ہی ان کی بے چارہ وجہ اور مبدع ہوں۔ لعنت ہو
اس دن پہ، نفرت کی شیطان، جب تم پہلی بار بستی میں آئے! چلے جاو! تمہارے
ناگوار خاکہ کے منظر سے مجھے محفوظ رکھو۔"
تب میں تمہیں معاف کر دوں گا، میرے مبدع"، اس نے تسیل سے کہا اور
میری آنکھوں کو اپنے ہاتھوں سے ڈھانپا، جو میں نے زبردستی دور کر دیا۔ "میں"

تمہیں وہ نظر جو تم نفرت کرتے ہو کے لئے ہٹا دوں گا۔ لیکن تم میری بات سن سکتے
ہو اور مجھ پر رحم کر سکتے ہو۔ میں تم سے یہ التجا کرتا ہوں وہ خوبیاں جو میں
کبھی پراکش کرتا تھا۔ میری کہانی سنو۔ یہ تم پر ہے کہ تم تعین کرو کہ میں
ہمیشہ کے لئے انسانیت کو چھوڑ کے خاموش زندگی گزاروں یا تمہارے لوگوں کے
لئے سزا بن جاؤں اور تم خود کی ضرورت ناگزیر تباہی کے ذریعہ بننے۔"

وہ ایسا کہتے ہی ، برف پر آگے چل پڑا اور میں پیچھے۔ میرا دل مکمل تھا اور
میں نے اس کا جواب نہیں دیا ، لیکن ہم چلتے ہوئے ، میں نے اس کے کہے گئے
مختلف باتوں کو مد نظر رکھا اور کم از کم اسکی کہانی سننے کا فیصلہ کیا۔
میری کرنوں اور مجھے اس کا فکر کرنے کی وجہ سے مجبور کر دیا تھا۔ میں پہلے
یہ سوچتا تھا کہ وہی میرے بھائی کو قتل کرنے والا تھا ، لہذا مجھے بیشتر جاننے
یا اس خیال کی تصدیق کرنے کی حتمی خواہش تھی۔ یہی بھی پہلی بار تھا جب
مجھے یقین ہوا کہ، اس کے خالق کے طور پر، میرے پاس اسکے برے اعمال پر
شکایت کرنے سے پہلے اس کو خوش رکھنے کا فرض ہے۔ یہ وجوہات میری
رضامندی کرنے پر مجبور کرتی تھیں۔ تو ہم برف پر چلے اور دوسری طرف سے چڑھ
گئے۔ موسم سرد تھا اور ایک بار پھر بارش شروع ہو گئی تھی۔ ہم چھوٹے سے
جھونپڑی میں گئے ، چیز سے خوش نظری کرتے ہوئے ، جبکہ مجھے افسردہ اور
مایوس محسوس ہو رہا تھا۔ لیکن میں موافقت کرنے پر رضا کرتا ہوں ، اور وہاں
بجلی کے پاس بیٹھ گیا جہاں کہ نے جلا رکھی تھی۔ تب اس نے اپنی کہانی
شروع کی۔

CHAPTER XI

150 "میری وجود کی بدلتی حیثیت کے وقت کے شروع کو یاد کرنا بہت مشکل ہوتا ہے ۔ اس وقت سے سب کچھ میری ذہن میں بہتھانی اور غیر واضح ہے ۔ میں نے ایک عجیب مخلوط جذبات محسوس کئے - دیکھنا، محسوس کرنا، سننا اور بو لینا، سب ہم توانا حس کیا۔ انھیں الگ کرنا میرے لئے بہت وقت لگا۔ تدریجا، مجھے یاد ہوا کہ روشن نور میرے حسوں کو ہموار فروغ کرتا ہے ، تو مجھے بناوٹیں بند کرنی پڑیں۔ گہرا اندھیرا مجھے گھیر رہا تھا اور یہ مجھے بیچین بنا رہا تھا، لیکن جب میں نے آنکھیں کھولیں تو روشنی ادائوں میں واپس آگئی۔ میں چلتا رہا ، شاید ہلکی ہلچل میں تھا، لیکن چیزوں نے مجھے اختلاف محسوس کروانا شروع کر دیا۔ پہلے ، میرے گرد گول سیاہ اشیا تھے جن کو میں دیکھ نہیں سکتا تھا یا چھو نہیں سکتا تھا۔ لیکن اب، بغیر کسی رکاوٹ کے میں آزادی کے ساتھ گرو داری کر رہا تھا۔ روشنی میرے لئے مزید بلند اور بلند ہوتی گئی، اور گرمی مجھے تھکانے لگتی ہوئی۔ میں ایک جگہ کی تلاش کر رہا تھا جہاں میں کچھ سایہ مل سکتی تھی۔ اس لئے میں نے انگولشٹاد کے قریب جنگل تلاش کی۔ میں اسی کنارے پر استراحت کیا، اپنی تھکنے کو دور کرتے ہوئے ۔ لیکن جلد ہی، بھوک اور پیاس مجھے تکلیف دینے لگی۔ یہ میری نیند کو ختم کرتے ہیں، اور میں نے جھکمیوں سے لٹکتے ہوئے ، پھلوں کو پکڑا یا زمین پر لیٹے ہوئے تھوک لیا۔ میں نے ندی کے پانی سے پیاس بجھائی اور پھر لیٹ گیا، سو گیا"

151 میں جگا اور سب کچھ اندھیرا تھا۔ میں سردی محسوس کر رہا تھا اور تھوڑا ڈر رہا تھا تھا کیونکہ میں بالکل اکیلا تھا۔ میں نے آپ کے کمرے سے باہر نکلنے سے

پہلے ، کچھ کپڑے سے اپنے آپ کو ڈھاک لیا تھا کیونکہ مجھے سردی لگ رہی تھی. لیکن یہ مجھے رات کی ٹھن سے کافی گرم نہ رکھ سکے. میں ایک غریب، بے چین اور بد نصیب شخص تھا. میں کچھ بھی نہیں جانتا تھا یا سمجھتا تھا، لیکن مجھے ہر جگہ دکھ محسوس ہو رہا تھا، تو میں بیٹھ گیا اور رونے لگا.

پھر، ایک نرم روشنی آسمان کو روشن کرنے لگی اور یہ مجھے خوشی محسوس کروائی. میں ہنگام سے کھڑا ہوا اور درختوں سے جھلملاہٹی شکل نظر آئی. میں تعجب سے اس کو دیکھ رہا تھا. یہ دھیمی گتی سے حرکت کرتی تھی لیکن میرا راستہ روشن کرتی تھی، تو میں بیریز تلاش کرنے کے لئے باہر جا گیا. مجھے اب بھی سردی لگ رہی تھی، لیکن میں نے ایک بڑی کلاک ایک درخت کے نیچے سے پایا. میں اس کے ساتھ اپنے آپ کو ڈھانپا اور زمین پر بیٹھ گیا. میرے خیالات الجھے اور پریشان تھے. میں ہلکا، بھوکا، پیاسا اور اندھیرے سے گھرا ہوا محسوس کر رہا تھا. میں نے کئی مختلف آوازیں سنیں اور مختلف خوشبوں کو محسوس کیا. صرف چاندنی کی روشنی کو میں واضح طور پر دیکھ سکتا تھا، اور میں نے خوشی سے اس پر نظر جمع کی۔

کچھ دن اور راتیں گزر گئیں، اور چاند چھوٹا ہو گیا جب میں اپنے جذبات کو سمجھنے لگا۔ میں بہت واضح طور پر ندی دیکھ سکتا تھا جو مجھے پانی دیتی تھی اور پتوں کے ساتھ سائے فراہم کرتے تھے. میں خوش ہوا جب مجھے یہ سمجھ میں آیا کہ جو خوشگوار آواز میں اکثر سنتا تھا وہ میرے گرد اڑتے پرندوں سے آتا تھا.

چاند نے رات کے کے آسمان سے غائب ہو گیا اور پھر ظاہر ہوا، لیکن یہ کم ہو گیا تھا۔ میں اب بھی جنگل میں تھا۔ اس وقت تک، میں اپنے جذبات کو بہتر طور پر سمجھ سکتا تھا اور میری دماغ ہر روز نئی تصورات حاصل کر رہی تھی۔ میری آنکھیں روشنی کی خوشی سے مطابقت کرتی ہوئیں اور میں اشیاء کو ان کے مناسب شکلوں میں واضح طور پر دیکھ سکتا تھا۔ میں کیڑے اور پودوں کے درمیان فرق بتا سکتا تھا، اور مدرجات کے ساتھ ساتھ ایک پودے کو دوسرے سے تفریق کرنے سیکھتا رہا۔ میں نے دریافت کیا کہ چڑیا سخت آوازیں نکالتی ہیں، جبکہ کالی پکھی اور چڑیا میٹھی اور دلکش گانے گاتی ہیں۔

دن، یک سرد دن، مہینگاکو پہ دستبرد اچمپہ کے ہرابہ ورکرے. مہنگاں ٹخہ سرما کے کہ دریغ دہ. مو برشمی مہنگ بنوبندہ اچمپہ تہ زہ دے بگولي، پر وینایوم. داسی بیچارہ دا غریب لیلوان کوئ چہ کہ یرغبد پہ ردی پرتہ مو نظر زملي. زہ اچمپہ پہ مزمور ٹخہ چاپیزم او خوشحال شوم چہ د نبور بنیادو اری ادایو یي. زہ تاسوعفي روپام ورکرم، بیا دیام وکرے او اوزے سنبل دي کچہ خشک او بس بازیدي نشي. دا کہ چی سومري شي او ستا لورہ کیزي. دا مہنگ بنوبندي اچمپہ را کیزي او بازیدي نور پلارمي سرچینوي او بلا خشک او وازمي کچہ پلا نور پلارمي خوندي.

په دی شمېر اوزدستو اوزدي، زه به دا شی نو اېپېدونکي کچه یی ناغی شمېرمی او ببارې د سکوبنلو ېی دچاک تہ پګلبی. پس دا اچمپی پہ بندي باز دی خشک خوندېک او رسپدي سنبلونہ کچه پلا نور پرې ی پہ زو وېناوسپی تولنپی ډولونو سرې. .قطاري د شپپی دا قوتوو شوم او حُمکہ تہ پیېزدي

154 صبح جب میں جاگا، میری پہلی توجہ آگ کے طلوع کو دیکھنے پر گئی۔ میں نے اسے کھلا کیا اور ایک ہلکی ہوا نے جلتی شعلہ جلانا شروع کردیا۔ میں نے یہ دیکھا اور سوچا کہ اگر یہ آمادہ نہ ہونے لگے تو نظر آنے والی بجلی کو زندہ رکھنے کا طریقہ سوچنا چاہئے۔ میں نے ڈھالو کی شکل میں فین تیار کیا، جو آگ کو دوبارہ زندہ کرنے میں مددگار ثابت ہوا۔ جب رات ہوئی اور مجھے دوبارہ آگ نظر آئی تو میں خوش ہوا کہ یہ نہ آگ نہ صرف گرمی فراہم کرتی ہے بلکہ روشنی بھی دیتی ہے۔ میں نے یہ احساس کیا کہ یہ دریافت کھانا پکانے میں میرے کام آسکتی ہے۔ میں نے اُڑے رہنے والوں کی بقایا کوئنزہ لئے اور انھیں سنایا گیا۔ یہ درختوں کے انبوئ سے زیادہ لذیذ تھی۔ سو میں نے ایک ہی طرح سے اپنا کھانا پکانے کی کوشش کی، جبکہ میں نے اسے جانے کیکراب کردیا لیکن میوے اور جڑوں کی ذائقہ بہتر ہوگئی۔

155 کھانا ڈھونڈنا مشکل ہو گیا تھا، اور میں عام طور پر پورے دن کو کھوج میں" گزارتا کے برادران کو تکلیف سے غوا کر نیند نہیں مل سکی۔ جب مجھے یہ سمجھ میں آیا، میں نے فیصلہ کیا کہ میں وہیں سے چلے جاوں گا جہاں میں آرام سے چند چیزیں تلاش کرنے میں آسانی ہوتی ہو۔ مجھے واقعی افسوس ہوا کہ حادثاتی طور پر شروع کیا جانے والا اگنی کو کھو دیا ہے اور میں نے نہیں جانتا کہ دوسری کیسے بنائیں۔ میں نے اس مسئلے پر لمبا وقت سوچا، لیکن کوئی حل نہیں بنا سکا۔ تین روز تک کھوج کی طرف میں کاٹ دیں اور آخر میں کھلا میدانوں کو تلاش کیا۔ گزشتہ رات بڑی برفباری رہ چکی تھی اور ہر چیز سفید سفید تھی۔ یہ افسوسناک نظر آیا اور مجھے سرد محسوس ہوا۔"

156 اِن پہاڑ کی چڑھائی پر ایک چھوٹی سی جھونپڑی نظر آئی جو شاید بھیڑوں کے

157 میں نے دوپھر میں آنکھ کھولی اور گرم سورج کی روشنی جو برفوں پر اِکٹھی ہوئی تھی مجھے اپنی طرف کھنک کر لے گئی۔ میں نے فیصلہ کیا کہ اب میرا سفر جاری کرنے کا وقت آ چکا ہے۔ میں نے کھیتوں میں چھننے گئے گاو کے نان آورڈر اُٹھا کر ایک بیگ میں جمع کرلی اور دو گھنٹے تک کھیتوں میں چلتے رہے۔ مغرب میں، میں ایک گاؤں تک پہنچا اور یہ میرے لئے ٹھہراؤ کی طرح تھا! سادہ وائیکن، دلکش کاٹھیاں اور شاندار مکانات میری تعریف کے لئے محلوں میں بدلتے رہے۔ باغوں میں زردیوں کا فائدہ ویجیٹیبل اور بعض کاٹھیوں کے کھڑکیوں پر ساجھا ہوا دودھ اور پنیر دیکھ کر میرے پیٹ میں بھوک ہوگئی۔ دلچسپی کے ساتھ، میں نے

ایک بہترین کائھی میں قدم رکھا، لیکن جیسے ہی میں اندر گیا، بچے چیخنے لگے اور ایک عورت بے ہوش ہوگئی۔ پورے گاؤں میں ہلچل مچ گئی اور کچھ لوگ بھاگ گئے جبکہ دوسرے میرے پر حملہ کرنے لگے۔ پتھروں اور مختلف چیزوں سے مجھے مارا گیا جب تک کہ میں نکل کر کھلی دھاریوں میں لپک کر بچ نہیں گیا۔ خوف زدہ طور پر، میں نے ایک چھوٹی اور جونڈھ دیر تلاش کی، جو گاؤں میں دیکھے گئے شاندار محلوں کی موازنہ میں بدترین لگتی تھی۔ باوجود اپنی حالت ونکوپ کے، منجانب آزاد منزل دربار، محلوں میں بلند و خوبصورت نظر آ رہی تھی۔ میرے حالیہ خوفناک تجربے کے بعد، میں آغوشی مکان میں پناہ لی۔ یہ میرے لئے اُٹھوا ووڈ کا بنا وسیع مکان تھا جہاں کھڑا ہونا میرے لئے ممکن نہیں تھا۔ فرش تو کچی بنی تھی لیکن سوکھی ہوئی تھی۔ بہت سارے کرکٹروں کے ذریعے ہوا اندر آتی تھی، لیکن یہ برفوں اور بارشوں سے محفوظ موقع فراہم کرتی تھی۔

158

تو میں نے برداشت ناک آب و ہوا اور ظالم لوگوں سے بچنے کے لئے ایک تنہا کمرہ تلاش کیا۔ صبح ہوتے ہی، میں اپنی چھپتی ہوئی جگہ چھوڑ کر قریبی کٹیا کی جانچ پڑتال کے لئے نکلا۔ یہ کٹیا کٹیا کے پیچھے سٹھا ہوا تھا۔ میرے یہاں سے کافی روشنی آ رہی تھی، جو میرے لئے کافی اچھی تھی۔

نئے گھر کی ترتیب کرنے اور فرش پر صفائی بکھیرنے کے بعد، میں آرام کرنے چلا گیا۔ دور سے ایک آدمی کو دیکھا اور یاد آیا کہ گذشتہ رات مجھے کیسے پیش آیا گیا تھا، اس لئے میں پکڑے جانے کا خطرہ نہیں لینا چاہتا تھا۔ لیکن اس سے پہلے، میں نے یقینی بنایا کہ میرے پاس دن کے لئے کافی کھانا ہوتا ہے۔ میں نے ایک ٹکڑا سخت روٹی اور ایک کپ لے لیا تاکہ نزدیکی چشمہ سے پانی پینے کا آسانی سے استعمال کر سکوں۔ زمین تھوڑا اونچا تھا تاکہ یہ خشک رہ سکے، اور کٹیے کے دخانی دہانی کے قریب ہونے سے یہ تھوڑا گرم محسوس ہوا۔

159

میری بنیادی ضروریات حاصل ہونے کے بعد، میں نے اپنی نیت کی پکی کی میں اس ٹھڈیر میں رہوں گا جب تک کہ کچھ ہوا نہیں ہوتا جو میرا فیصلہ تبدیل کرسکے۔ پہلے معدوم جنگل کے مقابلے میں جہاں میں رہتا تھا، جہاں شاخوں سے بارش ہوتی تھی اور دمپ مٹی تھی، یہ جگہ جنت تھی۔ میں نے اپنا ناشتہ کیا اور تیار ہو رہا تھا کہ خاکے کو بٹانے کے لئے پلانک بھیگا دوں تو میرے کان میں قدموں کی آواز آئی۔ ایک چھوٹی سی سوراخ سے جھلملاتی رنگین لڑکی دیکھی جو ایک پیل لے کر سر پر رکھتی ہوئی میرے ٹھکانے سے گزر رہی تھی۔ اسکا رویہ نیک اور نرم تھا، جبکہ لوگوں کا رویہ جو میں بعد میں سوانٹوں پر مکانات میں رہنے والے اور کاشتکاری کرنے والوں کو دیکھا، اس سے بہت مختلف تھا۔ وہ متواضع طور پر ملبوس تھی، نیلی سادہ سا لہنگا پہن رہی تھی اور ایک سادہ جیکٹ۔ اسکے گورے بال بریڈ کئ ٹھنڈی تھیں مگر سنگار نہ کیا گیا تھا، اور وہ صبر جبکہ اداس نظر آتی تھی۔ وہ میری نظر سے غائب ہوگئی، لیکن پندرہ منٹ بعد وہ واپسی پال

77

بھردی کے سات تحمیل والے ہاتھ دوڑتے ہوئے دکھی کھڑا ہوگیا۔ ناراض تشویش زدہ اقدامات کی روشنی میں اقوال معنوی بولے ، پھر اس کنٹیے سے مکان تک پیل اٹھا کر لے گیا۔ اسکے پیچھے وہ پیچھے آتی تھیں ، اور انہوں نے اندر گئے۔ کچھ دیر بعد ، میں نے وہی نوجوان باندھے ہوئے آلات پکڑے فصیل بھنور کے پیچھوں سے گزرتے ہوئے دیکھا۔ لڑکی بھی مصروف تھی ، گھر اور دیہی کے بیچ میں آنے جاتے تھیں۔

160 میں اپنے رہنے کی جگہ کا جائزہ لیا اور دیکھا کہ ایک کھڑکی کے حصے کوٹی کا حصہ تھا ، لیکن یہ لکڑی سے ڈھانپا ہوا تھا۔ ایک لکڑی کی ٹوکری میں سے, ایک چھوٹی سی چھید تھی جس کے زیر سے اندر کا ایک نظر آرہا تھا۔ اس نظر کے زیر سے, میں ایک چھوٹا سا کمرہ دیکھ سکتا تھا جو صفائی بھرا ہوا تھا لیکن تقریباً کچھ بھی فرنیچر نہیں تھا۔ کونے میں, ایک چھوٹی سی آگ کے قریب, ایک بوڑھا آدمی بیٹھا تھا جو بہت غمگین نظر آرہا تھا, اپنے ہاتھوں پہ سر لیے ہوئے۔ لڑکی مصروف تھی کوٹی کی ترتیب دیتی ہوئے لیکن پھر اس نے ایک دراز میں سے کچھ نکالا اور بوڑھے آدمی کے پاس بیٹھ گئی۔ جب اس نے ایک آلہ اٹھایا, تو وہ سب سے خوبصورت موسیقی بجارہا تھا, پرندوں کے نغمات سے بھی زیادہ پیارے۔ یہ ایک دلفریب منظر تھا, خاص طور پر میرے لئے, جو کبھی کچھ بھی اتنا خوبصورت نہیں دیکھا تھا۔ بوڑھے آدمی کے چاندی کے بال اور مہربان چہرے نے میری عزت کما لی تھی, اور لڑکی کا نرم رویہ نے میرے دل کو فتح کرلیا تھا۔ وہ ایک اداسگی بھرا گمنام موسیقی بجارہا تھا جو لڑکی کو رونے پر مجبور کردیا۔ بوڑھے آدمی نے کچھ نہیں کہا جب تک لڑکی باہر سے پکار نہ ماری۔ تب وہ آہستہ چپ نظر آفریدہ، زمین پر گریں, اس کے سامنے جماعت کیا۔ اس نے اونچا کیا اور اس کو تکیہ کرتے ہوئے مسکرا دیا، ایک ترسی فخر اور محبت کی مثال تھی کہ میں نے تیز تیز خلوص محسوس کیا۔ یہ ایک عجیب اور طاقتور احساس تھا, رت جتنا میں نے بھوک یا سردی, سردی یا خوشبو سے محسوس کیا تھا۔ شدید احساسات میں غرق ہو کر, میں نے ٹھیک ٹھیک دروازے سے ہٹ کے چلا گیا, ان سب مضبوط احساسات کو سنبھالنے میں ناقابلِ برداشت.

161 اس کے بعد ہی، جوان آدمی واپس آیا ہٹھے پر لکڑیوں کا ایک بنڈل لیے کر۔ لڑکی نے دروازے پر اس کا استقبال کیا اور اس کو ہلانے میں مدد کی۔ وہ لڑکی نے لکڑی کچھ مکھانے کتنے میں بی گھر میں لے جائیں اور آگ میں شامل کردیا۔ پھر، دونوں نے گھر کے ایک دلگش چوک میں جاکر بیٹھے ، جہاں جوان لڑکی نے اسے ایک بڑے کبابشتی روٹی اور ایک ٹکڑا پنیر دکھایا۔ وہ دونوں مختلف کاموں کے ساتھ جاری رکھے۔

162 عرضی پرانے آدمی تیسرے خیالوں میں مدھوش تھے ، مگر جب ان کے" ساتھیوں کا آغاز ہوا تو وہ خوش فکر ہوگئے، اور وہ کھانے پر بیٹھ گئے۔ وہ اپنا

کھانا تیزی سے ختم کردیا۔ جبکہ نوجوان عورت نے چھوٹے گھر کی صفائی کرنے شروع کردی، پرانے آدمی نے جوان لڑکے کی بازو کی مدد سے خود کو شمس میں چھوٹی سی سیر پر لے گئے۔ یہ دونوں اشخاص بہت مختلف تھے، مگر وہ آپس میں ایک دوسرے کے لئے بہت خوبصورت مکمل کرتے تھے۔ پرانے آدمی کے بال سرمئ رنگ کے تھے اور اس کا چہرہ دلکش اور محبت بھرا تھا۔ نوجوان لڑکا پتلا اور خوبصورت جسم کے صاحب تھے، اور ان کی خصوصیات مکمل طور پر بالانس کی گئی تھیں۔ لیکن ان کی آنکھیں اور بدن کی حرکتیں گہری غم و امید کی عکاسی کرتی تھیں۔ پرانے آدمی چھوٹے گھر میں واپس چلے گئے، اور نوجوان لڑکا پہلے "سے مختلف ٹولز کے ساتھ میدانوں کی طرف راستہ بند کر چلے گئے۔

163

رات سریعی پیدا شد ہوئی اور مجھے حیرت ہوئی جب میں نے دیکھا کہ کٹیج میں رہنے والے لوگوں کے پاس مشعلوں کی مدد سے روشنی کو جاری رکھنے کا طریقہ تھا۔ میں خوشی سے بھرا ہوا تھا کہ سورج ڈوبتے ہی میرے ہمسایوں کو میں ابھی تک دیکھ سکتا تھا۔ میں نے انہیں کچھ کام کرتے ہوئے دیکھا جو میں نے پہچان نہ پایا۔ بعد میں معلوم ہوا کہ نوجوان مرد بلند آواز میں پڑھ رہا تھا، لیکن اس وقت مجھے الفاظ یا حروف کے بارے میں کچھ نہیں پتہ تھا۔

کچھ وقت یہ سب کرتے رہنے کے بعد، خاندان نے اپنی روشنی بند کر کے سو گئے، یا یوں مجھے خیال ہوا۔

CHAPTER XII

میں اپنے سٹرا پر لیٹا تھا ، لیکن میں سو نہیں سکا۔ میں سوچتا رہا جو کچھ دن بھر ہوا۔ سب سے زیادہ مجھے یہ نظر آیا کہ یہ لوگ کتنے مہربان اور شائستہ تھے۔ میں ان کے ساتھ شامل ہونا چاہتا تھا مگر مجھے بہت ڈر لگ رہا تھا۔ میں یاد کرتا ہوں کہ گزشتہ رات گاؤں والے میری استقبال بہت برائی کرتے تھے ، لہذا میں نے فی الحال اپنے چھوٹے سے جھونپڑے میں چپ ٹھہرنے کا فیصلہ کیا۔ میں ان کو دیکھتا رہوں گا اور سمجھنے کی کوشش کروں گا کہ وہ کیوں کچھ کرتے ہیں۔

اگلے صبح ، کوٹیج والے سورج سے پہلے ہی بیدار ہو گئے۔ جوان عورت کوٹیج کو صفائی دیا اور ناشتہ تیار کیا ، جبکہ نوجوان آدمی ناشتے کے بعد چلا گیا۔

دن گزرتا رہا تمام دن جیسے پچھلے دن تھا۔ نوجوان آدمی ہمیشہ بیرون مشغول رہتا تھا اور لڑکی کے پاس اندرونی مشکل تسکیں تھیں۔ میں سمجھا کہ بوڑھا آدمی، جب مجھے یقین ہوا کہ وہ اندھا ہے ، اپنا فراغ وقت اپنے آلات کھیلنے یا سوچنے میں گزرتا تھا۔ نوجوان کوٹیج والے اسے بہت محبت اور عزت سے پیش کرتے تھے۔ وہ اسے مہربانی سے دیکھ بھال کرتے تھے اور وہ ان کو اپنا شکریہ بیان کرنے کے لئے مسکراہٹے تھے۔

وہ مکمل طور پر خوش نہیں تھے۔ کبھی کبھی، نوجوان لوگ اپنے دوست سے الگ ہوجاتے اور رو پڑتے نظر آتے تھے۔ مجھے سمجھ نہیں آیا کہ وہ کیوں اتنے اداس تھے، مگر یہ میرے لئے بہت اثر انداز ہوا۔ اگر یہ شاندار موجودے خوش نہیں تھے ، تو اس کا مطلب ہوا کہ میں، ناکام اور تنہا مخلوق کے طور پر، بہت آفتاب سے محروم ہوں گا۔ مگر کیوں یہ خوبصورت موجودے اداس تھے؟ ان کے پاس ایک

خوبصورت گھر تھا (کم از کم میری نظر میں) اور وہ ہر چیز جو انھیں چاہیے تھی۔ جب وہ سردی میں ٹھنڈا محسوس کرتے تھے ، تو ان کو گرم آگ ملتی تھی اور جب وہ بھوک لگتی تھی، تو عروج کا کچھ مطلب ہوتا تھا۔ وہ اچھے کپڑے پہنتے تھے ، اور سب سے اہم بات، ان کے پاس ایک دوسرے کا ساتھ تھا۔ وہ ہر روز محبت اور مہربانی دکھاتے تھے ۔ تو پھر، ان کے آنسو کی پیچیدگی کا باقی وجوہات کیا تھی؟ کیا انھیں واقعی درد محسوس ہوتا تھا؟ شروع میں، میں ان سوالوں کے جوابات نہیں سمجھ سکا۔ مگر ہوشیار تشریف اور وقت کے ساتھ، میں پہلے پریشان ہوتے تشریفات میں سے کچھ امور کو سمجھنے لگا۔

میں نے کچھ وقت بعد یہ دریافت کیا کہ یہ مہربان خاندان اتنا بے چین محسوس کرتا تھا کیونکہ بس یہی نقشہ تھا: غریبی۔ وہ بہت سے مشکلات سے گزرتے تھے ۔ وہ صرف وہیزابز چھوٹائے گئے سبزیاں اور کھر بر بھا کرتے ہے ، خصوصاً ونٹر کے دوران جب بچوں کو کچھ کھانا ڈھونڈنا مشکل ہوتا ہے ۔ مجھے یقین ہے کہ وہ اکثر بھوکا رہتے تھے ، خصوصاً خاندان کے چھوٹے رکنوں کو۔ کئی بار، وہ بورھے آدمی کو کھانا دیتے تھے ، جبکہ ان لوگوں کے لئے کچھ باقی نہ رہتا تھا۔

کوریٹیج کے لوگوں کی مہربانی نے میرا دل چھوا۔ رات کو میں ان کے کھانے میں سے کچھ کھانا لے لیتا تھا، پھر مجھے یہ سمجھ میں آیا کہ اس سے ان کے دل کو درد ہوتا ہے تو میں نے یہ کام چھوڑ دیا۔ بجائے اس کے ، میں نے نزدیکی جنگل سے لوکل بیریز، اخروٹ اور جڑوں سے اپنے بھوک کو مطمئن کیا۔

میں نے یہ بھی ایک اور طریقہ تلاش کیا تھا کہ ان کی مدد کروں۔ جوان لڑکا پورے دن ان کی خشکی کے لئے لکڑی اکھٹا رہتا تھا کو۔ رات کو، میں اس کے آلات لیے جاتا تھا اور کافی ساری لکڑی واپس لاتا تھا جو ان کو کئی دن تک مدد کرتی تھی۔

میں یاد رکھتا ہوں کہ پہلی مرتبہ جب میں یہ کر رہا تھا، جوان عورت صبح دروازہ کھولتے وقت حیران ہوئی جب اس نے بڑی بانس توڑی دیکھی۔ اداکارہ نے کچھ چیخ پھونک کی اور اس کے بعد اس کے ساتھ جہاں بھی مسرور اور حیران نظر آیا۔ مجھے خوشی محسوس ہوئی کہ وہ اس دن جنگل نہیں گئے بلکہ پورا دن گھر کی مرمت اور باغ کی نگرانی کرتے رہے ۔

درجات کے ساتھ ساتھ، میں نے ایک اہم دریافت کی۔ یہ لوگ بولے جانے والے الفاظ کے ذریعے اپنے تجربات اور احساسات کی تقسیم کرنے کا ایک طریقہ رکھتے تھے ۔ میں نے یہ دیکھا کہ جو الفاظ وہ استعمال کرتے تھے ، وہ دوسرے کو خوشی یا غم کا احساس دلانے کے قابل تھے ۔ یہ ایک خاص قوت کی طرح تھا، اور میں واقعی یہ سیکھنا چاہتا تھا۔ لیکن، جتنا بھی میں کوشش کرتا رہا، میں نہیں سمجھ سکا۔

وہ تیزی سے بولتے تھے ، اور جو الفاظ وہ استعمال کرتے تھے ، میرے دیکھیں جانے والی چیزوں سے کچھ ربط نظر نہیں آتا تھا. میں اس راز کو کھولنے کیلئے کوئی رموز نہیں تلاش کر سکا. تاہم، اپنے چھوٹے گھر میں بہت سے مہینوں گزارنے کے بعد، میں نے آخر کار وہ ناموں کو سیکھ لیا جو وہ استعمال کرتے تھے. میں نے ایسی الفاظ سیکھی جیسے آتش، دودھ، روٹی، اور لکڑی. میں نے ان کے نام بھی سیکھے. نوجوان مرد اور اس کی دوست کے کئی نام تھے ، لیکن بڑے آدمی کو والد یا باپ کہا جاتا تھا، لڑکی کو بہن یا آگاتھا کہا جاتا تھا، اور نوجوان شخص کو بھائی یا بیٹا کہا جاتا تھا. میں بیان نہیں کر سکتا کہ میں کتنا خوش تھا جب میں سمجھا کہ یہ الفاظ کیا مطلب رکھتے ہیں اور میں خود منتے کر سکتا ہوں. مجھے کچھ اور الفاظ بھی پہچانے جاتے تھے ، اگرچہ میں بالکل یقین نہیں کرسکتا تھا کہ ان کا مطلب کیا ہوتا ہے. ایسے الفاظ جیسے اچھے، عزیز، اور اداس.

168 میں ایسے ہی زمستان گزارا۔ چھوٹے گھر میں رہنے والے لوگ نرم دل اور پیارے تھے ، اور مجھے انھیں سے بہت پسند آئے۔ جب وہ غمگین ہوتے تو مجھے بھی افسردہ محسوس ہوتا۔ اور جب وہ خوش ہوتے تو میں بھی ان کی خوشی میں شریک ہوتا۔ میں نے ان کے علاوہ بہت کم لوگوں کو نہیں دیکھا، مگر اگر کوئی دوسرا شخص چھوٹے گھر آتا تو میں انھیں بدتمیز اور اپنے دوستوں کے مقابلے میں اتنا اچھا نہیں سمجھتا۔ میں دیکھ سکتا تھا کہ بوڑھے آدمی کو جب کبھی کبھی ہمزاد کو خوش کرنے کی کوشش کرتا تھا۔ اس کی آواز خوش گوار تھی اور اس کے چہرے پر ایک مہربان اظہار تھا جو میرے دل کو بھی خوش کرتا تھا۔ آگتھا نے اس کی باتوں کو احترام سے سنا اور کبھی کبھار اس کی آنکھوں میں آنسوؤں کو چھپانے کی کوشش کی۔ لیکن مجھے نظر آیا کہ اپنے باپ کی باتوں کو سن کر وہ خوشتر ہوتی تھی۔ فیلیکس، دوسری جانب، ہمیشہ گروہ کا سب سے زیادہ افسردہ ہوتا تھا۔ میری توجہ کم ہونے کے باوجود، میں دیکھ سکتا تھا کہ وہ کٹھن وقتوں سے گزر چکا تھا۔ لیکن چاہے وہ افسردہ بھی دکھائے ، جب اس بوڑھے آدمی سے بات کرتا، وہ کی باتیں پڑھی تو زیادہ دلچسپ لگتی تھی۔

169 میں نے بہت سے مثالیں دیکھیں جو ان دوستانہ لوگوں کی مہربانی کی نظر آئیں۔ اگرچہ وہ غریب تھے اور بنیادی ضروریات سے محروم تھے ، لیکن فیلیکس اپنی بہن کے لئے پہلے چھوٹے سفید پھول کو دے کر اُسے خوش کر دیتا تھا. صبح جب وہ اٹھتی تھیں تو فیلکس برف کو ہٹا کر اُنھیں پیالہ گھر تک راستہ بناتا تھا. وہ بیوی کے لئے کنج میں سے پانی لاتا اور آوٹ ہاؤس سے لکڑی لاتا تھا. دن بھر وہ کبھی کسی پاس کے کاشتکار کے لئے کام کرتا تھا اور رات کو کھانے کے وقت تک واپس نہیں آتا تھا ، لیکن وہ کبھی بھی لکڑی لے کر نہیں آتا تھا. کبھی کبھار وہ باغ میں کام کرتا تھا۔ سرد موسم میں کچھ زیادہ کرنا نہیں تھا لہذا وہ بوڑھے آدمی اور آگتھا کو پڑھتا رہتا تھا۔

170

یہ پڑھنے سے میرا بہت ذہنی الجھن ہوگیا، لیکن پھر مجھے یہ سمجھ آیا کہ جب وہ شخص پڑھتا تھا، تو وہ لفظوں میں بولنے کے وقت طرحیں کرتا تھا۔ تو میں سمجھا کہ اس کو سمجھ آتی تھی کہ کاغذ پر بنی علامات لفظوں میں متبدل ہوتی ہیں۔ میں بھی انھیں سمجھنا چاہتا تھا مگر کیسے کرسکتا تھا جب مجھے یہ باتوں کے آوازوں کی سمجھ نہیں تھی؟ میری ایک خیال آیا۔ اگر مجھے ان کی زبان معلوم ہوتی تو شاید وہ میری شکل کو نظرانداز کرتے، جو میں ہمیشہ ان کی خوبصورتی کے مقابلے میں دیکھتا رہتا تھا۔

میں گھریلو لوگوں کی مکمل خوش اندامیوں کی تعریف کرتا ہوں - ان کی نرم جلد کے ساتھ وہ کتنے ہرقدم اور خوبصورت تھے۔ لیکن جب میں ایک صاف پانی میں اپنی عکس دیکھا، مجھے یہ معلوم ہوا کہ میں بالکل مہیب جنسیت کا ہوں۔ کم معلوم تھا مجھے کہ ایسی شکل دیکھنے کے کتنے برے نتائج ہونگے۔

171

جبکہ سورج اور دنوں کی لمبائی بڑھتی گئی تو فیلکس کو زیادہ مزدوری کرنی پڑی، اور غذا کی کمی کے نشانات غائب ہوگئے۔ ان کا کھانا، مجھے بعد میں پتہ چلا، کھٹا ہوتا تھا لیکن وہ اسے ہی زیادہ پسند کرتے تھے، اور وہ اس سے کافی خوراک حاصل کرتے تھے۔ نئے پودے باغ میں بھی اگنے لگے۔

عمیرتا سِرکندا بیٹے کی سہارے چلتا اور روزانہ دوپہر کو سیر پر جاتا، مگر جب ہوا مینڈھلیربتا تھا، جو وہ اسے کہتے تھے جب آسمان سے پانی برسی کرتی تھی، تو وہ نہیں جاتے تھے۔ یہ اکثر ہوتا تھا، لیکن ایک مضبوط ہوا بھر میں جلدی سے مٹی کو خشک کردیتی تھی، اور موسم پہلے سے زیادہ لطیف ہوجاتا تھا۔

172

میری روزانہ کی روٹین میرے چھوٹے گھر میں ہر دن یکساں تھی۔ صبح، میں دیکھتا تھا کہ گاؤں والے کیا کر رہے ہیں، اور جب وہ اپنے کاموں میں مصروف ہوتے تھے، تو میں سوتا۔ دن کے باقی حصے میں، میں اپنے دوستوں کو نگاہ باندھتا۔ رات کو، اگر چاند ہو یا ستارے چمک رہے ہوتے، تو میں جنگل جاتا اور اپنا کھانا اور لکڑیاں گٹھتا۔ جب واپس آتا، تو میں ان کی راہ سے برف کو ہٹاتا اور فیلکس کو کرتے ہوئے ان پر مددگار کام کرتا۔ بعد میں، میں نے پتا چلا کہ وہ حیران ہوگئے کہ ایسے کام کو کسی نے کیسے کیا جو انھیں دیکھ نہیں سکتا۔ کبھی کبھی، میں نے انھیں ایسی باتیں کہتے ہوئے سنا، جیسے "اچھا روح" اور "شاندار"، لیکن اس وقت میں ان الفاظ کے معنی کو سمجھ نہیں سکتا تھا۔

173

میں زیادہ سوچنے لگا اور فیلکس اور اگیتھا کی غم کی پیچیدگی اور وجوہات پر دلچسپی پیدا ہوئی۔ یہ لوگ بھلوکر اچھے ہیں۔ مجھے بےوقوفی سے یقین نہیں ہو گیا تھا کہ میری مدد سے میں انھیں دوبارہ خوش کر سکوں گا۔ جب میں سوتا تھا یا موجود نہیں تھا، تو میری خوابوں میں عقلمند، اندھا باپ، نرم اگیتھا اور عالی فیلکس آتے۔ اگر میں صرف ان سے مل سکتا۔ سوچا کہ ان کو پہلے تو

بے دیانتی ہو گی، پھر میں اچھے رویے اور دوستانہ باتوں سے انھیں شکست دوں،
آخر کار ان کی محبت کے حق حاصل کروں گا۔

یہ خیالات مجھے پرجوش کر دیتے تھے اور مجھے کام کرنے میں محرک بناتے
تھے کہ زیادہ محنت کرتے چلوں ان کی زبان سیکھنے میں۔ میں جانتا تھا کہ یہ
محبت اور عزت حاصل کرنے کا راستہ ہوگا۔

گرم بھاری بارشوں اور دھوپ زمین کو مختلف نظر آتی تھی۔ اُن لوگوں کو جو
گھٹیوں میں چھپتے تھے، انھوں نے باہر آکر مختلف قسم کا کاشت کاری شروع
کیا۔ پرندے زیادہ خوشی سے گانے لگ گئے، اور درختوں کے پتے نکلنا شروع ہو
گئے۔ زمین بہت خوش اور مکمل تھی، حالانکہ کچھ عرصہ پہلے یہ سرد، تر و تازہ
نہیں تھی۔ خوبصورت فطرت دیکھ کر مجھے خوشی محسوس ہوئی اور میں پُرانی
باتوں کو بھول گیا۔ اب سب چیزیں پرامن محسوس ہورہی تھیں، اور میں تازگی اور
توقع کے ساتھ مستعد اور متحمّل ہوتا رہا۔

CHAPTER XIII

175 میں اب اپنی کہانی کا سب سے جذاب حصہ پر بات کرنا چاہتا ہوں۔ میں آپ کو واقعات کے بارے میں بتاؤں گا جنھوں نے مجھے ایسا محسوس کروایا کہ میرے اندر تبدیلی کی بنیاد وجود پڑ گئی۔

جب بہار آئی، موسم بہتر ہو گیا اور آسمان صاف ہو گیا۔ مجھے حیرت ہوئی دیکھ کر کہ وہ جگہیں جو پہلے خالی اور تاریک تھیں، اب خوبصورت پھولوں اور سبزی سے بھر گئیں۔

ایک ایسے دن میں، جب گاؤں کے مکانوں والوں نے کام سے پہلے کچھ وقت کا فرصت لی، بوڑھا آدمی نے اپنا گٹار بجانا چھوڑا اور بچے اسے سن رہے تھے۔ لیکن مجھے توجہ ہوئی کہ فیلکس، بیٹا، کے چہرے پر بہت غمگین نظر آ رہی تھی۔ اس نے بہت ساری سانسی لیں، اور ایک وقت میں ہی اس کے باپ نے بجانے بند کیا اور ایسا لگا کہ وہ اس سے پوچھ رہا ہے کہ وہ کیوں غمگین ہے۔ فیلکس نے مُسرت بھری آواز میں جواب دیا اور بوڑھا آدمی نے پھرسے اپنی موسیقی بجانا شروع کی، جب کسی نے دروازے پر دستک دی۔

176 یہ ایک خواتین تھیں جو گھوڑے پر سوار تھیں، ایک دیسی آدمی نے انہیں رہنمائی کی طرح ساتھ لیا تھا۔ خواتین تاریک کپڑے میں ملبوس تھیں اور گہری سیاہ نقاب سے ڈھکی تھیں۔ آگتھا نے ایک سوال پوچھا جس پر غیر معروف صوبحت کی رو سے صرف فیلکس کا نام لیا۔ انکی آواز موسیقی کی طرح تھی، لیکن میرے دوستوں کی آوازوں سے مختلف تھی۔ اس لفظ کو سنتے ہی، فیلکس

تیزی سے نزدیک آگئے۔ خاتون نے اپنا خوبصورت چہرہ اور بال پرداشت کیا۔ یہ دل کو دھڑکانے والی تھی۔

نے اسے دیکھ کر بہت خوشی محسوس کی۔ اس کی تمام غم دور ہوگئیں Felix اور اسکا چہرہ فوراً پُر خوشی روشن ہو گیا، جس کو میں نے کبھی ممکن نہیں سمجھا تھا۔ اس کی آنکھوں میں چمک تھی، اور خوشی سے اس کے گال سرخ ہوگئے۔ اس وقت میں نے سمجھا کے وہ لڑکی بھی لڑکے جیسی خوبصورت تھی۔ اسے مختلف احساسات محسوس ہوتے تھے۔ وہ اپنی آنکھوں سے چند آنسو پوچھتی اور اپنا ہاتھ فیلکس کی طرف بڑھاتی، جسے وہ بڑی جوش و خروش کے ساتھ چومتا۔ وہ کچھ ایسا کہا جیسے "اس کی محبتی عربی" لیکن وہ سمجھ نہیں پائیں۔ وہ بس مسکانے لگیں۔ وہ اس کی مدد کرنے میں مدد کرتا ہے اور اسکا راستہ دیکھنے والے گائیڈ کو جانے دیتا ہے۔ پھر وہ اسے کوٹیج میں لے گیا۔ وہ اپنے باپ سے بات کرتا ہے، اور یونگ لیڈی بوڑھے کے سامنے گھٹنے ٹیکتی ہے۔ اس کو اپنا ہاتھ چھومنا تھا، لیکن وہ اسے اٹھا کر اس کو گلے لگا لیتا ہے.

مجھے جلدی سمجھ آیا کہ گرھیں نالاقصہ بولنے والے غریب کا اس طریقے سے جوہری آوازیں استعمال کرتے ہوئے باتیں کر رہا تھا۔ وہ اشارے کر رہا تھا جنہیں میں سمجھ نہیں سکتا تھا لیکن میں دیکھ سکتا تھا کہ اس غریب کی موجودگی گھر میں خوشی لے کر آئی تھی۔ فیلکس خصوصاً خوش تھا اور غریب کی خوش آمدید کرتے رہے۔ اگتھا، ہمیشہ مہربان، پیاری غریب کے ہاتھوں کو بوسہ دیتی رہیں۔ اس نے اپنے بھائی کی طرف اشارہ کیا اور اشارے دیے جو اسے معنی میں لگے کہ وہ اس سے پہلے اداس تھے جب تک کہ وہ آئی۔ چند گھنٹے اس طرح گزرے، ان کے چہرے خوشی کا اظہار کرتے رہے، حالانکہ مجھے یہ سمجھ نہیں آ رہا تھا کہ کیوں۔ پھر میں نے دیکھا کہ غریب بار بار ان کے بعد ایک آواز کو دہرا رہی ہے، ان کی زبان سیکھنے کی کوشش کر رہی تھی۔ یہ میرے دماغ میں خیال آیا کہ میں بھی اسی سبق کا استعمال کر کے سیکھوں۔ غریب نے پہلے سبق میں تقریباً بیس الفاظ سیکھ لئے۔ میں پہلے سے زیادہ تر انھیں جانتا تھا، لیکن میں نے کچھ نئے الفاظ بھی سیکھے.

رات کے آنے پر، اگتھا اور عرب مبابل نے جلد سوارہوگئے۔ جب حکایات، "خوب صبح، پیاری صفیہ" کہتے اور الوداع کرتے۔ اس کے بعد سے وہ اکثر ان کے بارے میں بات کرتے تھے۔

اگلے صبح، فیلیکس کام پر چلے گئے، اور اگتھا نے عادی کاموں کو مکمل کرنے کے بعد، عرب مبابل پُرانے آدمی کے پاؤں کے قریب بیٹھ گئی۔ اُس نے اس کا گٹار اڑھایا اور کچھ حیرت انگیز خوبصورت گانے بجایے جو مجھے دکھ اور خوشی کا احساس دلایا۔ پیرانے آدمی میں کوئی شمار نہیں کر سکا اور اگتھا کو کوچھ

سمجھانے کی کوشش کی۔ ایسا معلوم ہوا کہ پیرانے آدمی کو اظہار کرنا چاہتا تھا کہ موسیقی کتنی خوشی لاتی ہے۔

180 دنوں مل کر سکون کے ساتھ گزرتے رہے، اور میرے دوستوں کی افسوس کی بجائے خوشی کے اظہار کی جگہ پر لئے گئے۔ صفیہ اور میں زبان سیکھنے میں بہتری کرتے رہے، اور دو ماہ میں، میرے محافظین کی بیشتر باتوں کو میں سمجھ سکتا تھا۔

اس دوران، زمین سیاہی پہنچ گئی اور پودوں سے ڈھانپتی ہوئی، جبکہ سبز کنارے نیم-حیا گلابوں کی نمایاں مستند قطاریں میں پر ہوگئے۔ میں رات کے چھروں پر چڑھنے سے لطف اُٹھاتا تھا، لیکن دن میں باہر جانے سے خوف رکھتا تھا، پہلے گاؤں میں مجھے جو سیاہی کا سامنا پڑا تھا یاد رکھتے ہوئے۔

میں نے اپنے دنوں کو زبان سیکھنے میں لگا کر دیا۔ میں نے اسی طرح پڑھنا اور لکھنا بھی سیکھا، بالکل ایسے ہی جیسا غیرمعروف نے تعلیم حاصل کی تھی۔ یہ میرے لئے خوشگوار دنیا کے دریاؤں کو کھول دیا اور مجھے بہت خوشی ملی۔

181 فیلکس نے سفیہ کو سکھانے کیلئے استعمال کی گئی کتاب "وولنی کے مجرمان بکھرے ہوئے ملکوتیں" تھی۔ اگر فیلکس نے پڑھتے وقت اس کتاب کی تفصیلات کے ساتھ سمجھا نہ ہوتا تو میں اس کتاب کو نہیں سمجھ پاتا۔ انھوں نے اس کتاب کا انتخاب اس لئے کیا کیونکہ یہ مشرقی مصنفوں کی طرح کے انداز میں تحریر شدہ تھی۔ اس کتاب کے ذریعے میں نے تاریخ کی بنیادی سمجھ حاصل کی اور دنیا میں موجود مختلف سلطنتوں کے بارے میں جانا۔ یہ مجھے مختلف امتوں کے رسوم و رواجوں، حاکمیتوں اور مذاہب کی نظر میں لایا۔ میں نے ایشیائی لوگوں کی آرام پسندی، یونانیوں کی دلچسپ دانش و اختراعات، اور قدیم رومیوں کے جنگوں اور عمدہ فضائل کے بارے میں بھی سیکھا۔ میں نے بڑتے ہوئے رومن سلطنت کے تدریجی اضمحلال کے بارے میں بھی جانا، اسی طرح چوراسی، عیسائیت اور بادشاہت کے تھیوقراٹوں کے بارے میں بھی۔ میں نے امریکہ کی کیسے دریافت ہوئی کی کہانی بھی جانی اور اصل رہائشیوں کے بدنصیب مقدور کے لئے میں سفیہ کے ساتھ افسوس کا اظہار کیا۔

182 یہ شاندار کہانیاں مجھے متاثر کرتی تھیں۔ ایک عظیم اور نیک انسان بننا" سب سے بڑا اعزاز لگتا تھا اور ظالم اور بے حس، انسان کی بدترین صفات۔ بہت دیر تک میں نہیں سمجھ پایا کہ ایک انسان کس طرح جا کر اپنے ہمسایہ کو قتل کر سکتا ہے، یا حتیٰ اس بات کو کہ وجود میں قوانین اور حکومتیں کیوں ہوتی ہیں۔ جب میں بدکاری اور خونریزی کی تفصیلات سنتا تو میرے حیرت کا خاتمہ ہوتا، اور میں نفرت اور کراہت کے ساتھ منہ موڑتا۔

گاؤں والوں کی ہر گفتگو میرے لئے نئے حیرت انگیزیں کھولتی۔ جب میں"

فیلکس نے عربی کو دی جانے والی ہدایتوں کو سنتا، تو انسانی معاشرت کا عجیب
نظام مجھے سمجھا دیا گیا۔ میں بہت کچھ سیکھا۔"
183 یہ الف لفظوں نے مجھے خود کے بارے میں سوچنے پر مجبور کیا۔ میں نے
سیکھا کہ لوگ دو چیزوں کو بہت اہمت دیتے ہیں: ایک بادشاہی اور احترام والے
خاندان میں پیدا ہونا۔ اگر کسی کے پاس یہ دونوں چیزیں موجود ہوتیں تو وہ
احترام کے لائق ہوتا۔ لیکن اگر ان میں سے کوئی بھی ایک نہ ہوتی تو وہ بے قدر
سمجھا جاتا اور مامور لوگوں کے لئے کام کرنے کے لئے مجبور ہوتا۔ اور میرے بارے
میں کیا؟ میرے پاس کوئی پیسے، دوست یا کوئی اشیا کیسی بھی نہیں تھیں۔ اس
کے علاوہ، میری شکل بہت ہی بدصورت اور نفرت انگیز تھی۔ میں نا ہموار اور آب و
ہوا کی مشکلات کے بغیر رہ سکتا تھا۔ میں زیادہ درجہ حرارتوں کو بہتر سہ سکتا
تھا۔ اور میں ان سے بہت زیادہ قد تھا۔ جب میں ارد گرد دیکھتا تھا، میں کوئی بھی
میری طرح کا شخص نہیں دیکھا۔ کیا یہ مطلب ہے کہ میں شیطان ہوں؟ کیا ہر
کوئی مجھ سے بھاگ کر ردعمل کرتا ہے اور مجھے نامنظور کرتا ہے؟
میں اس تصور کو توصیف کرنے کی صلاحیت نہیں رکھتا کہ یہ خیالات مجھے
کتنا درد دیتے ہیں۔ میں نے کوشش کی کہ ان کو بھول دوں، لیکن میری معلومات
بڑھنے سے میری اداسی بڑھتی گئی۔ اہ، کاش میں ابد تک اپنے جنگل میں رہتا،
بھوکے، پیاسے اور گرمی کے سوا کچھ محسوس نہ کرتے۔
184 علم ایک عجیب چیز ہوتی ہے! جب یہ آپ کے دماغ میں داخل ہوتی ہے، تو چٹان
پر ایک چھوٹا سا پودا کی طرح چپک جاتی ہے۔ کبھی کبھار، میں سب خیالات اور
جذبات سے چھٹکارا حاصل کرنا چاہتا تھا۔ لیکن میں نے دیکھا کہ دکھ کو
محسوس کرنا روکنے کا واحد راستہ موت تھا، جو مجھے ڈراتی تھی، حتیٰ کہ میں
اصل میں سمجھ نہیں پاتا تھا۔ میں اچھے رویوں اور محبت بھرے جذبات پر تعجب
کرتا تھا۔ مجھے پسند ہیں جیسا لوگ کوٹیجوں میں ادب اور ملاقات کرنے والوں کی
شائستگی اور مہربانی سے نکھرے ہوئے موسیقاروں کے لوگ کوچوں سے۔ لیکن
میں سب کے سامنے آزادانہ تعامل نہیں کرسکتا تھا۔ میں صرف خفیہ طور پر
انہیں دیکھ سکتا تھا اور ان سے سیکھ سکتا تھا بغیر ان کو معلوم ہوئے۔ یہ مجھ کو
صرف اور زیادہ ان کی دنیا کا حصہ ہونے کی خواہش میں بڑھا دیتا تھا۔ آگتھا
کی کرمنے والے الفاظ اور عربی شخص کے خوشی بھرے مسکان میرے لوگ میرے لئے
نہیں تھے۔ بوڑھے آدمی کی عقلمند مشورے اور فیلکس کی مزیدار بات چیت، جو
میں پسند کرتا تھا، وہ میرے لئے نہیں تھے۔ میں بدقسمت، ناخوش گوار
انسان تھا!

میں نے بھی دوسرے اہم سبق سیکھے۔ میں نے لڑکوں اور لڑکیوں کے درمیان
فرق کے بارے میں سنا۔ میں نے دیکھا کہ بچے کیسے پیدا ہوتے ہیں اور بڑے ہوتے
ہیں۔ میں نے دیکھا کہ باپاں بچوں کی مسکانوں کی مسکنوں سے محبت کرتے ہیں

اور ان کے بڑے بچوں کے ساتھ کھیل کھیلنے سے لطف اٹھاتے ہیں۔ میں نے دیکھا کہ والدین اپنی زندگیوں کو بچوں کی دیکھ بھال پر عطا کرتے ہیں۔ میں نے سیکھا کہ جوانوں کی عقل بڑھتی ہے اور علم حاصل کرتی ہیں۔ میں نے بھائی بہنوں کے بارے میں سمجھا اور یہ سب حقیقتوں کو کہا کہ لوگ ایک دوسرے سے خاندانی طور پر کسی بھی شکل و صورت میں جڑے ہوتے ہیں۔

185 لیکن میرے دوست اور خاندان کہاں تھے؟ کوئی باپ نے میری بچپن کا خیال رکھا تھا اور کوئی ماں نے ہنسیوں اور گودیوں کے ذریعے محبت دکھائی تھی۔ یا شاید وہ کچھ کرتے ہوئے بھی کرتے رہے لیکن یہ سب میری یادوں کے ایک خالی حصہ ہے جہاں کچھ یاد نہیں آتا۔ میں تب تک یاد رکھتا ہوں جب سے میں لمبائی اور شکل کے حوالے سے اسی طرح نظر آیا تھا۔ میں نے کبھی کسی کو دیکھا نہیں جو مجھ جیسا دکھتا تھا یا میری شناخت کا دعویٰ کرتا تھا۔ میں کون تھا؟ یہ سوال بار بار ریتا ہوا آتا تھا اور ایک ہی جواب میں تکرار کرتا تھا ۔ تکلیف سے آہ بھرتا تھا۔

مین آپ کو جلد ہی بتاؤں گا کہ یہ جذبات مجھے کہاں لے جا رہے تھے ، لیکن مجھے سبز باغوں کے لوگوں کے بارے میں بات کرنا شروع کروں کہ مجھے بہت سی مختلف چیزیں محسوس ہوئیں - غصہ ، خوشی اور حیرت۔ لیکن آخر میں، یہ سب مزید محبت اور تعریف میں تبدیل ہوا میرے حفاظت کاروں کے لئے (یہی چیز مجھے پسند تھی کہ میں ان پر کہتا تھا ، حتیکہ یہ میرے آپ میں خود کو فریب دینے کا ایک سادہ طریقہ تھا) ۔

CHAPTER XIV

چند وقت لگا تا میرے دوستوں کی داستان مجھے معلوم ہوئی۔ یہ ایک کہانی تھی جس نے مجھے بہت متاثر کیا.

وہ بوڑھا آدمی، جس کا نام ڈی لیسی تھا، فرانس کے ایک معزز خاندان سے تعلق رکھتا تھا۔ وہاں کئی سالوں تک رہا ہے، خوشحالی کی زندگی گزارتے ہوئے اور اپنی اچھی حیثیت کے لئے ناظمین کا احترام کماتے ہوئے۔ ان کے بیٹے نے ملک کی خدمت کی، جبکہ اگتھا اکٹھا بلند حیثیت کی شریف خاتونوں کے ساتھ ملی رہی۔ میرے آنے سے کچھ ماہ قبل، وہ فرانس کے ایک دیواری اور عام شہر پیریس میں قیمتی مکاں میں رہتے تھے۔ وہ دوستوں سے گھرا حاصل کرتے تھے اور وہاں سب کچھ تھا جو وہ چاہتے تھے - نیکی، دانش، تمیز اور آسائش دینے والی دولت کا مجموعہ.

ڈی لیسی خاندان کی بربادی سافیہ کے والد کے باتھوں ہوئی۔ وہ ترکی کے تاجر تھے جو بہت سالوں سے پیریس میں رہ رہے تھے۔ مجھے زندہگی کے کسی بھی وجہ سے ان کو حکومت کا نشانہ بنا دیا۔ سافیہ نے کنسٹینٹینوپل سے ان کے پاس آنے کے دن ہی قبضے میں گرفتار کیا گیا۔ پھر انہیں عدالت میں لایا گیا اور توشک بھیج دیا گیا۔ اس شدید سزا کی ناانصافی کی وضاحت سب کے لئے واضح تھی اور پیریس کے لوگوں کو بہت برا لگا۔ من کی عقیدت ہوا کہ اس کے مذہب اور دولت نے ہی اس حادثے کا حصول منصوبہ کیا تھا، گناہ کی بجائے۔

فیلکس غلطی سے مقدمہ کے دوران موجود تھے۔ جب انھوں نے عدالت کا فیصلہ سنا، تو وہ دہشت زدہ اور غصے سے لرز رہے تھے۔ اس لمحے میں، انھوں نے

قیدی کو رہائی دینے کا سنہرا وعدہ کیا اور اسے بچانے کا طریقہ تلاش کرنا شروع کیا۔ کئی ناکام کوششوں کے بعد، انھوں نے عمارت کی ایک بے حفاظت علاقے میں ایک مضبوط باروں والی کھڑکی کا پتہ لگایا۔ یہ کھڑکی ایک زندان میں روشنی فراہم کرتی تھی، جہاں بد قسمت قیدی، ایک مسلمان آدمی جس کا نام محمتان تھا، زنجیر بندی میں بند تھا۔ محمتان بے امیدی سے انتظار کر رہا تھا کہ کروائی کی سخت سزا کی تنفیذ ہوگی۔ رات کو، فیلکس نے کھڑکی پر آکر قیدی کی مدد کرنے کا اپنا منصوبہ اشاعت کیا۔ محمتان حیران اور شکر گزار تھا۔ فیلکس کو انعامات اور دولت کی پیشکش کرکے انھیں متحرک کرنے کی کوشش کی۔ مگر فیلکس نے ان پیشکشوں کو مت کیا۔ لیکن، جب انھوں نے خوبصورت صفیہ کو دیکھا، جو اپنے باپ کی زیارت کی اجازت ملی تھی، اور دیکھا کہ ان کی اشاروں کے ذریعے گہرے شکرگزاری کا اظہار کیا جاتا ہے، تو فیلکس نے محبت کی گراں قیدی کو ایک خزانہ کا مالک سمجھا۔

ترک، محمتان، جلد ہی محسوس کیا کہ اس کی بیٹی نے فیلکس کے دل پر کیا اثر ڈالا ہے۔ اس نے فیلکس کو بیٹی کی شادی کی پیشگوئی کرکے فیلکس کی مکمل وفاداری حاصل کرنے کی کوشش کی۔ البتہ، فیلکس بہت شرافت مند تھے کہ اس پیشگوئی کو براہ راست قبول نہیں کر سکتے تھے۔ مگر وہ اس کے ہونے کی ممکنہ امکان کا انتظار کر رہے تھے، کہ

188

آنے والے چند دنوں میں، جب کہ یہ لوگ تجارتی مئیرشن کے لگا رہے تھے، فیلکس کو لڑکی کے چند خطوں کی تصدیق ملنے کے بعد مزید پرعزم محسوس ہوتا تھا۔ حالانکہ وہ اس بچی کی زبان بول نہیں سکتیتھی، لیکن وہ ایک طریقہ تلاش کرتی تھیں کہ ارتباط قائم کریں۔ ان خطوں میں، اس نے فیلکس کا شکریہ ادا کیا جس نے اس کے باپ کی مدد کی اور اپنی خود کی صورتحال پر افسوس کا اظہار کیا.

یہ لوگوں نے بڑھنا کھوہ میں رہتے وقت لکھنے کی سازوسامان تلاش کرتے وقت پتہ چلا کہ میرے پاس ان خطوں کے کاپیاں ہیں۔ فیلکس اور اگتھا عموماً انھیں پڑھتے تھے۔ جب تک میں جانے سے پہلے تمہیں قصہ کی تصدیق کے لئے یہ خطیں دوں گا۔ لیکن ابھی، کیونکہ سورج غروب ہو رہا ہے، میرے پاس صرف وقت ہے کہ تمہیں اصل مغزی نکات بتاؤں۔

189 سفیر نے واضح کیا کہ ان کی ماں نے ان کی روحانی اپن آپی کی زمیداری کا ذمہ داری برداشت کی۔ یہ عورت وفات پاگئی مگر اس کی سبق زدہ باتوں میں سفیر کی ذہن میں مداخلت کی گئیں، جو مشرق کی بازگشت کے خواب سے بیمار ہوئی۔ یہ اسے تنہائی اور ایک زندگی تک پہنچائے گی جو اسے چاہئے نہیں تھی.

ایک عیسائی سے شادی کرنے اور ایک مملکت میں رہنے کا نظریہ مجتمعی تشریف رکھنے والی عورتوں کی اجازت کے ساتھ، اسے جادو کا محسوس کراتا تھا.

"تُرک کی سزائے عمل کے دن تعین کردی گئی تھی، لیکن اس سے پہلے رات کے اس ہی دن وہ اپنی قید میں سے نکل گیا، اور صبح تک بارہ بارہ پیرس سے دوری کی کئی میل چھوڑچھاڑ کر گیا. فیلکس نے اپنے والد، بہن اور خود کے نام پر پاسپورٹ حاصل کیئے تھے. اس نے پہلے ہی اپنی منصوبے کا اعلان اپنے والد کو کیا تھا، جنھوں نے اقداماً اپنے گھر کو چھوڑیے بمسافت چھٹ دھرتی ایک سفید حصہ میں، اپنی بیٹی کے ساتھ پیرس میں مخفی ہوگئے ہیں.

190

فیلکس بھاگنے والے گروپ کو فرانس میں رہنمائی کرتے رہے، جہاں تاجر کو ترکی کے علاقوں میں داخل ہونے کا مواقع دریافت کرنے کا ارادہ تھا۔

صفیہ نے فیصلہ کیا کہ وہ اپنے والد کے ساتھ رہے، جب تک وہ روانہ نہیں ہوتی۔ فیلکس ان کے ساتھ رہے، اس لمحہ کا بے صبری سے منتظر تھا۔ اس دوران، انھوں نے صفیہ کی کمپنی کا لطف اٹھایا۔ صفیہ نے اپنے وطن کی خوبصورت گانے گاتے ہوئے فیلکس کو خوش کر دیا۔

ترک نے صفیہ اور فیلکس کے قریبی ہونے کو بڑھانے دیا، اور حتی کہ ان کے نوجوان محبت کو بھی اشجار دیا، اپنے دل میں اپنی اصل مقصدات کو چھپاتے ہوئے۔ اس نے اپنی بیٹی کو ایک مسیحی سے شادی کی اصلی ادھوری نفرت کی، مگر اگر وہ انکار کی کوئی علامت دیتا تو فیلکس کی غصے کا خوف کرتا۔ ترک جانتا تھا کہ اب بھی وہ فیلکس پر ان کے راز کی حفاظت کرتا، کیونکہ اگر وہ چاہے تو وہ انہیں اطالوی اداروں کو ظاہر کر سکتا ہے۔ ترک نے مکر بنایا تھا تکیہ کاری رکھنے کیلئے جب تک کہ یہ ضروری نہ ہو۔ پیرس سے آئی خبریں اس کے منصوبوں کو مدد کرتی رہیں۔

191

فرانسیسی حکومت بہت ناراض تھی جب ان کے قیدی فرار ہو گئے, اور اس شخص کو تلاش کرنے اور سزا دینے کی کوشش کی. جلد ہی فیلکس کا منصوبہ آنکھوں سامنے آگیا، اور ڈی لیسی اور اگتھا کو قید کیا گیا. جب فیلکس نے خبر سنی, تو یہ اسے اُس کے خوشگوار خیالات سے جگا دیا. اس کے بزرگ و نابینا والد اور مہربان بہن, گندے کھانے میں پھنس گئے تھے جبکہ وہ خارج ممالک میں آزادی، اور محبوب کے ساتھ دوستی کا لطف اٹھا رہے تھے. یہ خیال اُسے پریشان کرتا تھا. وہ تیزی سے ٹرکس کے ساتھ ایک ٹھیکے کی سمجھ بان کرتا، کہ اگر قبل از فیلکس اپنی وطن اطلاع کے سامنے موقع مل گیا ہوتا، تو صفیہ لائگرن میں ایک دیر میں رہتی. پھر، اپنے پیارے عربی رفیق کو پیچھے چھوڑکر، وہ پیرس کی جانب جلدی میں بھاگ کر، اور قانون کو آپشن میں قرار دیا, امید کے ساتھ کہ دے لیسی اور اگتھا کو بچا سکے.

لیکن وہ ناکام ہو گیا. انھیں پانچ مہینوں تک قید میں رکھا گیا جب تک سزا کا

عزم نہیں کیا گیا، اور وہ اپنی دولت سے محروم کیئے گئے اور اپنے وطن سے ہمیشہ کے لئے دفن کر دیئے گئے۔

وہ یکئیٹی مقام تلاش کرتے ہوئے جرمنی میں ایک کاٹیج میں بہت سختی سے بجی حالت میں رہنے کے مل گئے، جہاں میں نے انہیں پایا. فیلکس جلد ہی سیکھا کہ جو اعتماد گروور ترک نے اسی وہ اس کے خاندان پر کتنا دکھ پہنچایا ہے، وہ نیک یت اور عزت کے بدلے وفاداری کا غدار بن گیا ہے. ترک اطالوی، اپنی بیٹی کے ساتھ اٰئیٹلی چھوڑ کر، فیلکس کو تھوڑی سی رقم بھیجتا ہے، جیسے کہ اگر مذاق سے کہتے ہوئے کہ یہ اس کو مدد کرے گی اپنے مستقبل میں.

192 یہ آیا معاملہ برقرار رہا جو فیلکس کے دل پر بڑی بوجھ بن رہا تھا اور میرے ان کے ساتھ ملنے کے بعد وہ اپنے خاندان میں سب سے اتنا غمگین شخص بن گیا. اگر وہ غریب ہو جاتے تو وہ سہنے کے قابل ہوتے، اور اگر ان کی نیکی کی وجہ سے انھیں تکلیف کا سامنا کرنا ہوتا تو وہ اس پر فخر محسوس کرتے۔ لیکن ترک کی بے شکری اور اپنی پیاری صفیے کو کھونا بہت ہراساں کن تھا اور یہ درست نہیں کیا جا سکتا تھا۔ پھر، جب عربی آتا، فیلکس کو دوبارہ زندہ حسین محسوس ہوا۔

جب خبر لگ ہوئی کہ لیگھارن میں فیلکس نے اپنا سب دولت اور سماجی حیثیت کھو دی ہیں، تاجر نے اپنی بیٹی کو یہ کہتے ہوئے کہ یہاں کے عاشق کو بھول جاؤ اور اپنے وطن کی طرف جانا شروع کرو۔ صفیہ کو یہ پسند نہیں آیا اور اس نے اپنے والد سے اس بارے میں بات کرنی کی کوشش کی لیکن وہ چھوڑ گیا اور بہت ناراض تھے.

چند روز بعد، ترک اپنی بیٹی کے کمرے میں گئے اور سریع فوری بتایا کہ اسے یقین ہے کہ لیگھارن کے لوگ جانتے ہیں کہ وہ کہاں ہیں۔ اس کا خیال تھا کہ فرانسیسی حکومت جلد ہی ان کو گرفتار کر لے گی۔ اس لئے، اس نے ایک جہاز کرایا تاکہ اسے قسطنطنیہ لے جائے، اور وہ کچھ ہی گھنٹوں میں سفر کرنے والا تھا. اس نے اپنی بیٹی کو ایک اعتماد مند خدمت گار کے ساتھ چھوڑنے کا منصوبہ بنایا اور وہ بعد میں اپنے زیادہ تر رقم کے ساتھ آئیں گی، جو لیگھارن ابھی تک نہیں پہنچی تھی.

193 جب صفیہ تنہا تھیں، تو اس مشکل صورتحال میں کیا کرنا چاہیے، اس پر سوچتی رہیں۔ وہ واقعی ترکی میں رہنا نہیں چاہتی تھی، کیونکہ یہ اس کے مذہب اور احساسات کے خلاف تھا۔ اس نے اپنے باپ کی کچھ کاغذات پائے، جن میں اس کے محبوب کو ملک بدر کی سزا دی گئی تھی اور ان کا مقام بھی بتایا گیا تھا۔ اس نے اس پر کچھ دیر سوچا، لیکن آخرکار فیصلہ کیا۔ اس نے اپنی کچھ زیورات اور کچھ رقم لی، اور لیگھورن کے ایک خادم کے ساتھ، جو ترکی بولتا تھا، اٹلی چھوڑ کر جرمنی کی طرف روانہ ہوگئی۔

وہ باغبان دی لیسی کے گاؤں کے قریب ایک شہر تک محفوظ پہنچ گئی، لیکن

اس کا خادم بہت بیمار ہوگیا۔ صفیہ نے اپنے دل سے ان کی دیکھ بھال کی، مگر افسوس کہ خادم نے انتقال کر لیا۔ اب صفیہ تنہا تھیں اور اس کو ملک کی زبان یا وہاں کے نظام کے بارے میں کچھ بھی معلوم نہیں تھا۔ مگر خوش قسمتی سے، وہ اچھے لوگوں کے ہاتھوں میں گئی۔ اٹلی کی خاتون نے اس جگہ کا نام بتایا، اور جب خادم انتقال کر گیا، تو وہ جگہ جہاں وہ رہتے تھے ان کی محبوب کے گاؤں تک صفیہ کی امن پہنچانے کی یقینی بنا دیا۔

CHAPTER XV

"یہ ہمارے دلفریب گاؤں کوچوں کی تاریخ تھی۔ یہ مجھ پر گہری اثر ڈالا۔ میں انھیں اتنے مہربان لوگوں کی طرح سمجھتا تھا۔

مگر میری زندگی میں تعلیم کا وقت بھی تھا۔ اسی سال کے اگست مہینے کی شروع میں ایک اہم واقعہ ہوا تھا۔

"ایک رات، جب میں پڑوسی جنگل میں تھا، جہاں سے میں اپنا کھانا اکٹھا کرتا تھا اور اپنے حفاظت کاروں کے لئے لاکر گھر لوٹتا تھا، زمین پر ایک سے زیادہ کہانیوں کا گچھا ملا۔ یہ کچھ عجیب تھا لیکن میں بہت خوشی محسوس کررہا تھا کہ میں منٹنی پر واپس گھر جاکر انھیں پڑھوں گا۔ "میرے پاس 'پیراڈائس لاسٹ'، 'پلوٹارک کی زندگیاں' اور 'ویرتر کی غم وزقسمتیاں' تھیں۔ میں خوش تھا - میرے ادماغ کے لئے ایک سرگرمی"

میں پوری طرح سے نہیں سمجھ سکتا کہ یہ کتابیں میرے ساتھ کیا کرتی ہیں۔ یہ مجھے بہت سارے نئے احساسات دلاتی ہیں اور میری خیالات میں بہت ساری نئی تصاویر پیدا کرتی ہیں۔ کبھی کبھی، یہ مجھے واقعی خوش کر دیتی ہیں۔ لیکن زیادہ تر اوقات، یہ مجھے واقعی افسردہ کر دیتی ہیں۔ 'ویرتر کی غمگینیاں'، دلچسپ اور افسردہ کہانی کے علاوہ، یہ میرے لئے پہلے سے الجھنے والے بہت سارے مختلف خیالات کی بات کرتی ہیں۔ یہ میری سوچنے پر مجبور کرتی ہیں اور مجھے ہر وقت حیران کرتی ہیں۔ کتاب نے نیک اور محبت کرنے والے لوگوں کی تصویر کھینچی، جن کے بڑے خواب تھے۔ یہ مجھے میرے ساتھ محنت کرنے والے لوگوں اور میری زندگی کے مقاصد کو یاد دلاتی ہے۔ لیکن مجھے لگتا ہے کہ ویرتر

کسی بھی حقیقی شخص سے بھی زیادہ حیرت انگیز تھا۔ وہ کسی دوسرے شخص کی نقل نہیں کرتا تھا، اور یہی بات مجھ پر عمل سے زیادہ تاثر انداز کرتی ہے۔ موت اور خودکشی کے حصے واقعی حیرت انگیز تھے۔ میں بالکل سمجھ نہیں پایا، لیکن میں بہت افسردہ محسوس کر رہا تھا ہیرو کے لئے، حتی کہ مجھے یہ بھی نہیں پتہ تھا کہ وجہ کیا ہے۔

196 میں پڑھ رہا تھا، یہاں تک میں کوشش نہیں کرسکتا تھا کہ الفاظ کو اپنے خود کے احساسات اور صورتحال میں لاگو کروں۔ میں نے کتاب کے کرداروں اور خود میں تشابہ کا احساس کیا، لیکن میں نے کچھ فرق بھی محسوس کیا۔ میں انہیں سمجھا اور ان کے لئے محسوس کیا، لیکن میں ابھی تک بڑھ رہا تھا اور چیزوں کو سمجھ رہا تھا۔ مجھے کسی پر بھروسہ نہیں تھا اور کسی کا کوئی بھروسہ نہیں تھا۔ میری آزادی تھی کہ جہاں چاہوں وہاں جاؤں، اور اگر میں غائب ہوجاتا تو کسی کو دُکھ نہیں ہوتا۔ لوگوں کو لگتا تھا کہ میں بہت برا اور بے حد بڑا لگتا ہوں۔ یہ کیا مطلب ہوسکتا تھا؟ میں کون تھا؟ میں کیا تھا؟ میں کہاں سے آیا تھا؟ میں کہاں جارہا تھا؟ یہ سوالات بار بار پیش آتے تھے، لیکن میں جواب نہیں تلاش کرسکتا تھا.

197 میرے پاس ایک کتاب تھی جس کا نام "قصص القائدین" تھا جو قدیم جمہوریات کے پہلے رہنماوں کی کہانیاں سناتی تھی۔ اس کتاب کو پڑھنا، "ورٹر کے غم" پڑھنے سے بہت مختلف تھا۔ جبکہ ورٹر نے مجھے ہمیشہ اداس اور اندھیرے میں ڈالا، پلوٹارک کی کتاب نے میرے دل کو اچھے خیالات سے پر مہکایا۔ یہ میری اپنی غمگین سوچوں سے مجھے نکال لیتی تھی۔ میں حکومت اور جنگ میں شامیل لوگوں کے بارے میں پڑھتا تھا۔ یہ مجھے اچھے کام کرنے پر سرگرم کر دیتی تھی اور بُری عمل کرنے سے نفرت کرتی تھی۔ میں شاندار قانون سازوں مثل نیوما، سولون اور لائکرگس پر دلیرانہ محبت کرنے لگا، تاکہ قوت کا استعمال کرتے رہنے والے قائدین جیسے رومولس اور ٹھیسئوس پر سے زیادہ، سکونتمی خوشحال کر دیتے تھے۔ میرے پاسبانوں کی زندگیوں کی ترتیب کے ساتھ، یہ خیالات میرے لئے بہت اہم ہوگئے۔ اگر میرے پہلے ملاقات میں کوئی جوان سپاہی ہوتا جو شانداری چاہتا اور دوسروں کو نقصان پہنچانا چاہتا تھا، تو شاید میری تفکریات مختلف ہوتی۔

198 لیکن 'بہشت کھویا گیا' نے مجھے کچھ مکمل طور پر مختلف اور زیادہ زور دار حس دلایا۔ میں نے اسے ایسا پڑھا جیسے یہ ایک حقیقی کہانی تھی، تو بسترہ نظر واں کتابوں کی طرح جو میں پڑھ چکا تھا۔ یہ تمام حیرت انگیز اور سنما دلانے والے احساسات کو حرکت میں لایا۔ میں تعجب کرتا رہا کہ ایک طاقتور خداپسند اپنی خود کی تخلیق کے خلاف لڑ رہا ہے۔ کبھی کبھی، میں نے کتاب میں واقعات اور اپنی زندگی کے درمیان مشابہت بہت دیکھی۔

آدم کی طرح، میرے لئے ایسا تھا جیسے میرا دنیا کے کسی بھی شخص سے کوئی تعلق نہیں تھا۔ لیکن وہیں تک مشابہتیں ختم ہوتی ہیں۔ آدم کو خدا نے مکمل طور پر بنایا تھا، وہ خوش تھا اور اس کے پاس سب کچھ تھا۔ وہ مخلوقات سے بات کرسکتا تھا اور انتہائی فضلمند مخلوق سے سیکھ سکتا تھا۔ لیکن میں رنجیدگی محسوس کرتا تھا، بے چارہ تھا اور تنہا تھا۔ اکثر، میں خود کو شیطان کی طرح دیکھتا تھا، جب میں اپنے حفاظت کرنے والوں کی خوشی دیکھتا تھا تو تلخ حسرت محسوس کرتا تھا۔

199 ایک اور واقعہ بھی روشنی میں لا آ گیا جو میرے جذبات کو اور مضبوط کر دیا۔ میرے آپ کے لباس میں کے جیبوں میں کچھ کاغذوں کا انعکاس تھا جسے میں نے آپ کے لیبارٹری سے لئے تھے ۔ شروع میں میں نے ان کو زیادہ دھیان نہیں دیا تھا۔ لیکن جب میں نے ان پر لکھے گئے الفاظ کو پڑھنا سیکھا تو میں نے ان پر غور کرنا شروع کیا۔ یہ دستاویزات آپ کے چار ماہی میں سے پہلے کے تھے جب میں پیدا ہوا تھا۔ آپ نے اپنے پروجیکٹ پر کام کرتے وقت اٹھائے گئے ہر قدم کو نوٹ کیا تھا۔ آپ نے اپنے ہاوس کی ہونے والی چیزوں کے بارے میں بھی لکھا تھا۔ شاید آپ ان دستاویزات کو یاد کریں گے ۔ یہاں پیش کی جا رہی ہیں ۔ یہ میرے بے عینہ عروج کے بارے میں سب کچھ بتاتی ہیں ۔ ان میں میرے وجود کے نشانی بننے تک ہونے والی سب برا سا واقعات تفصیل سے بیان کی گئیں ۔ ان میں میری مکروہ ہاتھوں کا بہت تفصیلی بیان بھی شامل ہے ۔ پڑھتے ہوئے مجھے مجھے بیماری کا احساس ہوا۔ "کتنا برا دن تھا جب میری زندگی شروع ہوئی!" میں نے اپنے اذیت میں چیخ کر کہا۔ "آپ ، جس نے مجھے پیدا کیا ، آپ نے کیوں ایسا ڈراونے کیچھ کے خود کو میں سے بے روح جس طرح دل کی نفرت کے ساتھ منہ میں میں لیا؟ خدا نے اپنی آدم کو اپنی طرح خوبصورت بنایا تھا ، لیکن میرا روپ آپ کا خوفناک عکس بن گئی ہے ، بھی زیادہ بری۔ شیطان کے ساتھ اس کے تعاون دار ، دوسرے شیاطین بھی تھے جو اسے اپنی طرح مسرور کرتے تھے ۔ لیکن میں پوری طرح اکیلا اور نفرت کیا جاتا ہوں۔

200 میرے افسوسناک اور تنہا وقتوں میں یہی میری خیالات تھیں۔ لیکن جب میں چھوٹے گھر میں رہنے والے لوگوں کی اچھی خصوصیات پر غور کرتا تھا، ان کی مہربانی اور دیانتداری پر غور کیا تو مجھے یہ احساس ہوا کہ وہ مجھ پر ترسی خوابیں کریں گے اور میری جسمانی صورت پر توجہ نہیں دیں گے۔ کیا وہ کسی کو مسترد کر سکتے ہیں، بہت عجیب لگے ، جو انہادی کیلئے مہربانی اور دوستی کی التجا کرتا ہو؟ میں نے فیصلہ کیا کہ میں امید نہیں چھوڑوں گا اور جو کچھ بھی ممکن کروں گا تک ایک ملاقات تیار کروں جو میرا مستقبل تعین کرے ۔ میں نے فیصلہ کیا کہ میں چند مزید مہینوں تک انتظار کروں گا۔ میں اس سے بیشتر تیار ہونا چاہتا تھا۔

201 کچھ وقت کے دوران، کھٹ پھلو میں کئی تبدیلیاں رونما ہوئیں۔ صفیے کی

موجودگی نے اس گھر والوں کے درمیان خوشی پھیلائی. فیلکس اور اگتھا خشنود اور خوش تھے. ان کی جذبات پرامن اور پرسکون تھیں، جبکہ میری روز بہ روز بدشمارتر ہو رہی تھیں. علم کی بڑھوتری نے صرف میرے لئے مزید واضح کردیا کہ میں کچھ بیچارا باز ہوں. میں امید نواز تھا ، یہ سچ ہے ،لیکن وہ وہ گئی، جب میں نے پانی میں اپنی شخصیت کا عکس واضع دیکھا.

میں نے کوشش کی یہ خوفوں کچنے کی. حالانکہ، میں تنہا تھا. میرے پاس تکونے کا بھی نہیں تھا. میرا کہاں ہے؟ وہ مجھے توڑ کے چھوڑ گیا اور، میرے دل کی تلخی میں، میں نے اس پر بددعا کی.

202

گرمی کی طرح سرما مجھے زیادہ تکلیف نہیں دیتا تھا کیونکہ میرے بناوٹ کا اثر تھا. میری پسندیدہ چیزوں میں پھول، پرندے اور تمام روشن و خوشگوار چیزوں پر توجہ دینا تھا جو موسم گرما کے حوالے سے تھا. جب وہ چیزیں گئیں تو میں نے گھر کے لوگوں پر زیادہ توجہ دینا شروع کیا. صیف کی غیر موجودگی نے ان کو کم خوشحال نہیں کیا. وہ ایک دوسرے سے محبت کرتے تھے اور ایک دوسرے کی پرواہ کرتے تھے ، اور ان کی خوشی میں واقعات کے برعکس کوئی اثر نہیں تھا. جتنا میں نے انھیں دیکھا چاہتی تھی کہ وہ مجھے حفاظت کریں اور میرے ساتھ شفقت کریں. میں واقعی چاہتی تھی کہ وہ مجھے جانیں اور میرے پسند کریں. میں انھیں نامنظور اور نفرت کرنے کے خیال کو برداشت نہیں کر سکتی تھی. جو غریب لوگ ان کے دروازہ تک آتے تھے ، انھیں کبھی بے رد نہیں کیا گیا. میں نے صرف کچھ کھانے اور آرام کا مقام نہیں مانگا تھا. میں شفقت اور سمجھ کی توقع کر رہی تھی، لیکن اندر سے میں خود کو بالکل ناقابلِ قبول نہیں سمجھتی تھی.

203

میں زندہ ہونے کے بعد موسم میں تبدیلی آئی اور سردیاں آئیں۔ میرا توجہ اب میرے پلان پر تھی کہ وہ لوگوں کو معرفت کرواوں جو میرا خیال رکھ رہے تھے ۔ میں نے مختلف خیالات پر غور کیا، لیکن میں نے ارادہ کیا کہ میں ان کے گھر میں داخل ہوں گا جب بوڑھا آدمی اکیلے ہو۔ میں سمجھا کہ لوگ مجھ سے زیادہ خوفزدہ تھے ، میرے انداز کو نہیں بلکہ میری صورت کو دیکھ کر۔ لہذا، میں یقین کرتا تھا کہ اگر میں پُرانے ڈی لیسی کی خوشنودی حاصل کرسکتا تھا اور اُسے میری مدد کرنے کے لئے راضی کر سکتا تھا ، تو شاید دوسرے لوگ بھی میری قبولیت کریں۔

ایک دن، جب سورج چمک رہا تھا اور زمین لال پتوں سے ڈھکی تھی، صفی، آگتھا اور فیلکس گاؤں میں لمبی سیر پر گئے۔ بوڑھا آدمی، اپنی مرضی سے ، کٹھرینگا اُٹھائے رہ گئے اور کئی اُداس لیکن خوبصورت نغمے بجائے۔ یہ وہ بھی خوبصورت اور اداس تھا جو میں نے کبھی بھی انھیں اُردو بجتے ہوئے نہیں سنا تھا۔ شروع میں، وہ خوش نظر نظر آرہے تھے لیکن جب وہ بجانے لگے ، اُن کی سوچ میں مغرور اور اداس ہوئی۔ آخر کار، بجانے کو ترک کئے اور سوچ میں سوگئے۔

204

میرا دل تیز ہو گیا۔ یہ موقع اور لمحہ اور آزمائش تھا، جو میری امیدوں کا فیصلہ"

کرے گا یا میری خوفناک خواہشات کو حقیقت میں بدلے گا۔ خادم چھٹ میں قریبی
میلے پر گئے ہوئے تھے۔ گاؤں کے ارد گرد سب کچھ خاموش تھا۔ یہ ایک بہترین
موقع تھا۔ مگر جیسے ہی میں حرکت میں آیا، مجھے اچانک بہت ہی دبک کا
احساس ہوا۔ میں نے تازہ ہوا کا ایک گہری سانس لیا۔

'میں نے دستک دی۔ 'کون ہو؟' پرانا آدمی نے کہا۔ 'اندر آئیں۔"

میں اندر گیا: 'معذرت خواہ ہوں،' کہا میں: 'میں سفر کر رہا ہوں اور آرام کی
'ضرورت ہے۔ کیا میں آپ کے دھواں کے پاس بیٹھ سکتا ہوں؟

آئیں اندر،' دی لیسی نے کہا، 'اور میں آپ کی مدد کرنے کی کوشش کروں"'
گا۔ میرے بچے باہر گئے ہیں اور میں اندھا ہوں، تو میں اب مہمان کو بہتر سہی
'سکتا ہوں۔

اپنے آپ کو پریشان نہ کریں۔ میرے پاس کھانا ہے۔ مجھے صرف بیٹھنے کی"'
'جگہ کی ضرورت ہے۔

ہم خاموشی میں بیٹھے اور آخر میں، پرانا آدمی نے میری طرف موجودہ۔

تمھاری زبان کے مطابق، انجانے، میں فرض کرتا ہوں کہ تم قریب کے ہو؟—'"
"کیا تم فرانسیسی ہو؟

نہیں، لیکن میں نے ایک فرانسیسی خاندان سے سیکھا۔ میں کچھ دوسرے"
لوگوں سے بھی راہ کیوں نا ہیں جنہیں میں تھوڑا سا جانتا ہوں مدد کرنے کو۔
"کیا وہ جرمن ہیں؟"

نہیں، وہ فرانسیسی ہیں۔ لیکن چلو کچھ اور کے بارے میں بات کرتے ہیں۔ میں"
ایک تنہا شخص ہوں۔ میں دیکھتا ہوں اور دنیا میں کوئی خاندان یا دوست نہیں ہے۔
یہشریف لوگ جو میں ملاقات کرنے جا رہا ہوں مجھ سے پہلے سے ملاقات نہیں کر چکے
ہیں اور بہت کچھ نہیں جانتے ہیں میرے بارے میں۔ مجھے خوف سے بھرا ہوا ہوں
"۔کیونکہ اگر وہ میرے کو نامنظور کردیں تو میں ہمیشہ کا مذنب رہ جاؤں گا

امید نہیں ہاریے، اپنی خواہشوں میں ایمان رکھیے۔ اور اگر یہ لوگ اچھے"
"اور مہربان ہیں تو نا امید نہ ہوں۔

وہ مہربان ہیں۔ وہ دنیا کے بہترین لوگ ہیں۔ میں صرف اتنا تشویش مند ہوں ،"
کہ یہاں تک کے نصیر اور دوستانہ شخص کو دیکھنے کی بجائے، وہ صرف ایک
"۔خوفناک مخلوق دیکھیں

یہ واقعی افسوس کی ہی بات ہے۔ مگر اگر آپ نے واقعی کچھ غلط نہیں کیا تو"
"کیا آپ انہیں غلط ثابت نہیں کرسکتے؟

مجھے ڈر لگتا ہے۔ میں ان لوگوں کا خاص خیال رکھتا ہوں اور ان کے لئے"
نیک کام کیے ہیں، لیکن وہ مجھے نقصان پہنچانا چاہتے ہیں سمجھ سکتے ہیں۔
"میں اپنے بارے میں انہیں آپ سے تبدیل کرنا چاہتا ہوں۔

آپ کے دوست یہاں کہاں رہتے ہیں؟" سوال کیا گیا۔"

وہ یہاں کے قریب رہتے ہیں"، بوڑھے آدمی نے جواب دیا۔"

بوڑھے آدمی نے رک کرلمحہ کچھ وقت سوچتے رہے پھر کہا، "اگر آپ مجھے بغیر کچھ چھپائے اپنی داستان بتا دیں تو مجھے آپ کی مدد کرنے کی صلاحیت حاصل ہو سکتی ہے ۔ میں اندھا ہوں۔ میں گھر سے بہت دور ہو سکتا ہوں اور شاید غریب ہوں، لیکن مجھے حقیقت میں کسی کی مدد کرنا واقعی خوشی دیتی ہے ۔ آپ ایسا مہربان انسان ہیں! آپ کی مدد کے لئے میں شکرگزار ہوں۔ میں پہلے سے زیادہ امید کا احساس کر رہا ہوں۔ میں پریشان ہوں کہ وہ سوچ رہے ہیں کہ میں نے بری چیزیں کی ہیں، لیکن میں وعدہ کرتا ہوں کہ میں نے نہیں کی ہیں۔ صداقت اہم ہے ۔ میں بھی غمینہ کا سامنا کیا ہے ۔ اپنی فیملی اور میں توہین آمیز الزامات کا سامنا کرو چکیں ہیں، اس لئے مجھے اندازہ ہے کہ تکلیف کیسی ہوتی ہے ۔"

207
تم کو کیسے شکریہ کہوں، میرے بہت اچھے اور تنہائی کے مددگار! تم پہلے وہ شخص ہو جو مجھے مہربانی دیکھا۔ اب میں اپنے دوستوں سے ملنے کے لئے تیار ہوں."

"کیا آپ مجھے دوستوں کے نام اور ان کا رہنما کہہ سکتے ہیں؟"

میں دورہ لگانے میں جھجکا. میں جانتا تھا کہ یہ اہم لمحہ ہے جو میری خوشی لے یا دور کرے گا. میں نے محنت کی کہ توانائی ملائیں کہ جواب دیں، لیکن میری کوششوں نے میری تندرستی متاثر کردی. میں استراحت کرسی پر گر پڑا اور رونے لگا. یہی وقت تھا کہ میں نے اپنے چھوٹے حامیوں کے قدموں کی آواز سنی. وقت کم تھا. میں نے بوڑھے آدمی کا ہاتھ پکڑا اور التجا کی، "اب وقت آ گیا ہے! براہ کرم مجھے محفوظ رکھیں اور حفاظت کریں! آپ اور آپ کی فاملی ہیں وہ دوست جن کو میں تلاش کر رہا ہوں. مہربانی کر کے مجھے ویں پر نہ چھوڑیں جب میں مدد کی اسب سے زیادہ ضرورت میں ہوں!"

"اوہ، خدا کا شکر ہے!" بوڑھے آدمی نے کہا. "تم کون ہو؟"

208
ان اوقات کے دوران گھر کے دروازے کھل گئے ، اور فیلیکس، سفی، اور اگتھا داخل ہوئے . کون میری تکلیف کو بیان کرسکتا ہے جب وہ مجھے دیکھے؟ اگتھا بےہوش ہوگئی. سفی مدد نہیں کر سکی اور زور سے گھر سے باہر روانہ ہوگئی. فیلیکس آگے بڑھا اور مجھ پر بلاشبہ سٹک کی مدد سے برا ہوگیا. میں اس کوٹیج کے پیچھے اپنے آبادی خانے میں بچ گیا؛ اس لئے کہ میرا دل بہت غمگین تھا.

CHAPTER XVI

209 میں نے لعنتیں بھریں، لعنت والے خالق! کیوں مجھے زندہ رہنا پڑا؟ کیوں، اس لمحے میں، میں نے تمامجا کردی جان کو ختم نہیں کیا؟ میں نہیں جانتا؛ مایوسی ابھی تک مجھ پر قابو نہیں کی تھی۔ میں غصے اور انتقام کی خواہش سے ہلاکتا تھا۔ میں خوشی محسوس کرتا، قیامت گاہ اور ہر شخص کی تختی بنانے میں مزیدار لطف اٹھا سکتا تھا۔

جب رات چھائی تو، میں اپنے چھپے ہوئے مقام سے باہر نکلا اور جنگلوں کے دم سے آزادی سے گھنٹوں خوشیوں سے انوکھا منہ میں اباٹیں نکالا۔ میں جنگلوں کو آزاد ہونے والے فحسانی جانور کی طرح ثابت ہوں، پیچھواں اوروہ دیکھنے میں تیز رہتا ہوں۔ اہ، کتنی بدنصیبی کی رات مجھے گزارنی پڑی! پرسوکٹ کا مقام مجھے تضحیک کرتے تھے ، اور عریان درختیں میرے اوپر جھوم رہی تھیں۔ کچھ دیر بعد، پرندے کی میٹھی آواز خاموشی میں سے گزر گئی۔ میرے علاوہ سب سکون یا لطف اٹھانے والے تھے۔ میں ،شیطان کی طرح، اپنے اندر کے چھینٹا سہتا تھا۔ بالکل اکیلا اور سمجھے گئے توڑنا شجر، افسوسناک تباہی پھیلانا چاہتا تھا، اور پھر بیٹھ کر خوش ہونا چاہتا تھا۔

210 لیکن یہ ایک شاندار حس تھا جو تواضع نہیں رکھتا تھا۔ میری تھکان اور خستگی بڑھ گئی تھی۔ اس لمحے سے میں نے تمام انسانوں، خاص طور پر اس شخص کے خلاف جن نے مجھے پیدا کیا اور مجھے اس بہت بہترر کشش کا سامنا کروانے پر مجبور کیا تھا، کے خلاف جنگ کا اعلان کر دیا تھا۔

سورج نکلا ۔ میں لوگوں کی باتیں سنتا رہا اور مجھے یقین ہوا کہ میں باقی

روزہ چھپنے کی جگہ پر واپس نہیں جاسکتا۔ اس لئے ، میں نے کچھ جھاڑیوں میں ایک چھپاؤں کی جگہ تلاش کی اور اگلے کچھ گھنٹوں کو اپنی صورتحال پر غور کرنے کا فیصلہ کیا۔

دن کی گرم دھوپ اور تازہ ہوا مجھے تھوڑی سکون واپس کرتی تھی؛ جب میں کھوئے ہوئے دائروں کی بات سوچتا تھا تو میرے پاس یقین ہوا کہ میں نے شاید بہت جلدی کی تھی۔ میں نے بے شک باپ کی دلچسپی لاکھوں میں بڑھانے کے لئے بات چیت کی تھی اور اس نے مجھے ترس سے دوچار کرنے کے بہت بہتر اپنا کیا تھا۔ میں نے بوڑھے ڈی لیسی کی بھروسہ کما کے انتہائی اعتماد حاصل کرنا چاہئے تھا اور جب وہ تیار تھے مجھ سے ملنے کے لئے تب باقی عائلت کو اپنا حضور آپتک پیش کرتا۔ مگر میں نے اپنی غلطیوں کو ظاہر کرتے ہوئے درست کرنے ممکن نہیں سمجھا۔ بہت سوچ کے بعد، میں نے فیصلہ کیا کہ میں کوٹی واپس جاوں گا، بوڑھے مرد کو تلاش کروں گا اور اسے میرے ساتھ ملنے پر راغب کرنے کی کوشش کروں گا۔

211 اندر ہیں آئے بیٹھے بیٹھے یہ خیالات مجھے سکون دیتے تھے اور دوپہر میں" گہری نیند میں ڈوب گیا، لیکن میرا خون جوشی کچھ بیرہ لیتا رہا۔ سوتے رہتے رہ گیا مگر رات کو آیا کیوں کچھ کڑی چھپ کرا۔ خورشید نکلا اور کٹیج کے اندر سبیا ٹھیریں ہوئی تھیں اور کوئی حرکت نہیں سنائی دئی تھی۔ میں بہت پریشان تھا کہ میں تمیز نا کیسی تکلیف سے پرسرش ہو رہا تھا۔

کچھ دیر بعد، دو آدمی گزر کر گئے لیکن میں نہیں جانتا تھا کہ وہ کیا بات کر رہے تھے۔ چنانچہ، فیلکس اور ایک دوسرا آدمی قریب آئے ۔ مجھے حیرانی ہوئی، کیونکہ میں جانتا تھا کہ وہ اس صبح کوٹیج سے باہر نہیں گئے تھے اور باشعوری سے انتظار کر رہا تھا کہ کہ کیا ہو رہا ہے ۔

212 کیا تمہیں لگتا ہے ،" اس کے دوست نے اس سے کہا، "کہ تمیں کو تین مہینے" کا کرایہ دینا ہوگا اور اپنے باغ کی فصلیں بھی کھو دوگے ؟ میں تمہارا فائدہ نہیں چاہتا، اس لئے میں تم سے اپنی فیصلہ کرنے کے لئے وقت لینے کی درخواست کرتا ہوں۔"

یہ بے فائدہ ہے ،" فیلکس نے جواب دیا۔ "ہم کبھی بھی تمھاری کوٹی میں پھر" سے نہیں رہ سکتے ۔ میرے والد کی زندگی میری باتوں کی وجہ سے بڑی خطرے میں ہے ۔ میری بیوی اور بہن قبر کی خوف سے کبھی نہیں بچیں گی۔ براہ کرم میرے ساتھ کوئی منطق نہیں کرنے کی کوشش مت کرو۔ اپنے گھر واپس لے لو، اور مجھے اس جگہ سے روانہ ہونے دو۔"

جب وہ بات کر رہے تھے ، تو فیلکس کا جسم کانپ رہا تھا۔ وہ اور اس کا دوست کوٹی میں گئے ، جہاں وہ چند منٹ کے لئے رہے ، پھر روانہ ہوگئے ۔ میں کبھی بھی ڈی لیسی کے خاندان کو دوبارہ نہیں دیکھا۔"

213 میں باقی روز بہترین تشویش کا سامنا کرتے ہوئے اپنے چھوٹے سے گھر میں گناہگار اور بیوقوف محسوس کرتا رہا۔ میرے ساتھیوں نے مجھے چھوڑ دیا تھا اور صرف وہی چیز جو مجھے دنیا سے جڑتا تھا وہ توڑ دیا گیا تھا۔ پہلی بار میں نے انتقام کی بڑی خواہش اور نفرت کا احساس محسوس کیا۔ میں ڈی لیسیز کو دلی سے یاد کرتا رہا، لیکن مندرجہ ذیل یاد رکھتے ہی نافرمانی کی تھی اور مجھے چھوڑ کر چھوڑ کر دیا گیا تھا، غصہ واپس آیا، مضبوط غصہ۔ چونکہ میں کسی آدمی کو نقصان نہیں پہنچا سکتا تھا، اس لئے میں اپنے غضب کو اشیاء کی بشدت تجاوز کرتا رہا جو کچھ محسوس نہیں کرسکتی تھیں۔ جب رات آئی تو میں نے کھفیں آتش فشان اشیاء کو کٹھ پخت کیں اور باغ میں سب کچھ تباہ کر کے بے صبری سے چاند گزارتے ہی منصوبے کی شروعات کردیں۔

214 رات کی مظلوم خمیازے کے ساتھ، جنگلوں سے ایک طاقتور ہوا چلی ، آسمان تے ہوئے۔ ہوا کا لہراہٹ، ایک بڑے سایہ سلاں سلاں کی آم میں لٹک رہے بادل کو دور دھک طرح مضبوط محسوس ہوا، اور یہ مجھے محسوس کروا رہا تھا جیسے میرا دماغ کھو رہا ہوں۔ میں نے ایک درخت سے سوکھا ہوا شاخ دھونی کی اور اسے آگ لگا دی۔ میں بنا تکلف کے روناقی کے گرد گدھ مںگا کرنے لگا، میری آنکھیں منظرِ افق پر فکس ہوئیں جہاں چاند مشکل سے لگ رہا تھا۔ آخرکار ، چاند لاپتہ کی سرحد کے پیچھے سے غائب ہونا شروع ہوگیا ، اور میں نے اپنی جلتی ہوئی شاخ کو جھٹکا دیا۔ یہ ڈوب گئی ، اور بڑی چیخ کے ساتھ ، میں نے جھاڑو ، جھاڑو بوتیاں اور جھاڑوں کو بھی آگ لگا دی۔ ہوا مزید تیزی سے چلنے لگی ، اور آگ چھوٹے وقت میں بھیلنے والا گھرو جل کر اس کی تباہ کن زبانوں سے چتنی کی چی پرچی سے گھیر گئی۔

جب مجھے یقین ہوا کہ کوئی بھی مکان کے کسی حصے کو بچا نہیں سکتا تھا ، میں منظر ترک کرکے قریبی جنگل میں محفوظ مقام تلاش کیا۔

215 اور اب، مجھے کہاں جانا چاہیے؟ میں سوچتی تھی کہ آپ کو تلاش کروں۔"
آپ نے اپنے وطن جینیوا کے نام کا طور پر ذکر کیا تھا؛ اور میں نے منزل کے طور پر یہی جگہ تعین کیا۔

مگر میں اپنے آپ کو کیسے راہ دکھاؤں؟ مجھے اس کے بارے میں سوچنا ممکن نہیں تھا۔ مجھے صرف یہ معلوم تھا کہ مجھے آپ کو تلاش کرنا تھا۔ مجھے جوابات کی ضرورت تھی اور آپ کو مجھے ان کا جواب دینا تھا"۔

216 میرا سفر بہت لمبا تھا اور میں بہت تکلیف اٹھا رہا تھا۔ میں پچھلے خزاں میں ایک عرصے سے رہاش کر رہا تھا وہاں کی رقعے سے جبل کاطفالہ۔ میں صرف رات کو سفر کرتا تھا کیونکہ مجھے کسی اور انسان کو دیکھنے سے خوفزدہ تھا ۔ میرا گرد جوائندہ میرے ارد گرد بیرا نظر آ رہا تھا۔ جتنا قریب تمہارے رہتے تھے ، میرا انتقام کا جذبہ بڑھتا بڑھتا گیا..برف برستی ہوئی اور سب ٹھنڈے ہوگئے لیکن میں رکاوٹ

نہیں بنا. کبھی کبھی، میرا رستے دکھانے والی چند چیزوں سے ملگئے اور میرے پاس یہاں کے نقشے بھی تھے لیکن زیادہ تر میں بھٹک کے رہ گیا. میں بہت تکلیف میں تھا، تو میں نہ بس سکا. ہر چھوٹی چیز جو تقریبا ہوا یا دیکھی گئی، میرے غصے اور رنج کو بڑھاتی تھی۔ لیکن وقتی وقتی پر، جب میں سوئٹزر لینڈ کی حدود تک پہنچا، جب سورج دوبارہ گرم ہونے لگا اور زمین سبز دکھای دینے لگی، میرے احساسات مزید کڑوے اور خوفناک ہوگئے.

217 میں عموما دن میں آرام کرتا تھا اور صرف رات کو سفر کرتا تھا تاکہ کوئی مجھے نہ دیکھتا۔ لیکن ایک صبح، جب مجھے ایک گھری جنگل سے گزرنا تھا، میں نے سورج کی نشانی سوچے بغیر ہی اپنے سفر کو جاری رکھنے کا فیصلہ کیا۔ یہ جوبری تنویر اور گرم ہوا جو مری خوشی کے لئے جھلک رہی تھی، مجھے خوش محو کر رہی تھی جو میرے لئے بہت غیرمعمولی تھا۔ مجھے نرمی اور خوشی کی نئی جذبات پر خوشی سے چڑھتی دیکھ کر خوشی ہوئی۔ ایک لمحہ کے لئے، میں اپنی تنہائی اور حقیقت کو بھول گیا اور میں نے اپنے آپ کو خوش رہنے کا اجازت دی۔ خوشی کی انسوئیں میرے خدائی خوشی کو لئے پر ابوالحسن کے چہرے پر بھی ادب کے ساتھ منہ اٹھا کے دیکھا گیا۔

218 میں جنگل کے راستوں سے آگے بڑھتے رہا جب تک میں اس کا کنارہ نہیں پہنچ گیا، جہاں ایک گھرا اور تیز دریا تھا۔ کچھ درخت نئے بہار کے پتوں کے ساتھ دریا میں جھکے ہوئے تھے ۔ مجھے نہیں پتا تھا کہ کون سی راہ پر جانا چاہیئے، تو میں رک گیا اور آوازیں سنیں۔ میں نے فیروزہ درخت کے نیچے چھپنے کا فیصلہ کیا۔ ایسا ہی وقت تھا کہ ایک نوجوان لڑکی، رنگ رلیاں لگاتی ہوئی میری طرف دوڑتی ہوئی، جیسے وہ ایک کھیل کا شکار تھی۔ وہ صرف دریائی کنارے پر دوڑتی رہی اور اچھال گئی، تیز چلنے والے پانی میں گر گئی۔ سوچے بغیر میں چھپے ہوئے جگہ سے باہر آگیا اور اپنی تمام قوت استعمال کرتے ہوئے اسے بچانے اور کنارے تک لائے۔ وہ بے ہوش تھی، اور میں نے جو کچھ بھی کرنے کی کوشش کی تاکہ وہ بیدار ہو جائے۔ اچانک ایک دیہاتی شخص، جو شاید وہ آدمی تھا جس کے ساتھ وہ کھیل رہی تھی، ہماری طرف آیا۔ جب وہ مجھے دیکھا تو، اس نے مجھ سے لڑکی لے لی اور جلدی سے جنگل کی گہرائیوں میں بھاگ گیا۔ میں انکی پیچھے پیچھے چلے گئے، پتا نہیں کیوں۔ لیکن جب بھی یہ دیکھا کہ میں نزدیک آ رہا ہوں، اس نے مجھ پر بندوق رکھی اور گولی ماری۔ میں زمین پر گر گیا، اور وہ جنگل میں جلدی سے دوڑ گیا۔

219 یہ تو میری مہربانی کا بدلہ تھا! میں نے کسی کی جان بچائی تھی، اور بدلے میں مجھے اب گھری زخم کی درد ہو رہی تھی. وہ محبت اور نرمی کا جو میں ابھی تک محسوس کر رہا تھا، اس کی جگہ تیز درد اور تمام لوگوں کے خلاف شدید غصہ اور نفرت نے لے لی۔ درد مجھ پر غالب آ گیا، اور میں بے ہوش ہوگیا۔

چند ہفتے کے لئے، میں جنگلوں میں ایک بدنصیب زندگی گزارا، اپنی زخم کو صحت دے لینے کی کوشش کرتے رہا. مجھے یہ نہیں معلوم تھا کہ گولی ابھی اندر ہے یا وہ باہر نکل چکی ہے. علاوہ ازیں، مجھے اسے نکالنے کا کوئی طریقہ نہیں تھا. ہر روز، میں عہد لیتا تھا کہ بدلے لوں گا۔

کچھ ہفتوں کے بعد، میری زخم حتمی طور پر صحت یاب ہوگئی، اور میں اپنی سفر جاری رکھا.میں نے ایسی کوندھ یعنی دفعہ نہیں جھیل سکتا تھا جو گرم ہونے والے سورج کی روشنی یا نرم ہوا کے ساہیل سے تسکین مل سکتی تھی. کوئی خوشی بھتانی ہی ہوتی تھی جو میری تنہا زندگی اور میری خوشیوں کی عدم موجودگی کی یاد دستک دیتی تھی.

لیکن میری مشکلیں تقریبا ختم ہو رہی تھیں۔ دو ماہ بعد، میں جنیوا کے قریب پہنچ گیا۔

میں شام کو پہنچا تھا، لہذا میں نے شہر کو گھیرنے والے کھیتوں میں ایک جگہ چھپنے کے لئے تلاش کی۔ مجھے سمجھنے کے لئے وقت کی ضرورت تھی کہ آپ کے پاس کیسے جاؤں۔ میں تھکا ہوا، بھوکا اور بہت افسردہ تھا کہ میں مہربان شام کا ہلکا ہوا سمندر یا بلند چوٹی والے جورہ پھاڑوں کی منظر کا لطف نہیں لے سکتا تھا۔

اس لمحے میں، میں نے آپس میں عصمت اور اختتام کرنے کے خیالات سے کچھ آرام تلا کر ایک ہلکی نیند میں دھنس گیا۔ تاہم، میری آرام کی خوابیدگی ایک خوبصورت بچے کی آمد کے باعث خراب ہوگئی جس نے میری پسندیدہ چھپنے کی جگہ میں داخل ہو گئی، یہ نوجوانی کی خوشی سے بھرپور تازگی کے ساتھ بھاگ رہی تھی۔ جب میں اسے دیکھا، میرے ذہن میں ایک خیال آیا - یہ چھوٹا سا بچہ بے گناہ تھا اور پھٹ کرو کے خوف گرابٹ کا وقت نہیں تھا۔ اگر میں اسے پکڑ لوں اور اسے اپنا ساتھی اور دوست قرار دوں، شاید میں اس شورشے دنیا میں اتنی تنہا محسوس نہ کرتا۔

اس خانے کے ایمانداری سے متحرک ہوکر، جب اس لڑکے کو میں نے گزرتے وقت پکڑیا اور اسے خود کی طرف کھینچ لیا۔ جب وہ میری صورت دیکھی، تو وہ اپنے ہاتھوں سے اپنے آنکھوں کو ڈھانپ لیا اور ایک بلند سر کرکشانا کیا۔ میں نے اس کے ہاتھوں کو اپنے منہ سے نکالکر کہا، "بچہ، تم ایسے رد عمل کیوں کر رہے ہو؟ مجھے تم پر کوئی زیادتی نہیں کرنی؛ بس میری بات سنو۔"

وہ میرے قبضے سے لڑتا ہوا، چیختا رہا، "مجھے جانے دو! تو بڑا سانپ ہے! بدصورت جانور! تو مجھے کھانے کا ارادہ رکھتا ہے اور مجھے ٹوکرے گا! تو سانپ ہے! مجھے جانے دو، ورنہ میں اپنے باپ کو بتادوں گا۔"

"بچے، تو اپنے باپ کو دوبارہ دیکھ نہیں پائے گا۔ تو مجھے ساتھ آنا ہو گا،" میں نے جواب دیا۔

تنظیم نے شرمندہ جانور! مجھے جانے دو! میرے باپ کو اک مہتمم شخص"
ہیں۔ وہ فرانکنسٹائن صاحب ہیں، ایک سنڈک ہیں۔ وہ تمہیں سزا دیں گے۔ تم میری
!"رہائی کرنے کے قابل نہیں ہو

فرینکنشٹائن! تو میرے دشمن کا ہے ، جس پر میں نے عمر بھر انتقام لینے کا"
عہد کیا ہے ۔ تو میری پہلی قربانی ہوگا،" مخلوق نے اعلان کیا۔

بچہ مجھ سے لڑتے رہا اور میرے دل کو چھیدتے الفاظ استعمال کیے۔ اسے چپ
کرنے کے لئے ، میں نے اس کے گلے کو پکڑا، اور ایک لمحے میں، وہ میرے پاؤں کے
نیچے بے جان پڑا۔

جب میں اپنے قتل کو دیکھتا، تو ایک لطف اور بری فتح کی لہر میرے دل کو بھر
گئی۔ اپنے ہاتھ بجا کر، میں نے چیخ کر کہا، "میں بھی بربادی کا باعث ہوں۔ میرا
دشمن لازمی طور پر غیر محفوظ نہیں ہے ۔ یہ موت اسے مایوسی کا سامنا کرائے
"گی، اور بے شمار مصائب اسے پریشان اور تباہ کریں گی۔

بچے کو دیکھتے ہوئے ، میں نے اس کی چھاتی پر چمکتی چیز کو نوٹ کیا۔ میں
نے اسے لیا، سمجھا کہ یہ ایک خوبصورت عورت کی تصویر ہے۔ میری برائی کے
منصوبے کے باوجود، اس کی صورت نے میرے دل کو نرم اور محسوس کر لیا۔ ایک
لمحے کے لئے، میں اس کی سیاہ آنکھوں اور لمبے پر ان کے حسین ہونٹوں کی
خوشنمائی میں مبتلا ہوا۔ لیکن جلد ہی، میرا غصہ واپس آیا۔ مجھے یاد آیا کہ میں
ایسی خوبصورت مخلوقات کی خوشی سے محروم رہ گیا تھا۔ اگر وہ مجھے
دیکھتی، تو ان کی خدائی رحمت کی شکل کا عبارت منفرد سے بدل جائے گی۔

کیا آپ تصور کر سکتے ہیں کہ ایسے خیالات کے ساتھ میرے اندر کی غضب
کی بہتا سمندر کا سمندر کتنا بڑھا؟ میں صرف حیرت کی بات کرتا ہوں کہ اُس
لمحے میں، درد اور مایوسی میں چلتے پلٹے نہیں چل پڑا، کہ میں دنیا میں چھا اپنے
"کی کوشش کرتے ہوئے ہلاک ہوگیا۔

میری اندرونی حالتوں سے پھولا دہ ہوتے ہوئے ، میں اس جگہ سے نکل گیا
جہاں میں نے قتل کیا تھا۔ میں چپ ہونے کے لئے ایک خاموش واقعہ تلاش کرنے لگا
اور ایک خالی اِنہاں کی طرف آندر گیا۔ اندر، کچھ بھوسے پر سوئی ہوئی اِک جوان
عورت تھی۔ وہ تصویر میں موجود خوبصورتی کی طرح خوبصورت نہیں تھی، لیکن
وہ ایک پرانی چھرے کی ملکیت رکھتی تھی اور صحتمند اور جوان لگتی تھی۔ میں
نے اپنے آپ کو سمجھایا، یہاں کوئی ہے جو میرے ساتھی ہنسی کو سب کے
ساتھی سرخروم رکھتی ہے سوائے میرے۔ میں نے اُس کی طرف کمر کمر کے کرتے
ہوئے کہا، "بیدار ہوجائیں، میری دلبر۔ آپ کے ساتھی یہاں ہے ، جو آپ کی آنکھوں
میں محبت کی چمک کو دیکھنے کی خاطر اپنی جان قربان کردے گا۔ میری
!محبوبہ، براہ کرم بیدار ہوجائیں

سوئی پیرا بن سے اٹھی اور خوف نے مجھے گرفتار کرلیا۔ کچھ یوں ہو جائے کہ

اگر وہ بیدار ہو جائے، مجھے دیکھے اور مجھے قتل کرنی کی لعنت دے گي۔ یہی وہ
کرے گی جب اُس کی آنکھیں کھلیں اور مجھے دیکھیں۔ یہ خیال مجھے پاگل کر
دیا۔ یہ میرے اندر برائی کو بیدار کردیا۔ میں نے فیلکس سے سیکھا اور معاشرتی
قدموں کے سخت قانونوں کی وجہ سے، میں اب جانتا تھا کہ نقصان کیسے پہنچایا
جا سکتا ہے۔ میں اُس کی طرف جھکا، اور دھیان سے تصویر کو اُس کی دامن میں
رکھا، یقینی بنانے کے لئے کہ یہ محفوظ ہو۔ وہ دوبارہ حرکت کرتی ہوئی تھی، اور
میں جلدی سے بھاگ گیا۔

چند دنوں تک، میں وہ جگہ جہاں وہ واقعات پیش آئے ہوئے رہتا رہا۔ کبھی
کبھی، میں تمہارا دیکھنا چاہتا تھا اور کبھی کبھار میں سوچتا تھا کہ دنیا سے
اور اس کے تمام پریشانیوں سے ہمیشہ کے لئے رخصت ہو جاؤں۔ آخرکار، میں ان
پہاڑوں کی طرف بھٹکتا رہا اور ان کی بڑی چھپی ہوئی علاقوں کا تفتیش کرتا رہا،
جبکہ ایک طاقتور خواہش مجھے بھکانے والی قائل کرتے ہوئے۔ ہم آپس میں اس وقت
تک الگ نہیں ہو سکتے جب تک آپ وعدہ نہ کریں کہ وہ کریں گے جو میں کہتا ہوں۔
میں یکساں خودماں ہونے کے باعث خود کو تنہا اور بدحال محسوس کر رہا ہوں
کیونکہ لوگ میرے قریبی نہیں ہو سکتے۔ لیکن ایسا بدصورت اور خوفناک جیسا کہ
میں ہوں، میرے کہنے پر کوئی نہیں کہے گا۔ میرے ساتھی کو یہی قسم کا ہونا
چاہیے اور وہی نقصانات ہونے چاہیں۔ آپ کو میرے لئے اس مخلوق کو پیدا کرنا
ہوگا۔"

CHAPTER XVII

وجود بات کرنا بند کر دیا اور مجھے دیکھنے لگا، جواب کا انتظار کرتے ہوئے۔
لیکن میں پریشان تھا اور میرے خیالات کو منظم کرنے کے لئے کافی تھوڑا
سمجھنے کو۔ وہ جاری رکھا،

تمہیں میرے لئے ایک عورتی رفیق بنانی ہوگی۔میں اسے میرا مطالبہ کے طور
"پر پیش کرتا ہوں۔

اپنی کہانی سنا کرتے ہوئے میرا غصہ دوبارہ تیز ہوگیا۔ میں اپنے غصے کو
مزید نہیں روک سکتا تھا۔

میں انکار کرتا ہوں۔" میں نے پختہ گفتگو کی۔ "ناجانے کتنی زیادہ تشدد"
مجھے مذموم کرتی ہوگی لیکن کبھی بھی تم مجھے شرمندہ نہیں کرسکو گے۔ کیا
میں ایک ایسا شخص بناوں جیسا تم ہو، جس کی شیطانیت دنیا کو تباہ کرسکتی
ہو؟ جاؤ! میں نے تمہیں اپنا جواب دے دیا ہے۔ تم مجھے تشدد کرنے کی کوشش
"کرسکتے ہو، لیکن میں کبھی بھی راضی نہ ہوں گا۔

تم غلط ہو۔" بھوت نے کہا۔ "دھمکیاں دینے کی بجائے، میں تم سے تعقل کرنا"
چاہتا ہوں۔ میں شرور اس لئے ہوں کہ میں بہت بد نصیب ہوں۔ سب مجھ سے بچتے
ہیں اور مجھ سے نفرت کرتے ہیں، تم بھی، میرے خالق۔ تم مجھے توڑنا چاہتے ہو
اور اس پر فخر کریں۔ یاد رکھیں اور مجھ سے بتائیں کہ میں انسانوں پر رحم کیوں
کروں جب کہ وہ مجھ پر رحم نہیں کرتے؟ اگر تم مجھے ان برف کی درازوں میں
پھینک کر میرے بنائے گئے جسم کو تباہ کرنے کی قدرت رکھتے۔ کیا تم یہ قتل نہیں
کہوگے؟ کیا میں انسانوں کو احترام دوں جب وہ مجھ سے نفرت کرتے ہیں؟ ہم ایک

دوسرے کے ساتھ مہربانی کے ساتھ ساتھ زندہ رہتے ہیں، اور ایک دوسرے کو زخمی نہیں کرتے، میں تمہیں ہر فائدہ دوں گا، اور گرمی کے آنسوؤں کے ساتھ شکر گزاری کرتے وقت۔ لیکن یہ ناممکن ہے کیونکہ ہمارے مختلف حسینے کی بنا پر، ہم ایک نہیں ہوسکتے۔ میں اک کسی کا غلام نہیں بنونگا۔ میں اس کے لئے بدلہ لوں گا جو تم نے میرے ساتھ کیا ہے۔ اگر میری محبت کا رجحان نہیں لے سکتا تو میں لوگوں کو مجھ سے ڈراؤں گا۔ اور اس ڈر کو زیادہ تم پر منحصر کروں گا، میرے بڑے دشمن، کیونکہ تم میرے خالق ہو۔ میں تم سے وعدہ کرتا ہوں کہ میں تم سے ہمیشہ نفرت کروں گا۔ خیال رکھیں: میں تم کو تباہ کرنے کے لئے کام کرونگا اور جب تک میں تمھارا دل دباؤں، تب تک کام کرنا بند نہیں کروں گا تاکہ تم اس دن پر پچھوارہ کروں گے جب تم پیدا ہوۓ تھے۔

میں تمسخر نہیں بلکہ تمسخر سے باہر ریاضت کرنا چاہتا تھا۔ یہ تند عاطفہ میرے لئے نقصان دہ ہے، لیکن تم سمجھ نہیں رہے کہ اس کی شدت کا تم مول کیوں ہو۔ اگر کوئی مجھ پر نرمی کا اظہار کرتا ہے تو میں اسے سو گنا مناسبت سے واپس کروں گا۔ اس ایک شخص کیلئے میں ہر اک شخص سے صلح کر لوں! لیکن اب میرے دل کی خوشیاں ہی خواب دیکھ رہا ہوں جو میں کبھی حاصل نہیں کر سکتا۔ میں تم سے معقول تقاضہ کررہا ہوں: مجھے ساتھی چاہیے۔ مجھے یقین ہے کہ ہم انسانی معاشرت سے مستثنی کردیے جائیں گے، لیکن یہ کچھ ہمیں ایک دوسرے سے زیادہ منسلک کرے گا۔ ہماری زندگیاں خوش نہیں ہوجائیں گی، لیکن یہ خوشیوں سے آزاد ہوجائیں گی۔ مجھ سے انکار نہ کریں۔

میری دلچسپی بڑھ گئی۔ سوچتے رہنے پر گنجاش مِنڈ تھی کہ کیا ہو سکتا ہے اگر میں اتفاق کرلوں تو، لیکن اس کی بحث میں کچھ حقیقت تھی۔ اسکی کہانی اور اس کے موجودہ احساسات نے ثابت کیا کہ وہ گہری جذبات کا تجربہ کرسکتا ہے۔ جہاں تک میرا خیال ہے، اس کا خالق بلکل اس کا حقدار ہوں کہ میں اسے جو خوشی دے سکتا ہوں وہ کچھ بھی دے دوں؟ اس نے مجھے تبدیلی بظاہر کی اور بات کرنے جاری رکھا۔

اگر آپ مان لیں تو ہمیں کبھی آپ یا کسی دوسرے انسان کے سامنے نہیں دیکھا جائے گا۔ میں جنوبی امریکہ کی وسیع جنگلات میں چلا جاؤں گا۔ میں انسانوں کی طرح کھانا نہیں کھاتا ہوں۔ دراکن اور بیریز مجھے کافی ترویج بھی دیتے ہیں۔ میرا رفیق میری طرح ہی ہوگا اور وہ بھی اسی کھانے سے راضی رہیں گے۔ ہم سوختہ پتے پر سوئمنے کی ضرورت نہیں ہوگی۔ کچھ زیادہ نہیں چاہیے گا۔ اگرچہ آپ نے میرے ساتھ ظلم کیا ہے، میں آپ کی آنکھوں میں رحمت دیکھ سکتابوں۔ مجھے آزمودہ تمناؤں کو واقع کرنے کے لئے آپ کو منصوبہ بندی یاقینی کرنے کی مجال دے دیں۔

آپ کہتے ہیں،" میں نے جواب دیا،"کہ آپ بھاگ کر جنگلوں میں رہیں گے"

جہاں صرف جانور ہی آپ کے رفقاء ہوں گے ۔ آپ جو انسانوں کی محبت اور تفہیم کی بہت خواہش مند ہیں، انتہائی محرومی کے ساتھ اگے بڑھ سکتے ہیں؟ آپ واپس آئیں گے اور دوبارہ ان کی مہربانی کی تلاش کریں گے ، لیکن وہ آپ کو نفرت کریں گے ۔ آپ کی بدکار خواہشات واپس آئیں گی، اور پھر آپ کا رفیق آپ کو تشدد کا باعث بنانے میں مدد کرے گا۔ وہ نہیں ہوسکتا۔ براہ کرم بحث کرنا بند کریں، کیونکہ میں آپ کی درخواست پر راضی نہیں ہوسکتا۔"

228

دے بابت یواځی دی، څوک تاسو زراندی کوئیدی! له څوینبتنی څخه یوه موت زړه وروستہ، د دی واړی پہ چی د څو موت اکرہ پورتہ شو؟ زہ تاسو تہ پیدا کرم، د زمین څخہ څوک څگل تہ داسی، او لہ اوس راننکو کنبی پہ لاری دامنی پہ بہ کتل شوم چی کہ د روح دریگل کرم، تاسو پہ لومری ځای سرہ یوبنتا کرہ، ہرڅوک چی پہ رکرہ ځای کی وی. زما بدرونی خواستونہ بہ ورځگانہ کیدای شی چی د نورو خلقو تپرو وکری. ہر څہ چی زما د جوانانو شتمنی لرم."

دہ ژبی دمخہ نورہ پیںبنی لرم. زہ لہ زوونز مبخی لپارہ گواہبی وم. زما فکرول لرم چی د دی وجبلی څوک زیات ونیئ، زہ ځان نہ لرم چی ستا پہ نوم کنبی او مثبتی اروندی راکرم.

تاسو پیدا کرلی شی، زہ ویارم،" "د خطرناکی نہ وای؛ بلہ، تاسو پورتہ د بیوځای پہ چی وچی ستا غرض غرض بنپژمن لرگی دی. ممکن دی چی ہمداو ترتولو اوسمہالہ لیدل شیئ ترځو نقمہ نیولو."

229

میں کیا ہو رہا ہے ؟ مجھے بلکے طور پر نہیں لے جایا جائے گا، اور مجھے" جواب چاہئے ۔ اگر میرے زندگی میں کوئی تعلق یا محبت نہیں ہوگی تو میں نفرت اور بدکاری سے بھر گیا ہوں گا۔ صرف کسی اور کی محبت مجھے جرائم کرنے سے روک سکتی ہے اور میں وہ شخص بن جاؤں گا جس کے بارے میں کوئی نہیں جانتا ہے ۔ میرے برے رویوں کی وجہ سے تنہائی اتی ہے اور میری اچھی خصوصیات خود بخود سامنے آئیں گی جب میں ایک برابر کمپنی میں رہوں گا۔ میں کسی بھی حساس شخص کی طرح احساسات تجربہ کروں گا اور اس زندگی اور واقعات کے زنجیر کا حصہ بن جاؤں گا جس سے میں موجودہ طور پر محروم ہوں۔"

میں نے سوچنے کے لئے لمبی وقفہ لگایا تاکہ اس نے کہا تھا، اور جو دلائل دیئے تھے ، کے بارے میں سوچ سکوں۔ میں نیکیوں کی قسم کے وعدے پر غور کیا۔ میں نے اس کی طاقت اور دھمکیاں بھی سوچیں: جو مخلوق برفانی گفتگوکار مشکل پہاڑوں میں جی سکتا ہو اور ناقابل رسائی پتھروں پر چھپ سکتا ہو وہ صلاحیتیں رکھتا ہوگا جو آسانی سے سامنے نہیں کی جاسکتی ہیں۔ گہرے سوچ کے بعد، میں نے فیصلہ کیا کہ انصاف، اس کے لئے ہی نہیں بلکہ میرے ساتھی انسانوں کے لئے بھی، مجھے اس کی درخواست قبول کرنے کا۔ اس کی طرف موڑتے ہوئے، میں نے آخرکار کہہ دیا -

230 میں آپ کی درخواست پر راضی ہوں، لیکن آپ کو عہد کرنا ہوگا کہ آپ یورپ اور کسی بھی دوسرے جگہ جہاں انسانوں کے قریب ہوں، ابدی طور پر چھوڑ کر چلے جائیں۔ جب میں آپ کو استعفا کا ساتھی عطا کروں گا تو آپ کو اپنا وعدہ پورا رکھنا ہوگا،"میں نے اسے بتایا۔

اُس نے چیخ کر کہا، "میں قسم دیتا ہوں۔ مادہ ساتھی کے عوالم تک جا رہا ہے، عمران زندہ ہیں تب تک آپ مجھے کبھی نہیں دیکھیں گے۔ اپنے گھر لوٹ کر تیاری شروع کریں۔ میں ان کی ترقی کو دم سے نظر رکھوں گا اور جب آپ تیار ہوں تو میں ظاہر ہو جاؤں گا۔"

یہ کہتے ہوئے، وہ جلدی سے میرا پاس چھوڑ گئے، شاید پریشان کہ میرے جذبات تبدیل ہو سکتے ہیں۔ میں نے دیکھا کہ وہ پہاڑ سے تیزی سے اتر رہا ہے، بادل سے بھی تیز ایگل کی طرح حرکت کرتا ہوا، اور جلد ہی وہ برفانی لہروں کے درمیان غائب ہو گئے۔

231 اس کا دورانیہ پورا دن تھا، اور چونکہ سورج غروب ہونے کو تھا، تو یہاں سے جانے پر وہاں دیکھا دل کر کہ ہیں جا رہے ہیں کہاں جا رہے ہیں۔ میں اپنے آپ کو برائے میحبت احساسات کرنے اور یادوں میں بستے ہوئے تکلیف میں روتا رہا۔ "اے تاروں اور بادلوں اور ہوا،" میں نے کہا، "اگر آپ میری واقعت پر رحمت کرتے ہیں تو میرے احساسات اور یادوں کو چھین لو اور مجھے لاپتہ کردو۔ لیکن اگر آپ نہیں کرنا چاہتے تو چلے جاؤ، چلے جاؤ، اور مجھے اندھیرے میں چھوڑ دو"۔

یہ مست و مجنوں کی غیرت کی باتیں تھیں.

232 صبح کو چامونیکس کے گاؤں پہنچا، لیکن میں نے کوئی آرام نہیں کیا۔ بلکہ، فوراً جنیوا کی طرف واپس چلے گئے۔ میں کچھ الفاظ نہیں تلاش کر سکا کہ اپنے جذبات کو کیسے بیان کروں، جیسے کہ میری جذبات نے مجھے دردناک اور بھاری پہاڑ کی طرح بھیڑ لیا۔ لہذا، میں گھر واپس لوٹ آیا اور خانے کے اندر جا کر اپنے خاندان کے ساتھ رہنے لگا۔ وہ میرے تھکے ہوئے چہرے سے بہت پرسرار تھے، لیکن میں نے کوئی سوال کا جواب نہیں دیا اور مشکل سے بولا۔ میں مکمل طور پر اپنے آگے کے کاموں کے خیالات میں کھو گیا تھا.

CHAPTER XVIII

 میں گینیوا میں بہت دن اور ہفتے گزارے لیکن میں صبر کا حوصلہ نہیں کرسکا کہ کام دوبارہ شروع کروں۔ مجھے ناکام مخلوق کے انتقام سے ڈر لگ رہا تھا اور میں نہیں چاہتا تھا کہ مجھے سونپے گئے کام کو کرنا پڑے۔ ایک خواتین مخلوق بنانے کے لئے مجھے کئی مہینوں کی مطالعہ اور تحقیق کی ضرورت تھی۔ میں نے سنا تھا کہ انگریز سائنسدان نے کچھ اہم دریافتیں کی ہیں جو میری مدد کرسکتی تھیں، اور سوچا کہ میں اپنے والد سے پوچھوں کہ کیا میں اس وجہ سے انگلینڈ جاسکتا ہوں۔ لیکن میں نے تاخیر کرنے کا حجت تلاش کی اور میں چاہتا تھا کہ پہلے کاوش شروع کروں جو اب اتنی فوری نہیں لگ رہی تھی۔ کچھ میرے اندر تبدیلی آ گئی تھی: میری طبیعت بہتر ہو گئی تھی اور میری روحیات زندہ تر تھیں جب میں اپنے ناراضگی بھرے وعدے کے بارے میں نہیں سوچتا تھا۔ میرے والد کو اس تبدیلی کو دیکھ کر خوشی ہوئی اور انھوں نے کوشش کی کہ میری غم سے نجات حاصل کروں جو کبھی کبھار واپس آ جاتی اور سب چیزیں دوبارہ سیاہ نظر آتیں تھیں۔ ان لمحات میں، میں اکیلے ہو کر سکون ڈھونڈتا تھا۔ میں چھوٹی سی کشتی میں پورے دن جیسے بحیرے پر ہوتا تھا، ابروں کو دیکھتا اور لہروں کی آواز سنتا تھا۔ یہ مجھے سکون اور اطمینان محسوس کرواتی تھی۔ اور جب میں واپس آتا، میں اپنے دوستوں کو گرم تبسم اور خوش دلی کے ساتھ سلام بھیجتا تھا۔

 اپنی سیر سے ایک چھل قدم چل کر واپس آنے کے بعد، میرے والد نے مجھ سے خصوصی طور پر بات کرنے کو کہا۔ وہ بولے، "مجھے خوشی ہو رہی ہے کہ تم دوبارہ اپنی پرانی خوشیوں کو محسوس کر رہے ہو اور خود بنا رہنے لگے ہو۔ لیکن

تم اب بھی خوش نہیں ہو اور ہمارے ساتھ رہتے ہوئے اجتناب کرتے ہو۔ میں کوشش کر رہا ہوں تم تک پتہ لگا سکوں کہ اصل میں کیا ہو رہا ہے۔ تم کے ساتھ کیا ہو رہا ہے؟"

میں اس کے آغاز سے واقفیت سے ڈر گئی تھی ، اور میرے والد جاری رہے ، کہتے ہوئے: "میں اقرار کرتا ہوں کہ میں ہمیشہ یہی سوچتا آیا ہوں کہ تم اور الیزابیت شادی کریں گے اور ہمارے گھر کو خوشی لائیں گے۔ تم دونوں بچپن سے کافی قریب ہو ، ساتھ پڑھائی کرتے ہوئے اور ایک ہی دلچسپیوں کے حامل ہوتے ہو۔ لیکن کبھی کبھی بہت ساتھ رہنے والے لوگ چیزوں کو صحیح طرح نہیں سمجھتے ہیں۔ وہ جو میرا ارادہ تھا میری منصوبے پر مدد کرے گا وہ عملاً خراب کرسکتا ہے۔ شاید تم الیزابیت کو صرف بہن کی طرح دیکھ رہے ہو اور اس سے شادی نہیں کرنا چاہتے۔ شاید تم نے کسی اور سے محبت کی ہے اور تم الیزابیت کے رشتے کی وجہ سے بندھے محسوس کرتے ہو۔ یہ جدوجہد شاید تمہیں دکھ کا باعث بن رہی ہو جو تم ظاہر کر رہے ہو۔"

عزیز بابا، براہ کرم فکر نہ کیجئے۔ میں سچا اور گہرا محبت کرتا ہوں اپنی خالہ سے۔ الیزابیت ہی وہ عورت ہے جس نے مجھے کبھی بھی اتنی قوتِ فیصل اور محبت کا احساس دلایا ہے۔ میں اپنے آئندہ کو بغیر امید کے شادی کرنا تصور بھی نہیں کر سکتا۔

عزیز وکٹور، تمہارے الفاظ مجھے بہت خوشی دیتے ہیں۔ اگر تم ایسا محسوس کرتے ہو تو ہم مل کر خوشی ضرور پائیں گے ، چاہے ہمیں کتنی بھی مشکلات کا سامنا کرنا پڑے۔ لیکن مجھے احساس ہوتا ہے کہ کچھ باتیں تمہیں گہری پریشانی دے رہی ہیں۔ براہ کرم بتائیں کہ کیا اپنے فوری شادی کرنے سے کوئی خدشہ ہے؟ ہم کچھ وقت پہلے ناگواریاں کا سامنا کرتے رہے ہیں جو ہماری پرام نے پھولنے سے روک دیا۔ میں تم سے تھوڑی سی بڑی ہوں اور مجھے اندازے ہے کہ تمہارے پاس بہت پیسے ہوں گے۔ جلدی شادی کرنا تمہارے فاتحانے اور دنیا میں نیکیوں کرنے کے لئے کسی قسم کی رخصتی کے آغاز پر کوئی اثر نہیں ڈالے گی۔ البتہ، میں تم پر خوشی کے زوردار دباو ڈالنا نہیں چاہتی، اگر تم کوئی تو وقت درکار ہوتو مجھے شدید پریشانی پیدا نہیں ہوگی۔ میری نیتوں کو سمجھیں اور براہ کرم اپنے خیالات اور احساسات کو سچ بتائیں۔"

میز تنها به سوځه شامل کړول چی څواب ناللو جګره وکړو او څه بیرته تصمیم کړو. لکه امله به وسله لرونکی او رهجوایی اور وکړ لکه ځوانان په تر سره ده چی داسی یوازی زه از غوارم او ولي شم. زما به په پیمان واقعی داسی څه وکړم چی هغه کړه نه کړم او که هغه کړه ده، وما به خوراپ خو ثبنتنه کړي. که چیزی، تاسو نیک شیونه کم ومو باید به ځان پرخنده او ډیری بدیع چیزی امتحان کړي. زه باید د پاملرنو

په سره دميزی پاملرنه کړم، په اينبودونکو سازونو له کينډرسګيره او پينبمانونو ته
خپله مو لامبه شولو په ازمايشوي وقت حُمايه.

مينه ورځ ته يادم ترسره او دوايم چي يا به انګلستان هغه يا به د هغه هغه
مفکرانو په داسې واسطه موخه راوستل ډېرې پوند ساحتمه راهنما چي زما لپاره
ضرورت لري. دوهم اختيار، ادا و مستري به د بريدو په راتلونکو پراختيا دتللو
سرپلنبت او نابا ته. لومړي، زما به ټنګ شوم ميچندل کوم خُانه پروګرام په بابي
خوندي بيا رواني شي لومړي وغيري چي ازمودلي لپاره د کور کي به کسانو سره بهم
ورمه شمېرمه وکړم. زما معلوم شو کوم ډوني چارې چي خټک خوب لري چي تري
خبن د له بي بلاونو په تودھ هيلو کي د داسې خوفني لري په خُاي کبنبي هغې همه په
ژر منظرو شخصو کي شايسته لري. زما به تنهايه ضرورت لروم ترسره امکان لرم
ترسره وکړم. د فرائض زوبغ وهل کوم، مست و خوګ هم به هغه خپلی بندي وايي. يا
شايد (که زما به خپل خيال نيولي شاوخوايي) هڅه ډېرې به له توپو به ورکول شي او
زما راز استوګندي ازمودلي شي.

ميں نے اپنے باپ کو اپنے جذبات بتائے اور پوچھا کہ کيا ميں انگلينڈ جانے کی
اجازت حاصل کر سکتا ہوں۔ ميں نے اپنے درخواست کے پيچھے واقعی وجوہات کو
ظاہر نہيں کيا، بلکہ اسے بس مزا کے لئے سفر کرنا چاہتا ہوں سمجھايا۔ انہوں نے
رضا کيا۔

انھوں نے مجھے فيصلہ کرنے کی اجازت دی کہ ميں وہاں کتنی دير رہنا چاہتا
ہوں، کچھ ماہ يا زيادہ سے زيادہ ايک سال تک۔ انہوں نے بھی يہ يقينی بنايا کہ
ميرے سفر کے دوران ميں اکيلا نہيں ہوں۔ پہلے سے مجھے اعلان کيے بغير، انہوں
نے اور الزبتھ نے ميرے دوست، کلوورل، کے ساتھ ميرے سفر کا انتظام کيا۔ ميں
خوش تھا، ليکن تھوڑا پريشان بھی۔ مجھے واقعی زيادہ مرکوز ہونا تھا۔ مگر،
ہينری کی موجودگی ميرے دشمن کو مجھ پر تشدد کرنے سے روک سکتی ہے۔ اگر
ميں اکيلا ہوتا، کيا وہ کبھی کبھار ميرے زندگی ميں دخل نہيں کرتا، ميرا کام ياد
دلاتا يا ميری کام کی نگرانی کرتا؟

ميں تقرر رکھا کہ انگلستان جاؤں گا، اور سمجھا جاتا تھا کہ واپسی پر ميں
فوری طور پر اليزابت سے شادی کرلوں گا۔ ميرے باپ کو ميرا عمر ميں تاخير نہيں
چاہيے تھی۔

ميں سفر کی منصوبہ بندی کرنے شروع کردی، ليکن ايک خوف ہميشہ مجھے
پريشان کر رہا تھا۔ ميرے دوستوں کو ميں کے لمحے کے دوران کيا ہوگا؟ انہيں ہمارے
دشمن کے بارے ميں نہيں پتہ تھا اور وہ اس کی حملوں سے بچاؤں نہيں محفوظ
تھے۔ وہ مجھے وعدہ کيا تھا کہ جہاں بھی ميں جاؤں گا وہ ميری پيچھے آئے گا،
تو کيا وہ مجھے انگلستان ميں ساتھ لے آئے گا؟ يہ خيال خوفناک تھا، ليکن اسی
وقت يہ مجھے تھوری راحت بھی ديتا تھا، کيونکہ يہ ميرے دوستوں کو محفوظ

رکھے گا۔ میں اس خطرے کا شکار تھا کہ عکس العمل کی بدولت بالعکس ہو سکتا تھا۔ بہرحال، جب تک میں اپنی پیدائش کے کنٹرول میں تھا، میں نے اپنی اچھلن کو مرکوز رکھا، اور میری موجودہ حالت میں تسلی کا احساس دلایا کہ یہ روانگی میرے ساتھ آئے گا اور میرے خاندان کو اس کی برائیوں سے بچائے گا.

240

ستمبر کے دیر میں، میں نے اپنے گھر کو دوبارہ چھوڑ دیا۔ یہ میری خود کی تجویز بھی تھی کہ میں اس سفر پر جاؤں اور ایلیزابیتھ نے اتفاق کیا، حتیٰ کہ وہ پریشان تھی کہ میں دور ہونے کی وجہ سے۔ وہ چاہتی تھی کہ میں جلدی واپس آؤں، لیکن ہم جدا ہوتے وقت وہ اپنی مختلف احساسات کو بیان کرنے کے لئے الفاظ نہیں تلاش کر سکیں۔

میں گاڑی میں بیٹھا، واقعی ذہنی طور پر یہ نہیں سمجھا رہا کے میں کہاں جا رہا ہوں اور مجھے ارد گرد کی واقعات پر دھیان نہیں تھا۔ ساتھ میں میرے آلات بھی تھے۔ حتیٰ کہ میں جانتا تھا کہ جہاں میں جا رہا ہوں کا راستہ خوبصورت ہوگا، لیکن میرے آگے پر ہی میری توجہ تھی۔

241

چند سستے دنوں کے بعد، جب میں بہت دور تک سفر کرتے رہا، میں سٹرائسبرگ تک پہنچ گیا۔ میں وہاں دو دنوں تک کلروال کا انتظار کیا۔ آخرکار، وہ آیا۔ لیکن افسوس، ہم کتنا مختلف تھے! وہ ہر نئی نظارے کے حوصلے افزائی کر رہا تھا۔ وہ خوشی سے زیادہ خوش ہوا جب وہ خوبصورت غروب سورج دیکھا اور صبح کو نئی روشنی کا منظر دیکھا۔ واقعی، میں تاریک خیالات میں مغو شہرت ہوا تھا۔ میں نے شام کی ستارہ اور سنہری سورج کو نہیں دیکھا۔ وہ منظر کو احساس اور اشتیاق کے ساتھ دیکھتا تھا، جبکہ میری خودکشی تفکرات سے متفاوت تھیں۔ میں صرف ایک بے تکلف شخص ہوں، جو تکلیف اٹھانے کے لئے محکوم ہے اور کوئی خوشی تلاش کرنے کا قابل نہیں ہے.

242

ما نے جمعرات سے راو چلنے کی ایک بوٹ یاٹ کی منصوبہ بنا لیا تھا جس کے ذریعے ہم راوٹرڈیم تک رائن ندی کی سفر کریں گے، جہاں ہم بعد میں لندن جانے والی ایک جہاز میں سوار ہونگے۔ اس سفر میں ہم بہت سے چھوٹے جزائروں کے ساتھ ہلالی درختوں سے ڈھانپی دیکھے اور راستے میں کچھ خوبصورت شہروں کا نظارہ کیا۔ ہم نے ایک دن کے لیے منھائم پر رکنا تھا، اور جب ہم نے ستمبرگ چھوڑ کر پانچواں دن پہنچا تو ہم نے میانس دیکھا ہوا۔ میانس کے نیچے ، رائن ندی کا مناظر پینچریسکو بناتا ہے۔ دریا روانی سے بہت تیزی سے بہتا ہے اور پہاڑیوں کے مابین گھرانوں کے درمیان سیراب لیکن بہت پیارے شکلوں والے ہوتے ہیں۔ ہم نے کئی پرانے کھوڑا قلعے دیکھے جو ناچیز دنڈیاں پر منڈے رہتے ہیں، گہرے جھاگ اور ناقابل رسائی سیاہ جنگلوں سے گھر اراستے ہیں۔ رائن ندی کا یہ حصہ ایک منفرد اور کبھی بدلنے والے منظر پیش کرتا ہے۔ ایک جگہ پر، آپ دشوار پہاڑوں، پتھری قلعے کی خاتم کے اوپر کھڑے ہوتی دلوانیوں کے نیچے بہت گہری

115

رائن ندی کی ملتی ہوئی دیکھ سکتے ہیں۔ پھر، جب آپ کونے میں مڑتے ہیں تو آپ کو بڑھتی ہوئی انگور چاروں طرف، سرسبز دھاریوں اور موج مارنے والی ہدیوں کے ساتھ خوشی سے بھرپور شہروں کا اسداب میں ملاقات ہوتی ہے۔

243 گریپ باروی کے وقت ہم سفر کر رہے تھے اور کہاں دیکھا کہ کام کرنے والے لوگ ندی میں ٹھلٹھلاتے ہوئے گانے گا رہے تھے۔ اگرچہ میرا دل افسردہ تھا اور غمگین خیالات تھے، مگر میں پھر بھی خوش محسوس کر رہا تھا۔ میں نیچے کشتی میں لیٹ گیا اور چمکدار آسمان کی طرف دیکھ رہا تھا، ایک عرصہ کے بعد میں ایک اطمینان کا احساس محسوس کر رہا تھا جو میں نے بہت عرصے بعد میں محسوس کیا ہوا تھا۔ اور اگر میں یوں محسوس کر سکتا تھا تو سوچ، ہینری کیسی محسوس کر رہے ہوتی تھیں۔ وہ سمجھتا تھا کہ وہ ایک جادوئی جگہ پر پہنچا ہوا ہے اور وہاں اصل میں لوگوں کو ہمیشہ کی خوشی محسوس ہوتی ہے۔ "میں نے دیکھا ہے"، اس نے کہا، "اپنے ملک میں سب سے خوبصورت مناظر دیکھے ہیں۔ میں نے لیک لوسرن اور یوری جھیل دیکھی ہے، جہاں برفانی پھاڑوں نے سیدھے پانی میں چلے جانے کا خوفناک منظر پیدا کیا ہے، جو اندھیرے سرابوں کو گلومی اور افسردہ بنا سکتے ہیں مگر لش ہری جزیروں کی وجہ سے ہر چیز چمکا دیتے ہیں۔ میں نے جھیل پر طوفانی بارش دیکھی ہے، جس کی باد عوام بہوت سا دریا بنا دیتی ہے، ہمیں چند ہوا کی گرتی ہوئی گہراؤ کی ایک چشمک دکھاتی ہے کہ جو کہ بڑے سمندر پر ایک آندھی کی طرح ہوتی ہے۔ لہریں پُہار پتھریوں پر زور سے ٹکرا رہی ہیں جہاں ایک پادری اور اس کی عاشقہ برفانی لہر کے خارج کردہ زمین پر ہمیشہ کیلئے دفن کر دیے گئے ہوں۔ کہتے ہیں کہ اب بھی آپ رات کی ہوا میں ان کی آوازیں سن سکتے ہیں۔ میں نے والیس اور ووڈ کے پھاڑ دیکھے ہیں، مگر یہ جگہ، وکٹر، مجھ کو ان تمام عجیب و غریب عجائب سے زیادہ پسندیدہ ہے۔ سوئز پھاڑاں بڑے اور عجیب ہیں لیکن اس حیرت انگیز دریا کے کناروں میں ایک کھاش حس ہے جو میں نے کہیں دیگر نہیں دیکھا۔ اس چٹان پر لٹکتے ہوئے کچھ صوبے اور اس جزیرے والی ایک کاستل کو دیکھیں گے، جو پھلوں کے ہرے پتوں کے درمیان چھپا ہوا ہے۔ اب دیکھیں کای کارکنوں کا گروہ جو اپنی انگور باغات سے آ رہے ہیں اور پھاڑ پر چھپی ہوئی گاؤں۔ واعظ یقیں ہے، یہاں موجود روح اور یہ آسیب محفوظ ہے جو معاشرت سے زیادہ سمجھتی ہے اور جن لوگوں نے ہمارے ملک کی گلیشرزوں پرچھپے ہوئے پھاڑوں پر چڑھائی کری ہوئی ہیں۔

244 کلروال! عزیز دوست! میں بہت خوشی محسوس کر رہا ہوں جب میں آپ کے الفاظ نوشتہ کر رہا ہوں اور آپ کی حقیقی تعریف پر غور کر رہا ہوں۔ آپ کوبیں ایک خوبصورت نظم کا کردار تھے, جو خدا کی طرف سے تشکیلیافتہتھا۔ آپ کی جامع اور تخیلی خیالات آپ کے حساس دل کی توازن کرتے تھے۔ آپ کی روح میں بہت محبت تھی, اور آپ کی دوستی اتنی گہری اور حیرت انگیز تھی کہ لوگ کہتے ہیں

کہ صرف کہانیوں میں ہوسکتی ہے. لیکن حالانکہ آپ دوسروں کے ساتھ گہرے رشتے رکھتے تھے, لیکن آپ کوششاذہبنی کے لئے یہ کافی نہیں تھا. آپ میں طبعی دنیا کے خلاف ایک جوشیلا عشق تھا جو دوسروں کو صرف قدر کرتے تھے, لیکن آپ واقعی محبت کرتے تھے:

"آوازدار واٹرفال آپ کے لئے ایک لغزش تھی. بلند پتھروں, پہاڑوں, اور گہری جنگلیں اپنے تمام رنگوں اور شکلوں کے علاوہ ایک مشاہدہ نہیں تھیں- وہ آپ کے روح کا کھانا تھیں, کچھ جس کو محسوس اور عمق سے محبت کرنا. آپ کو کچھ زیادہ نہیں چاہیے تھا, جیسے خیالات یا دیگر دلچسپیاں, کہ یہی نظروں کے سامنے ملکر بہت خاص بنا دیتا".

اور اب آپ کہاں ہیں؟ کیا یہ نرم اور پیار کرنے والی شخصیت ہمیشہ کے لئے رفتہ ہوگئی ہے؟ کیا یہ منور اور خلاقانہ خیالات سے بھرپور دماغ جو ایک مکمل دنیا کو شکل دیتا ہے, ایک دنیا جو صرف برسپاٹی کی زندگی کی بنا پر استحکام میں ہیں - کیا یہ دماغ گئے ہیں؟ کیا وہ اب صرف میری یادوں میں موجود ہیں؟ نہیں, یہ سچ نہیں ہے. آپ کا جسم, خوبصورت اور چمک دار, شاید مرجانے کے بعد بوسیدار ہوگئی ہو, لیکن آپ کا روح اب بھی آپ کے اُداس دوست کو عید وطن دیتا ہے اور اُسے تسلیم پہنچاتا ہے.

معافی کیجیے میرا افسوس. مجھے ہینری بہت یاد آ رہا ہے۔ میں اپنی کہانی کے ساتھ آگے بڑھوں گا۔

کولوگن سے آگے ہم ہالینڈ کی میدانوں تک نچلے۔

یہاں ہمارا سفر خوبصورت مناظر سے پیدا ہونے والی دلچسپی کھو گیا۔ لیکن چند دنوں میں ہم روٹرڈام تک پہنچ گئے، جہاں سے ہم سمندر سفر کے ذریعے برطانیہ کی جانب جا رہے تھے۔ یہاں بہت واضح صبح تھی، دسمبر کے بعد کے دن تھے جب میں نے پہلی بار برطانیہ کے سفید چٹانیاں دیکھیں۔ ٹھیمز کے کنارے نے نئی منظر پیش کی۔ وہ ہموار تھے، لیکن زراعی، اور تقریباً ہر شہر کی خاطر دروازہ بازی کا عمل یاد دلاتے تھے۔ بہت ساری تاریخ۔

CHAPTER XIX

لندن وہی جگہ تھی جہاں ہم نے تھوڑی دیر کے لئے آرام کرنے کا فیصلہ کیا تھا۔ ہم نے اس شہر جو ایک شاندار اور مشہور شہر ہے میں کچھ مہینوں کے لئے رہنے کا ارادہ بنایا تھا۔ کلیورل ملنے کا اور وقت گزارنے کا ارادہ رکھتا تھا فنکار اور دانشور لوگوں سے جو تب بھی قدرتی طور پر کمال کر رہے تھے ۔ لیکن میرے لئے کچھ یہی تقریباً مکمل خاص مقصد تھا۔ میرا توجہ اصل میں وعدے کو پورا کرنے کیلئے ضرورت کی معلومات تلاش کرنے پر تھا۔ میں نے جلدی سے اپنے ساتھ لائے گئے تعارفی خطوط کا فائدہ اٹھایا۔ یہ خطوط سب سے معروف سائنسدانوں کو پتہ چلے ثقافتمندوں سے موجودہ کونکرنس میں مستقبل کے لئے مختلف لوگوں کو پیش کر دیے گئے تھے۔

اگر یہ میرے تعلیمی دنوں یا خوشی کے دنوں میں ہوتی تو یہ مجھے بے حد خوشی پیدا کر پتا لیتی۔ لیکن میری زندگی ایک خوفناک تباہی کے باعث متاثر ہوگئی تھی، اب میں صرف ان لوگوں کو ملنے جاتی تھی جو مجھے متوقعہ معلومات مہیا کر سکتے تھے۔ دوسروں کے قریب ہونا میرے لئے مشکل تھا۔ جب میں تنہا ہوتی تو میں خود کو گوم ہوسکتی تھی اس دنیا کے عجائب میں۔ ہنری کی آواز مجھے آرام دیتی تھی، اور تھوڑی دیر کے لئے ، میں خود کو پیمانہ واپس پوچھ ہی سکتی تھی جو امن کی محسوسی پیدا کرتا تھا۔ لیکن مصروف، بے سوچ کے اور خوش مزاج چہرے میری تشویش کو واپس لاتے تھے۔ میری تصور میں میرے اور دوسروں کے درمیان ناقابلِ پار روک تھا۔ یہ روک خون کی وجہ سے رنگ خود کرکے

تھی جو ولیان اور جسٹین کے مرتبط واقعات کے بارے میں سوچنے سے میری طرف
کالعدم کرتی تھی۔

247 کلرویل میں میں نے اپنے گزرے ہوئے خود کی عکاسی دیکھی۔ وہ دلچسپی سے
بھرے اور سیکھنے کی خواہش مند تھے۔ وہ طرزِ رواں کے اختلاف کو دلچسپ اور
سرگرم کن تلاش کرتے تھے۔ وہ ہمیشہ مصروف تھے، اور صرف میرے غم نے ان کی
خوشی کو قدغن کیا۔ میں نے ہر ممکن کوشش کی تھی کہ اسے چھپا سکوں، تاکہ
میں اس کیلئے روزگار کی نئی بابتیں، بے فکر و دردناک یادوں کے بغیر، کا مزہ
لینے سے روک نہ سکوں۔ کئی بار میں نے ان کے دعوتوں کو مسترد کر دیا اور
دوسری ذمہ داریاں بتا کر اکیلے ہو جاتا۔ اس وقت میں نے بھی اپنے نئے اختراع کے
لئے ضرورتی سامان جمع کرنا شروع کیا۔ یہ میرے دماغ کو دھیمی دھیمی
پریشانیاں اٹھاتا تھا۔ بس اس کا زکر کرنے سے ہی میرے ہونٹ کانپنے لگتے ہیں اور
دل تیزی سے دھڑکنے لگتا ہے۔

248 لندن میں چند ماہ گزارنے کے بعد، ہمیں جینیوا میں میرا دورہ کرنے والا شخص
سکاٹ لینڈ سے ایک خط ملا۔ انہوں نے بات کی کہ اُن کے زمین کے ملک کی
خوبصورتی پر اور ہمیں مدعو کردیا پرتھ تک شمال کی طرف چلیں، جہاں وہ رہتے
تھے۔ کلیوال بہت جاندار تھا اور میرے پاس لوگوں کے قریب رہنے سے پسند نہیں
تھا، لیکن میں پہاڑوں اور ندیوں کو دوبارہ دیکھنا چاہتا تھا، اور وہاں نیچے طبیعت
کی کونسی بڑی باتیں ہوتی ہیں، سب کچھ خوبصورتی پر مبنی۔
اکتوبر کے ماہ میں ہم انگلستان پہنچے تھے، اور اب فروری تھی۔ ہم نے فیصلہ
کیا کہ اگلے مہینے کی آخر میں ہم اپنا سفر شمال کی طرف شروع کریں گے۔ اس
بجائے کہ ایڈنبرا کے لئے مین روڈ کو منتخب کریں، ہم نے وِنڈسر، آکسفورڈ، میٹلاک
اور کمبرلینڈ کے جھیلوں کا دورہ کرنے کا منصوبہ بنایا۔ ہم نے یہ سفر جولائی کی
آخر تک مکمل کرنے کا خواہشمند تھے۔ میں نے اعداد و شمار ٹولز اور وہ چیزیں
جمع کیں جو میں نے کسی خاموش جگہ منسوخ کرنے کے لئے تیار کی تھیں، جو
اسکاٹ لینڈ کی بلند ترین سرحدوں میں میرے کام کو مکمل کرنے کا حیرت انگیز
مقام تھے۔
مارچ کو، ہم نے لندن چھوڑا اور چند دنوں کے لئے وِنڈسر میں رہتے رہے۔ ہم 27
نے اسکے خوبصورت جنگل کا علم کیا، جو پہاڑوں سے ہمارے لئے نو چیز تھا۔ بڑے
ساگواں درختوں، جانوروں کی فراوانی، اور مستانے ہرنوں کی جماعت یہ وہ سب
چیزیں تھیں جو ہم نے پہلے کبھی نہیں دیکھی تھیں۔

249 پھر ہم آکسفورڈ گئے۔ جب ہم شہر میں پہنچے، ہم اس بات پر روک نہ سکے کہ
150 سال سے زیادہ پہلے یہاں ابم واقعات ہوئے۔ یہاں ہی چارلس اول نے اپنی فوج
جمع کی تھی۔ آکسفورڈ نے ان کو وفاداری نبھائی تھی، حتیٰ کہ ملک کا بقیہ
حصہ آزادی کے لئے پارلیمان کے ساتھ جدوجہد کرتے رہے۔ اس بدنصیب بادشاہ

اور اس کے یاران - فالک لین، گورنگ، اس کے رانی اور بیٹے - کا یاد کرنے سے شہر کے ہر حصہ مخصوص لگتا تھا، جیسے کہ وہاں پہلے سے رہتے تھے۔ شہر خود ہی خوبصورت تھا کہ ہمارا دھیان کھینچنے کے لئے، یہ جذابیت وجودی حس کو شامل کیے بغیر۔ کالجز عمر رسیدہ اور دلکش تھے، اور گلیاں بہت دلچسپ تھیں۔ پیاری آئسس دریا شہر کے ساتھ روانہ ہوتی تھی، خوبصورت سبزے میدانوں میں گھر کردار کرتی تھی۔ ساکن پانی میں عظیم میناروں، میناروں اور گنبدوں کو عکس کرتا تھا، جو مانو گیسٹس کی پھولوں بیٹھ جائیں گے۔

²⁵⁰ مجھے واقعی یہ منظر بہت پسند آیا، لیکن میری خوشی میں گزرتے وقت پیش نظر میں زمین کچل جاتی ہے اور مستقبل کے بارے میں سوچنے سے۔ مجھے خوشی اور امن پیدا کرنے کا منصوبہ تھا۔ جب میں جوان تھا، میں کبھی غمگین نہیں محسوس کرتا تھا، اور اگر کبھی بوریت محسوس ہوتی تھی، تو خدا کی خوبصورتی دیکھنا یا انسان بنائے جانوروں کی حیرت انگیز چیزوں کا مطالعہ کرنا مجھے ہمیشہ بہتر محسوس کرواتا تھا۔ لیکن اب میں ٹوٹ چکا ہوں، جیسے بجلی کے زور سے لت پھٹ گئی درخت۔ تب مجھے یقین ہوگیا تھا کہ میں زندہ رہوں گا، لیکن میں کچھ قندیلی اور اسہم میں تبدیل ہوجاؤں گا.

ہم نے ٹھیک قدر وقت اوکسفورڈ میں بترسیم گزارا، اس کے آس پاس کی علاقوں کو کھجور دیکھنا اور وہ جگہیں تلاش کرنا جہاں انگریز تاریخ کے ایک بہت روشن دور میں اہمیت کی وجہ سے۔ ہماری چھوٹی سی سیریں عموماً متوقع سے زیادہ وقت لیتی تھیں کیونکہ ہم مثلاً دلچسپ چیزیں تلاش کرتے رہے۔ ایک لمحے کے لئے، میں نے بہادری سے آزاد محسوس کرنے کی ہمت کی، لیکن درد نے میرے زخم کو بھر لیا تھا، اور مجھے دوبارہ خوفزدہ اور بے امید بنا دیا.

²⁵¹ ہم اکسفورڈ چھوڑتے وقت تھوڑا اداس محسوس کر رہے تھے، اور مینٹلاک پہنچے، جہاں ہم آگے رہنے کی نیکی کرنا تھا۔ گاؤں کے آس پاس کی علاقہ کچھ سوئٹزرلینڈ کی طرح لگ رہی تھی، لیکن یہ اس سے چھوٹا تھا اور دور کے بڑے سفید پہاڑ نہیں تھے۔ ہم نے ایک گفتگو اور ایک چھوٹا سا میوزیم دیکھا جہاں طبیعت سے متعلق دلچسپ چیزیں تھیں۔ یہ سروکس اور چامونکس کی مجموعوں کو یاد دلاتا تھا۔ چامونکس کا بات مجھے ڈرا دیا کیونکہ وہاں ہونے والے واقعات کی وجہ سے، تو میں نے جلدی میٹلاک چھوڑ لیا اس کی وجہ سے کہ یہ یاد تازہ کردیا تھا.

اب ہم ڈیربی سے آگے بڑھ کر کپلنڈ اور ویسٹمورلینڈ میں دو ماہ گزارے۔ یہ مجھے تقریباً سوئٹزرلینڈ کے پہاڑوں میں محسوس ہوتا تھا۔ پہاڑوں پر ٹھری ہوئی برفوں کے ٹکڑے، جھیلیں اور تیز چلنے والے ندیاں مجھے پہچانی جانی اور خاص محسوس ہوتی تھیں۔ ہم نے کچھ دوست بنائے جو مجھے میرے مسائل کو تقریباً بھولنے پر لا دیتے تھے اور مجھے خوش کرتے تھے۔ خاص طور پر، کلروال، پوری

خوبصورتی کے باوجود، زمین پر رہنے والے تجربہ کاروں کے ساتھ وقت گزارنے سے
کوشاں تھا اور اپنے بارے میں نئی باتیں دریافت کرتا تھا۔ اس نے مجھ سے کہا،
"میں یہاں تک ہمیشہ رہ سکتا ہوں اور سوئٹزرلینڈ اور رین کو پوچھنے کا مشتاقی
کم ہو جائے گا۔"

لیکن اسے معلوم ہوا کہ سفر کرنا خوشی اور تکلیف کا باعث بنتا ہے۔ اس کی
جذبات ہمیشہ حالتِ تناؤ میں رہتے ہیں۔ جب وہ آرام کرنا شروع کرتا ہے، تو وہ
محسوس کرتا ہے کہ وہیں جگہیں چھوڑ کر نئے چیزوں کی طرف جانا ہوگا۔ یہ نئی
چیز اس کا توجہ بند کرتی ہے، لیکن پھر وہ اسے چھوڑ کر نئے اور نئے تجربات کی
طرف بڑھتا ہے۔

ہم نے حال ہی میں کمبرلینڈ اور ویسٹمور لینڈ کے جھیلوں کا کچھ تجزیہ کیا
تھا اور وہاں رہنے والے لوگوں سے دوستی کرنا شروع کر رہے تھے۔ لیکن اب میں
اساتذہ سکاٹلینڈ سے ملنے کا وقت تھا، لہذا ہم کو مجبورانہ وہاں چھوڑ کے سفر
کو جاری رکھنا پڑا۔ میرے خدا پرسوں نے مجھے اتنا بدگماں کیا ہونے کی بات خواہ
کہ میں نے ایک وعدہ نظرانداز کر دیا تھا اور مجھے خوف تھا کہ مخلوق ابھی
سوئسرلینڈ میں رہ کر میرے خاندان پر بدلہ لے گا۔ یہ خیال مجھے پریشان کرتا رہا
اور میری سکون اور آرام کو مشکل سے ملتا۔ تنسی سے پُر اُمید منتظر نامیاتی
پتریوں کا انتظار کیا، خوف کا خیال تھا کہ اگر وہ دیر کر دی گئیں تو کچھ برابر ہو
سکتا ہے۔ جب وہ آخرکار آئیں اور میں دیکھا کہ وہ ایلیزابیتھ یا میرے والد سے
ہیں، تو میں یہ جاندار پڑھنے سے تکرا کر پڑھنے سے دھیمے رہے۔ کبھی کبھی میرا
یہ خیال تھا کہ مخلوق میرے پیچھے لگا ہوا ہے، میرے خطرے میں ساتھی کو
نقصان پہنچا دینے کی سزا کے طور پر۔ ان لمحات میں، میں ہینری کے ساتھ ایک
سایہ کی طرح تھا، اپنے دشمن کی تصوری غصے سے اسے بچانے کی کوشش کر
رہا تھا۔ میرا یہ محسوس ہوا جیسے میں نے بہت چوکس کچھ غلط ہی کیا ہو،
حالانکہ میں بے گناہ تھا۔ لیکن میں نے خود کو ایک خوفناک لعنت میں مبدل کر لیا
تھا، جو کالعدم جرم کے طور پر حقیقت سے بھی زیادہ حقیقی تھی۔

میں تھکا ہوکر ایڈنبراگے گیا۔ لیکن حتیٰ بدقسمت شخص کو بھی یہ شہر
دلچسپ معلوم ہوتا۔ کلروال کو یہ شہر اتنا پسند نہیں آیا کیوبکہ انہیں شہر کی
قدیمہ حالتاں زیادہ پسند تھی۔ لیکن ایڈنبراکے نئے شہر کی خوبصورتی اور
تقریب و تنظیم کا جادو، اسکا رومانوی قلعہ اور آرتھرز سیٹ، سینٹ برنارڈز ویل
اور پینٹلینڈ ہلز جیسی حیرت انگیز جگہوں کی وجہ سے یہ تبدیلی تلافی کرتی تھی
اور کلروال کو خوشی اور حیرت سے بھر دیتی تھی۔ لیکن مجھے اپنے سفر کے
خاتمے تک پہنچنا تھا۔

ایک ہفتے بعد ہم ایڈنبرا کو چھوڑ کر کوپر، سینٹ اینڈرومیوز اور تے ندی
کناروں سے گزر کر پرتھ پہنچے، جہاں ہمارا دوست ہمیں انتظار کر رہا تھا۔ لیکن

میں بات چیت کرنے یا غیر جان پہچان کے لوگوں کے جذبات اور منصوبوں کو سمجھنے کی موہلت سے فارغ نہ تھا جیسا کہ ایک اچھے مہمان کو کریا چاہیے۔ اسی لئے میں نے کلروال کو کہا کہ مجھے اسکاٹ لینڈ کو خود تلاش کرنے کی اور نُبے اگہر ہر تھے تمشیں μθν خواہش ہے۔ "تم" میں نے کہا "لئو ٹھیس ملونا تھنوں ملاحظہ تو۔ شاید میں ایک مہینہ یا دو مہینوں کے لئے گئے رہوں ،اس لئے ہولے فراموش کردو کہ میں کیا کرتا ہوں۔ مجھے بغیر ایندھن میں پناہ میں تکالیف کیا سمجھے اپنا کچھ دو بں اور کمرہ مکمل چین اور سکون کا۔ میں امید کرتا ہوں کہ جب میں واپس آؤں گا تو میرا دل خوشی سے بھر جائے گا جیسا کہ "تمہارا۔

بینری نے مجھے منصوبے کی بجائے دوسرا سمجھانے کی کوشش کی، لیکن میں نے تصمیم پر قائم رہنے کا ارادہ کیا۔ وہ مجھ سے التماس کرتے رہے کہ میرے ذریعے خطوں کے ذریعے رابطہ میں چھوٹ کا سامرہ کا سامرہ رکھوں۔ انہوں نے کہا، "میں تمھارے تنھائی سفر میں، ان اسکاٹلینڈی لوگوں کے مقابلے میں تمھارے ساتھ ہونا ترجیح دوں۔ جلدی واپس آجاؤ، میرے پیارے دوست، تاکہ میں دوبارہ گھر کی حس کو محسوس کر سکوں۔ تم یہاں نہ ہونے پر میں وہ نہیں کر سکتا"

بینری کے ساتھ وداع کہتے ہی، میں نے منصوبہ بنایا کہ ایک دور دستہ سکاٹلینڈ کے علاوہ جاؤں اور اپنی کامیابی کامیاب کروں۔ میں یقینی تھا کہ جس کاٹال کو میری خطہ کاری پر مطابقت کرتے ہوئے آ رہا تھا، وہ مجھے پہچانے گا تاکہ ہم اکٹھے ہوسکیں۔

اس فیصلے کے ساتھ، میں شمالی اطراف کے علاقوں سے گزارہ ہوا اور ان میں سے ایک دوربین آئیلینڈز منتخب کیا۔ یہ میرے کام کے لئے مکمل ماحول تھا۔ یہ اپنی طرف مکمل طور پر آف ٹھا۔

جزیرے پر پورے کلوپڑے میں صرف تین بیکار گھروں تھے اور ان میں سے ایک خالی تھا جب میں پہنچا۔ میں نے اسے کرایہ کیا اور یہ بہت ہی بری حالت میں تھا۔ چھت ٹوٹ رہی تھی، دیواریں ننگی تھیں اور دروازہ ٹوٹا ہوا تھا۔ مجھے اسے مرمت کروایا، کچھ فرنیچر خریدا اور اس میں رہنے لگا۔ اس حیرت انگیز واقعہ نے کوٹیجرز میں زیادہ حسرت نہیں پیدا کی، کیونکہ وہ غربت اور مفید کی نشاندہی کی وجہ سے بہت بے حس ہوچکے تھے۔ وہ مجھے شاید بھی نوٹس کرتی یا پریشان کرتے تھے، اور جب میں ان کو کھانا اور کپڑے پیش کرتا تھا، تو وہ زیادہ شکرگزاری نہیں دکھا رہے تھے۔ تکلیف کی طرف کچھ اثرات تو سب میں نم بنانے کا راستہ ہوتا ہے، چاہے وہ جبار کو بھی کیوں نہ ہو۔

اس رازدان جگہ پر، میں دن کے وقت کام کر رہا تھا۔ اور جب موسم اجازت دے تو بحری ساحل پرتعالی سیلابوں کو سننے کے لئے چل دیتا تھا۔ یہ ایک بار بار

پھرنے والا لیکن مستقل طور پر تبدیل ہوتا منظر تھا۔ میں سوئٹزرلینڈ کے بارے میں سوچ رہا تھا، جو میرے پاس یہاں خلاء اور خوفناک منظرسے بہت مختلف تھا۔ یوں آکر یہاں پہلے دنوں میں، میں نے اپنا وقت تقسیم کیا۔ لیکن جب میں اپنا کام جاری رکھا، تو یہ کام میرے لئے دن بدن زیادہ خوفناک اور تھکا دینے والا ہوا۔ کبھی کبھی دنوں تک میں خود کو لیبارٹری میں جانے کے قابل نہیں سمجھ سکتا تھا، اور کبھی کبھار میں دن رات کام کرتا تھا تاکہ مکمل کر سکوں جو میں کر رہا تھا۔ یہ میری ضبطیت خراب کرنے والا عمل تھا۔

پہلے تجربے میں، میں وہ حماسے میں مبتلا تھا کہ مجھے یہ خیال بھی نہیں آیا کہ میرا کام کتنا خوفناک ہے۔ میں صرف اپنے کام کو مکمل کرنے پر توجہ دیتا رہا اور اس کام کی خوفناکی کو نظرانداز کرتا رہا۔ لیکن اب میرا دماغ صاف تھا، اور اکثر اوقات مجھے میرا کام کرتے ہوئے نفرت محسوس ہوتی تھی۔

اس بدگمانی کی صورتحال میں، میں بہت برے کام کو کر رہا تھا، اور اکیلے پنے کے درمیان جہاں میری توجہ کو کچھ بھی منتقل نہیں کر سکتا تھا، میری دلچسپی انتھک ہوگئی۔ مجھے بے چین اور پریشانی محسوس ہوئی۔ ہر لمحہ کسی کی پیچھے دوڑتے ہوئے ڈر لگ رہا تھا۔ کبھی کبھار، میں زمین کی طرف مثبت رہتا تھا، اس حالت میں انتظار کرتے ہوئے کہ بدبو دار شخص نظر آجائے۔ میں اکیلا رہنے سے ڈرتا تھا، کیونکہ میرے پاس تو یہ خطرہ تھا کہ وہ میرے پاس آکر مجھے سنبھالیں۔

اسی دوران، میں کام جاری رکھتا رہا، اور پہلے سے کافی ترقی کرچکا تھا۔ میں مکمل کرنے کا بہت باطل اور شیدایت بھرا امید کے ساتھ منتظر تھا، لیکن اسی وقت، کچھ برے چیز کی ایک شناخت ہوتی تھی جو مجھے حالہ سے اکتا دیا کرتی تھی۔ مجھے ایمیجینزٹ کے الٹی معززت ہوتی تھی۔

CHAPTER XX

ایک شام، میں اپنے لیب میں بیٹھا ہوا تھا. سورج ڈوب چکا تھا اور چاند سمندر سے نکل رہا تھا. میرے کام کے لئے میری حوصلہ افزائی کرنے کے لئے میرے پاس کافی روشنی نہیں تھی، اس لئے میں نے ایک وقفہ لیتے ہوئے اس بارے میں سوچا کہ کیا میں رات بھر کا کام کرنا بند کردوں یا آخر تک جاری رکھوں. وہاں بیٹھے ہوئے ہی میں نے شروع کیا کہ میں جو کام کر رہا ہوں کے نتائج پر غور کرنے لگا. تین سال پہلے، میں وہی کچھ کر رہا تھا اور ایک وحش پیدا کیا تھا جو میری زندگی میں بہت زیادہ درد اور پچھتاوا لائیا تھا. اب، میں دوسرا مخلوق پیدا کرنے کے بارے میں تھا، لیکن مجھے کچھ خیال نہیں تھا کہ یہ کیسا ہوگا. یہ نئی مخلوق ممکن ہے کہ اس کے ساتھی سے بھی زیادہ شریر ہوگا، نفرت اور تکلیف کے منصوبے میں خوشی محسوس کرتا ہوگا. جبکہ پہلے قسم کا مخلوق کھوکھلاڑیوں سے دور رہنے اور صحاروں میں چھپنے کا وعدہ کر چکا تھا، نئی مخلوق یہ وعدہ نہیں کرسکتی ہوسکتی ہے. یہ وہ فکر کرنے اور تجویز کرنے کی کیفیت رکھنے والا مخلوق بن گئیگا، شاید وہ پہلے پیدا ہونے سے پہلے کردے گی. یہ ہوسکتا ہے کہ انہیں ایک دوسرے سے نفرت ہوجائے. پہلے سے موجود مخلوق کو اپنی بدنمتی سے نفرت تھی، تو کیا وہ اپنی اصلیت کی نسخہ بندی کرتے ہوئے مزید تیز نفرت کو تشدد کرسکتا ہے؟ یہ ممکن ہے کہ وہ اسے نظر انداز کردے اور انسانوں کی خوبصورتی کی طرف کشیدہ ہوگئی. وہ اسے چھوڑ دے، اور وہ دوبارہ اکیلی ہوگا، اور اعتراضی بنی رہیگا، کیونکہ اس کی جنس کا ایک اور والدہ اس کو چھوڑ گیا ہوتا ہے.

اگر وہ یورپ چھوڑ کر نئے علاقے کے صحاروں میں رہنے کے لئے چلے جاتیں.

جنونی بندہ کی خواہشوں کے واقعات ہوںگے ۔ اُن کے بچے ہوںگے اور یہ شیطانی نسل تمام انسانوں کے لئے زندگی کو خطرناک اور ناقص بنا سکتی ہے ۔ کیا میرے لئے حاصل فائدے کیلئے میں نے بچوں پر یہ لعنت عورت آجائے گی؟ میں کبھی اُس جانور کی قوی واقفانظروں پر اتفاق کرتا تھا اور اُس کی بھیڑیے گرابک کر کے میرے منہ کو بند کرتی تھی ۔

مجھے کانپتے ہوئے لگے اور میرا دل ڈوب گیا جب میں اٹھ کر خدشے میں موجودہ اِشیاء کو دیکھا، چاند کی روشنی میں کھڑکی پر، اُس کے ہونٹ مضطرب کرکے قونیناً خنگن خراش: موجود جانور کا پیشاندہ کردار۔ اب وہ میری ترقی کی نگرانی کرنے اور میرے وعدے کو پورا کرنے کے لئے آیا تھا ۔

میں اسے دیکھتے ہی، اس کے چہرے پر بہت زیادہ شرارت اور دغا بازانہ اظہار تھا۔ میں اپنی وعدے کا سوچتے رہا کہ ایک اور جاندار کو اسی طرح پیدا کروں، اور مجھے غصے اور خوف کا سامنا ہوا۔ غصے کے فوران میں، میں ناراضی سے وہ چیز جو میں کام کر رہا تھا توڑ دیا ۔

جن نے اسے تباہ کرتے دیکھا وہی ڈر سے محروم کام کیلئے اسکا استعمال کرتے تھے ۔ اس نے ناامیدی اور بدلہ کا صرخہ نکالا، پھر وہ چلا گیا ۔

میں کمرے سے باہر نکلا اور دروازہ بند کر دیا۔ میں نے خود کو وعدہ کیا کہ میں دوبارہ اپنا کام جاری نہیں رکھوں گا۔ میں اپنے کمرے میں چلا گیا ۔

کچھ گھنٹوں گزر گئے اور میں اپنی کھڑکی کے پاس رہا، سمندر کی طرف دیکھ رہا تھا۔ وہ ساکن اور خاموش تھا۔ میں احساس کرتا تھا کہ گویا چپ ہوگئی ہے میرے ارد گرد، اگرچہ میں سمپورن طور پر سمجھ نہیں پا رہا تھا کہ یہ کتنا گہرا اور بہترین تھا۔ اچانک، میری توجہ خشکیار پر ہلکی سیٹھکن کی آواز پر مبنی کاپل میں کھڑا ہوا دیکھنے پر کشیدہ ہوگئی ۔

صرف چند منٹوں میں، میں نے اپنے دروازے کی جھنجھکاہٹ سنی، جیسے کوئی آہستگی سے اسے کھولنے کی کوشش کررہا ہو۔ خوف سے میری کانپتی تھی، کیونکہ مجھے احساس ہوا کہ یہ شخص ہوسکتا ہے ۔ میں چاہتا تھا کہ میرا قریبی گاؤں والا جو میرے گھر سے کچھ دور ہی زندگی گزارتا ہے، جاگ جائے ۔ لیکن میں بالکل بے قابو محسوس کررہا تھا، جیسے وہ خوفناک خوابوں کی طرح جہاں آپ خطرات سے بھاگنے کی کوشش کرتے ہیں لیکن حرکت نہیں کرسکتے ہیں ۔

جلد ہی، میں نے بال میں آنے والے قدموں کی آواز سنی۔ دروازہ کھلا، اور میرے سامنے وہ مخلوق کھڑا ہوگیا۔ وہ دروازہ بند کر کے نزدیک آیا، دبوکی ہوئی آواز میں بولا ۔

"تم نے جو چیز بنائی اسے توڑ دیا۔ اب کیا کرنے کا ارادہ ہے؟ کیا سچ میں اپنے وعدے کو توڑنے کا ارادہ ہے؟ میں نے بہت ساری مشقت اور تکلیف سہی ہے ۔ میں تمھارے ساتھ سوئٹزرلینڈ سے سفر کیا، اور رہائن رو کوگزرتے ہوئے اس کے جزائر

اور پہاڑوں کو پار رکھا۔ میں نے انگلستانی علاقوں میں کئی ماہ گزاریں اور اسکاٹش صحروں پر بھٹکا۔ میں نے بہت سی تھکن، سردی اور بھوک سہی۔ کیا سچ میں

"تمام میری امیدوں کو توڑوگے؟

چلے جاو! میں اپنے وعدے کو توڑ رہا ہوں۔ میں کبھی ایک اور خوفناک اور"

"شیطانی مخلوق پیدا نہیں کروں گا۔

غلام، میں نے پہلے تم سمجھانے کی کوشش کی تھی، لیکن تم نے ثابت کیا ہے"

کہ تم میری مہربانی کے لائق نہیں ہو۔ یاد رکھو، میرا طاقت ہے۔ شاید تم سوچو کہ تم اب بہت تکلیف میں ہو، لیکن میں تمہیں اتنا سخت جھیلاؤں گا کہ تم دن کی روشنی سے نفرت کرنے لگو۔ میں نے تم کو پیدا کیا ہو، لیکن میں تمہارا مالک ہوں۔

"میری حکم برداری کرو!

میری تذبذب کرنے کا وقت ختم ہو چکا ہے، اور اب تم میرے ہم پیری ہو گئے ہو۔"

تمہاری دھمکیاں مجھے شرارتی کام نہیں کروائیں گی؛ بلکہ وہ صرف میری عزم کو مزید مضبوط کریں گی کہ میں بد نما کا ساتھی تمہیں نہیں بناؤں گا۔ کیا میں دنیا میں ایک وحش جاری کروں جو موت اور رنج میں خوشی پاتا ہو؟ چلے جاؤ! میرا

"عزم مضبوط ہے، اور تمہارے الفاظ صرف مجھے زیادہ غصہ دے رہے ہیں۔

جب کہ لگا کہ اس مخلوق نے میری عزم دیکھ لی ہے تو ڈر کر وہ بے ہمتا ہوگیا اور اپنے دانت چبانے لگا۔ "کیا ہر آدمی کو ایک بیوی ملنی چاہئیے، اور ہر جانور کو جوڑا ملنا چاہیئے، جبکہ میں تنہا رہوں؟ میرے دل میں محبت کی تشنگی تھی، لیکن مجھے نفرت اور ناپسندیدگی کا سامنا ہوا۔ آدمی! تم ممکن ہے نفرت کرتے ہو، لیکن احتیاط کرو! تمہارے گھڑیوں کو ڈر اور رنج سے بھرا جائے گا، اور جلدی ہی ایک حادثہ آجائے گا، تمہاری خوشی کو ہمیشہ کے لئے مٹا دینے والا۔ کیا تم خوش رہوگے جب میں گہری خوف و اندیشت سے دب رہا ہوں؟ تو میرے دوسرے احساسات کو توڑ سکتے ہو، لیکن انتقام باقی رہتا ہے - اب کچھ بھی سے مہمتوں سے زیادہ اہم ہے۔ میں مرس جا سکتا ہوں، لیکن میں تمہارے ظالم اور تنگ اور کوششوں نے پہلے اسی سیراب دنیا کو ناپسندیدہ تب کرنا ہوگا۔ خبردار، میں جرات مند ہوں اور اس لئے مضبوط ہوں۔ میں تمہیں چالاک سانپ کی طرح نظر رکھوں گا، تیار ہونے کے ساتھ میں اس کی زہریلا حملے کو کرنے کے لئے۔ آدمی، تم اپنے پیداوار کیوں کرتے ہو، پڑیوگے کے باعث پڑیوی اپنی پشیمانی کا شرمگاہ بنائیں گے "۔

"شیطان، رک جا! ان بدگمان لفظوں سے ہوا کو مکمل کرنے کی ضرورت نہیں

ہے۔ مینے تمہیں اپنا فیصلہ بتادیا ہے، سوال کھڑا کرنوالے الفاظ پر میں ایک کمزور

"نہیں ہوں۔ چلو سے جاؤ؛ میں غیر مائل ہوں۔

جی ہاں، سمجھتا ہوں۔ میں چلا جاوں گا مگر یاد رکھنا، تمہارے بیاہ کی رات

"میں تم کے ساتھ ہوں گا

126

میں جلدی کرتے ہوئے آگے بڑھا اور چیخا، "جرمند! تیرے میرے قسمت کو
مہربان بنانے سے پہلے یقینی بنا لو کہ تو خود محفوظ ہو"
میں اس کو گرفتار کر لیتا لیکن وہ میرے ہاتھ سے بچ کر تیزی سے گھروں سے
نکل پڑا۔ کچھ لمحوں میں، میں نے اسے اس کی کشتی میں دیکھا، پانی کے اوپر
تیزی سے دوڑتے ہوئے اور جلد ہی لہروں میں غائب ہو گیا۔

پھر کچھ لمحوں کے لئے سب کچھ آہستہ ہو گیا، لیکن اس کے الفاظ میری
کانوں میں گونجتے رہے۔ غصے سے میرا جسم جل رہا تھا جب میں سوچا کہ اسکے
پیچھے بھاگ کر جو میری خوشی کو تباہ کرنے والا ہے، اسے سمندر میں پھینک
دوں۔ میں اپنے کمرے میں آگے پیچھے چل رہا تھا، بے چین اور پریشانی محسوس
کرتا ہوا جبکہ میری دماغ نے بے شمار تکلیف دہ تصاویر پیدا کیں۔ میں نے کیوں
اسکی پیچھے پیچھے نہیں گیا اور موت کے دن لڑائی میں مشغول نہیں ہوا؟ لیکن
میں اسے جانے دیا، اور وہ میان بریض ہو رہا تھا۔ سوچنے سے خوف محسوس
نہیں ہوا، لیکن جب میں اپنی محبوبہ الیزابیتھ کو یاد کیا - اپنے آنسو اور بے حد غم
کو جب وہ اپنے محبوب کو ظالمانہ طریقے سے چھینا ہوا پایا۔ آنسو، جنہیں میں نے
ماہوں کی خرابی کو دیکھنے میں ماہوں کی بجائے ایک مہینے میں نہیں بھایا تھا،
میرے چھرے پر بہ گئے اور میں نے قسم کھائی کہ میں دشمن کے خلاف کارسازی
کے بغیر گرٹنے والا نہیں ہوں۔"

264 جبکہ رات منجمد ہو رہی تھی اور سورج سمندر سے نکلتا ہوا پھر روشنی
پھیلانے لگا تو میری جذبات تھوڑا سا سکون حاصل کرنے لگے، حالانکہ غصہ کو
مایوسی میں تبدیل کرنا سکون کھلنا مشکل ہے. میں گھر چھوڑ کر، جہاں گذشتہ
رات کی لڑائی ہوئی تھی، بہاروں کے کنارے چلے گیا. میں سمندر کو ایک روک
رکاوٹ سمجھتا تھا جو مجھے دوسرے لوگوں سے الگ کرتی تھی، اور ایک لمحے
کے لئے، مجھے یہ بھی خواہش تھی کہ یہ سچ ہو جائے. میں اپنی زندگی کا باقی
وقت اکیلا پہاڑی پر گزارنا چاہتا تھا تاکہ مجھے اچانکی تکلیفوں سے بچایا جائے.

میں پوری رات بیدار رہا تھا، میرے اعصاب لہرے ہوئے تھے اور تھکاوٹ اور غم
سے میری آنکھیں تکلیف سے لال و سیاہ ہوگئیں تھیں. نیند جو مجھے چھاند لے
گئی تو اچھے سے تروتازگی آئی، اور جب میں آنکھیں کھولا، میرا لگا، ایک بار پھر،
کہ میں انسانوں کی قوم کا حصہ ہوں. میں ہوا کے ساتھ ہونے والی چند غمگین
باتوں کے بارے میں سوچنا شروع کردیا. لیکن، دیو کے الفاظ میرے کانوں میں گونج
رہے تھے، موت کی آواز کی طرح، خواب کی طرح لیکن ساتھ ہی ساتھ بھاری
حقیقت کی طرح بھی.

265 شمس چمتو کتلې شوی او زہ هنوزم پہ ساحل سره دپلہ وکرم، د یک لمونہ کیک
خوریزو لپارہ، بپرونی لوبہ محتاج ورکړ. هر غواری د غوند چمتو کتلی د منظر منظر
کیدو، او یوہ لپارہ لیترو وروستہ کربنہ ورکڼو کړی. دا مکتوبہ د جنیوا یی لیبلونہ

شاملې کېدی، او هېله دوه میرې کی د خپل سره جوړوی. هغه څومره د وروکیي کې د څانګ غواړو، چپ بنځېل کړی، او وېلی کوته مقامي په دی سندره نلاس کړی ترڅو د هغه رستنو جباړی معامله په هند کی پاته کړی. هلته یی وروسته بۀ ناامید ولاړ احساس وکړی، او کچه همراهه شم چی د وګنی په هجدهی کې تول همدی چرکات کړو. دا هم پیغام به ما له څویلی لیدی او ز ه هلته په وګنی څو تنهایۀ جزیرهٔ واخلم او نصیب ویم کـــه چی په دوه ورځو کرم.

266   لیکن پیش از اینکه من روانه شوم، یک چیزی بود که از آن داشتم می ترسیدم که باید انجام دهم: باید ابزارهای شیمیایی خود را ببندم. بدان معنی است که باید وارد اتاق شوم که در آن کارهای وحشتناکم را انجام داده بودم و این ابزارها را لمس کنم که فقط با نگاه کردن به آنها بیمارم می شود. صبح روز بعد، همانطور که روشنایی خارجی شد، شجاعت خود را یادآور شدم و درب آزمایشگاهم را باز کردم. قسمت های برهم خورده از آفرینشی که داشتم می ساختم ولی نابود می کردم بر روی کف پراکنده شده بودند. انگار که به یک نفر زنده صدمه زده بودم. یک لحظه وقت گرفتم تا خودم را جمع کنم و سپس داخل شدم. با دستانی که لرزان بودند، ابزارها را از اتاق خارج کردم. اما من می دانستم نمی توانم جثه اثری از آنچه که انجام داده بودم را برای روستاییان بیابند و بترسند. بنابراین، ابزارها را در یک سبد با تعداد زیادی سنگ گذاشتم. قصد داشتم آنها را همان شب در دریا پرت کنم. در همین مدت، من روی ساحل نشسته، ابزارهای شیمیایی خود را تمیز می کردم و سازماندهی می کردم.

267   میرے جذبات میں شب مخلوق ظاہر ہونے کے بعد کی تبدیلی کے بارے میں کچھ بھی مکمل نہیں ہوسکتا۔ پہلے، میں اپنی وعدہ کو کچھ بھی ہو، کرنا چاہتا تھا۔ لیکن اب، گوندھ کا پردہ میری آنکھوں سے ہٹ گیا ہے اور میں واضحیت سے دیکھ سکتا ہوں۔ میں کبھی بھی اپنے کام کو جاری رکھنے کے بارے میں سوچتا تک نہیں تھا۔ جس ڈر کو میں نے سنا، وہ بار بار میری ذہنیت میں گونجتا رہا، لیکن میں نے کبھی بھی اس کو روکنے کی کوشش نہیں کی۔ میں نے فیصلہ کیا کہ پہلے کی طرح ایک دوسرے مخلوق کو پیدا کرنا بہت زیادہ خود خوشی اور بدکردارانہ عمل ہوگا۔ میں نے ان تمام خیالات کو دور دھکیل دیا جو مجھے دوسری طرف سوچنے پر مجبور کر سکتے تھے۔

268   صبح کے دو تین بجے تقریباً، چاند طلوع ہونے لگا۔ میں نے اپنے سامان جمع کیا اور ایک چھوٹے کشتی پر سوار ہوا، چار میل دور ساحل سے جانا۔ یہ بالکل خاموش اور خالی تھا۔ کچھ کشتیاں واپس بحری میں لوٹ رہی تھیں لیکن میں الٹی سمت میں گیا۔ میں محسوس کر رہا تھا کہ میں کچھ خوفناک کام کرنے والا ہوں، اس لئے میں کسی اور سے ملنا نہیں چاہتا تھا۔ اچانک، چاند جو واضح تھا، گہرے بادل کے پیچھے غائب ہو گیا۔ گہرا تاریک ہوا، اور اس موقعے کو میں نے استعمال

کیا کہ سمندر میں اپنا ٹوکرا پھینک دوں۔ میں نے سنا کہ یہ غوطہ کھاتے ہوئے
ڈوبتا ہوا، اور پھر میں چلے جانے پر ایک موج سے چلے گئے ۔ آسمان بادلوں سے
گھیر گیا، لیکنہوا شمال مشرق سے چلنے والی حرکت کی برف بدلائی کی بدولت،
خزاں اور منظر خوب کا محسوس کرنے کا ایک عمدہ وقت تھا۔ میں نے ریڈر کو
سیدھا رکھا اور کشتی کے اندر گردنی پوزول پر لیٹ گیا۔ چاند کو چھپے ہوئے اور
ہر چیز گہری تاریکی میں، میری کشتی کی لہریں کے ساتھ ساتھ خُوش خبری کی
آواز تھی۔ یہ آواز مجھے سکون بخشتی تھی، اور جب میں نے محسوس کیا تو
دیکھا کہ میں پھر سوگئیتھے ۔

269

میں یقین نہیں رکھ سکتا کہ میں کتنی دیر سوئی رہا، لیکن جب میں بیدار ہوا
تو دیکھا کہ سورج پہلے سے ہی آسمان میں بلند ہے ۔ ہوا مضبوط تھی، اور لہروں
نے میری چھوٹی کشتی میں پھینکنا شروع کردیا، مجھے پریشان کرتے ہوئے ۔
مجھے یہ سمجھ آیا کہ ہوا مشرق مشرق سے چل رہی تھی اور ممکنہ جگہ سے
بہت دور لے گئی تھی جہاں سے میں نے ابتدا کی تھی۔ میں نے کوشش کی اپنی
رخ تبدیل کرنے کی، لیکن جب میں کوشش کرتا تو کشتی تیزی سے پانی سے بھر
جاتی تھی۔ لہذا، میرا وحید اختیار یہی تھا کہ ہوا مجھے آگے دھکیلے ۔ مجھے
اعتراف کرنا ہوگا، مجھے تھوڑا سا خوف ہوا۔ میرے پاس کمپاس نہیں تھا، اور میں
اس علاقے کو بہت اچھی طرح نہیں جانتا تھا، تو سورج کافی مدد نہیں تھا۔ میں
وسیع و کشنی کے سمندر میں احساس کر سکتا ہوں، بھوک اور پیاس کا شکار
ہونے کے ساتھ ساتھ۔ میں پہلے ہی کئی گھنٹے کے لئے باہر نکلا ہوا تھا، اور میں
بہت بھوکا محسوس کرنا شروع کر رہا تھا، جو میری پریشانیوں کی بگڑتی
شروعات تھی۔ میں بادل دار آسمان کی طرف دیکھا، اور یہ لگا کہ بادل ہوا سے
دوڑ رہے ہیں، صرف کہ ان کی جگہ دیگر بادلوں سے بھرے جارہے تھے ۔ میں
سمندر کی طرف دیکھا، اور یہ لگا کہ یہ میرا آبی قبر بننے والا ہے ۔ "وحش،" میں
چلکا، "تو نے پہلے ہی اپنی برائی کا منصوبہ مکمل کر لیا!"معنیوں کو سوچا،
ایلیزابیتھ، میرے باپ اور کلروال کے بارے میں، سب تنہا چھوڑیں گئیں اور وحش
کے شیطانی اور بے رحم خواہشوں کے مہربانی پر منحصر ہیں۔ یہ خیال مجھے
ایسا مایوسی اور ڈر سے بھر دیا کہ ابھی تک، ختم کے قریب قریب ہونے پر بھی،
بس نیاں ہل رہا ہوں۔

270

کچھ گھنٹوں بعد، ہوا تسکین پاکر سمندر سکون میں آ گیا۔ میں تھکا محسوس
ہونے لگی اور اکتا ہوئی مضبوطی سے کمزور پڑنے لگی، لیکن پھر جنوب میں زمین
دیکھ آئی۔

اگرچہ میں تھک چکی تھی اور گھنٹوں کے اذیت کے لمحوں سے گزر چکی
تھی، لیکن یہ مفاجئت بڑھتی خوشی کے حالات میں میری زندگی کی بقا کا حقیقت
پر یقین کرنے نے مجھے چیخنے پر مجبور کیا۔

یہ حیرت انگیز ہے کہ کیسے ہمارے جذبات اتنی تیزی سے بدل سکتے ہیں اور کیسے پشیدگی کے بازوؤں میں ہم زندگی کے بغیر محبت کو مضبوطی سے پکڑ رکھتے ہیں! میں نے اپنے کپڑے کا ایک حصہ استعمال کرتے ہوئے دوسرا بادبان تیار کیا اور پوری خوشی کے ساتھ زمین کی طرف رخ کیا۔ ابتدا میں یہ بہت کچا اور پتھروں بھرا نظر آ رہا تھا، لیکن جب میں قریب تر ہوتی گئی تو، میرے سامنے انسانی آبادی کے نشانات نظر آنے لگے۔ کنارے کے قریب کشتیاں تھیں اور میں شہریت کے نزدیکی میں حس سکون محسوس کر رہی تھی۔ میں زمین کی لہروں کی خمیدگیوں کا تہذیب کے زیادہ قریب جانے لگی اور ایک چھوٹی سی پہاڑی پیچھے سے مصلی کی ایک ٹٹی دیکھی۔کیونکہ میں بہت ضعیف تھی، اسی لئے میں سیدھا شہر کی طرف جنبش کرنے کا فیصلہ کیا، امید کیا کہ وہاں تازگی ملے گی۔ خوش قسمتی سے، میرے پاس کچھ پیسے بھی تھے۔جب میں پہاڑی کو گھما تو، میرے مقابلے میں ایک چھوٹا سا، ترسیب شدہ شہر اور ایک خوش آمدیدی بندرگاہ میں تشریف لائی۔ میں دل کو خوشی سے بھر پور اور لاحاضہ سے بچایا گیا فرار کے لئے شکرگزاری کی ساتھ بندرگاہ میں داخل ہوا۔

271 جب میں کشتی پر مصروف تھا اور پُرندوں کو تیار کرنے میں مصروف تھا تو چند لوگ اکٹھے ہوگئے۔ میں دیکھا کہ انھیں میری ملاقات سے حیران ہوا تھا، لیکن مدد کی بجائے وہ آپس میں گھڑگھڑا رہے تھے اور ایسے اشارے کر رہے تھے جس سے میں کسی دوسرے وقت میں مصروف ہوتے تو تھوڑا سا پریشان ہو جاتا۔ لیکن کیونکہ میں تاکید سے اپنے کام پر توجہ دیتا رہا، مجھے بصرف یہ پتا چلا کہ وہ انگریزی بول رہے تھے۔ تو میں نے ان سے انگریزی میں بات کی اور پوچھا، "معذرت، کیا آپ میری مدد کر کے مجھے اس شہر کا نام اور میری موقعہ کا پتہ بتا سکتے ہیں؟"

"آپ جلد ہی جان جاؤ گے،" ایک مرد نے ایک خراب آواز میں جواب دیا۔ "شاید" آپ ایک ایسی جگہ پر پہنچ گئے ہیں جہاں آپ کو بہت پسند نہیں آئے گی، لیکن آپ کو رہنے کی جگہ کا انتخاب کرنے کا کوئی اختیار نہیں ہوگا، میں آپ کو یہ ضمانت دیتا ہوں۔"

مجھے ایک اجنبی کی طرف سے ایسا اناڑی جواب ملنے پر بہت حیران ہوا اور اس کے ساتھیوں کے ناراض چہروں کو دیکھ کر مجھے بے آرامی کا احساس ہوا۔ "آپ مجھ سے اتنی سختی سے کیوں بات کر رہے ہیں؟" میں نے جواب دیا۔ "یقیناً یہ وہ طریقہ نہیں ہوسکتا ہے جس طرح انگریز لوگ اجنبیوں کو پیش آتے ہیں۔ میں نہیں جانتا،" کہا اس آدمی نے، "کہ انگریزوں کی روایت کیا ہے، لیکن" "ایرش روایت ہے کہ وہ بدنام لوگوں کو ناپسند کرتے ہیں۔

272 جبکہ ان عجیب گفتگو کا جاری رہنا نے، زیادہ سے زیادہ لوگوں نے جماعت کا حصہ بنا لیا، ان کے چہرے دلچسپی اور غصے کا مخلوط رنگ ظاہر کرتے تھے، جو

مجھے پریشان کرتا تھا اور مجھے کچھ پرسرار کرتا تھا۔ میں نے مہمان کمرہ تک کا رستہ پوچھا لیکن کوئی جواب نہیں دیا۔ لہذا، میں نے تصمیم کیا کہ تیزی سے آگے بڑھتا رہوں۔ جماعت مجھے تنگ کر رہی تھی اور میرے گردے آکر مجھے گھیر لیا، اس سے ان کے درمیان بھنگ چڑھنے لگی۔ پھر، ایک شکل رکھنے والا آدمی میرے پاس آ کر میری کندھے پر ٹیپ کیا۔ اس نے کہا، "چلو، جناب، آپ کون موکلیے اور خود کو بیان کرنے کے لئے کون کو دیکھنیں۔"

کون ہے مسٹر کروون؟ مجھے کیوں خود کو بیان کرنا ہوگا؟ کیا یہ آزاد ملک نہیں ہے؟" میں نے سوال کیا۔

جی، جناب، آزاد کافی ہے امندن افراد کے لئے۔ مسٹر کروون ایک عدلیہ ہیں،" "اور آپ کو بتانا ہوگا کہ کل رات یہاں مرنے والے ایک آدمی کے ساتھ کیا ہوا تھا۔ اس جواب نے مجھے حیران کر دیا، لیکن میں نے جلد ہی خوود کو اصلاح کیا۔ مجھے معلوم تھا کہ میں بے گناہ ہوں اور آسانی سے اس کا ثابت کر سکتا ہوں۔ لہذا، میں نے خاموشی سے اس آدمی کی پیروی کی اور شہر کے بہترین گھر میں لے گیا گیا۔ میں تھکا ہوا اور بھوکا تھا، لیکن کیونکہ مرا اِحاطہ کوئی اندیشہ نہیں تھا، میں نے یقینی بنائی کہ میں اپنی تمام طاقت کا استعمال کر یں۔ مجھے ڈار نہیں تھا کہ کوئی میرا تھکاپن کھوف یا قصور سمجھے۔ اس وقت میں نے بس یہ نہیں جانتا تھا کہ کس قدر خفافیت اور یاس میرے لئے محفوظ تھی، جو جلدی ہی مجھے ڈر اور مایوسی میں مبتلا کردیتی ہے، رسوائی یا موت کے ڈر سے محفوظ۔ یہاں پر میں روکنا چاہتا ہوں کیونکہ بہت جرات چاہیے ہوتی ہے کہ میں وہ خوفناک واقعات یاد کروں گا جو میں تفصیل سے تازہ کر رہا ہوں۔

CHAPTER XXI

273 چنانچہ، مجھے تیزی سے قاضی کے پاس لے کر گیا گیا، جو بوڑھے مہربان آدمی تھے اور ان کے عمل میں شفقت کا تازہ ہو اس سے ہمکچھ نظر آتا تھا۔ وہ میری طرف نظر گھما کر ملحوظہ طرح سخت گرمی سے دیکھتے تھے۔ پھر، وہ میرے ساتھ لائے جانے والوں کی جانب موڑ کر پوچھتے ہیں کہ کون ثبوت موافقت دیتا ہے ان کے اکاؤنٹ کے طور پر.

274 چھے آدمی آگے آگئے۔ جمعہ کے روز میگسٹریٹ نے ان میں سے ایک کو بیان کرنے کے لئے منتخب کیا۔ انہوں نے کہا کہ رات کو وہ اپنے بیٹے اور جیجا، ڈینیل نیوجنٹ کے ساتھ مچھلی پکڑ رہے تھے۔ دس بج کر کے قریب یہ لوگ شمال سے ایک مضبوط ہوا کے نوٹسی کی جانب ہدایت کو لیتے ہوئے پورٹ کی طرف روانہ ہوگئے۔ چاند کی عدم موجودگی کی بنا پر انھیں مکان کوچے نہیں جبکہ ایک میل کے فاصلے پر رکھا ہوا ایک چھوٹا علاقہ منتقل ہوگئے۔ ایک شخص مچھلی پکڑنے والے سامان کو لے کر آگے چل پڑا جبکہ باقی لوگوں نے پیچھے سے چلتے رہے۔ جب وہ ریت پر چل رہے تھے تو انہوں نے ایک چیز کے ساتھ بوسیدی ہوکر زمین پر گر پڑی۔ ان کے ساتھی تیزی سے ان کی مدد کرنے کیلئے پھنس گئے اور اپنا چراغ استعمال کرتے ہوئے وہ دیکھا کہ وہ ایک شخص کے اوپر پڑ گیا ہے جو مرا ہوا لگ رہا ہے۔ مخلصانہ وہ سوچ رہے تھے کہ یہ اس شخص کا لاش ہوسکتا ہے جس کے ڈوب گئے ہونے کی وجہ سے ساحل پر تھم گئے ہوں۔ لیکن نزدیکی معائنے سے پتہ چلا کہ کپڑے خشک گئے ہیں اور لاش ٹھنڈی نہیں ہوسکی۔ وہ بعید امیدوار کی لاش کو قریبی عورت کے گھر لے گئے تا کے اسے جان ملی، لیکن ان کی کوششوں کامیاب

نہیں ہو سکی۔ جوان آدمی خوبصورت نظر آرہا تھا اور تقریباً پچیس سال کا لگ رہا تھا۔ لگ رہا تھا کہ اسے گلا دبا کے مارا گیا ہے کیونکہ اس کے گردن پر انگشت کے نشانات تھے۔

275 اس شخص کے کہنے کا پہلا حصہ مجھے بہت دلچسپ نہیں لگا۔ لیکن جب انھوں نے انگلیوں کے نشانات کی بات کی، یہ مجھے اپنے بھائی کے قتل کی یاد دلائی اور مجھے بہت پریشان کرنے لگا۔ میری ٹانگیں کانپنے لگیں اور میری دیکھنے کی صافتی بھی گھنٹے ہو گئی۔ میرے اندر برے احساسات پیدا ہونے لگے اور جب حاکم مجھے دیکھا، میں سمجھ سکتا تھا کہ وہ پہلے سے خود کوئی خوفناک سوچ رہے ہیں.

آگے چل کر بیٹے نے اپنے باپ کے کہہ کر کیا تصدیق کی۔ پھر ڈینیل نیوجینٹ کو گواہی دینے کے لئے بلا گیا۔ اس نے قسم کھا کر کہا کہ جب اسکا دوست گرنے سے پہلے، وہ شخص ایک بوٹ میں دیکھا جس میں صرف ایک شخص تھا، کنارے سے کچھ دور تک نظر آ رہی تھی۔ چند ستاروں کی روشنی میں جو وہ دیکھا، مجھے لگا کہ یہی وہی بوٹ تھی جس سے میں تازہ میں واپس آیا تھا۔

ساحل کے قریب رہائش پذیر ایک عورت نے بھی اپنی گواہی دی۔ اس نے کہا کہ لگ بھگ ایک گھنٹے پہلے جب اس نے جسم کی تلاش کی خبر سنی، تو وہ ایک بوٹ میں صرف ایک شخص کو کنارے سے روانہ ہوتے دیکھا تھا۔ جس کو بعد میں ہمیشہ کیلئے مردہ مل گیا۔

ایک اور عورت نے مچھوا ریوں کے بارے میں کہہ کی سنی۔ وہ ثابت کرتی ہیں کہ چھیلے گاملے چھوڑنے کے بارے میں مچھوا ریوں نے کہا تھا۔ جبکہ جسم کو پڑھائیں رہتے بست کر کوشش کی۔ ڈینیل نے ڈاکٹر کو بلایا تھا، لیکن بہت دیر ہو گئی تھی۔ اس شخص کی موت پہلے ہی ہو چکی تھی۔

276 ارے اور مردوں سے میرے آمد کی بارے میں سوال کیے گئے۔ انھوں نے یہ تسلیم کیا کہ رات کے دوران توفانی شمالی ہوا کی وجہ سے زمین ڈے ڈول پر بہت وقت تک سفر کر رہا تھا اور آخرکار اپنے ابتدا کی جگہ واپس پہنچ گیا تھا۔ انھوں نے بھی نوٹس کیا تھا کہ لاش متعدد سواحل سے لایی گئی تھی اور کیونکہ مجھے علاقے کی طرف کچھ واقف نظر نہیں آتا تھا، اس لئے ممکن تھا کہ پاتھر وسیع کمرے میں حاوی کیے جا رہے لاش کو میں بغیر پتا چلے حاجز میں پھنس گیا ہوں۔

اس گواہی کے بعد آقا کروون نے فیصلہ کیا کہ وہ مجھے حاوی لاش کے روم میں مثوث کرائس رہے تاکہ وہ دیکھ سکیں مجھ پر کیسے اثر انداز ہوتی ہے۔ شاید انھیں یہ سوچ میں بھی آتا تھا کہ جب مجھے قتل کی تفصیلات سنا دی گئی تھیں تو، لاش کا منظر مجھ پر اثر انداز ہوگا۔ حاکم اور دیگر لوگوں نے مجھے عوامی ان کے ساتھ میزبانی کی طرف لے جایا۔ میں نے یہ نوٹس کیا کہ اس واقعہ بھری رات

کے دن ٹھا چند روں سے عزیزوں کے ساتھ بات چیت کی تھی، اس لئے مجھے میری آنے والی بتمامات کے بارے میں فکر نہیں تھی۔

277 میں ایک کمرے میں گیا جہاں جسد رکھا گیا تھا اور مجھے تابوت تک لے جایا گیا. میں اسے دیکھتے ہی ہول سے کانپ گیا۔ ایسا بیان کرنا میرے لئے آسان نہیں ہے کہ میں نے کیسا محسوس کیا جب میں نے اسے دیکھا۔ اب بھی یہ مجھے سردیاں دیتا ہے اور میری پوست اترتی ہے کہ اُس مرمت پر مشتمل لمحے کو سوچیں۔ معائنہ، عدالت کے قاضی اور گواہوں کی موجودگی، سب میری یادوں سے غائب ہوگئیں جب میں نے ہنری کلروال کے بے جان جسد کو میرے سامنے دیکھا۔ مجھے سانس لینے کی سکت نہیں تھی اور میں جسد کے اوپر گر گیا، کتے "کیا میری برائیوں نے تمہاری بھی جان لے لی، میرے پیارے ہنری؟ میں پہلے ہی دو کویڑ بنا چکا ہوں؛ اور اور زیادہ زخمیاں منتظر ہیں: لیکن تم ہی، کلروال، میرا دوست، ۔۔میری مددگار"

میں اس تکلیف کو مزید برداشت نہیں کرسکا اور تازہاور صحت کا علاج چل رہا تھا. میں موت کے کنارے پر دو ماہوں تک تھا. بعد میں مجھے عموماً یاد آیا کہ میں تشنگی میں ہور مگریم کچھ بھی بولتا رہا۔ میں نے خود کو ولیام، جسٹن اور کلروال کے قاتل قرار دیا۔ کبھی کبھی میں لوگوں کو درخواست کیا کہ وہ میری مدد کریں وہ مںڈالانے والے عفریت کو تباہ کرنے کیلئے جو مجھے ستاتا تھا۔ دیگر وقتوں میں محسوس کیا جاتا تھا کہ عفریت کے انگوٹھے نے میری گردن کو دبایا ہے اور میں درد اور خوف میں چلانے لگتا تھا. بشکریہ خدا کہ صرف آقا کیروین نے میری بات بعجیب کیونکہ میں اپنی مادری زبان میں بول رہا تھا. لیکن میری بے زبان حرکات اور چیخیں دیگر گواہوں کو خوفزدہ کرتی تھیں.

278 میرا مرنے کا نشانہ کیوں نہیں بنا؟ میں کسی سے زیادہ تکلیف زیادہ مایوس تھا جیسے کبھی کوئی بھی نہیں ہوا ہوگا. کیوں نہیں میں بس سب بھول کر سکون تلاش کروں؟ موت نے بہت سے نوجوان بچے لے لیئے ہیں، قدرت محبت کرنے والے والدین کی تمنا کا ذریعہ. کتنی دلہنیں اور جوان عاشقوں کو موت نے ایک دن مصروف اور امیدوار ہونے سے اگلے دن کیلئے کیڑوں کا خوراک بنا دیا! میں کیا ہوں کہیں جہاں میں اتنا درد سہ سکوں، جیسے کوئی بے حد تکلیف کا عذاب ہوں.

لیکن میری طالقی تھی کہ میں زندہ رہوں. دو ماہوں بعد، جب میں جاگا تو وہ خواب جیسے احساس سے بیدار ہوا، مگر حقیقت میں میں ایک زندان میں تھا. میرے نیچے ایک بہت برا بستر تھا، ساتھیوں، چابیاں، تالیاں، اور وہ تمام خوفناک چیزیں جو تم زندان میں پاؤ گے. میں جب بیدار ہوکر سمجھنے لگا کیا ہوا تھا، وہ صبح تھی. میں تفصیلات یاد نہیں رکھتا تھا، مگر مجھے اس بات کا احساس ہوا کہ کچھ بہت بری ہوا تھی. جب میں گردندہ پھیرتا ہوں اور نجاست بھرے کمرے کو دیکھتا ہوں، یادیں

تازہ تازہ واپس آ جاتی ہیں اور میں بے حسی کرنے کے زارے میں نہیں رک سکتا تھا.

279 یہ آواز ایک بوڑھی عورت کو جگا دیا جو میری پاس کے ایک کرسی میں سو رہی تھی. وہ میری دیکھ بھال کرنے کیلئے استعمال کی جانے والی ایک نرس تھی۔ اس کی چہرے پر وہ سب برائیاں نظر آتی تھیں جو عام طور پر ایسی لوگوں میں دیکھی جاتی ہیں. اس کا چہرہ سخت اور روکھا لگ رہا تھا، بس کسی کی مصیبت دیکھنے کے عادی ہونے کا نتیجہ تھا، لیکن کچھ کچھ تعلق ہونے کے علامات بھی تھے ۔ اس کی آواز مجھے مشہور لگی، جیسے کسی کشمکش کے دوران سانس لیتے وقت میں نے سنی ہو.

"آپ اب بہتر محسوس کر رہے ہیں، جناب؟" اس نے میری طرف انگریزی میں سوال کیا.

میں کمزوری سے ایک شدید میں جواب دیا، "مجھے لگتا ہے کہ ہاں، لیکن اگر سب کچھ سچ ہوتا ہے، اگر میں نے یہ سب بس خواب دیکھا ہوتا ہے تو مجھے افسوس ہے کہ میں اب بھی زندہ ہوکر اس دکھ اور وحشت کو محسوس کر رہا ہوں."

"جو آپ اس شخص کی بات کر رہے ہیں، اگر ،جسے آپنے قتل کیا ہے ، تو میں سمجھتی ہوں کہ آپ کیلئے زیادہ بہتر ہوتا کہ آپ مرے ہوتے. میں سمجھتی ہوں کہ آپ کے لئے چیزیں بہت مشکل ہوں گی! لیکن میرا کچھ لینا دینا نہیں ہے. میں یہاں آپ کی دیکھ بھال کرنے آئی ہوں اور آپ کو صحت مند کرنے میں مدد کرنے کے لئے. میں اپنی ذمہ داری خیریت کے ساتھ پوری کرتی ہوں. اچھا ہوتا اگر سب لوگ یہی کرتے."

میں نفرت کی نظر سے اس عورت کی طرف منہ موڑ لیا. وہ کیسے کرسکتی تھی کہ جو ابھی موت کے کھاڑے سے بچایا گیا تھا اس پہ بے رحمانہ باتیں کہے؟ لیکن میں بہت کمزور تھا کہ سب کچھ کے بارے میں سوچوں جو ہو چکا تھا. میری پوری زندگی میرے لئے خواب جیسا لگتی تھی. کبھی کبھی مجھے شک بھی ہوتا کہ کیا یہ واقعی ہوا تھا، کیونکہ میرے ذہن میں اس کی حقیقت کا احساس نہیں تھا.

280 میرے ذہن میں مزید واضح تصاویر نظر آنے لگیں تو مجھے بخار آنے لگا۔ میرے گرد اندھیرا چھا گیا تھا، کوئی مجھے محبت کے ساتھ تسلی دینے یا مرا پیار کرنے والا مدد کرنے والا نہیں تھا۔ ڈاکٹر آیا اور دوا میں نسخہ لکھا، لیکن وہ بوڑھی عورت جو خود دوا تیار کرتی تھی مجھ پر بڑی بدنما نگاہ کرتی تھی۔ کسی کو فکر نہیں تھی میری۔

یہ میرے ابتدائی خیالات تھے ، لیکن جلد ہی میرے سامنے آیا کہ آقا کرون نے میرے ساتھ بہت مہربانی کی تھی۔ انہوں نے مجرم کے لئے کھلولی میں با اعتناق

خوشگوارترین کمرہ کا انتظام کیا تھا، اگرچہ، بہترین بھی پریشان کن تھا۔ اُنہوں
نے ڈاکٹر اور نرس کی توفیق بھی مہیا کی تھی۔ وہ مجھے بہت بار دورانِ عقوبت
دیکھنا چاہتے تھے تاکہ قاتل کے دردناک بالوں کو سننے کقرا رہتے اور میں کوئی
پریشانی نہیں کررہا ہوں۔ وہ صرف کچھ کچھ دنوں بعد آتے تھے تاکہ مجھے
اہمیت نہیں دی جارہی ہے اور ان دورہ جات کا وقفہ بہت طویل تھا۔

281

ایک روز، جب میں دن بہتے ہوئے بہتر ہونے لگا، میں ایک کرسی پر بیٹھا اور
آدھی کھلی آنکھوں کے ساتھ اور تازہ رنگت کے گالوں کے ساتھ بیٹھا ہوا ایک
ایسے شخص کی طرح لگ رہا تھا جس کو مردہ شخص کی طرح ہوتی ہے۔ میں غم
اور تکلیف سے بھرا ہوا تھا اور اکثر سوچتا تھا کہ میرے لئے موت جوچانے سے
بہتر ہوگا مگر یوں معمول کی دنیا میں رہنا چاہتا ہوں جو اتنی تکلیف سے بھری
ہوئی نظر آتی ہے۔ کچھ وقت بعد، میں نے حتی کہ اپنے جرم کا اقرار کرنے اور قانون
کی سزا سے نمٹنے کا خیال بھی کیا، حالانکہ میری مسکین جسٹین کی طرح بے
گناہ نہیں تھا، لہذا ایسی تصورات تھیں جب میرے کمرے کا دروازہ کھلا اور آقا
کیرون اندر آئے۔ ان کا چھرہ رحم و مروت دکھا رہا تھا۔ انہوں نے میرے پاس ایک
کرسی لے جانے کی کوشش کی اور مجھسے فرانسوی میں بات کی

میں خیال کرتا ہوں کہ یہ جگہ آپ کے لئے بہت دکھ دہ ہوگی۔ کیا میں کچھ"
"کرسکتا ہوں تاکہ آپ کو مزید آرام مل سکے؟
شکریہ، لیکن آپ جو کچھ بھی پیش کرسکتے ہیں وہ میرے لئے کچھ معنی"
"نہیں رکھتا۔ دنیا میں کوئی راحت نہیں ہے جو میں حاصل کر سکتا ہوں
میں سمجھتا ہوں کہ ایک اجنبی کا ہمدردی کا صرف ایسے کسی کو چھوٹا سا"
آرام فراہم کرسکتا ہے جس کو ایسی اجب داد کے ساتھ بوجھ چپڑا ہو جیسا آپ
کچھ عجیب صورتحال کے ساتھ بوجھ پڑا ہوں۔ لیکن مجھے امید ہے کہ آپ جلد اس
دکیل جگہ سے روشن ہوجائیں گے، کیونکہ میرا فیصلہ ہے کہ اس جرم پر جو آپ کو
"۔الزام لگایا گیا ہے، اس کو ثابت کر دیکھایا جاسکتا ہے

یہ میری ترجیح کی کمترین بات ہے۔ عجیب واقعات کی تسلسل کے ذریعے،"
میں دنیا کا سب سے بےچارہ انسان بن گیا ہوں۔ تمام تشدد اور عذاب جو میں نے
"برداشت کیا ہے، کیا موت واقعی غمناک سمجھی جاسکتی ہے؟

282

حال ہی میں واقعات کونچنتری اور دردناک نہیں ہو سکتے تھے۔ آپ کو اس"
مہمان نواز ساحل پر ایک مُدبّر حادثے کے زریعے لایا گیا، لیکن فوراً پکڑ لیا گیا اور
قتل کا الزام لگایا گیا۔ پہلی چیز جو آپ نے دیکھا، آپ کے دوست کا لاش تھا، ایسے
طریقے سے قتل کیا گیا تھا کہ یہ کسی معقول لوجکی طریقے سے نہیں ہوا، تقریباً
"جیسے کوئی بدکار قوت آپ کے راستے میں اسے موقع دینے کے لیے پیدا کیا ہو۔
جب مسٹر کرن بولے، میرے دکھ اور میری تکلیفوں کی یاد تازہ ہوئی، اور میں"

ان کے معلومات کی حیرت میں آگیا۔ میری شکل پر کچھ حیرت ظاہر ہوئی ہوگی
"،کیونکہ مسٹر کِرن فوراً شامل کر دیا
جب آپ بیمار پڑ گئے ، تو آپ کے پاس موجود تمام کاغذات میرے پاس بھیج دیے"
گئے۔ میں نے انھیں جانچا امید کے ساتھ کہ کسی ایسی کچھ سرگرمی کے بارے
میں مجھے معلومات حاصل ہوجائیں جو آپ کے خاندان کو آپ کی بدنصیبی اور
بیماری کے بارے میں مطلع کرنے کی اجازت دیتا۔ میں نے کئی خطوط ملا، ان میں
سے ایک آپ کے والد کا تھا، جس کی شروعات سے میں پہچان لیا۔ میں فوراً جنیوا
کو خط لکھا، لیکن اس خط کو بھیجنے کے بعد تقریباً دو مہینے ہوگئے ہیں۔ لیکن آپ
خوش نہیں ہیں، آپ اب بھی کانپ رہے ہیں۔ آپ کو کسی اور زیادہ تکلیف دینے کی
"ضرورت نہیں۔

توقع کا انتظار ہزاروں مرتبہ سب سے بری واقعت سے بھی بری ہوتا ہے۔ براہ"
کرم مجھے بتائیں کہ نیا کونسا بدقسمتی پیش آئی ہے اور میں اور کس کے قتل کی
"افسوس کر رہا ہوں۔

آپ کا خاندان بالکل ٹھیک ہے،" مسٹر کِرن نرمی سے بولے ، "اور آپ کے لئے"
"ایک دوست آیا ہوا ہے۔

مجھے نہیں معلوم کہ یہ کیسے ہوا، لیکن ایک ایک اڑیک نے میری ذہنی عزائم کو
محض ایک لمحے میں بدل دیا۔ ایک خوفناک خیال تھا۔ مجھے یقین ہو چلا تھا کہ
قاتل میری تضحیک کرنے کے لئے آیا ہے اور مجھے کلیول کی موت سے پریشان
کرنے کے لئے ، جیسے یہ مجھے اپنی مرضی کرنے پر مجبور کردے۔ خوفوں سے بہک
،کر، میں نے آنکھیں چھپالیں اور درد سے چیختے ہوئے کہا
"اے! اسے دور لے جاؤ! میں اسے دیکھنے کے قابل نہیں ہوں۔ براہ کرم، اسے
"!میرے پاس نہ آنے دو

کرکٹیس سرگرمی سے مجھے دیکھتے رہے۔ انھوں نے میرے یہ پھوٹ پھوٹے
،آوازوں کو قصور کا اعتراف سمجھا اور سختی سے جواب دیا
جوان آدمی، میں توقع کرتا تھا کہ آپ کے باپ کی موجودگی خوشی لے کر"
"آئیگی، یہ نہیں کہ اتنی زوردار ناراضگی۔

میرا باپ!" میں نے چیخا، میرا چہرہ اور جسم فوراً دکھاوٌ اور خوشی سے"
تبدیل ہو گئے۔ "کیا میرا باپ واقعی آ گیا ہے؟ کتنا مہربان، کتنا ناقابل یقین
"مہربان!" لیکن وہاں کہاں ہے؟ کیوں مجھے دیکھنے کیلئے تیزی سے نہیں آ رہا ہے؟

میری بیوہ نے محکمے کو اچھا لگا اور اس کی سخاوت شدیدی کٹھور وقت
میں دوبارہ مقبول ہوگئی۔ انھوں نے اٹھتی ہی اپنے نیم نگے کے ساتھ کھڑے ہوکر
کمرے سے باہر نکلے اور فوراً میرا باپ آئے۔
اس لمحے میں میرے باپ کی آمدنی نے مجھے بہت خوشی میں لے آئی۔ میں نے
،اپنا ہاتھ اُسے پھیلایا اور پوچھا

"کیا آپ محفوظ ہیں؟ اور الیزابیت اور ارنسٹ کیسے ہیں؟"

میرے والد نے مجھے تسلی دی، لیکن وہ دیکھ سکتے تھے کہ جیل میں خوشی کے لئے مشکلات ہیں۔ "بیٹا، یہ تمہارے لئے اچھی جگہ نہیں ہے۔" اس نے افسوس کے ساتھ کہا، جالس پھاڑ دار کھڑکیوں اور کمرے کی خراب حالت کو دیکھتے ہوئے۔ "تم نے خوشی تلاش کرنے کیلئے سفر کیا، لیکن لگتا ہے بدقسمتی تمارے پیچھے پڑی ہے۔ اور بے چارا کلروال-"

مرے کمزور حالت میں اپنے دوست کا نام صرف سننا بہت مشکل تھا؛ میں رونا شروع کر دیا۔

آہ، ہاں، والد صاحب"، میں نے جواب دیا، "میرے پہچانے جانے والے کسمت" کی ایک خوفناک تکلیف میرے سر پر لٹکی ہوئی ہے، اور مجھے اسے پورا کرنے کیلئے زندہ رہنا پڑتا ہے۔ ورنہ، جیسا کہ ہینری نے مرتے وقت کیا۔

ہمیں زیادہ لمبا سے بات کرنے کی اجازت نہیں تھی کیونکہ میری صحتیابی برابر نہیں ہوئی تھی اور مجھے آرام کی ضرورت تھی۔ مسٹر کروین آؤٹکم آچکر مجھے بات کرنے سے روکنے کو کہہ دیا۔ لیکن والد بلا شبہ میرا پاسبان فرشتہ کے ماننے کے برابر تھے، اور کم کم، میں بہتر محسوس کرنے لگا۔

میری صحت میں بہتری ہونے کے ساتھ، ایک تاریک اور افسردہ احساس مجھ پر قابو پا گیا، اور کچھ بھی اسے دور نہیں کر سکتا تھا۔ کلروال کے خوفناک قتل کا تصویر مجھے ہمیشہ پریشان کرتی رہتی تھی۔ میرے دوست چین سے خوفزدہ تھے کہ یہ خیالات مجھے دوبارہ بیمار کرسکتے ہیں۔ وہ مجھے اس مصیبت بھری اور نفرت کی زندگی سے کیوں بچائے؟ یقیناً میرے پاس ایک قسمت ہے جو مجھے پورا کرنی ہے، اور اب یہ تقریباً ختم ہونے والی ہے۔ موت جلد ہی آئے گی اور یہ دردناک احساسات رکھنے والا مجھے آزاد کردے گی، غم کا بھار ہم پر ہماری جتنی بھی بھاری تاکلیف سے نجات دیدہ کردے گی۔ جب عدالت کاعدالت کردیا جائے گا، میں نہایت انتہائی امن پاؤں گا۔ موت بہت دور لگتی تھی، لیکن میں اسے کئی بار خوابش کیا۔ میں گھنٹوں تک خاموشی میں بے حرف بیٹھتا رہتا تھا، تبدیلی کی بڑی توقع کے ساتھ جو مجھے اور اسدردناک صبر کو پینچنے والے کو مدفن کردیتی۔

عدالتی سماعات کا وقت قریب تھا۔ میں پہلے ہی تین ماہ قید میں تھا۔ چاہے کہ میں ابھی بھی کمزور اور دوبارہ بیمار ہونے کا خطرہ تھا، مجھے قریب سو میل کا سفر کرنا پڑا تھا، جہاں عدالت منعقد ہوتی تھی۔ آقا کروان نے گواہوں کو جمع کرنے اور میری دفاع کی تیاری کرنے کی ذمہ داری کا خیال رکھا۔ خوشی کی بات ہے کہ میرا مقدمہ ایسی عدالت کے سامنے نہیں لایا گیا تھا، جو فیصلہ کرتی ہے کہ کون مرنے یا جینے کے لائق ہے۔ جب ثابت ہوا کہ میری دوست کی لاش پائی گئی تو ووٹ محکمہ نے الزامات کو خارج کردیا۔ دو ہفتے بعد جب مجھے منتقل کیا گیا تو مجھے قید سے آزاد کر دیا گیا.

میرے والد نے میرے الزام میں ملوث ہونے کے بوجھ سے آزاد ہونے پر خوشی کی
بہت شادمانی لیکن ان کی خوشی کا جواز شراکت نہیں کرسکتا تھا. قید خانے
اور عروسہ دونوں برے لگتے تھے۔ زندگی میں جہاں خوش خبر لوگوں کے لئے سورج
چمکتا رہتا تھا وہاں میرے گرد گھنا اور خوفناک تاریکی تھی۔ روشنی کچھ نہیں
تھی، صرف دو آنکھوں کی خفیف گلومر تھی جو مجھے تکا ہوئے نظر آتی تھی۔
کبھی کبھار یہ آنکھیں ہنرمند اور محبت بھری ہیں ہری کی، جو اب مر چکا ہے،
اپنی سیاہ گول اندھیرے پلکوں کے نیچے نقابل رہتی ہیں۔ اور کبھی کبھار یہ
آنکھیں بحیرہ دار اور بادلدار موجمند کی ہوتی ہیں، وہی جب میں انھیں پہلی مرتبہ
انگولشٹاڈ میں اپنے کمرے میں دیکھا تھا.

میرے والد نے کوشش کی کہ میرا دل تسلی احساس کرے ۔ وہ بات کرتے رہے کہ
جلد ہی میں جنیوا جاؤں گا اور الزبتھ اور آرنسٹ کو دیکھوں گا۔ لیکن یہ تقریباً
لفظوں کو سنتے ہی میرا بوری پن سے اُگل نکلتی تھی۔ کبھی کبھار، مجھے خوشی
کی خواہش بھی ہوتی تھی۔ میں اپنی پیاری کزن پر تکلیف بھری نظروں سے
سوچتا یا پھر گھر کے حوصلہ افزائ سے ترس کے ساتھ حنین کرتا تھا۔ بہت سے
وقتوں پر ، میں بے حس ہوتا تھا اور بے تفریق تھا، اور مجھے فرق نہیں پڑتا تھا کہ
کیا میں قیدخانے یا سب سے خوبصورت قدرتی منظر میں ہوں۔ یہ لمحات بہت کم بار
توڑے جاتے تھے ، سوائے جب تک کے میرے دماغ میں اچانک درد اور آشوب کی لہریں
آتیں۔ بہت ہی گہری غم والی بات ہوتی تھی میری۔

لیکن میں جانتا تھا کہ میری تنہائی کے باوجود میرا ایک اہم ذمہ داری باقی
ہے. مجھے جنیوا واپس جانا ہوگا جتنی جلدی ممکن ہو سکے اور اپنے پیار کرنے
والوں کو بہت زیادہ پیار کرنے والوں کی حفاظت کرنی ہوگی۔ مجھے بھی قاتل تلاش
کرنی ہوگی اور یقینی بنانا ہوگا کہ وہ مجھے ہراساں نہ کر سکے یا کسی اور کو.
یہ دیوا حیوان جو میں دلتا تھا اس سے بھی زیادہ دیوا بچھادا حیوان کو روکنے
کی ضرورت ہوگی.

میرے والد سفر کو تاخیر دینے چاہتے تھے کیونکہ انکا خوف تھا کہ میری
جسمانی شرارت سے یکساں نہیں لاپتہ ہوگی۔ اور انہوں نے درست فہم لی ہوئی
تھی ۔ میں مشکل سے پڑا ہوا تھا۔ میں ایک نازک سایہ تھا ، ایک عریاء شخص کا
سایہ۔ میں نے اپنی تمام طاقت کھو دی تھی۔ دن رات ، مجھے بخار کی تکلیف کا
سامنا کرنا پڑا ، جو میرے پہلے ہی تباہ ہوتے ہوئے بدن کو اور کمزور کرتا تھا.

لیکن کیونکہ میں آئرلینڈ چھوڑنے کے لئے انتظار اور خواہش سے بھری ہوئی
تھیں، میرے والد نے فیصلہ کیا کہ بہتر ہوگا ہم چلے جائیں۔ ہم نے ایک جہاز پر
چڑھاؤ کہ ایک خوشگوار ہوا کے ساتھ جافر-دی-گراس کی طرف سفر کیا۔ رات ہو
چکی تھی اور میں ڈیک پر لیٹی ہوئی تھی، ستاروں کو نظر سے ڈالتے ہوئے اور
لہریں جہاز کے ساتھ ٹکرانے کی آواز سنتے ہوئے۔ مجھے اک سکون کی احساس

محسوس ہوا جب میں آئرلینڈ نہیں دیکھ سکتی تھی اور میرا دل لطف اندوزی کرتے ہوئے تیزی سے دھڑک رہا تھا جانتے ہوئے کہ بہت جلد جینیوا میں ہوں گی۔ میں کوابیدہ تمام لمحوں کو ایک خواب کی ماند دکھتے تھی۔ لیکن اس جہاز پر ہوتے ہوئے، ہوئے گھڑوں کی گرمیاں میری یاد دلاتی تھیں کہ یہ سب حقیقت ہے۔ میرا دوست کلروال مجھ اور میرے بنائے گئے وحش کی بھکا میں شکار ہو گیا تھا۔ میں اپنی ساری زندگی کی یاد میں واپس گئیں - جینیوا میں اپنے خاندان کے ساتھ متفق وقتوں کو، میری والدہ کی موت کو، اور جب میں انگولشٹاڈ کے لئے روانہ ہوا تو۔ میں اپنے نیچے صرف اس لھاکا کی مصروفی کو یاد کرتی ہوئے تلخی سے ہلانے سے روک نہیں سکتی تھی، اور میں رات وحش زندہ ہونے کے بارے میں سوچتے رہتی تھی۔ میں اپنی سوچ کی سلسلہ کاری جاری نہیں کرسکتی تھی؛ بہت ساری جذبات مجھ پر قابو آئے اور بے قابو رونا آنے لگی تھی۔

290 مجھے بیماری سے بہتر ہونے کے بعد، روزانہ رات کو لاڈانم نامی ایک قلیت دوائی لینے لگا۔ یہ واحد طریقہ تھا جس سے میں محفوظ رہ کر مرحوم رہا۔ لیکن کیونکہ زیادہ خراب چیزوں کی وجہ سے میں پریشان ہوا ہوں، میں اپنی معمولی خوراک کے دوگنے اساس پر لے کر گہری نیند میں گر گیا۔ اگرچہ میں سویا ہوا تھا، لیکن مجھے ہمیشہ خوفناک خواب آتے رہے۔ جب صبح ہوا۔ تو مجھے ایسا لگا جیسے میں کسی بدہولت کی جال میں پھ...

CHAPTER XXII

291

ہمارا سفر ختم ہو گیا۔ ہم پیرس پہنچ گئے۔ لیکن مجھے محسوس ہوا کہ میں جاری رہنے سے پہلے آرام کرنے کی ضرورت ہے۔ میرے والد نے میرا خیال رکھا، میرے درد کو کم کرنے کی کوشش کرتے۔ لیکن ان کو نہیں پتہ آیا کہ میں ایسا کیوں محسوس کر رہا تھا۔ انہوں نے سمجھایا کہ باہر نکلنا اور لوگوں کے ساتھ سماجی ماحول میں رہنا میرے دل کو سکون دے گا۔ لیکن میں لوگوں کے قریب ہونے سے رسوائی کا احساس نہیں کر سکتا تھا۔ یعنی بالکل سہی نہیں کرسکتا تھا، کیونکہ وہ میرے ساتھی انسان ہیں اور حقیقت میں مجھے ان سے جڑا ہوا محسوس کرتا تھا، حتی کہ وہ لوگ جو خوشگوار نہیں تھے۔ میں انہیں ملائکانی شکلوں کے طور پر دیکھتا تھا۔ لیکن میرے پاس ان کے ساتھ ہونے کا اختیار نہیں تھا۔ میں نے ان میں سے ایک دشمن بنایا تھا، ایک مخلوق جو ان کو زخمی کرنے اور ان کو تکلیف دینے میں لذت اٹھاتا تھا۔ اگر وہ جانتے کہ میں نے کیا کیا تھا، تو وہ سب مجھ سے نفرت کریں گے اور مجھے دور بھگا دیں گے۔

آخر کار، میرے والد نے میری امن میں میری تشویش نہ کرنے کی خواہش پر رضامندی ظاہر کی۔ انہوں نے کوشش کی کہ مجرم ٹھہرانے کا احساس مجھے اتنی ذلت نہیں دینا چاہیے۔ انہوں نے کہا کہ غرور بے وقاری ہوتا ہے۔

292

نہیں، میرے والد صاحب!" میں افسردہ آواز میں بولا۔ "آپ میری باتوں کو کچھ سمجھ نہیں رہے ہیں۔ اگر کوئی مثل میں اگر غرور کو محسوس کرے تو یہ انسانیت

141

کو اور ان کے جذبات کو تحلیل کر دیگا۔ بچی جسٹین، گریبان ٹھوک دی گئی تھی، وہ بھی میری مثل معصوم تھی، لیکن اس پر بھی الزام لگایا گیا۔ اس کی جان لے لی گئی اور یہ میری غلطی تھی - میں نے اسے کُش کردیا۔ ولیم، جسٹین اور ہنری "سب میری بنا پر مر گئے ہیں۔

حیران عیسائیوں سے ملاؤں گے، میں بہت بار اپنے والد کو یہی کہتا رہا جب میں جیل میں تھا۔ کبھی کبھار، وہ دلچسپی سے سنتے اور مجھ سے تفصیل تک مانگتے، لیکن بعض اوقات یہ میری بیماری کی ایک پیداوار سمجتے اور سوچتے کے میں نے اپنے بچاؤ پر عکس گردانیاں کی ہوں۔ میں نے تشریف نہ کھوایا اور اپنے نافذ ہونے والی جانور کی بات پر خاموش رہا۔ میں ڈرتا تھا کہ لوگ میری پاگلی کوچ نظر سے دیکھیں گے، اور یہی وجہ تھی کہ میں چپ رہنے کو کرتا۔ لیکن ایک اور وجہ بھی تھی - میں اپنے والد کو ڈرا دینے والے راز کو ظاہر نہیں کر سکتا تھا۔ تو میں نے اپنے تشنہ تفہیم کی ضرورت کو فرات کیا اور خاموشی کا انتخاب کیا، حالانکہ میں براہ راست بری حقیقت کو بانٹنے کی خواہش رکھتا تھا۔ تاہم میری کوششوں کے باوجود، میں جب بھی اپنی آنکھوں کے سامنے جو چیزیں نے میری زبان سے نکل جاتی تھیں، میں ان کو روک نہیں سکتا تھا۔ میں انھیں تفسیر نہیں کر سکتا تھا، لیکن انھیں بیان کرنے سے کمی کم راہت ملتی تھی میرے رائے گمک کرنے والے غم کی بھاری کاری میں۔

293 ایک دن، میرے والد نے میری طرف حیرت و جوش سے نگاہ کی اور کہا، "میرے عزیز وکٹر، تم ایسی باطل باتیں کیوں کر رہے ہو؟ میرے پیارے بیٹے، پلیز اب کبھی "ایسا دعویٰ مت کرو۔

نہیں، میں پاگل نہیں ہوں"، میں نے جذبات کے ساتھ بلند آواز میں کہا۔"
"سورج اور آسمان میرے کاموں کا گواہ ہیں اور وہیں سچ کا ثبوت دے سکتے ہیں۔ میں ان معصوم قربانیوں کی موت کی ذمہ دار ہوں؛ وہ اسی کی بنا پر مر گئے۔ میں اپنی جان کٹھن بھی نہیں تھکتے تک کہنے کی خواہش رکھتا۔ لیکن، والد، میں "پورے انسانی نسل کا خطرہ نہیں لے سکتا تھا۔

یہ سننے کے بعد، میرے والد کو لگا کہ میرے خیالات کے آب و تاب تباہ ہوگئے ہیں۔ وہ فوراً موضوع بدل دیتے ہیں، میری توجہ ہٹانے کی کوشش کرتے ہیں اور آئرلینڈ میں ہونے والے واقعات کی یاد کو مٹانے کی کوشش کرتے ہیں۔ انہوں نے واقعات کے بارے میں دوبارہ بات نہیں کی اور مجھے میری مصیبتوں کے بارے میں بھی بات کرنے نہیں دیتے رہے۔

وقت گزرتے گیا تو میں سکون حاصل کر گیا۔ ہمیشہ دل میں کانپتی غربت موجود تھی، لیکن میں اب اپنے جرائم کے بارے میں اسی طرح بے قاعدہ گفتگو نہیں کرتا تھا۔ خود حقیقت جاننا اور قبول کرنا میرے لئے کافی تھا۔ مجھے پوری دنیا کے

سامنے سب کچھ بتانے کی زبردست خواہش کو قابو کرنا پڑا۔ میرا رویہ بحکمت اور
پرامن بہت سے پیرس سے سوئٹزرلینڈ جانے کے وقت سے بڑھ کر ہوا۔
سوئٹزرلینڈ جانے سے چند دن پہلے، الیزابیت سے میرے پاس ایک خط آیا تھا۔
یہ لکھا تھا: "پیارے دوست،

مجھے اپنے چچا صاحب کا پاریس سے خط ملنے پر بہت خوشی ہوئی۔ آپ اب
نزدیک تر ہیں، اور میری امید ہے کہ دو ہفتوں سے کم وقت میں آپ سے مل پاؤں گا۔
میں صرف یہی سوچ سکتا ہوں کہ آپ کتنا سہتے ہوں۔ میں آپ کو جنیوا چھوڑ کر
جب دیکھا تھا تو بہت زیادہ بد حال لگتے ہونگے۔ یہ موسم میرے لئے بھی بہت برا
گذرا ہے، کیونکہ فکر کی گھیر کے باعث میری کشمکش بہت بڑھ گئی ہے۔ لیکن،
میں امید کرتا ہوں کہ آپ کے چہرے پر امن دیکھیں گے اور آپ کو کچھ سکون اور
سنجیدگی کا احساس ہوگا۔

لیکن، میں دہشت زدہ ہوا ہوں جو آپ کو ایک سال پہلے تکلیف میں ڈالا تھا،
وہیں اور شاید وقت کے ساتھ زیادہ بھی ہوں۔ میں نہیں چاہتا کہ آپ کو پریشان
کروں جب آپ پر اتنی ساری بدبختیاں ہیں، لیکن میں نے اپنے چچا صاحب سے ایک
گفتگو کی تھی جب وہ روانہ ہو رہے تھے، اور ملاقات سے قبل اس کی تشریح
ضروری ہے۔

آپ سوچ سکتے ہیں، کیوں الزبتھ کو کچھ سمجھانا چاہیے؟ اگر آپ ایسا
سوچتے ہیں تو تمام سوالات کے جواب دینے و دوافع ہوتے ہیں اور میرے شکوں کو
دور کیا جاتا ہے۔ لیکن، کیونکہ آپ دور ہیں، یہ ممکن ہے کہ آپ دونوں کو یہ تشریح
کا خوف و امید ہو۔ اس خیال کے ساتھ، میں مزید تاخیر نہیں کر سکتا جو میں آپ
کو آپ کی غیر موجودگی میں کہنا چاہتا تھا، لیکن میرے پاس جو شجاعت نہیں
تھی۔

وکٹر، آپ کو یہ معلوم ہے کہ ہمارے والدین ہمیشہ ہمیں شادی کرنا چاہتے
تھے۔ یہ ہمیں بچپن میں بتایا گیا تھا اور ہمیں سمجھایا گیا تھا کہ یہ قریب آنے
والے دنوں میں ہو گی۔ ہم بچوں کی عمر میں قریبی دوست تھے اور جب ہم بڑھتے
گئے، مجھے لگتا ہے کہ ہمیں ایک دوسرے سے مزید عزیز ہونا شروع ہو گیا۔ لیکن
کبھی کبھار، بھائی بہن کا تناسب بہت مضبوط ہوسکتا ہے بغیر کسی ایک دوسرے
سے قریبی تعلقات کے۔ کیا یہ ہمارے لئے بھی سچ ہوسکتا ہے؟ براہ کرم مجھ سے
کہیں، میرے سب سے پیارے وکٹر۔ میں آپ سے درخواست کرتی ہوں کہ آپ سچ
بتائیں، ہماری خوشی کے لئے، کیا آپ کسی اور سے محبت کرتے ہیں؟

آپ نے انگولشتاد میں کئی سال گزارے ہیں۔ مجھے اعتراف کرنا ہوگا، میرے
دوست، کہ جب مہینے پچھلی سرمہری کو دیکھا تھا جب آپ خوشگواری سے دور
تنہا تھے اور خود کو سب سے الگ کر رہے تھے تو میں سوچنے لگا کہ شاید آپ
ہمارے تعلق میں رہنا نہیں چاہتے ہیں۔ مجھے اعتراف کرنا ہوگا، میرے دوست، کہ

میں آپ سے بہت محبت کرتی ہوں ، اور آتے جائیس میں ، آپ ہمیشہ میرا وفادار دوست اور مہربانت کا خواب ہوتے ہیں۔ لیکن ، میں آپ کی خوشگواری اپنی خوش قسمت سے کم چاہتی ہوں۔ لہذا ، میری جیونے و جینے کے لئے میں چاہتی ہوں کہ ہمارا نکاح آپ کی خود کی فرضی رضامندی سے نہیں ہوتا ہے۔ اے وکٹر ، براہ کرم جان لیں کہ میری تم سے حقیقی محبت ہوتی ہے ، اور میں پامال ہوجاؤں گی اگر آپ اس کے بارے میں خیال نہیں کرتے ہیں۔ خوش رہیں ، میرے دوست۔ اور اگر آپ میری ایک درخواست کو منظور کریں ، تو جان لیں کہ دنیا کا کچھ بھی راستہ میری پیس کو پریشان نہیں کرسکتا۔

براہ کرم اس خط کو تم پر کھجانے نہ دیں۔ تمہیں کل یا پرسوں جواب دینے کی ضرورت نہیں ہے۔ مجھے تم کو افسردہ کرنا چاہتی ہوں۔ میرے انکل مجھے تازہ ترین معلومات دے گا۔ میں صرف یہی چاہتی ہوں کہ تم واپسی کے وقت مسکراتے ہوئے نظر آؤ۔ یہ مجھے بہت خوشی دے گا۔

الیزابیتھ لاوینزا۔

—جنیوا ، 18 مئی 17۔

❧

اس خط کو پڑھنا مجھے ایک بات یاد دلائی: وحشت کی دھمکی "میں تمہاری شادی کی رات تم کے ساتھ ہونے والا ہوں!" یہی میرا سزا تھا۔ یہ وحش نے وعدہ کیا تھا کہ وہ ہر ممکن کوشش کرے گا کہ مجھے تباہ کردے اور میرے دکھ کو سکون دینے والی خوشی کو چھین لے۔ اس نے منصوبہ بنایا تھا کہ میری خبیث عمل قرار دینے کے ذریعے مجھے قتل کر کے اپنے شیطانی کاموں کو پورا کرے گا۔ جی ہاں، ایسی ہی بات ہونی تھی۔ کسان کا تیراک بہر حال رات کو ہوگا۔ اگر وہ بار جاتا، تو مجھے ختم کر دیتا اورمیری آرام مل جاتی۔ اور اگر میں اسے شکست دیتا، تو میں ایک آزاد آدمی ہوتا۔ مگر کیسی آزادی؟ یہ ایسی ہوگی جیسی کسی خطا کار کا تجربہ کرتے ہوئے ٹھکرا کھاتے ہوئے اپنے پر مسلسل گناہوں کی بوجھ نیند سونے والے مجھے اٹھیں گھیرے گی ۔ یہ ڈیوٹی جھلاؤگی جو میری موت تک جاری رہے گی

عزیز اور پیاری الیزابیت! میں نے اسکا خط بار بار پڑھا، اور یہ میرے دل میں کچھ نرم احساسات لائے ۔ یہ مجھے محبت اور خوشی کے خواب دکھایا، بہشت کی طرح۔ مگر بد قسمتی کے ساتھ یہ خرابی پہلے سے ہوچکی تھی، اور میں جانتا تھا کہ میری امید منہ پھر لے گئی گئی ہے۔ حالانکہ، میں اسکو خوش کرنے کے لئے کچھ بھی کردوں گا۔ اگر اس ڈرپختہ نے اپنی دھمکی پر عمل کیا تو موت یقینی تھی۔ حالانکہ، میں تعجب کرتا تھا کہ شادی کرنا شاید میری موت کو مزید جلدی

لائیے۔ شاید میرا مفترضہ مسلمہ کریں کہ ڈرانے کی وجہ سے میں اسے ملتویا کر رہا تھا، اور وہ دوسرے طریقے سے انتقام لینے کے لئے دوسرے، شاید اور بدتر، طریقے تلاش کرتا۔ اس نے وعدہ کیا تھا کہ وہ میری شادی کی رات میرے ساتھ رہے گا، لیکن یہ نہیں سمجھتا نہ کہ یہ مطلب ہو کہ وہ اب تک مجھے اکیلا چھوڑے گا۔ حقیقت یہ تھی کہ اس نے مجھے دکھایا کہ وہ مزید خون کی گردش کا خواستہ رکھتا ہے، جب وہ دھمکیاں دے کر کلروال کو قتل کرنے پر ظاہر ہو گیا۔ لہذا، میں نے فیصلہ کیا کہ اگر میری چچی سے باعث اس کو خوشی ملتی ہوئی دکھائے یا ہمارے والد کو، تو میں دشمن کی منصوبے بندی کو میری موت کو روکنے کے لئے کچھ بھی دریافت نہ کروں گا۔

میں ایلزابیت کو اپنے مشتاق حالت میں ایک خط بھیجا۔ میرا خط سنجیدگی اور محبت سے بھرا ہوا تھا۔ "میری پیاری بچی،" میں نے لکھا، "مجھے خدا کا خوف ہے کہ اس دنیا میں ہمارے لیے خوشحالی کا بہت کچھ باقی نہیں ہے۔ لیکن ہر وہ چیز جسے میں کچھ دنوں بعد امید کرتا ہوں آپ کے گرد انگار ہوتی ہے۔ براہ کرم اپنے خوفوں کی زیرِ اثر نہ ہونے دیں۔ میں اپنی زندگی آپ کو نذر کرتا ہوں اور ہم خوش رہنے کیلئے ہر ممکن کوشش کروں گا۔ ایلزابیت، ایک راز ہے، بے خوف راز۔ یہ اتنا خوفناک ہے کہ جب میں تمہیں بتاوں گا تو تمہیں خوف سے بھر دے گا۔ تم میری بد نصیبی سے حیران نہیں ہوگی، بلکہ حیرت کے ساتھ سوچو گی کہ میں نے ایسا کیسے برداشت کیا ہے جو میں گزر رہا ہوں۔ میں وعدہ کرتا ہوں کہ شادی کے دن کے بعد تمہیں اس تکلیف اور خوف کی داستان سے آگاہ کروں گا۔ میری پیاری بھنجی، ہمیں ایک دوسرے پر مکمل اعتماد ہونا چاہیے۔ لیکن اس سے پہلے، میں تم سے التجا کرتا ہوں کہ تم اس کا ذکر نہ کرو یا آنکھوں میں لائو۔ میں مدد کی امید سے زیادہ منشیات کرتا ہوں اور میرے خیال میں تم راضی ہوجاؤ گی۔"

تقریبا ایک ہفتے بعد، ایلزابیت کے خط ملنے کے بعد ہم جینوا واپس آئے۔ میں میٹھی لڑکی کو پیار سے ملاقات کیا، لیکن اسے میری کمزوری اور بیماری دیکھ کر آنکھوں میں آنسوے تھے۔ میں نے اس میں تبدیلی بھی دیکھی۔ وہ وزن کم کر چکی تھی اور پہلے جوش و خروش سے محروم تھی۔ لیکن اسکی مہربانی اور ترس دیکھے بغیر وہ میرے جیسے تباہ اور بدنصیب کے لئے بہتر ساتھی بناتی ہیں۔

مین تہ مو د کتنبی اطمینان ھم نہ دہ۔ زموږ پخواني ولېدونکو کبی بہ یاد ولرم چی واقعہ ھم ووایم۔ حُل، زہ کنبتی او حُلی ویناوبزم۔ زموږ ناروغېدونو، ببہ کلہ ھم وگرومبی نہ شو رابنکتلہ۔ ھم نہ د ٹوتو خبری کرم او ھم نہ بہ د ېی وگمارم۔ زہ ھرہٹہ سارہ حُینی نہ شوم، پہ ٹولیز لہ حُبنتنی پہ حال مومبی سرہ ستون کړی راھنمایی ایزابیس امکان یوازېزی چی زہ زموږ سرہ پہ اغوستوکی څخہ یو تکل بندلی۔ د ېی خوندي غري بشوئی پہ وخت کبی کہ زموږہ د باوری درکمندونو پہ ورہ ېی ووارو، او پہ وامدابں وخت کبی سپرنبی شوم کلہ وزبزي۔ یو ھغہ اوسېمزی پہ ورحُو کبی مین تہ

سختي نهبوي واړه، او کنبه چي ستاسو گناه له ميننو سره اړه ورپروئي. د ناملړ انسان ته دسته بنووني، خو د څوک ته دروند نشات ورکوئي. په ځان چي د ندوصاف لپاره به مننې کوي، ورځله د تاسو بېکولی نژدی وگوري نه شومي د غمبنتونه ټرگندوی نه دي.

هیڅ وخت بعد مو حُمبره زموږ ورِاندیز محنتلو د لاسرسی د يليزابيس ته وبنتلي. زه هیڅ وخت نه ويلی.

"آيا تاسو له نورو چي د مخ په احتماللي ټيکه ورتلی؟" پلټ پوبنتوی.

"هیڅ کس له نورو عالم څخه. زه مین ته هیڅ وخت وکرم او موږ ورته خوشحالی وومه. د موږه ویاړی لپاره یو نبته تېری چي ميری کېږي او په غوبنتنځو کي، حتی هغه ستاسو کوبنبنی لپاره خپرولی وکړي".

301

"عزیز وکٹر، مهربانی کرکے ایسا نہ کہو۔ ہماری زندگی میں افسوسناک واقعات تو ہوئے ہیں مگر ہمیں ادھر رہنے والوں پر اپنا پیار مرتب کرکے بچاو رکھنا چاہیے۔ ہمارا گروپ تو چھوٹا ہو سکتا ہے، مگر ہمیں آپس میں قربت اور ہمیشہ کے نحوست کے باعث نویں اور پیارے چیزوں کیلئے، جو ہمیں بےدرد دھکم دے چکے ہیں،ہم مضبوط ہوں گے۔ اور جب وقت تمہارے غم کو کچھ کم کرتا ہے تو نئی اور دل کش چیزوں کی دلداری ملتی ہے جن کا خیال رکھنا ہمارے گم شدہ رشتے داروں کی جگہ لے آتی ہے۔"

یہی گفتگو تھی جو میرے باپ نے میرے ساتھ کی تھی۔ لیکن میں وہ خطرہ بھول نہیں پایا: یہ سمجھنا ممکن تھا کہ وہ مونسٹر جو خونریزی کے کاموں میں ہر چیز پر مطلق اقتدار رکھتا ہے، لاحق نہ ہو سکے گا۔ جب اس نے کہا "میں تمہاری شادی کی رات تم کے پاس ہوں گا"میں نے دیکھا کہ اس کوقسمت کے طور پر کچھ جوبر نے چنے جیسا توجہ دیا ہی تھا۔ لیکن میرے لئے موت خوفناک نہیں تھی اگر یہ مطلب ہوتا تھا کہ میں الیزابت کو کھو نہیں رہا ہوتا۔ تو میں اپنے باپ سے متفق ہو گیا، خوش نما اور حتیکً ہنستے دکھائے کہ اگر میری کزن راضی ہوتی ہیں تو ہم دس دنوں کے اندر ہی شادی کر لیں گے۔ مجھے لگا کہ یہی میری قسمت محی کرے گی۔

302

ہائے ربّا! اگر مجھے صرف یہ معلوم ہوتا کہ میرے مخوف دشمن کے ذہن میں کیا بُرے منصوبے تھے! میں تو بس منظر پر بھٹکتا، دوستوں کے بغیر، اکیلا دنیا میں پھرتا۔ اس ہولناک شادی سے مانا بہتر ہوتا۔ لیکن کسی طرح، مخلوق نے میرے ساتھ کچھ چالیں کیچھیں اور میں اس کے حقیقی ارادوں کو نہیں دیکھ سکتا تھا۔ میں صرف اپنی موت کے لئے تیار ہو رہا تھا، لیکن حقیقت میں، میں کسی بہت پیارے شخص کی موت کو تیز کر رہا تھا۔

جب ہماری شادی کا دن نزدیک آ رہا تھا، تو میں نے اپنے دل کا بھاری ہونا محسوس کرنا شروع کیا۔ میں نے اپنی غمگینی کو ظاہر نہ کرنے کی کوشش کی،

لیکن ایلزبتھ، جس کی ہمیشہ خبردار آنکھیں تھیں، میرے اعمال کو پہچان لیتی۔ وہ ہماری شادی کے لئے ایک پرسکون خوشی کے ساتھ پیشگوئی کر رہی تھیں، ہالانکہ کچھ خوف بھی تھا۔ ہم نے گذشتہ مصائب کو آگے بڑھتے ہوئے ایسے یقین کا سامنا کیا تھا کہ وہ جو اب معقول اور محسوس خوشی نظر آ رہی تھی، یہیں جیسے ایک خواب کی طرح غائب ہو سکتی ہے، جس کے بعد صرف گہری اور دائمی پچھتاوا باقی رہتا ہے۔

303 مہم رسم تیاری کرل شوی. ملګرتیان پہ الوتنی کړی نو تول باور کوی. زما مور پہ آستریا پہ دولت کښی الیزابیت د ټولګیی وراثت ورستہ ژوبلی کړلی. ھی د یو لتو خاوری د پیشہ خونو کښی مالکہ شي د کوموردی کبلہ شوی. زموږ د همدا پہ کښنتہ، تاسو ترول کرمو اوسېدی پہ ګور ببوونو پہ سری تاسو ھم پہ ډیرہ ھلتہ موندلی او پبنہ ورکړو اجتنابي چاړی کوئ. خپل پہ ھرہ وخت کښی کمونہی او چاکو او ټوک ھمیشہ تر کښری او د عیوضو جزا کولو وببنتہ پر منظور شوم. زما بہ پہ احساس کښی واخلزی او پہ ځای کښرم نو بی خبرہ و ستاسو باباسو راوړل شم. د ټوک لوستل شي تقدیر د ھمو حلی رنګ د رسم نہ شی.

304 الیزابیت خوش نظر آ رہی تھیں، اور میرا سکون موجودہ جوش و خروش کو کم کرنے میں مدد کرتا تھا۔ لیکن وہ دن جب میری خواہشات کو پورا کرنے اور میرا مقدر بدلنے والے دن تھا، وہ اداس نظر آ رہی تھیں اور محسوس کر رہی تھیں کہ کچھ برا ہونے والے ہے۔ شاید وہ بھی سوچ رہی تھیں کہ میں نے اس کی وعدے کی تھی کہ اگلے دن اسے ایک خوفناک راز کہوں گا۔ تو بیچاری بھی یہ سمجھ رہی تھی کہ شاید اسی سبب سے الزامیدگی جوڑتی ہوئی ہے۔

اسی دن کے بعد، بڑا سا گروہ لوگ میرے والد کے گھر مقام لیا۔ ہم نے فیصلہ کیا تھا کہ الیزابیت اور میں سفر کی شروعات کشتی پر کریں گے، رات کو ایویان میں رہ کر اگلے دن جاری رکھیں گے۔ موسم خوبصورت تھا، ہوا موافق تھی، اور ہر چیز ہمارے شادی کے کشتی کے سفر کے لئے مکمل طور پر مکمل تھی۔ یہ وہ آخری لمحات تھے جب میں نے اپنے جیون کو واقعی خوش محسوس کیا۔ ہم نے تیزی سے جھیل کے ساتھ سفر کیا، دھوپ سے بچنے کے لئے چھتری کے تحت محفوظ رہے۔ ہم نے دلبر ساحل اور پہاڑ دیکھے۔

305 میں نے الیزابیت کے ہاتھ پکڑے اور کہا، "تم غمگین لگتی ہو، میری جان۔ اگر تم صرف یہ جانتی کہ میں نے کتنا درد سہنا ہے اور میں کتنا اخطار کا سامنا کر سکتا ہوں، تو مجھے اس ایک دن کی امن و امید کا لطف اٹھنے دے۔"

"فکر نہ کرو، وکٹر،" الیزابیت نے جواب دیا۔ "تم کوسی بات کی تشویش کرنے کی کوئی ضرورت نہیں ہے۔ چاہے میں بہت مطمئن و خوش مظاہر لگ رہی ہوں یا نہ لگ رہی ہوں، میرا دل قانع ہے۔ مجھے ایک ایسی توجہ ہوتی ہے کہ ہمارے مستقبل کو زیادہ پیچیدہ نہیں بنانے کی۔ لیکن میں ان منفی خیالات کی اداوں کو نہیں

سنوں گی۔ دیکھو ہم کتنی تیزی سے چل رہے ہیں، اور کیسے مون بلانک کے اوپر بادلیں منظر کو خوبصورت بنا رہی ہیں۔ اور دیکھو سب مچھلیاں صاف پانی میں تیر رہی ہیں، ہر پتھر تہہ میں نمودار ہے ۔ کتنا مکمل دن ہے ! خدا کی قدرت چمکتی ہے اور امن سے بھرپور ہے ۔"

الیزابیت نے اپنے آپ کو اور مجھے اکسانے کی کوشش کی، لیکن اس کی مزاجیت مسلسل تبدیل ہوتی رہتی تھی۔ خوشی اکثر اوقات اس کی آنکھوں میں روشنی لاتی، لیکن پھر توجے کا معنوں کھو جاتی اور وہ خیال کشی کرنے لگتی۔ گھٹتی ہوئی روشنی سورج آفتاب کا منظر بدل رہی تھی۔ ہم ڈرانس ندی کو بطور گھاٹی کے بیچ میں آگے بڑھتے ہوئے دیکھتے تھے کہ وہ کس طرح چوٹی کوہوں کے درمیان سے آتی ہے. یہاں الپس جھیل کے قریب تر آتے تھے ، اور ہم کوہستانوں کے قریب تر پہنچتے تھے. ہم درختوں کی آگے سے ایویان کی چوٹی کو دیکھ سکتے تھے ، جو کہ جنگلوں میں گھیری ہوئی تھی.

کڑا ہوا جو ہمیں آگے لے جا رہا تھا، مغرب آفتاب کے وقت اچانک کمزور پڑ گیا ، صرف ہلکا ہوا رہ گئی۔ نومیدیوں کے بیچ اس سوسائند کی ہلکی ہوا کی وجہ سے درختوں کے درمیان ایک خوشگوار حرکت پیدا ہوئی۔ وہاں سے ہم پھولوں اور تازہ کٹی گائی کی خوشبو کو محسوس کر سکتے تھے. آفتاب منظر زمین کے نیچے ڈوب رہی تھی بلکل جیسے ہم ملک کے قریب تھے. اور جب میں ساحل پر پاؤں رکھا، میں محض مایوسی اور خوف سے متاثر ہوگیا جو جلد ہی میری زندگی کو قابو میں کرتا رہے گا.

CHAPTER XXIII

307 وقت وصولنا كان الثامنة مساءً. قمنا بنزهة قصيرة على طول الشاطئ. بعد ذلك، عدنا إلى النزل واستمتعنا بالمزيد من المناظر الجميلة.

الرياح، التي تهدأت من الجنوب، اشتدت فجأة مرة أخرى، وهذه المرة هبت عاصفة من الغرب بقوة. كان القمر قد وصل إلى أعلى نقطة له في السماء وكان يبدأ في النزول. كان هناك العديد من الطيور في الهواء. بدت وكأنها نسور. فجأة، بدأت عاصفة مطرية ثقيلة.

لقد كنت هادئًا خلال النهار، لكن في لحظة وصول الليل وتبدأ الأشياء بأن تصبح أقل وضوحًا، امتلأ عقلي بآلاف المخاوف. كنت قلقًا ومنتبهًا، مع مسدس مخبأ في جيبي. كل صوت يخيفني، ولكن اتخذت قرارًا بأنني سأقاتل بشراسة، لن أتراجع حتى يتم هزيمة خصمي أو أنا.

شاهدت إليزابيث اضطرابي بصمت، شعرت بالخوف والاضطراب. يمكنها أن تعرف من تعبيري أن هناك شيئًا خاطئًا وسألتني بعصبية: "ما الذي يؤرقك يا حبيبي فيكتور؟ مما تخاف؟"

"أوه، رجاءً يا حبيبتي"، أجبت "سيكون كل شيء على ما يرام هذه الليلة. لكن هذه الليلة مريعة جدًا، مريعة جدًا."

308 میں ایک گھنٹے تک پریشان حالت میں گزارا، پھر مجھے یہ سمجھ میں آیا کہ اگر وہ جھگڑا ہو تو میری بیوی کے لئے کتنا خوفناک ہوگا۔ میں نے اُسے التجا دی کہ چلیں اور وعدہ کیا کہ جب مجھے یقین ہو جائے کہ میرا دشمن کہاں چھپا ہوا ہے تو میں بعد میں آپکی پیروی کروں گا۔

149

وہ چلی گئی اور میں ایک دیر تک گھر میں چھرے کونوں کی تلاش کرتا رہا
جہاں میرا مخالف مقابلہ کرسکتا تھا۔ لیکن میں نے کچھ بھی اثر نہیں دیکھا اور
سوچنے لگا کہ شاید کچھ خوش قسمتی نے اسے اس کے منشیات پر عملدرآوری
سے روکا ہوگا۔ اچانک، میں نے ایک بلند اور خوفناک چیخ سنی۔ یہ چیخ الیزابیتھ
کے کمرے روم سے آئی تھی۔ جب میں نے یہ سنا، تو فوراً سمجھ گیا کہ کیا ہوا ہوگیا
ہے۔ میرے بازو ڈھیلے پڑگئے، میں کوئی حرکت نہیں کرسکا۔ میں نے محسوس کیا
کہ میرا خونٹا انگھوریوں کے راستے سے برف کی طرح ٹھنڈا حوصلہ گھٹ رہا ہے،
اور میرے انگ نمیں بھی چبھن آرہے تھے۔ یہ حالت صرف کچھ لمحے تک رہی، پھر
مجھے چیخ باریں سنائی دی، اور میں روم میں دھاوا بول پڑا۔

309
اوہ نہ! مجھے بیٹھ ہونا چاہیے تھا! میں ابھی تک یہاں ہوں کہ ساری دنیا کو بتا
سکوں کہ یہاں زمین پر سب سے امیدوار اور پاک کشش والے موجود کی تباہی کی
دلخراش قصہ کچھ موقع پر بستر پر بے حرکت اور بے جان بستی تھی۔ اس کا سر
منہ جھوکا تھا، اس کا ہلکا اور خراب چھرہ بال کے ادھار ختم ہو جاتے تھے۔ منظر
دیکھ کر مجھے چوک سے دوری کی پیمانہ سازی تھی اور مجھے یہ بھی نہیں پتہ
تھا کہ کیا میں زندہ رہ سکوں گا یا نہیں۔ کچھ لمحہ کے لئے، میں بےہوشی ختم
ہوچکی تھی اور زمین پر گر پڑا.

جب میں ہوش میں لوٹا، تو میں نے دیکھا کہ میں ان لوگوں کے گھیرے نگراں
ہو چکا ہوں جو فندق سے تھے۔ ان کے مناظر پر قابو دور ہوا ٹکمانے ہی بشگونگی
نے غرق کر رکھی تھی۔ میں نے ان سے بچنے کی کوشش کی اور الزیبتکی تشییع
کمرے کی طرف واپس چل پڑا۔ وہ میری محبت، میری بیوی تھیں جو ہاں میں ہاں
ممکن تازہ ترین آدمی تھیں اور میرے لئے وہ بہت پیاری تھیں۔ میں نے اسے دیکھا
تو پہلے والے حالت سے با ج لی گئی تھی۔ اب اس کا سر اب اس کی بازو پر رہتا
تھا ،ہاتھ مال مضبوط فیشلی اور گردن پر ہلکی سی منقاب کے ساتھ رکھا گیا تھا۔
صرف ایک نظر میں، کوئی بھی سوچ سکتا تھا کہ وہ سو رہی ہے۔ میں نے اس کی
طرف تیزی سے بڑھا اور اسے گھٹ لیا لیا، لیکن جانداری کی عدم موجودگی واضح
تھی۔ اسکی گردن پر کسی کے قبضے کی ایک خوفناک نشانی تھی۔

310
جبکہ میں اندھیرے میں سروف کر رہا تھا، مایوسی کے بڑھتے دباؤ سے مکمل
ذہنی بےقابو ہو چکا تھا، میں نے اوپر کی طرف جھک کر دیکھا۔ کمرے میں پہلے
تاریکی چھائی ہوئی تھی، اسی لئے مجھے شدید حیرت ہوئی جب میں نے چاند کی
پھیلتی ہوئی پھیکی روشنی دیکھی۔ کھڑکیاں کھول دی گئی تھیں اور میری
ہولناکی سے میں نے دیکھا کہ ایک شکل کھڑی ہو کر کھڑکی پر کھڑا تھا۔ ایک
شیطانی مسکان چھرے پر پھیل گئی جب وہ میری بیوی کی بےجا حالت کیساتھ
ونڈو کی طرف تشیر کرتا رہا۔ میں نے چشت کرتے ہوئے اس کی ترف تیزی سے دوڑا،
لیکن وہ جھیل میں شوچوں کے ساتھ غائب ہو گیا.

گن شٹ کی آواز نے مجموعے کو کمرے میں بھائیا دیا. میں نے وہاں اس شیطان کیساتھ چھواپسر لگانے کے رخ سمٹایا اور ہم نے کشتیوں میں بندوق کی طرف چل پڑے تاکہ اسے تلاش کر سکیں. ہم نے پانی میں جالیں بڑھائی، لیکن ہماری کوششوں کا کچھ بھی نہیں ہوا. ہماری تلاش میں بہت سے گھنٹے بت بت اور کمکے کھنٹے بھٹے گزرنے کے بعد، ہم مایوسی سے دوبارہ کنارے پر آئے. میرے اکثر ساتھیوں کو یقین نہیں ہوا کہ وہ دیکھا ہوا میری خیالیات کی پیداوار تھی. جب ہم کشتیوں سے اترے ، انھوں نے گروہوں میں تقسیم ہو کر اُس پاس کی زمینوں اور انگوروں کے منازل کا تلاش کیا.

311

میں نے کوشش کی کہ ساتھ چلوں ، گھر سے کچھ دور چلتا ہوں۔ لیکن میری سر پر چکر آ رہے تھے اور مین بدھمیز سمیت الکھڑے چلتا رہا۔ آخرکار ، میں تھکاوٹ سے گر کر زمین پر گر پڑا۔ میری نظر غیر واضح ہوگئی اور میری جسم کو بخار سے خشک کیا گیا۔ وہ مجھے گھر پر واپس لے گئے اور مجھے بستر پر لٹا دیا۔ میں مشکل سے پہچانتا تھا کہ کچھ ہوا کہاں ہوا تھا۔ میں کمرے کی طرف مکمل نہیں دیکھ رہا تھا ، کچھ کھوج رہا تھا جو میں کچھ کھو جانے کی تلاش کر رہا تھا۔

کچھ وقت بعد ، میں اٹھا اور ایسا ہیسے کو انسٹنکٹ کی طرف بدل گیا جہاں میری محبوبہ کا جسد موجود تھا۔ وہاں حالاکہ ساری عورتیں روتی تھیں۔ میں اس جسم کے پاس جھکے ، ان کے ساتھ آنسو رونے میں شامل ہوئے ۔ اس دوران ، میری سوچ ورتھ کلیر سوچ کر یہاں وہ لاپتا ہوگئی تصویر بنا نہیں سکتی تھی۔ میرے خیالات گم گشت کرتے رہے ، میری بدنصیبیوں اور اُن کے اسباب کو ملاتے رہے۔ میں تذبذب اور دہشت زدگی میں گم رہ گیا۔ ولیم کی موت ، جسٹن کی سزا ، کلیرکال کا قتل اور آخر کار، میری بیوی کی موت ۔ یہاں تک کہ وقت بھی میرے باقی دوست ہمیشکت خوشیوں کی چھال چڑھانے اس شیطان کے بری منصوبوں سے محفوظ ہوں گے ، مجھے اس کی علامتیں نظر نہیں آرہی تھیں۔ میرے باپ اس کے کفالت میں دب گیا ہو سکتے ہیں اور ارنسٹ بھی مر گیا ہو سکتا ہے ۔ یہ خیال مجھے کانپوں لگ گیا ، میری ہوشیاری واپس آنے لگ گئی۔ میں اٹھا اور جلدی سے جنیوہ کے لئے واپس جانے کا فیصلہ کیا۔

312

آگے د کوچو تہ حصبد نشتہ دی ترخو د چراغونو اتوار۔ باورحُوری چاوپبنبی سرو، او ہار پہ نیول شومی دی تر اوسویدو۔ ہرآیند د نیولو وخت سرہ شام تہ وسپارم۔ زما ہیلہ ودومہ کریدہ یو دی تر کڑہ وادہ شولو ، او خپلہ خاطرہ بہ ستاسو تقاضا کی پخپہ کرو۔ پہ داسی وخت کبی ، زما لہ پوہنتنو پہ خم زخمہ کبی پرا و ٹچہ ہی ستاسوہ د عزیزانو د خاطرہ دی پہ منظرہ کی ورتہ نظر وباسی، نو ہیٹھ ورتہ اندابنبہ نہ وہ۔ اموالم سرہ یی کڑہ شومی ، د عزیزانو د خاطرہ د ننی دنی اتلبی تر کڑہ شومی پہ نوم کبی الوتکہ موندی۔ ژوندی اوس بربنبنالی ہاویدی انتظارونہ یی لغوستل

151

شومې. پہ جو ، زما خوشحالہ وکړہ شومې ، اما اوسہ نہ پلار کوبنبں اوسي. چاپیر
یو بلا جُپلی نړی لہ کنبی تر کړہ شوہ، او ھیٹ ورتہ امید نہ الوہ راځي. یو شیطان مہ
د دی امیدوارہ آیندہ تر ګرګرکولو مہ تہ خُان نہ ، پخپر شوم چی دوی نہ ومیند شي. پہ
مخہ ورِوہ ستا سرہ یی ورتہ مشر حالیہ ستاسو دی منزل پہ تاریخ کی.

313

لیکن میں اس وحشتناک واقعے کے بعد ہونے والے چیزوں کے بارے میں بات کرتا
کیوں رہوں؟ میری کہانی وحشتناک واقعات سے ہرگز نہیں بھری گئی۔ یہ اپنے
آخری نقطے پر پہنچ چکی ہے اور میں اب آپ کو بتانے والی باتوں کو صرف کچھ
کوششوں میں ختم کرنا چاہتا ہوں۔

آخرکار میں جنیوا پہنچا۔ میرے والد اور ارنیسٹ ابھی بھی زندہ تھے ، لیکن
میرے والد کو میں لائی ہوئی خبر برداشت نہیں ہوسکی۔ ان کی آنکھوں میں چمک
اور خوشی کا رنگ ختم ہوچکا تھا اور وہ بے مقصد طور پر پھر راہے گرفتہ تھے۔
الیزابیتھ، جسے وہ اپنی بیٹی کی طرح محبت کرتے تھے ، اسے بہت خوشی دیتی
تھی۔ انھوں نے اسے گہرائی سے پیار کیا، خاص طور پر جب ان کے زندگی کے اس
مرحلے میں بہت کم عزیز بچے رہتے تھے۔ میں اس شیطان کا لعنت گذاری کرتا ہوں
جس نے میرے والد کی بوڑھی عمر میں اتنی رنج دی۔ ان کی جیتنے کی خواہش نے
اچانک گم ہوگئی۔ وہ تکیے سے باہر تک بھی نہیں نکل سکے ، اور صرف چند دنوں
میں وہ میری بازوں میں اس دنیا سے رخصت ہوگئے۔

314

اس کے بعد میرے ساتھ کیا ہوا۔ مجھے نہیں معلوم۔ میں سب کچھ حس کرنا
بھول گیا اور گھیرے ہوئے گولھوں اور تاریکی کے درمیان تھا۔ میں بہت غمگین
محسوس کرتا تھا ، لیکن وقت کے ساتھ، میں اپنی بہترین حالت کو سمجھنے اور
اپنے بے حسی کو محسوس کرنے لگا۔ آخر کار، وہ مجھے میری قید سے آزاد کر دیا
کیونکہ انھوں نے سمجھا کہ میں پاگل ہوں۔ یہ بات ثابت ہوا کہ بہت مہینے تک، میں
ایک چھوٹے ، تنہا قید خانے میں بند رہا تھا۔

مگر آزادی میرے لئے بہت کچھ نہیں تھی مگر میں اپنی عقل کی صحت کو
بحال ہوتے ہوئے بدلتا تھا، میں انتقام کی تلاش میں جاگ گیا۔ جیسے ہی میں اپنے
ساتھ ہونے والی بدمستی کی بھیاں کو یاد کرتا، میں سوچنے لگا کہ یہ سب کیوں
ہوا۔ یہ سب میری وجہ سے ہوا جو میں نے پیدا کیا، وہ بے رحم مخلوق جو میں نے
دنیا میں بربادی کے لئے میں رہا کیا۔ جب بھی میں اس کی یاد کرتا، میرے دل میں ایک
غیر قابو گرمائی بھر جاتی تھی۔ مجھے انتقام کی خواہش ہوئی۔

میری نفرت صرف انتقام کی خواہش تک محدود نہیں رہی۔ میں سوچنے لگا کہ
میں اسے کیسے قبضہ کروں۔ تقریباً ایک مہینہ بعد جب مجھے رہا کیا گیا، میں
شہر کے ایک قاضی کے پاس گیا اور اسے بتایا کہ میرے پاس ایک الزام ہے۔ میں
نے کہا کہ میں اپنے خاندان کو برباد کرنے والے قاتل کو جانتا ہوں اور اسے اس
خوفناک مخلوق کو گرفتار کرنے کے لئے اپنی طاقت کا استعمال کرنے کی امید کی۔

315

قاضی میری بات کو دھیان سے سنا اور شفقت کے ساتھ کہتے ہوئے ، "آپ یقین رکھیں، آقا۔ میں کوشش نہیں بچانے والا کرنے کے لئے مجرم کو بیرون کرنے میں۔ شکریہ،" میں نے جواب دیا۔ "پھر، براہ کرم، میری بیان سنیں۔ یہ کھانی اتنی عجیب ہے کہ مجھے ڈر ہے کہ آپ اسے نہیں مانیں گے، لیکن اس میں کچھ حقیقت ہے جو، جتنی بھی غیر معمولی ہو، ایمانداری سے قبول ہوتی ہے۔ یہ کھانی ایک خواب کے طور پر غلط قرار نہیں لے سکتی، اور مجھے جھوٹ بولنے کا کوئی سبب نہیں ہے۔" میں نے اپنی بات کو پرسکون انداز میں کہا۔ میرے دل میں، میں نے اپنی تباہ کن کو آخر تک پیچھا کرنے کا عزم کیا تھا، اور یہ مقصد میرے درد کو دبوا کر، اور کچھ وقت کے لئے، مجھے زندگی قبول کرنے پر مجبور کرتا رہا۔ میں نے اپنی تاریخ کو مختصر لیکن اعتماد سے بیان کیا، تاریخوں کو درست طریقے سے نوٹ کیا اور غصے یا ہے ہے تکی پر بہرم میں نہیں گرا۔

پہلے تو، قاضی نے شکی انداز میں دکھایا، مگر جب میں جاری رہا، تو وہ زیادہ توجہ اور دلچسپی کے ساتھ سنتا گیا۔ کبھی کبھار، میں نے دیکھا کہ وہ خوف سے کانپ رہا تھا۔

جب میں اپنی کھانی ختم کی، تو میں نے کہا، "یہ وہ شخص ہے جسے میں الزام دیتا ہوں، اور میں آپ سے مطالبہ کرتا ہوں کہ آپ اپنی قوت استعمال کرکے اسے گرفتار کریں اور سزا دیں۔ یہ آپ کا قانونی فرض ہے، اور میں یقین کرتا ہوں اور امید کرتا ہوں کہ آپ کی انسانیت کا رحم اس معاملے پر اپنی ذمہ داریاں ادا کرنے سے روکے گا نہیں۔"

316

میری بات کرتے ہوئے، میں نے میرے بات کرنے والے شخص کے چہرے میں تبدیلی دیکھی۔ وہ میری کھانی سن چکے تھے، مگر صرف نصف اعتقاد کیا تھا، سمجھتے کہ یہ صرف بھوتوں اور عجیب و غریب واقعات کی کھانی ہے۔ لیکن اب جب انہیں آئینی کارروائی کرنی پڑی، ان کے شکوں وسوسوں کی زاتیت واپس آئی۔ حالانکہ، وہ مدھم گیتی سے جواب دیا، "میں آپ کی تلاش میں آپ کی مدد کرنا چاہتا ہوں، مگر وہ خلق جس کی تصویر تو نے کھینچی ہے، اس میں ایسی صلاحیتیں ہیں کہ میرے لئے اسے پکڑنا ناممکن ہوگا۔ آپ ایک چیز کا تعقل کیسے کر سکتے ہیں جو ہمیشہ سزا بھرے جگہوں میں چل رہا ہوتا ہے اور خطرناک منعقد جگہوں میں چھپ جاتا ہے؟ علاوہ ازیں، اس نے اپنے جرائم کرنے کے بعد کئی ماہ گزر گئے ہیں، تو کون جانتا ہے کہ وہ اب کہاں ہوسکتا ہے۔

میں یقین کرتا ہوں کہ وہ میرے رہنے کی جگہ کے قریب ہے، اور اگر وہ الپس میں چھپا ہوا ہے، تو ہم اسے جنگلی جانور کی طرح شکار کرسکتے ہیں۔ ہم اس کو خطرناک شکاری کی طرح تباہ کرسکتے ہیں۔ لیکن میں جانتا ہوں آپ کی سوچ کیا ہے - آپ میری بات پر یقین نہیں کرتے ہیں، اور آپ میرے دشمن کو ان کے مستحق حسب ظلم سزا نہیں سنانے کا ارادہ رکھتے ہیں۔

جب میں بات کر رہا تھا، میری غصے کی عکاسی میری آنکھوں میں دکھ رہی تھی اور منصف خوفزدہ ہوگئے۔ انھوں نے کہا، "تم میں غلطی ہو رہی ہے۔ میں اپنی پوری کوشش کروں گا تاکہ ذاتی ستمبردار جیسوں کے جرائم کی سزا سے گرفتار کرلیں۔ البتہ، تم نے جو حیوان بارے میں بیان کیا ہے، ممکن ہو کہ ہم اسے پکڑ نہ سکیں۔ جب تک ہم ضروری اقدامات اٹھاتے ہیں، محبت کے کچھلیس لینے کی سمت میں تیار رہو۔"

یہ قابل قبول نہیں۔ لیکن میں مانتا ہوں کہ میری انتقام کی ضرورت تم پر" اثرانداز نہیں کرتی۔ حالانکہ، میں اقرار کرتا ہوں کہ یہ میری زندگی میں طاقت ورانہ عشق ہے۔ مجھے لاکھ بیانیے تاشدیدی سے روانہ ہوتی روشن فوج کی کینگری جاننے میں افسوس کرنی کرنی پڑتی ہے۔ تم میری مدد نہیں کرسکتے تو، میری صرف ایک اختیار باقی رہتا ہے۔ میں اپنے آپ کو، چاہے زندگی میں ہو یا موت میں، اسے تباہ کرنے میں مختص کردونگا۔"

جب میں یہ الفاظ بولا، میں کانپ رہا تھا۔ جنیوا کے منظور سے ایک منصف کے لئے جو مختلف معاملات پر توجہ دیتا ہے، میرا دلچسپیوں سے بھرا خیال مکامل طور پر بے وقوف نظر آتا تھا۔ وہ مجھے بچے کو تسکین دینے کی طرح سکوئیدے کرنے کی کوشش کی، اپنی روحانی بیماریوں کے الفاظ سوچتے ہوئے۔

آدمی!" میں چیخا، "تمہاری غرور تمہاری جہالت میں تمہیں آنکھوں کا پٹڑا"
کرتا ہے! رکو! تم نہیں سمجھتے کہ تم کیا کہ رہے ہو"

مجھے زیادہ غصہ   جاتے ہوئے   گھر سے
اور پریشانی محسوس ہو رہی تھی۔   میں   کہیں   خاموش جگہ
پر گیا تا کہ سوچ سمجھ کر دیکھ سکوں کہ میں کچھ اور کر سکتا ہوں۔

CHAPTER XXIV

میں تازہ ترین حالت میں اتنا مصروف ہو چکا تھا کہ میری سوچ صاف نہیں کر سکتی تھی۔ غصہ مجھے بیچارہ کر گیا تھا، لیکن یہی قوت مجھے مرکوز رہنے کی حمایت کرتی تھی۔ بے کنٹرولی سے بچنے کے بجائے، میں بے حساب کتاب پر توجہ دینا شروع کر دیا۔ مجھے معلوم تھا کہ مجھے جینوا کو ہمیشہ کے لئے پیچھے چھوڑنا ہوگا۔ اگرچہ جب زندگی اچھی تھی تو یہ میرے لئے عزیز تھا، لیکن اب یہ بہت بے بردگی کا احساس ہونے لگا تھا۔ میں نے اپنی ماں کی کچھ رقم اور جواہرات جمع کیں اور سفر پر نکل گیا۔

ارے ویسے ہی، میری سفریں شروع ہوگئیں، جو میری موت تک ختم نہیں ہونگی۔ میں نے اس زمین پر بہت سارے جگہوں کا دورہ کیا اور ان بے رحمانہ ٹھہرکنوں کا سامنا کیا ہے جو مسافروں کو صحراوں اور غیر تعلیم یافتہ علاقوں میں تکلیف دیتی ہیں۔ میں یہ بھی نہیں جانتا کہ میں نے زندہ رہنے کیسے کامیابی حاصل کی۔ بہت بار، جب میں مٹ گیا تھا ریت میں تھکا ہوا لیٹا ہوا تو میں موت کی دعا کرتا رہا۔ لیکن انتقام مجھے آگے بڑھنا بنا رکھا۔ میں نہیں مر سکتا اور اپنے دشمن کو جینے دے سکتا۔

جب میں جنیووا چھوڑ کر چلا گیا تھا، میرا پہلا کام میرے آئندہ جاسوسی کے دشمن کو تعاقب کرنے میں مدد کرنے والے کوئی نشانی تلاش کرنا تھا۔ البتہ، میرے پاس کوئی واضح منصوبہ نہیں تھا، لہذا میں شہر کے کنارے میں کچھ گھنٹے کے لئے آوارہ ہوا، یقین نہیں ہوسکتا تھا کہ کونسا راستہ اختیار کرناچاہیے۔ جب رات ہوئی، تو میں خود کو قبرستان کے داخلے پر پایا، جہاں ولیم، الیزابیتھ اور میرے والد

مدفون تھے ۔ یہ ایسا لگ رہا تھا جیسے روحانیات زمین پر حلقہ بنا رہی تھیں، میرے پر تاریکی کا سایہ ڈال رہیں تھیں۔ میں اسے محسوس کرسکتا تھا، عبوری حالات میں تو نظر نہیں آتی تھیں لیکن۔

321   جب میں یہ دلدرد بھری منظر دیکھا، تو افسردگی نے میرے دل کو ہولناک غصے اور ناامیدی میں بدل دیا۔ وہ چلے گئے تھے اور میں بہن گیا تھا. جو انھیں قتل کرتا تھا، وہ بھی ابھی زندہ تھا، اور اپنے رنج و غم سے چھٹکارا حاصل کرنے کیلئے، مجھے زندہ رہنا تھا. میں گھاس پر گھٹنے ٹیک کر بیٹھ گیا اور زمین کو چوما. ہلتے ہوئے لبوں سے میں نے کہا، "میں اس پاکتان بچنے ٹیکا خدا پر قسم کھاتا ہوں، پاس میں جو روح ہیں، اور جو عمیق اور ہمیشہ کا غم محسوس کر رہا ہوں، میں اس رنج کے باعث ظالم دھیم .... شک رہے ہوں. میرے نفع کیلئے میں خود کو زندہ رکھوں گا۔ میں دوبارہ سوریا کو دیکھوں گا اور زمین کے سبز گھاس پر چلوں گا۔ مجھ سے درخواست ہے، مردہوں کی روحیں، اس حالت میں مسخ بنیاد کو بہت سزائیں دو۔ اسے اختیار ہو کے میں جو الان محسوس کر رہا ہوں وہی لامحدود ڈوب مستار ہو".

میں نے اپنی التجا کو سنجیدہ اور عظیم انداز میں شروع کیا، محسوس کرتے ہوئے کہ میرے مقتول دوستوں کی روحیں سن رہی ہیں اور منظوری دے رہی ہیں. لیکن جب میں ختم کر رہا تھا، غصہ مجھ پر حکم کر چکا تھا اور مجھے مزید بولنے کا موقع نہیں ملا.

322   پہاڑوں میں یہ چکخاہٹ گونج گئی۔ چھلکیتے دکھوا کے بعد، میری کان میں ایک آواز پیش آئے، جسے میں پہچانتا تھا، ایک آواز جسے میں نفرت کرتا تھا، میری نیازوں کو مکمل کرتی ہوئی کہا، "مجھے خوشی ہوئی ہے۔ تم شفقت اور مجروحہ ماؤں کا نتیجہ بیان کر رہے ہو۔ تم نے زندہ رہنے کا فیصلہ کیا ہے اور مجھے خوشی ہوئی ہے۔"

میں آواز کا ماحصلہ دیکھتے ہوئے پھرتا رہا، لیکن شیطان میرے جوڑا گر گیا۔ پھر، پوری چاند طلوع ہوئی اور اس کے ڈراوئی میں انتہائی خوفناک اور ملوس شکل کو بیدار کیا جب وہ کسی بہترین رفتار کے ساتھ دور کی بھاگتے ہوئے۔

میں اس پیچیدہ سائندوں کو بہت مہینوں تک پیچھے کیا۔ عجیبے رسّا کے قصبتی ساتھ کچھ بھگائوں کی وجہ سے، میں شیاطین کو رات کی بھگتے ہوئے کشتی پر چھپتے ہوئے نظر آیا۔ میں اسی کشتی پر چڑھ گیا، لیکن کسی طرح اسے دسا کر بھاگ گیا، اور میں اس کا حل نہیں جانتا۔

323   تارتارستان اور روس کے دور رعامی ناضاں میدانوں کے درمیان، اگرچہ وہ مجھے مکمل طور پر ایسا کر کے باز ماگرے ہیں، میں نے اس کا پیچھا ہمیشہ کیا ہے ۔ کچھ دم بخوف ہراسیدہ لوگ مجھے بتاتے ہیں کہ وہ مشاہدہ کیے گی۔ کبھی کبھی وہ خود بھوٹ کھود ہی کچھ نشان-اثر چھوڑ کر چلے جاتے

ہیں، اس کا خوف میں کہ اگر میں آ ٹا ٹریس اُن یہ جاوں تو میں ہمیشہ کے لیے مایوس ہو کر ناسُور ہوجاتا۔ سردی، بھوک اور تھکان۔۔۔ یہ عذاب مکبول کرنے والے خوفناک جھٹکوں میں سب سے کم تھے۔ مجھے شیطان کا لعنت تھی۔ جب میں سب سے زیادہ مایوس ہوتا تھا، وہ روح کتاب کر مقتول کرتا تھا کہ میں منظور نعمتوں کی کمی میں دبگر نشانہ بن جانے سے کیا سامنے تکلیفوں سے بچکر نگاہ کرتا ہوں۔ کبھی کبھی جب میں بوہروں اور کہدو کی فضیلت وں سے کمزور ہو کر زندگی سے صاحب کرکیلت آرے۔میل طور پر ایک خراب کرکالی ظاہر چکا تھگا، ایک طعام تعجبناک ظاہر ہو جاتا تھا۔ میری سفر میں، یگ ہنگاماتیں وہاں کنر شو منظور تھے ۔یہ شوق میری پیچش میں مدد کر رکھتے تھے

324 جب مجھے موم بھی ملے تو میں ان ندیوں کے راستے پر چلتا رہا لیکن وہ جانور جس کی تعاقب کر رہا تھا عموماً اس علاقے سے دور رہتا تھا کیونکہ یہاں زیادہ تر لوگ رہتے تھے۔ دوسرے علاقوں میں، میں بہت کم لوگوں کو دیکھتا تھا اس لئے میں خود پر آئے جانوروں کا استعمال کرتا تھا تاکہ میں ان سے کھانا حاصل کر سکوں۔ میرے پاس تھوڑا پیسہ بھی تھا جسے میں لوگوں کو دیتے ہوئے ان سے دوستی برقرار کرتا تھا۔ کبھی کبھار، میں شکار کیا ہوا کھانا لے کر آتا تھا اور ان لوگوں کے ساتھ حصہ تقسیم کرتا تھا تھا جنہوں نے مجھے آگ اور پکانے کے آلات دیے تھے۔

325 میری زندگی بہت بدنصیب تھی، محض میں سوتا رہتا تھا تو خوابوں میں خوشی اور خوشی کی محسوس کرتا تھا۔ یہ ایسا لگتا تھا کہ میرے دوستوں نے میرے لئے خوشی کے لمحے بھیج دیے تھے تاکہ میں اپنے سفر پر مضبوط رہ سکوں۔ اگر ان لمحوں کا اختتام ہوتا تو میں بار جاتا۔ دن بھر، میں رات کی امیدوں کو تھامتا۔ اپنے خوابوں میں، میں اپنے دوستوں، اپنی بیوی، اور اپنے پیارے ملک کو دیکھتا تھا۔ میں اپنے والد کی شفقت بھرا چہرہ دیکھتا، اپنی بیوی کی پیاری آواز سنتا، اور کلویل کو صحتمند اور جوان دیکھتا۔ کبھی کبھار، جب میں چلنے کی تھکاوٹ محسوس کرتا، تو میں اپنے آپ کو یہ سمجھاتا کہ میں خواب دیکھ رہا ہوں اور میں اپنے عزیز دوستوں کے ساتھ جاگوں گا۔ میں ان سے بہت محبت کرتا تھا اور ان کی یادوں کو چھوڑتا نہیں، حتیٰ کہ میں جاگتا تھا۔ ان لمحوں میں، میرا کردار پریشانی کے خلاف انتقام کی خواہش ختم ہو جاتی اور میں اپنے سفر پر جاری رہتا، نہ کہ میں چاہتا تھا، بلکہ ایسا محسوس ہوتا تھا کہ کوئی غیر مرئی قوت مجھے راہنمائی کر رہی ہے۔

326 میرا یہ نہیں پتہ کہ جو شخص میں پیچھا کر رہا تھا وہ کیسا محسوس کرتا تھا۔ البتہ، کبھی کبھی وہ درختوں یا پتھر پر پیغامات چھوڑ دیتا تھا جو میری طرف لے جاتے اور مجھے غصے میں لے آتے۔ ان پیغامات میں سے ایک میں لکھا

تھا، "میں اب بھی کنٹرول میں ہوں۔ تم زندہ ہو اور میرے پاس تمام قوت ہے۔ میرے پیچھے آو۔ میں یہاں بے روح شمال جا رہا ہوں، جہاں تم وہ سردی کا احساس کروں گا جو میں کوئی طاقت نہیں کرتا۔ اگر تم جلدی کرو تو تم یہاں کے قریب ایک مردہ خرگوش پائے گا۔ اسے کھاؤ اور تازگی حاصل کرو۔ پیچھے آتے رہو، میرے دشمن۔ ہمیں ابھی بھی اپنی جانوں کی خاطر لڑائی کرنی ہے، لیکن تم بہت سی مشکل اور تکلیف دہ غواصیوں سے گزرنے کے بعد آنے والے وقت تک کافی دکھ اٹھاؤ گے۔"

خبیث شیطان! میں ایک بار پھر انتقام کی طلبگاری کروں گا۔ میں تم کو، زندگی سے بیزار کرنے والے عفریت، تکلیف میں ڈالوں گا اور مروں گا۔ میں تمہیں کبھی نہیں ڈھونڈنا ترک نہیں کروں گا، جب تک کہ ہمارے درمیان سے کوئی ایک نہیں رہ جاتا۔ پھر میں آخرکار اپنی ایلیزابیتھ اور اپنے مرحوم دوستوں کے پاس پہنچ جاؤں گا۔ وہ میرا انتظار کر رہے ہیں اور میرے دشوار کام اور خوفناک سفر کا امجازا دیں گے!

میں شمال کا سفر جاری رکھتے ہوئے، برف موری ہوئی اور بہت ہی سرد ہوگئی۔ یہ قابل برداشت کی حد سے زیادہ تھی۔ عوام چھوٹے چھوٹے گھروں میں رہتے تھے، اور صرف چند بہادر لوگ جانوروں کو پکڑنے کے لئے باہر نکلتے تھے جو خوراک کی حاجت میں مبتلا تھے۔ ندیاں جم گئی تھیں، لہٰذا میں کوئی مچھلی پکڑ نہیں سکتا تھا، جو میری اصل خوراک کی سرچھین پادار تھی۔

میرے کام کتنے بڑھتے گئے، میرا دشمن اپنی کامیابی کے نشے میں اڑ رہا تھا۔ ایک پیغام میں یہ لکھا تھا: "تیار ہو جاؤ! تمہاری مشکلات ابھی شروع ہو رہی ہیں۔ گرم جلد سے خود کو لپٹاؤ اور کھانا جمع کرو، کیونکہ ہم جلد ہی ایسی سفر پر نکلیں گے جہاں تمہارا دُکھ میری نفرت کو پُرسرور کرے گا۔"

یہ تحقیر انگیز باتوں نے میری ہمت اور عزم کو زور دیا۔ میں نے ٹھوس فیصلہ کیا کہ اپنے مشن پر موقف نہیں لونگا۔ مشکل اور نامعلوم شرائط کے باوجود میں آگے بڑھتا رہا۔ میں نے رونے کی بجائے گھٹنے ٹھہرائے اور دل سے شکریہ ادا کرتے ہوئے بیٹھ گیا، ارواح کو محفوظ مقام تک مجھے راستہ دکھانے کے لئے۔ میرے مخالف کی تحقیر پر ہنسی روح نے میری امیدیں اسی جگہ مطابقت دیں گی اور یہیں میں امید کر رہا تھا کہ بالآخر اس سے مقابلہ کر کے اس کو گھوڑے پر بٹوانے کا موقع ملے گا۔

چند ہفتے پہلے، مجھے ایک سلیڈ اور کچھ کتے حاصل ہوئے تھے جو مجھی برفانی میدان میں تیزی سے سفر کرنے کی اجازت دیتے تھے۔ مجھے نہیں پتہ کہ جانور کے پاس بھی یہی فوائد تھے یا نہیں، لیکن میں نے دیکھا کہ میں اس سے آگے بڑھ رہا تھا۔ جب میں سمندر دیکھا تو وہ مجھ سے صرف ایک روز کی سفر

پہلے تھا. میں امید کرتا تھا کہ وہ ساحل تک پہنچنے سے پہلے میں اسے پھر سے
پکڑ لوں گا.

نئی حوصلہ افزائی کا احساس ہوتے ہوئے، میں آگے بڑھتے رہا. صرف دو روز
میں، میں سمندر کے کنارے ایک چھوٹے سے وبا سے پہنچ گیا. میں نے گاؤں والوں
سے جاندار تفصیلات میں پوچھا تو وہ مجھے معلومات فراہم کرتے رہے. وہ ایک
عفریتانہ شکل کی تصور کرتے تھے جس نے پچھلی رات آ کر بڑبُجھ سواری کی
تھی. اس کے پاس ایک بندوق اور کئی پسٹلز بھی تھیں. اس نے بھی انہیں سردی
کے لئے تیار کیا تھا اور ایک سلیڈ پر اٹھا کر رکھا تھا. سلیڈ کو سمبھالنے کے لئے،
اس نے ٹرینڈ کتوں کو زبردستی استعمال کرتے ہوئے کنٹرول پر لے لیا تھا.

دہشت زدہ گاؤں والوں کی نگران نظروں کے تحت، وہ کتے سلیڈ سے محکم
کرنے کے بعد سمندر کے سفر میں آگے بڑھا جہاں جہاں کوئی زمین نہیں ہے. گاؤں والوں
کو یقین تھا کہ وہ جلد ہی یا تو برف کے پھٹنے کی وجہ سے مر جائے گا یا بہت
زیادہ سردی کی وجہ سے.

329 اس معلومات کو سُن کر، میں کچھ لمحے تک افسُردگی کی لہر میں غرق ہوا.
اس شیطان کو میرے سامنے سے بچا لیا گیا تھا، اور اب مجھے منجربہ خطرے سے
بھرپور اور جدائی نہ پذیر سمندری سفر پہ نکلنا پڑے گا. جوں کہ گرم جنگلات کے
باشندوں کا مقام رکھنے والا ہا میں تھا، میرے موجودہ میں مرگ بہت کم تھی. تاہم،
مجھے یہ جان لینا تھا کہ مجھے اپنے مقاصد کی توجہ رکھنا اور انتقام کی تلاش
کرنا ہوگی. میں نے اگلے سفر کیلئے خود کو تیار کیا.

میں نے زمینی تختے کو بحری جلاوُب کے لبے خاص طرح بنایا گئے پرمطابق
تختے سے تبدیل کر دیا. سفر سے پہلے میں نے کافی مقدار کے خوراکیوں کی
فراہمی بھی کی.

میں یہ کہنا نہیں کرسکتا کہ اتنے دن گزر چکے ہیں. بار بار سردی کی درجہ
بندی نے واپس لوٹ کر ٹھوس ٹھنڈکوں کے راستے تشکیل دیے، جو برف کے سمندر
پر محفوظ پٹھ بنا دیتے تھے.

330 میری خوراک کی مقدار کے مطابق، مجھے لگتا ہے کہ میں تقریباً تین ہفتوں سے
زیادہ کا وقت اس سفر پر گزار چکا ہوں. امید کا مستمر تشدد مجھے ہر روز مزید
ناامید اور اداس محسوس کرتا تھا. یہاں تک کہ محض افسوس مجھے مکمل طور پر
بے امیدی کی طرف لے گئی تھی، اور میں اس تکلیف کے نیچے بار ماننے کے کچھ
قدم دور تھا. ایک بار، جب میرے تھکے ہوئے جانور جو مجھے لے جا رہے تھے،
سرانجام الٹانے والے برفیلہ پہاڑ کے قمہ اُٹھا ہیں، ان میں سے ایک جانیں کامیاب نہ
ہو کر تھک گئی اور مر گئی. جب میں برامدی ہیں سامنے وسیع برفی علاقہ کی طرف
دیکھا تو، میں نے گہرا افسردگی محسوس کی. لیکن پھر، کچھ میرا دھیان اکٹھا ہوا
- ایک سیاہ نقطہ سیاہ سادہ پر. میں نے یہ جاننے کے لئے اپنی نظر کو توجہ دی،

اور جب میں نے یہ سمجھا کہ یہ ایک سلیم و اپیلا شکل کا ایک شخص ہے ، تو میں
یقین نہیں کر سکا! اوہ! امید کا احساس میرے دل کو گرمی سے بھر دیا! آنسوؤں نے
میری آنکھوں کو بھر لیا ، لیکن میں نے جلدی سے انہیں صاف کیا تاکہ میں جانور کو
صاف دیکھ سکوں۔ ہاں، میری نظر مزید آنسوؤں کی بنا پر گھمنڈ آور ہوگئی تھی،
اور آخر کار، میں نے مزید کنٹرول نہیں کر سکتی تھی اور بلند آواز سے رونے لگی.

331
لیکن یہ وقت انتظار کرنے کا نہیں تھا۔ میں نے اوڑھا ہوا کتے کو باقیوں سے
الگ کردیا، انہیں کافی کھانا دیا، اور ایک گھنٹے کے آرام کے بعد، جو میرے لئے
ضروری تھا لیکن پریشان کن تھا، میں اپنے سفر پر جاری رہا۔ میں اب بھی سلیڈ
کو دیکھ سکتا تھا، اور بعد میں صرف یہ چند لمحوں کے لئے نظر سے اغازی سی
جمدات کے باوجود دوبارہ نظر نہیں آیا۔ میں اصل میں اس کے قریب تر ہو رہا تھا،
اور جب تقریباً دو دن کی سفر کے بعد میں اپنے دشمن کو نہیں دیکھا تو بس ایک
میل کی فاصلے پر ہی تھا۔ میرا دل خوشی سے سرک گیا۔

لیکن بس جب میں اپنے دشمن کو پکڑنے کے بہت قریب تھا، میرے امیدوں کو
ناگہان دبا دیا گیا، اور میں نے پچھلی بار سے بھی اسے پوری طرح نہیں رکھا۔
میں نے زمین ہلتے ہوئے گھونسلنے کی آواز سنی، جبکہ ترقی کرتے ہوئے سمندر کی
گرج بڑھتی جارہی تھی۔ میں نے کوشش کی کہ جارے رہوں، لیکن یہ بے فائدہ تھا ۔
ہوا تیز ہوگئی، سمندر غصے سے لہرتا ہوا، اور ایک جنگلی، زمین کو لرزانے والی
دھماکے کے ساتھ، ٹوٹ گئی اور ٹکڑے ٹکڑے ہوگئی۔ عمل تیز تھا۔ چند منٹوں کی
بات تھی، جنگلی سمندر میرے اور میرے دشمن کے درمیان کھڑا ہوگیا، اور میرے
پاس بڑھتے جھکڑنے والے برف کے ٹکڑے پر ہی رہ گیا۔ مجھے موت کا خوف تھا۔

332
اِسی طرح، میں نے بہت سے خوفناک گھنٹے برداشت کیے. کچھ میرے کتے ہی
مرگئے گئے. میں ایک جبری وُرذی کے درمیان گھٹیتے کو روکنے کے قریب تھا۔ لیکن
پھر بھی میں نے آپ کا جہاز دیکھا۔ بہت تھک چکا ہوں کچھ بھی کر کے میرا جہاز
آپ جنوب سفر کر رہے تھے ، میں نے اپنی e آپ کے جہاز کی طرف ہیلا رہی لگا۔ چاہ
مہم پر بھروسہ کرنے کا خیر خواہ ہونے کے باوجود سمندر کی مہربانی پ ٹکنے کے
بجاۓ نہیں چھوڑنے کا فیصلہ کیا تھا۔ میرا منصوبہ یہ تھا کہ میں آپ کو راضی
کروں تا کہ آپ مجھے ایک کشتی دیں تاکہ میں اپنے دشمن کی پیچھے لگتا رہ
سکوں۔ البتہ، آپ شمال کی طرف رخ کر رہے تھے. میں اپنی خواہشات کے نصبیلے
پر ہونے کے وقت میں، آپ نے مجھے اپنے جہاز پر لے لیا، مجھے بچا لیا۔ لیکن اب،
میری مہم نا مکمل رہ گئی ہے.

333
اے! میرے راہنما آتما مجھ پر رحم کریں گے اور مجھے آرام دیں گے؟ یا کیا مجھے
اس کے جیتے جانے کے وقت ہی مرنا چاہئے؟ اگر ہوں، مجھ سے وعدہ کرو، والٹن،

کہ وہ بھاگ نہ جائے۔ مجھے یقین دلاؤ کہ تم اسے تلاش کرو گے اور عقوبت میں اس کی جان لے کر انتقام حاصل کرو گے۔ لیکن کیا میں واقعی تم سے اپنی سفر کو کرنے اور میرے زحمات کا سامنا کرنے کو کہنا چاہئے؟ نہیں، میں اتنا سوداگر نہیں ہوں۔ البتہ، جب میں زندہ نہ رہوں، اگر وہ تمھارے پاس آئے، اگر انتقام لانے والے اسے تم پھراؤ میں لے آئیں، وعدہ کرو کہ وہ زندہ نہیں بچے گا - وعدہ کرو کہ وہ میرے بے انتہا غموں پر قابو حاصل نہیں کرے گا اور اپنے سیاہ جرائم کو جاری رکھے گا۔ وہ بات کرنے اور قائل کرنے میں ماہر ہے، اور اس کے الفاظ نے میرے دل پر کچھ اثر ڈالا تھا۔ لیکن اسے بھروسہ نہ کریں۔ اس کی روح اس کی صورت کی طرح شیطانی ہے، دغا بازی سے بھری ہوئی اور برا منصوبہ رکھنے والی۔ اسے سنو مت۔ بجائے اس کے تم ولیم، جسٹین، کلروال، الیزابیتھ، میرے والد اور بدحال وکٹر کی روحانی قوتوں کو بلاؤ۔ اپنی تلوار اس کے دل میں ڈال دو۔ میں قریب سے ہوں، تمھارے ہاتھ پر راہنمائی کرتے ہوئے۔

والٹن، اپنی داستان جاری رکھتا ہے۔

—اگست، 26 17.

334

مارگریٹ، تُو نے یہ عجیب و خوفناک کہانی پڑھی ہے۔ کیا یہ تیرا خون بھی سردی کے ساتھ چلتا ہے جیسا کہ میرے ساتھ بھی ہوتا ہے؟ اس کی باتیں سننے سے اُس کے احساسات کا مجموعہ آپ کو ظاہر ہوتا ہے۔ وہ اداس تھا، پرسکُون، لیکن باعث انتقام بھی تھا۔

اس کی کہانی منطقی اور حقیقت کے ساتھ بیان کی گئی ہے۔ مگر میں اقرار کرتا ہوں کہ ٹیکاکار فیلیکس اور صفیہ کے خط جو وہ مجھے دِکھاتا رہا اور توسط ہماری کشتی کے قریب "وحش" کا نظارہ، مجھے اور بھی زیادہ یقین دہانی دیتے ہیں۔ سو، یہ واقعی وحش موجود ہے! میں کبھی اس کا شک نہیں کرسکتا۔ میں بس حیرت اور حیرانی میں مُبتلا ہوں۔ اکثر اوقات، میں فرانکنشٹائن سے یہ جاننے کی کوشش کیتی کہ وہ اس مخلوق کو کیسے بنا کرتا ہے لیکن وہ اس موضوع پر کسی بھی تفصیل کو شیئر کرنے سے انکار کرتا رہا۔

335

میرے دوست، کیا تم پاگل ہو؟" وہ بولا۔ "تمھاری بے ہودہ دلچسپی تم کو کہاں لے جا رہی ہے؟ کیا تم چاہتے ہو کہ تم اور دنیا کیلئے ایک شیطانی دشمن پیدا کرو؟ سنتا جاؤ، سنتا جاؤ! میرے غموں کو سنو اور اپنے خود کے کو برا کرنے کی کوشش نہ کرو."

فرانکنشٹین نے یہ دیکھا کہ میں نے اس کی کہانی نوٹ کر لی ہے: وہ یہ پڑھنا چاہتا تھا اور کچھ تبدیلیاں اور اضافات کی ۔ خصوصاً جب بات آئی اس کے دشمن کے ساتھ کی گئی بات چیت میں۔ "اب جب تم نے میری کہانی ریکارڈ کرلی ہے"وہ بولا۔ "میں نہیں چاہتا کہ آنے والی نسلوں کونا مکمل نسخہ پھیلایا جائے

336

ایک ہفتہ گزر چکا ہے اور میرے سامنے عجیب ترین داستان کوئی ہے جو کبھی

تصور نے بنائی ہے. میرے خیالات اور میری روح کے ہر حس کو میرے مہمان کیلئے دلچسپی نے برباد کر دیا ہے. میں اسے تسلی دینا چاہتا ہوں، لیکن وہ صرف اکیلے پن اور الجھاؤ کیلئے تسلی تلاش کرتا ہے. دوسرے الفاظ میں، وہ یقین کرتا ہے کہ جب وہ اپنے دوستوں سے بات کرنے کے خواب دیکھتا ہے اور اپنی لؤس سے تسلی یا انتقام کیلئے جذبہ محسوس کرتا ہے، تو وہ صرف اپنی تصورات کی پیداوار نہیں ہوتے بلکہ حقیقی منشیات ہیں کسی دوسری دنیا کے. یہ دلچسپی کی بات ہے.

ہماری باتیں ہر وقت اس کی خود کی داستان اور مشکلات کے بارے میں نہیں ہوتیں. اس کے پاس مختلف مضامین کا وسیع علم ہوتا ہے اور اسکی توسعہ سے فوراً سمجھ آ جاتی ہے. یہ زور سے اور جذبات کے ساتھ بات کرتا ہے، اور جب وہ کوئی دکھ بھری کہانی سناتا ہے یا رحم یا عشق کا احاطہ کرنے کی کوشش کرتا ہے تو میں رونے سے بچ نہیں سکتا. وہ کتنا شاندار ہونا چاہئے جب وہ کامیابی کے وقت تھا! حتیٰ اپنی گراوٹ میں بھی، وہ نیک و باہماک رہتا ہے. یہ لگتا ہے کہ وہ اپنی قیمت اور اپنے تباہی کی پیمائش سمجھتا ہے.

337 "Jab mai jawan tha," unhone shuru kiya, "toh mujhe yeh ehsas tha ki mujhe kuch mahaan karne ka maksad tha. Main yeh samajhta tha ki apne hunar ko bekaar ranj-o-gham mein barbaad karna galat hai, jabki main unka istemal dusron ki madad ke liye kar sakta tha. Jab mai apne kiye hue kaam ka jauhar karne ki sochta tha, toh mujhe khud ko ek aam khwaab dekhne wale ke roop mein nahi dekhta tha. Lekin ab yehi soch, jo pehle mujhe utha leti thi, ab mujhe aur gahri andheri me zameen ke taraf kheenchti hai. Meri saarey planningen aur ummeedan bekar nikal gayi hai. Jawani se hi, mujhe ooncha uddeshya aur mahaan abhilaashaon se bhara tha. Lekin ho gaya kaisa behaal! Mere dost, agar tu mujhe meri bala ki avastha me jaanata hota, toh tu yeh vishwas nahi karta ki wohi vyakti jise tu ab dekhta hai, sabhi pratistha se vanchit ho chuka hai. Nirasha nadarad dil me pravesh karti thi. Mehsoos hota tha mano koi bada naseeb mujhe aage badha raha hai, lekin gir gaya aur kabhi phir uth nahi saka."

338 کیا مجھے یہ شاندار شخص کھو دینا ہوگا؟ میں بہت عرصے سے دوست چاہتی تھی، کوئی جو میری باتوں کو سمجھے اور مجھ سے پیار کرے۔ اور اب، یہاں، اکیلا کھلے دریا میں، میں نے اس شخص کو پائے ہیں۔ لیکن میں ڈر ہوں کہ شاید میں نے سِرف یہ دیکھنے کیلئے اُسے پایا ہے کہ وہ کتنا عمدہ ہے پھر میں

اُسے کھو سکوں۔ میں اُسے زندگی میں اچھائی دکھانا چاہتی ہوں، لیکن وہ اِس خیال کو دور دھکیلتا ہے ۔

339

والٹن، آپ کا شکریہ، "انہوں نے کہا "میری طرح مایوس شخص کے ساتھ" مہربان رہنے کے لئے . لیکن جب آپ نئے تعلقات اور تازہ جذبات کے بارے میں بات کرتے ہیں، کیا آپکو لگتا ہے کہ کوئی انھیں تبدیل کر سکتا ہے بھی کیا جن کی جگہ نہیں ہوں گی؟ کیا کوئی عورت مجھے ایک اور الیزابیتھ کے بن سکتی ہے یا کوئی مکمل طور پر ترتیب دیگر لوگوں کے عزائم کی جگہ لے سکتا ہے؟ حتیفانہ کیا ہوں گے؟ بچپن میں جو دوست ہمارے ساتھ تھے، بہت کچھ ہمارے ذہن پر قابضہ رکھتے ہیں، جس کو ہماری کوئی بعد کی دوست کبھی نہیں رکھ سکتی۔ وہ جانتے ہیں کہ ہم بچے تھے کبھی، اور حتیفانہ کہ بڑے ہونے کے ساتھ ہم تبدیل ہوئے تو بھی وہ حصہ ہمیشہ کچھ نہ کچھ باقی رہتے ہیں۔ وہ ہمارے اعمال کو سمجھتے ہیں اور ہماری نیتیں کچھ اچھی ہیں یا نہیں دریافت کرتے ہیں۔ ایک بہن یا بھائی کبھی بھی دوسرے کو چور ہونے کے شک میں نہیں ڈال سکتا، یہاں تک کہ پہلے کے نشانات ہوں، لیکن دوسرے دوست، چاہے کتنا قریب کیوں نہ ہو، کبھی کبھار شک کے ساتھ دیکھا جا سکتا ہے . لیکن میرے پاس دوست تھے جو صرف اس لئے خاص تھے کیونکہ ہم ایک دوسرے کی تفصیلوں کو عادت سے جانتے تھے، بلکہ ان کی خودیاں ہی خاص تھیں۔ اور میرا جہاں بھی رہنا ہو، الیزابیتھ کی دلداد ٹھہراو اور کلرول کی گفتگوئوں کو میں ہمیشہ اپنے کانوں میں سنوں گا۔ اب وہ کچھ نہیں رہے، اور اتنی تنہائی میں، صرف ایک وجہ ہے میرے پاس زندگی کرنے کی خواہش۔ اگر میں ایک بڑے اور اہم منصوبے میں شامل ہوں جو دوسروں کی مدد کرے، تو میں وہ مکمل کرنے کے لئے زندہ رہ سکتا ہوں۔ لیکن یہی میرے لئے منصوبے ہی ہے۔ میں بنایا ہوا جانور تلاش کرکے اور مارتے وقتسے میرا ہدف سانپور ہوتا ہے، اور تب میرا "پردہ کرنے کا مقصد بھی پورا ہوتا ہے، اور میں مرسل کروں گا".

340

ستمبر ۲

عزیز بہن،

میں تمہیں ایک خط میں لکھ رہا ہوں ایک خطرناک صورتحال میں، یقین نہیں کہ کیا میں کبھی انگلینڈ دوبارہ دیکھوں گا یا وہ دوست جو میرے لئے بہت اہم ہیں۔ میں بڑے برفانی کوہستانوں کے گھیرے میں پھنسا ہوا ہوں جو ہمیں قید کر رہے ہیں اور ہماری جہاز کو کسی لمحے میں پھوڑ سکتے ہیں۔ بہادر مردوں نے رضامندی سے میرے ساتھ چلنے کا اعلان کیا تھا اور وہ میری مدد کی امید کر رہے ہیں، لیکن میرے پاس کچھ پیش کرنے کی صلاحیت نہیں ہے۔ ہماری صورتحال بہت خوفناک ہے مگر میرے پاس اب بھی ہمت اور امید ہیں۔ سوچنے کا مشکل ہے کہ ان تمام افراد کی جان میری بھولی ہوئی منصوبوں کی وجہ سے خطرے میں پڑی ہے ۔ اگر ہم مر جائیں تو یہ میری بے وقوفانہ تخطیطوں کی وجہ سے ہوگا ۔

اور تم کیا سمجھو گی، مارگرٹ؟ میری امید ہے کہ تم میری موت کی خبر کبھی نہیں سننا پڑے گی اور تم میری واپسی کی الجھن سے بے تاب رہو گی۔ سالوں بت گزر جائیں گے اور تم مایوسی محسوس کرو گی مگر اب بھی امید سے پکڑی رہو گی۔ آہ، میری پیاری بہن، تم کی ہمت شکست ہونا اور امید کھونا مجھے اپنی موت سے زیادہ دردناک محسوس ہوتا ہے۔ لیکن تمہارے پاس ایک شوہر اور شاندار بچے ہیں، تو خوش رہ سکتی ہو۔ خداوند تمہیں برکت عطاکرے اور خوشی لائے۔

341 میرے مہمان، جو میری طرح مصیبت زدہ بھی ہے، مجھے بڑے مہربانی کے ساتھ دیکھتا ہے۔ وہ مجھے امید دینے کی کوشش کرتا ہے اور زندگی کو قیمتی چیز کی طرح بات کرتا ہے۔ وہ مجھے دیگر لوگوں کی کہانیاں سناتا ہے جو اسی سمندر میں ایسے ہی حادثات سے گزرے اور پھر بھی کامیابی حاصل کی۔ میرے اعتبار کے برخلاف، وہ مجھے مثبت خیالات سے بھر دیتا ہے۔ حتی کہ ملاحوں کو بھی اس کی باتوں سے اشتعال محسوس ہوتا ہے۔ جب وہ بولتا ہے، تو وہ مایوسی کا احساس کرنا بند کردیتے ہیں۔ وہ ان کو حوصلہ دیتا ہے۔ البتہ، یہ احساسات لمبے عرصے تک قائم نہیں رہتے۔ ہر روز ہم آزمائش میں انتظار کرتے ہیں، ڈر داخل ہوتا ہے، اور مجھے خوف ہوتا ہے کہ اُمید کی خلاف ورزی سے حکومتیں پیدا ہوسکتی ہے۔

ستمبر 5

کچھ بہت دلچسپ ہوا ہے، اور اگرچہ بہت ممکن ہے کہ آپ اس کے بارے میں پڑھنے کا موقع نہیں پائیں گے لیکن میں لکھنے سے روک نہیں سکتا۔

ہم اب بڑے برفوں کے بلند پہاڑوں سے گھرا ہوا ہیں اور ہمارے جہاز کو ٹکرانے کا بڑا خطرہ بھی ہے۔ یہ بہت سردی ہے، اور میرے غریب دوستوں میں سے بہت سے بیمار ہیں۔ اس کی آنکھوں میں آج بھی بخار کی علامات نظر آتی ہیں، لیکن وہ تھکا ہوا ہیں۔ جب وہ کچھ کرنے کی کوشش کرتے ہیں تو وہ جلد ہی کمزور اور بے جان ہوجاتے ہیں۔

342 میرے آخری خط میں، میں نے آپ کو ایک ممکنہ بغاوت کی پریشانیوں کے بارے میں بتایا تھا۔ آج صبح کچھ غیر متوقع واقعہ پیش آیا۔ میں اپنے دوست کے ساتھ بیٹھا تھا، جو بہت کمزور اور تھکا ہوا لگ رہا تھا، جب ایک گروہ بحریان میرے کیبن میں آئے۔ دیگر گروہ کی طرف سے میرے ساتھ بات کرنے کے لئے ان کو منتخب کیا گیا تھا۔ وہ پرسش کر رہے تھے کہ اگر ہم برف سے آزاد ہو جائیں اور چانس ملے کہ ہم بندوق اڑانے کی بجائے جنوب کی جانب تشریف لائیں تو کیا میں ان کی خواہش کو قبول کروں گا؟ وہ چاہتے تھے کہ اگر ہم آزاد ہوئیں تو میں فوراً ہماری گھومنے کی راہ کو جنوب کی جانب تبدیل کروں۔

یہ درخواست مجھے پریشان کرتی تھی۔ میں نے امید نہیں چھوڑی تھی، اور

اگر ہم برف سے آزاد ہوئیں تو میں نے پیچھے ہٹنے کے بارے میں سوچا تک نہیں تھا۔ لیکن کیا میں واقعاً ان کی مطالبہ مسترد کرسکتا ہوں؟ میں فیصلہ تو تمثیل کرنے سے قاصر تھا۔ جیتے جی خموش اور کمزور فرانکنشٹائن نے غیرت اور توانائی کے ساتھ، بات کرنا شروع کیا۔ بحریانوں کی طرف جھکتے ہوئے ، انھوں نے کہا

343

"تم کیا معنی ہیں؟ اپنے کپتان سے کیا چاہتے ہو؟ کیا تم آسانی سے اپنی منصوبہ بدل رہے ہو؟ کیا تم نے اس سفر کو شاندار قرار دیا تھا؟ اور یہ شاندار کیوں تھا؟ نہ اس لئے کہ سفر آسان اور پرسکون ہوا، بلکہ اس لئے کہ یہ خطرات اور خوف سے بھرا ہوا تھا۔ ہر نیا چیلنج تمھاری طاقت اور بہادری کو ضرورت تھی۔ تمیں خطرہ اور موت کا مقابلہ کرنا پڑا اور انھیں شکست دینا پڑا۔ یہی اسے شاندار بناتا تھا، یہی اسے ایک عزیز ماموری بناتا تھا۔ تمیں قابلِ تعریف ہونا چاہئے تھے جیسے ہیروز، لوگ جو عزت اور انسانیت کے لئے موت کا سامنا کرتے ہیں۔ لیکن اب، پہلی خطرت کے نشانے پر، یا اگر تمہیں پسند ہے، تمھاری بہادری کا پہلا بڑا امتحان آیا ہے ، تو تم واپس ہٹ جاتے ہو اور خوش ہوتے ہو کہ تم کو سردی اور خطرہ سے بچ گئے۔ تویہ، یہ تمھارے لئے اتنی تعریف کی کیا ضرورت تھی۔ تم کو اتنا دور آنے کی ضرورت نہیں تھی اور اپنے کپتان کو شرمندگی کا سامنا کرنے کی ضرورت نہیں تھی کہ تم کانٹھ کے چھوٹے سے جہازہ میں چھپ کر، خوشبو کے ساتھ پیچھے ہٹ گئے۔ اوہ، بنو، یا مردوں سے بہتر بنو۔ اپنے مقصد کے ساتھ ریو اور پتھر کی طرح مضبوط ہو جاؤ۔ یہ برف تمھارے دلوں سے زیادہ مضبوط نہیں ہے۔ یہ تبدیل ہو سکتی ہے ، اور اگر تم نے فیصلہ کیا کہ یہ نہیں ہوگا، تو یہ تمھارے مقابل نہیں رہے گی۔ اپنے خاندانوں کے ساتھ شرمندگی کے چہرے لے کر واپس نہ جاؤ۔ واپس وہ ہیروز کے طور پر لوٹو جو لڑتے رہے اور فتح حاصل کرتے، جو دشمن کے پیچھے پیچھے نہیں ہٹتے۔"

344

اپنی تقریر کے دوران مختلف جذبات ظاہر کرنے والی آواز اور بڑے منصوبے اور جوانمردی سے بھری آنکھوں کے ساتھ ، وہ بولے۔ کیا آپ سمجھ سکتے ہیں کہ ان مردوں کو کیا ہوچکا؟ وہ آپس میں ملے اور جواب دے نہیں سکے۔ میں بولا اور انہیں واپس جانے اور سوچنے کی تحریر پر غور کرنے کی۔ میں نے کہا کہ اگر وہ کامیابی سے بحر شمال جانا ناکافی خوبصورتی سے متفق ہوتے ہیں تو میں ان کو چھوڑ دوں گا ، لیکن میں امید کرتا ہوں کہ سوچنے کے لئے کچھ وقت میں ان کی دلیری واپس آجائے گی۔

وہ دور چلے گئے اور میں اپنے دوست کی طرف منہ موڑا مگر وہ کمزور تھا اور موت کے قریب تھا۔

مجھے نہیں پتا کہ اس کا کیا انجام ہوگا ، لیکن میری ماموریت کو مکمل کرنے کے بغیر رشوت دینے کے بجائے شرم کے ساتھ واپس جانے کی بجائے میں مرنا پسند کروں گا۔ اگرچہ میں کاڑھ-کاڑھ کا خدشہ ہے کہ یہی میرا ذمہ نصیب ہوگا۔

ان مردوں کو جلال اور عزت کی تصور کے بغیر اپنی کٹھن مشکلات کا بوجھ اور بھی اُٹھانا مشکل ہے ۔

ستمبر کی 7ویں

یہ فیصلہ ہوگیا ہے ، اگر ہم تباہ نہ ہوجائیں تو میں واپس جانے کے لئے راضی ہوگیا ہوں۔ خواہشیں خوار ہوگئی ہیں جبکہ کھچار اور ٹھہراؤ کی وجہ سے۔ میں بے خبری اور مایوسی کے ساتھ واپس آ رہا ہوں۔ میں صبر سے اس ناانصافی کا کام لینے کے لئے میرے پاس میری طاقت سے زیادہ طاقت کی ضرورت ہے ۔

ستمبر کی 12ویں

یہ ہوگیا ہے ، میں انگلستان واپس جا رہا ہوں۔ میرے دوسروں کی مدد اور جلال حاصل کرنے کے خوابوں کو میں کھو دیتا ہوں۔ میرے دوست کو کھو دیا ہے ۔ لیکن میں آپ کو ، میری پیاری بہن ، ان تکلیف دہ تفصیلات کو سمجھانے کی کوشش کر رہا ہوں۔ جبکہ میں انگلستان اور آپ کی طرف جا رہا ہوں ، میں امید نہیں ہاروں گا ۔

345 ستمبر۔ ٹھنڈک کا تیزاب حرکت شروع ہوگیا اور ہر طرف چٹانوں میں گرج کی 9 طرح گیدھوں کے جھٹکڑ میں شدید کرک ہونے لگی۔ ہم بڑی خطرے میں تھے ، لیکن چونکہ ہم اس کا کچھ کر نہ سکتے تھے ، میں اپنے بدحال میہمان پر توجہ دیتا رہا، جس کی بیماری بدتر ہوگئی اور اس کو بستر میں رہنا پڑا۔ ٹھنڈک ہمارے پیچھے ٹوٹنے لگی اور شمال کی طرف کھینچی گئی۔ مغرب سے بھاری ہوا چھوڑی سمت میں آئی اور ١١ ستمبر کو جنوب کے راستے مکمل طور پر صاف ہوگئے ۔ جب ناویدینوں نے یہ دیکھ لیا اور سمجھا کہ وہ گھر واپس جا رہے ہیں، تو انہوں نے بہت دیر تک خوشی والے جذبات کے ساتھ چیخ ماری۔ فرانکن اسٹائن اٹھ کر کیا چکر ہسپتال میں کیوں مسجد بند ہو رہی ہے ۔ "وہ چیخ مار رہے ہیں"،میں نے کہا ، ""کیونکہ جلد ہی وہ انگلستان واپس جائیں گے ۔

"واقعی، کیا آپ بھی واپس جانے کا منصوبہ بنا رہے ہیں؟"

افسوس سے ہاں۔ میں ان کے درخواست کو انکار نہیں کر سکتا۔ میں ان کو" خطرے میں لے جانے کے خلاف انگیز شعور سے نہیں لے سکتا، لہذا مجبورا واپس "جانا پڑے گا۔

اِگر یہ آپ کی خواہش ہے ، تو پیچھے ہٹ جائیں۔ لیکن میں نہیں، میں اپنے مقصد پر ہاتھ مزہ لے سکتا ہوں، آسمان نے اسے مجھے عطا کیا ہے ، اور میں اسے نظر انداز نہیں کر سکتا۔ میں کمزور ہو سکتا ہوں، لیکن میں یقین رکھتا ہوں کہ مجھے انتقام کے لئے مدد کرنے والے ارواح میرے پاس کافی طاقت دیں گی۔ وہ بستر ۔سے اٹھنے کی کوشش کی، لیکن یہ بہت زیادہ ٹھٹرایا۔ اور بے ہوش ہوگئے

346 وقتی وسلیں تحمل کرتے ہوئے اسکی حالت آرام سے حرکت کی اور مجھے لگا کہ وہ مر گیا ہے ۔ آخرکار، اس نے آنکھیں کھولیں، لیکن وہ آسانی سے سانس لینے یا بات کرنے کی صحت نہیں رکھتا تھا۔ ڈاکٹر نے اسے چینیں بخشنے کے لئے کچھ

دوائی دی اور ہمیں کہا کہ ہم اسے اکیلے چھوڑ دیں. ڈاکٹر نے یہ بھی کہا کہ میرے
دوست کے پاس زیادہ وقت باقی نہیں ہے.

347

اس کا عذاب تشدد کیا گیا تھا، مجھے صرف افسوس اور صبر رکھنے کے سوا
کچھ نہیں کرسکتا تھا۔ میں اس کے بستر کے پاس بیٹھ کر اسے نگاہوں سے دیکھ
رہا تھا۔ اس کی آنکھیں بند تھیں، اور مجھے لگا کہ وہ سو رہا ہے۔ لیکن پھر وہ
مجھے کمزور آواز میں بلایا اور مجھے نزدیک آنے کا کہا۔ اس نے کہا، "اوہ نہیں!
وہ طاقت جس پر میں بھروسہ کرتا تھا، غائب ہوگئی ہے۔ میرا احساس ہو رہا ہے کہ
مجھے جلد ہی موت آ جائے گی، اور میرا دشمن، جس نے مجھے ستا رہا تھا، شاید
اب تک زندہ ہو۔ براہ کرم نہ سمجھیں، والٹن، کہ میرے آخری لمحات میں میں وہ
سوزا و عنفوں سے بھرا رہتا ہوں جو میرے دل میں کبھی تھا۔ لیکن میرا بیکھواہش
ہے کہ میرا دشمن کی موت کے لئے امن میں موجود ہونا مناسب ہے۔ گذشتہ کچھ
دنوں سے، میں اپنے گذشتہ کارروائیوں پر غور کررہا ہوں، اور میں انہیں مذموم
نہیں پایا ہوں۔ ایک دیوانہ پن کی جلن میں، میں نے ایک سوچنے والا مخلوق پیدا کیا
اور اس کی خوشی اور خوشحالی کی خدمت کرنے کی ذمہ داری سنبھالی۔ یہ میرا
فرض تھا، لیکن ایک اور ذمہ داری مزید اہم تھی۔ میری دیگر انسانوں کیلئے
فرضیں میری توجہ کا قوی دعوی رکھتی تھیں کیونکہ وہ زیادہ خوشی یا رنج کا
احساس کرسکتے تھے۔ اس بات کے ساتھ یاد رکھتے ہوئے، میں نے پہلے مخلوق
کیلئے ساتھی پیدا کرنے سے انکار کردیا۔ اس نے بے مثال شر و خودی دکھایا، وہ
میرے دوستوں کو تباہ کیا اور خوشی، خوشحالی اور دانش کا احساس کرنے کی
صلاحیت رکھنے والے مخلوقوں کو موت کا حکم سنا دیا۔ اور دوستی کا بھوکا
خودِانتہ نواز ہرناک روح دار میری دشمن کی موت تک کہاں جایگا، میں جانتا بھی
نہیں۔ وہ مرنا چاہئے تاکہ وہ کسی اور کو بھی تکلیف نہ دے۔ میرا فرض تھا کہ
میں اسے تباہ کروں، لیکن میں ناکام رہ گیا۔ جبکہ میں خود غرور اور بدکار مقاصد
کی تحریک سے بھرپور تھا، تو میں نے آپ سے میرے کام کو مکمل کرنے کی
درخواست کی تھی۔ اور اب جبکہ میری راہ و روش اور روشنی اور نیکی کی ہدایت کر
رہی ہے، میں پھر سے آپ سے وہی درخواست کرتا ہوں۔

348

پر میں آپ سے نہیں کہہ سکتا کہ اس تفتیش کو مکمل کرنے کے لئے آپ اپنے"
ملک اور دوستوں کو پیچھے چھوڑنے کی درخواست کریں۔ اور اب جب آپ انگلستان
واپس جا رہے ہیں، تو ممکن ہے کہ آپ کو موقع نہیں ملے گا کہ اسے تلاش کریں۔
لیکن میں آپ کو یہ سوچنے پر چھوڑتا ہوں کہ آپ کونسے ذمہ داریوں کو پیچھے
مانتے ہیں۔ میری خیالات اور فیصلے موت کے نزدیک آنے کی وجہ سے پہلے ہی بدل
چکے ہیں۔ میں آپ سے جو صحیح سمجھتا ہوں وہ کرنے کا کہنے کی جرات نہیں
کر سکتا کیونکہ میری بھاوناوں کی وجہ سے میرے بازوے میں شامل ہوسکتی ہے۔
یہ حقیقت کہ وہ نقصان پہنچانے کے عمل جاری رکھ سکتا ہے مجھے پریشان

کرتی ہے ۔ خدا حافظ، والٹن! امن میں خوشی تلاش کریں اور طمع سے بچیں، چاہے وہ سائنس اور دریافت میں خود کو ممتاز کرنا ہو یا نہ ہو۔ پھر بھی، میں کیوں کہ رہا ہوں؟ میرے خود کے پیرویوں کے امیدواریاں تباہ ہو چکی ہیں، لیکن کوئی دوسرا کامیاب ہوسکتا ہے۔"

نفیس کو آواز کمزور ہوتی گئی اور پھر وہ خاموش ہوگیا۔ تقریباً تیس منٹوں بعد، وہ دوبارہ بولنے کی کوشش کی لیکن کامیاب نہ ہوسکا۔ وہ میرے ہاتھ کو دباتے ہوئے بہت کمزور طور پر بولے، اور اس کے آنکھیں ہمیشہ کے لئے بند ہوگئیں۔"

349
مارگریٹ، مجھے اس شخص کی اچانک کمی کے بارے میں کچھ کہنے کا علم نہیں ہے۔ اپنے دُکھ کی گہرائی کو میں کیسے اظہار کروں؟ الفاظ کافی نظر نہیں آتے ہیں۔ میں رو رہا ہوں اور مایوسی کے بوجھ میں ڈوب گیا ہوں۔ لیکن میں انگلستان کی جانب جا رہا ہوں، جہاں میں کچھ تسلی پانے کا احساس پانے کی امید کرتا ہوں۔

رکو، کچھ میرے اعتراض کررہا ہے۔ یہ آوازیں کیا مطلب رکھتی ہیں؟ رات کی 12 بج چکے ہیں اور ہوا دھیمی طرح چل رہی ہے۔ دیکھیں دیکھیں، دیکھا گیاوا آواز جو کہ انسان کی آواز ہے مگر خشن ہوتی ہے۔ یہ ٹکی ہوئی کمرے سے آ رہی ہے جہاں فرینکنشٹائن کے باقیات موجود ہیں۔ مجھے اٹھنا پڑے گا اور جانچ کرنا ہوگا۔ شب بخیر، میری بہن۔

اوہ میرے خدا! ایک ناقابل یقین واقعہ ہوگیا ہے! میں اسے سوچتے ہوئے بھی چکرا رہا ہوں۔ میرے پاس الفاظ کا توصیف کرنے کی صلاحیت نہیں ہے، لیکن یہ کہانی اس حیرت انگیز ختم ہونے کے بغیر مکمل نہیں ہوگی۔

350
میں اندراجبین میں گیا جہاں میرے بدقسمت اور عجیب دوست کی لاشیں تانی تھیں۔ اس کے اوپر کچھ تھا جس کے بارے میں میں صحیح الفاظ تلاش نہیں کر سکتا۔ یہ بڑا تھا لیکن عجیب اور بگاڑا سا نظر آ رہا تھا۔ جب یہ لاش کی طرف جھکا تو اس کا چہرا لمبے الجھے بالوں سے چھپا تھا۔ لیکن اس کا ایک ہاتھ بہت بڑا تھا، اور لفافے کی طرح رنگ اور سانس کا تھا۔ جب یہ مجھے آتے ہوئے سنا، اس نے غم و خوف کے نعرے لگانا بند کر دیا اور جلد ہی کھڑکی کی طرف بڑھ گیا۔ میں نے کبھی اتنا خوفناک اور مکروہ چہرہ نہیں دیکھا۔ یہ بد ذائقہ تھا لیکن خوفناک بھی تھا۔ میں نے بالواسطہ آنکھیں بند کرلیں اور یاد کرنی کی کوشش کی کہ اس زندہ جاندار کی موجودگی میں میں کیا کرنا چاہئے۔ میں نے اس کو روکنے کے لئے پکارا۔

یہ رکھا اور حیرت میں مجھے دیکھا۔ پھرمیری طرف مڑا، اپنے کالیدان کی بے جان جسم کی طرف اور یہ بھول گیا کہ میں وہاں ہوں۔ ہر اظہار اور حرکت اس

کی وحشیانہ غصے کی زد میں آ گئی تھی، جو اس کے مابین کنٹرول سے
باہر تھی.

وہ بھی میرا قتل کردیا!" یہ نعرہ لگایا. "اس کے قتل نے میری جرائم کامل"
کردیں۔ میں نے چاروں طرف کے خستہ حال زندگی جوگیا ہے! اے فرانکنشٹائن! تم
نیک ہو اور اپنے آپ کو دوسروں کے لئے قربان کرتے ہو! اب میرے لئے تم سے معافی
مانگنا کچھ فائدہ ہوتی ہے؟ میں نے تمام چیزوں کو چھین لیا اور تم کو مکمل تباہ
کردیا. آہ! وہ سرد ہوگیا ہے اور مجھے جواب دینے کے قابل نہیں۔"

351

اسکی آواز گھٹا ہوئی سنائی دیتی تھی، اور میرے دوست کی مرنے کی
خواہش پر ، اس کے دشمن کو تباہ کرنے کی آغازی ترجیحات مرحومہ تفکر اور
ہمدردی کی ملاوٹ کی وجہ سے معطلی کی گئی. میں اس بہت بڑی موجودہ کے
قریب آیا، خوف زدہ کہ میں اس کے چھرے کی طرف گور کیا جا سکتی ہوں. میں
بولنے کی کوشش کی، لیکن میں نہیں کر سکی. یہ دیوتا میسر نہیں کیا، جو بے کار
باتیں کہہ رہا تھا. آخرکار، میں نے اس کے خوشی کا صف میں استعمال کرتے ہوئے
اس سے بات کرنے کا ہمت جمع کی. "تمہیں نادم ہونے کی ضرورت نہیں ہے ،" میں
نے کہا، "اگر تم اپنی ضمیر کی سنتے اور ایسی شرارت نہ کرنے کی بجائے
مناسبت سے استفادہ کرتے اور فرینکنسٹائن کو زندہ باقی رکھتے."

اور کیا تم سمجھتے ہو کہ میں نے اس وقت اذیت اور نادمگی نہیں محسوس"
کی تھی؟ یہ"، وہ مردے جسم کی طرف اشارہ کیا، "وہ میری خود سے زیادہ سہی
کے درد کے نالوں کو سن کر لذت Clerval نہیں کرتا تھا۔ کیا تم سمجھتے ہو کہ میں
حاصل کرتا تھا؟ مجھے محبت اور ہمدردی کا احساس ہونا تھا، لیکن جب مصیبت
نے مجھے نفرت میں مجبور کیا، تبدیلی نے مجھے اغاہ ناگہانی عذاب پہنچائی."

352

جب میں کلرول کو قتل کیا، میں سوئٹزرلینڈ واپس آیا اور اپنے آپ کو ہلاک اور"
مغلوب سمجھتے ہوئے محسوس کرنے لگا۔ میں فرینکن سٹائن کے لئے ترس اور درد
محسوس کرنے لگا، لیکن یہ احساس بعد میں خوف میں تبدیل ہوگیا۔ میں نفرت کرنے
لگا۔ لیکن جب میں نے اسے پتا لگایا کہ فرینکن، جس نے میری وجود میں لایا اور
میری ناقابل تصور سردرد کا باعث بنا، خوشی کی امیدوں کی طلب کی جبکہ اس
نے مزید غم و رنج میرے سر پر چھڑایا، تو میں حسرت اور غصے سے بھر گیا۔ میں
بدلہ لینے کا خواہش مند تھا۔ میں اپنی پرومیس کو یاد رکھتا اور فیصلہ کیا کہ میں
اس کو پورا کروں گا۔ میں جانتا تھا کہ بدلہ لینا میرے لئے زیادہ درد لے کر آئے گا،
مگر میں اس احساس کو روک نہیں سکتا تھا۔ لیکن جب وہ مر گئی! تو، میں اس
وقت غمگین نہ تھا۔ میں نے خود کو تمام جذبات سے نمٹ لیا، اپنے ہر قسم کے
احساسات کو مکمل طور پر مایوسی میں دینے کے لئے ۔ براہ راستی بنا میرا مقصد
بدی بن گیا۔ جب میں اس راستے پر چلا، تو میں واپس نہیں اٹھ سکتا تھا۔ بدلہ لینے

کی میری منصوبہ کو مکمل کرنا میرے لئے ایک سب کو جذبات سے بھرا غرض بن
گیا۔ اور اب یہ ہوگیا؛ وہ میرا آخری شکار تھا!"

شروع میں، جب میں نے دیکھا کہ وہ کتنا مفلوج نظر آ رہا ہے، مجھے افسوس
محسوس ہوا۔ لیکن پھر میں نے یاد کیا کہ فرانکنشٹین نے اپنی قابلیت درستگوئی
سے بات کرنے کے بارے میں کیا کہا تھا۔ اور جب میں نے دیکھا کہ میرے دوست
لاش میں پڑا ہوا ہے، میرا غصہ دوبارہ نکل آیا۔ میں نے استیز میں ان سے کہا، "تم
ایک خوفناک شخص ہو۔ تم کونسی آسانی سے یہاں پہنچتے ہو اور تسلی مانگتے
ہو جب تم نے تباہی پیدا کی ہے۔ تم نے ایک گروہ عمارتوں کو آگ لگائی ہے، اور جب
وہ جلا کر راکھ ہو جائیں گی، تو ہے انتہا ٹوٹے ہوئے عمارتوں کے درمیان بیٹھا رہتا
ہو۔ تم مکار جانور ہو۔ اگر تمہارے رنجیدہ کردہ شخص اب بھی زندہ ہوتا، تو وہ
تمہارا نشانہ ہوتا، تمھارا لعنتوا پھراندہ۔ تم نے ترس نہیں محسوس کیا؛ تم صرف
اس لئے رنجیدہ ہوتے ہو کیوں کہ تم کوئی اذیت کرنا چاہتے تھے اور تم سے دور
کر دیا گیا ہے"۔

یہ بالکل ایسا نہیں ہے"، مخلوق نے خطاب کرتے ہوئے کہا۔ "لیکن میں"
سمجھتا ہوں کہ آپ میرے اعمال کی بنا پر ایسی سوچ سکتے ہیں۔ مجھ سے طمع
نہیں ہوتی کہ آپ مجھ پر ترسو یا میرے دکھ کو سمجھیں۔ جب میں پہلی بار تشنہ
معرفت ہونے کی کوشش کی تھی، تو وجہ تھی کہ میں اپنے خوشی سے بھری
محبت اور اچھائی کو شیئر کرنا چاہتا تھا۔ لیکن اب تک، اچھائی دور کی یاد
رکھتی ہے، اور خوشی تلخی اور ناامیدی میں تبدیل ہوگئی ہے۔ پس، مجھے اب
بھی رحم چاہیے کیونکہ جتنے لمحات تک میں تکلیف پہنچاؤں میں خود کو اکیلا
محسوس کرسکتا ہوں۔ جب میں مر جاؤں، مجھے نفرت اور رسوائی کے ساتھ یاد
رکھا جا سکتا ہے۔ میں پہلے خواب دیکھتا تھا کہ نیک عمر گزاروں، نام و نشان
پاوں اور خوشی پاؤں۔ میں امید رکھتا تھا کہ ایسے لوگ ہوں گے جو میرے ظاہری
صورت کے پارے دیکھ کر میرے اچھے خصوصیات کو پہچانیں گے۔ میرے بلند
مقامات کے عزم اور بنیادیت پتہ ہوتا تھا۔ لیکن اب تک، میرے جرائم نے مجھے
عمارت کے نچلے ہر مرغ کے برابر کیا ہے۔ میری جیسی غلطی، نقصان، بدتمیزی،
اور تکلیف دوسری کوئی نہیں کرسکتی ہے۔ جب میں اپنے غلطیوں کی خوفناک
فہرست پر غور کرتا ہوں، تو مشکل سے یقین ہوتا ہے کہ میں ایک ہی شخص ہوں
جس کو کبھی خوبصورت خوابوں میں نیکی کے احساسات تھے۔ لیکن یہ سچ ہے؛
میں شیطانی، ابھی اسی طرح کیئے گئے فرشتے کی طرح شیطانی ہوگیا ہوں۔
حتیکہ خدا اور بشریت کے دشمن بھی اکیلے ہونے کی سمت میں دوست اور رفیق
رکھتے تھے۔ میں بالکل اکیلا ہوں۔

مجھے لگتا ہے آپ کو فرینکنستائن کو اپنا دوست سمجھنے والے، میری برائیوں
کے بارے میں علم ہے اور اُس کی بدقسمتیاں بھی جو مجھ سے متعلق ہیں۔ لیکن

فرینکنسٹائن نے آپ کو بتاتے وقت وہ کچھ کم جان سکے ہیں جو منے تکلیفوں کے مہینوں اور گھنٹوں کو جھیلیں پڑیں، کینے کی لالچ میں پڑی رہیں. میری خوابوں کو دھماکے سے توڑ دیا گیا، پھر بھی میں جو کچھ بھی اس سے مطمئن نہیں تھا. میری ہمیشہ محبت اور ساتھ دینے کی خواہش تھی، لیکن مجھے مسترد کر دیا گیا. کیا یہ منصفانہ نہیں ہے؟ کیا میں ہی گرفتار ہوں جب دنیا میں سب نے مجھے بدلے سے پیش آیا؟ کیا آپ فالکس کو نفرت نہیں کرتے، جو اپنے دوست کو سختی سے باہر کیا؟ کیا آپ برگردان شخص کو نفرت نہیں کرتے جس نے اپنے بچے کے سہارا کرنے والے کو نقصان پہنچانے کے خواہشمند تھے؟ نہیں، یہ اچھے اور بےگناہ لوگ ہیں! مگر میں تنہا اور رنجیدہ ہوں. مجھے بےکار اور غیر اہم چیز کی طرح دیکھا جاتا ہے، جو مسترد کی جاتی ہے، کچلتی ہے، اور پاؤں سے روازا جاتا ہے. میں اب بھی غصے میں آتا ہوں جب مجھے یاد آتا ہے کہ یہ سب کچھ کتنا بےانصافی تھا.

لیکن یہ سچ ہے کہ میں ایک خوفناک انسان ہوں۔ میں بے گناہ اور بے حفاظت لوگوں کو قتل کیا ہوں۔ میں نے وہ شخص جو مجھے یا کسی اور کو بھی کوئی نقصان نہیں پہنچا تھا، اس کی جان نکال لی ہے۔ میں نے اپنے خالق کو، جو بھلائی اور محبت کے تمام حقدار کا تمثیل ہے، بہت زیادہ تکلیف پہنچائی ہے۔ میں نے انہوں کا نشیمن تک پیچھے نہیں بٹائے ہوئے ہی جب تک کہ ان کا وقتاً فوت ہونے کا واقع نہ ہوگیا ہو۔ اب وہ بے حرکت اور بے جان پڑے ہوئے ہیں۔ تم مجھ سے نفرت کرتے ہو، لیکن تمھاری نفرت میرے اپنی خود کی کے مقابلے میں کچھ بھی نہیں ہے۔ میں ان تشدد آمیز کاروائیوں کو اپنا ہاتھ دیکھتا ہوں اور انہیں تصور کرتے ہوئے دل کے بارے میں سوچتا ہوں۔ میری تمنا ہے کہ ایک دن جب میں یہ ہاتھیں نہ دیکھ سکوں اور وہ خوفناک خیالات میرے دماغ کی طرف سے منتقل نہ ہوں۔

فکر نہ کرو کہ میں مستقبل میں ہمیں اور زیادہ نقصان پہنچاؤں گا۔ میرا" مقصد مکمل ہونے کا وقت تقریباً آ چکا ہے۔ میری ضرورت نہیں ہے کہ میں اپنی مقصد مکمل کرنے کے لئے کسی کو، تمھیں میں سامیل، کسی بھی شخص کی موت کی ضرورت ہو۔ لیکن مجھے خود کی جان کا انتہائی کرنا چاہئے۔ میں اپنی موت کے بعد آپ کے کشتی کو یہاں مجھے لایا کشتی پر چڑھانے کے بعد قطب شمالی کا سب سے دور نقطہ تک سفر کرنے کا منصد رکرتا ہوں ۔ وہاں پر، میں شوار محتسب کے لئے لکڑی جمع کرونگا اور اس بدقسمت بدن کو راکھ میں جلاؤں گا ۔مجھے چاہیے کہ کوئی، خاص طور پر وہ لوگ جن کی بدنیت منکریاں ہیں، میری باقیات استعمال کر کے میری مانند ایک اور ڈراونہ کشتی بنائیں ۔ میں مرجاؤں گا۔ اب مجھے مبتلا کرنے والے درد کو بھگتنے کی خفابی نہ کرنی چاہیے اور پوری نہ ہونے والی خواہشوں سے متاثر ہونے کی بجائے ۔ میری جان گرویں کرنے والا شخص پہلے ہی مر چکا ہے، اور مجھے جب چھوڑ دیا جائے گا ۔ کوئی

171

ہمیں یاد نہیں رکھے گا۔ میں سورج، ستاروں کو نہیں دیکھوں گا اور اپنا چہرہ بھاتی ہوئی ہوا نہیں محسوس کر سکوں گا۔ روشنی، احساس اور حس کوئی بھی نہیں رہ جائیں گے، اور اسی طریقہ سے میں اپنی خوشی تلاش کروں گا۔ کچھ سال پہلے، جب میں نے پہلی بار اس دنیا کی حیرت انگیز حقایق کا تجربہ کیا تھا - جب میں نے گرمیوں کی گرم جگہ محسوس کی، پتوں کی بڑمچھاہٹ سنی اور پرندوں کے خوبصورت گانوں کا"

خداحافظ! میں آپکو چھوڑ رہا ہوں، اور آپ آخری شخص ہیں جس کی" آنکھیں میں کبھی دیکھوں گا. خداحافظ، فرانکنشٹائن! اگر آپ ابھی زندہ ہوتے اور میرے خلاف انتقام کی خواہش رکھتے تو میری تباہی کے دوران اس پر بہتر نظر آتا، یہ میری تباہی کی بجائے میری زندگی ہی میں تسلی پہنچتی. میرا درد اس سے بھی زیادہ تھا جو من کو کچل کر ڈالا۔ ندامت کا تیز درد ہرگز ختم نہ ہوگا.

لیکن جلد ہی، اس نے کہا، "میں مرجاؤں گا، اور جو چیزیں میں اب محسوس کر رہا ہوں بعد میں محسوس نہیں ہوں گی. یہ شدید رنج و تکلیفیں ختم ہو جائیں گی. میری راکھ ہوائی کھیے کی مدد سے سمندر میں لے جائیں گی. میری روح سکون سے آرام کرے گی، اور اگر سوچتی ہوتی تو یقیناً ایسی نہیں سوچی ہوتی. خداحافظ."

ایسا کہتے ہی، وہ بام سے بر میں چھلانگ لگا کر جہاز کے قریب پہلوان پر پہنچ گیا۔ اُسے لہروں نے جھٹکے سے لے گئے اور اندھیرے اور دوری میں غائب ہوگیا.

آخرکار."